La couleur de l'eau

Du même auteur

Tony Hogan m'a payé un ice-cream soda avant de me piquer maman,
Philippe Rey, 2014 ; 10/18, 2015

Kerry Hudson

La couleur de l'eau

roman

Traduit de l'anglais (Royaume-Uni)
par Florence Lévy-Paoloni

Philippe Rey

Titre original : *Thirst* (Chatto & Windus)
© 2014, Kerry Hudson

© 2015, Éditions Philippe Rey
7, rue Rougemont – 75009 Paris

www.philippe-rey.fr

Aux personnes que j'aime et qui m'ont aidée
à raconter cette histoire.

1

Elle était dans Bond Street, touristes et clients se pressaient autour d'elle. Quelques jeunes filles quittèrent ensemble le magasin, balançant leur sac à main, leurs jambes grêles et bronzées vacillant sur des talons d'une hauteur impossible : on aurait dit des faons affublés d'accessoires. Alena passa en revue les règles – c'était bien d'en avoir. Règle n° 1 : toujours à l'heure du déjeuner, il y a moins de vendeuses et celles qui restent ne font pas attention, elles ont faim et attendent avec impatience leurs soixante minutes de liberté.

Règle n° 2 : les vêtements n'ont pas d'importance. Sa robe bain de soleil unie en coton jaune pouvait passer pour un vêtement d'une simplicité très coûteuse. Sauf à remarquer que les bretelles sciaient très légèrement la peau tendre entre ses aisselles et ses seins, personne n'aurait pu deviner qu'elle l'avait trouvée dans le carton de fripes d'un refuge pour femmes. De toute façon, elle avait vu des gens habillés de vieux vêtements hideux sortir de chez Harrods, des sacs brillants dans chaque main, puis monter dans des Bentley, comme si l'argent les dispensait de se conformer aux normes communes.

Règle n° 3 : prendre l'Expression. Quelle que soit sa nervosité, elle pouvait toujours croire à l'Expression. Elle pouvait l'invoquer et cela ne lui coûtait rien. Du fait que ni l'argent ni la légitimité ne pétillait dans ses veines comme un champagne particulièrement doré, l'Expression troublait les gens; elle ne cadrait pas avec ses cheveux coupés à la diable, ses épaules maigres et son air famélique. Elle haussa un tout petit peu les sourcils, releva son menton pointu, adopta un air indifférent, les paupières tombantes, et observa la vitrine.

Malgré tous les efforts de l'Expression, elle n'arrivait pas à contrôler son corps, les grondements de son ventre, son cœur qui battait assez fort pour lui déplacer une côte, ses aisselles poisseuses; ce corps qui réagit instantanément à l'adrénaline dès l'instant où elle poussa la lourde porte en verre et sentit l'air conditionné fendre la chaleur écrasante de l'extérieur.

Il était là, le vigile habituel, beau gosse et inutile, celui qu'on trouvait toujours dans ces magasins. Vêtu d'un costume noir élégant et d'une cravate, il semblait tout droit sorti d'une publicité pour un whisky, se prélassant devant une cheminée ou peut-être un chaton lové contre sa poitrine nue et huilée, comme sur le poster au mur de sa chambre quand elle avait quinze ans. Elle marqua un léger temps d'arrêt et fit son plus beau sourire supérieur, un salut froid de «petite dame» qu'elle avait un jour vu faire à une femme dans Chelsea. Règle n° 4 : toujours attirer l'attention, ne jamais donner l'impression qu'on entre furtivement.

«Après-midi, très belle.»

Voulait-il dire qu'elle était belle? L'Expression disparut une seconde; le vigile émit un son qui ressemblait à un petit rire et se frotta le front. Alena pensa qu'il rougissait.

«L'après-midi… il fait beau. Désolé, je veux dire c'est une belle après-midi.»

Il avait un vrai accent londonien, un peu rugueux. Elle percevait ce genre de choses, depuis le temps. Elle ne s'attendait pas à cela de la part de ce beau gosse, ni à sa timidité, à sa façon de se balancer légèrement sur les talons. Elle lui adressa tout de même un regard dédaigneux et monta vite au troisième étage examiner minutieusement les chaussures de luxe pour trouver celles de la photo arrachée au magazine et maintenant détrempée dans le bonnet gauche de son soutien-gorge. Règle n° 5 : elle ne devait jamais se faire prendre.

Il détestait ça. Il détestait surtout devoir le faire à la table du sous-sol lugubre, dans la réserve, où il était sur le point de déjeuner ; à cette même table devant laquelle les vendeuses passaient pour remonter au magasin, chargées de piles de boîtes de chaussures en équilibre, coincées sous leur menton. Elles ralentissaient pour dévisager la fille d'un air dégoûté comme si elle leur avait volé leurs propres chaussures. Elle était vraiment jolie, et pas à la manière artificielle et lasse des employées du magasin. Il savait que ça les mettrait en colère.

Elle avait les épaules nues et il aperçut un voile de sueur luire dans le creux de ses coudes quand elle tendit les bras sur la table. Il était nerveux. Les yeux pâles de la fille tombèrent sur le papier d'alu ouvert d'un sandwich posé entre eux, juste à côté des chaussures incriminées.

« Vous mangez ?

– Non. J'allais le faire… » Une trace de bégaiement s'installa au début des mots, un léger flou qu'il tenta de dissimuler en toussant.

« Vous voulez bien ? Merci. »

Il ne trouva rien à répondre et regarda ses mains maigres s'emparer du sandwich sur la table – corned-beef, beaucoup de pickles, le sandwich que toute la matinée il s'était fait une joie de manger. Elle y mordit goulûment plusieurs fois, laissant dans le pain un croissant rouge autour de l'empreinte de ses dents blanches.

« C'est quoi votre nom ?

– David, Dave en fait. » Il sourit et se redressa. « Mais ce n'est pas vraiment le problème, n'est-ce pas ? Comment vous appelez-vous? Oui – il hocha la tête, comme s'ils étaient enfin sur la bonne voie –, c'est ça, le problème.

– Demain je pars, dit-elle, le sandwich à demi mâché visible dans sa bouche.

– Quoi? Où ça?

– Je dis, demain je pars.» Elle souffla bruyamment par le nez. Il éleva un peu la voix. «Et hier soir, où avez-vous dormi?» Il prononçait chaque syllabe, séparait chaque mot. Elle baissa un instant le sandwich, lui lança ce que la mère de Dave aurait appelé des «poignards».

«Je parle anglais, merde! C'est ouberge à Peckham.» Elle avait élevé aussi la voix et séparé les mots encore plus que lui.

«Un hôtel? Vous êtes en vacances ici?» Les choses avançaient.

«Non, *ouberge*. Je *vis* ici. Demain je trouve une chambre pour habiter.»

Elle avait arraché un bout d'alu et le roulait en boule. Il ne pouvait pas en détacher les yeux.

«Où habitiez-vous avant Londres? demanda Dave.

– Sibérie.»

Avec la paume de la main, elle faisait rouler la boule d'avant en arrière sur la table. Il se sentait idiot, mais ne pouvait détourner le regard de cette main qui avançait et reculait.

«C'est Russie.

– Oui, je sais.» Au mieux, il l'aurait deviné par hasard. «Vous pouvez arrêter, s'il vous plaît?»

Il se pencha sur la table et saisit la boule d'alu; en réponse, un sourcil à peine levé d'un air moqueur, un sourire très lent.

«Des gens ne savent pas.»

Les vendeuses ne cessaient de monter les marches du pas le plus lourd possible en chuchotant entre elles. Plus tard ces mêmes filles s'assoiraient à cette table et déblatéreraient sur la voleuse rousse et la façon dont elle avait mangé le sandwich du pauvre Dave, la sale petite garce. Les chaussures presque volées, des richelieus argentés à hauts talons en cuir souple et lisse, étaient posées entre Dave et Alena et, tout en fourrant le dernier morceau de croûte dans sa bouche, elle tripotait un des lacets. Ses yeux papillonnèrent en direction de Dave ; il remarqua une trace enfantine de pickles au coin de ses lèvres et eut envie de l'essuyer d'un geste, faillit le faire et joignit les mains sur ses genoux.

« Bien. Bon, je vois que vous ne répondez pas vraiment aux questions. C'est la politique du magasin d'appeler la police. Donc. Avez-vous quelque chose à ajouter avant qu'ils arrivent ? »

Il n'aurait su dire si c'était sa bouche, son regard ou l'inclinaison de sa tête, mais son expression changea complètement. Elle lui répondit simplement.

« S'il vous plaît. »

Elle baissa les yeux et quand elle leva la tête son visage était plus doux ; elle porta une main à son cou.

« Je vous fais des excuses. Je suis confuse. » En parlant, elle comptait chaque phrase sur ses doigts. « Je suis nouvelle, j'essaye des chaussures, je suis confuse de partir. »

Les hauts et les bas de l'accent de la fille lui faisaient penser à des mouettes piquant vers des restes. Son ventre se noua. C'était bien sa veine d'avoir une indigestion à cause du sandwich qu'elle avait mangé, elle.

« Vous avez essayé de sortir du magasin les chaussures aux pieds. » Il exhiba une paire de tongs bleues poussiéreuses et retroussées. « Vous avez abandonné celles-là tellement vous étiez pressée. L'alarme s'est déclenchée et vous avez quand même essayé de sortir du magasin. Franchement, j'aimerais pouvoir faire autrement, mais… »

Elle se redressa, posa les bras sur la table, leva la tête et croisa son regard pour la première fois, un choc, puis se mit à parler doucement, si doucement qu'il dut se pencher pour l'entendre et sentit l'odeur suave, douce-amère de la sueur qui séchait sur sa peau.

« Je fais des excuses. S'il vous plaît. Je dis je suis désolée. Je fais erreur. Je suis nouvelle et c'est facile d'être perdue. Cette ville elle est grande et les gens aiment pas qu'on leur parle comme des amis et c'est tellement cher, même toilettes. Trente pence à Victoria ! Je vous demande de comprendre. Pensez juste… erreur bête. Chaussures sont là et rien n'est perdu. Je vous demande. S'il vous plaît. »

Il se pencha davantage et s'autorisa à la regarder vraiment : cheveux couleur de vieille brique, iris clairs comme de l'eau du robinet, lèvres minces maquillées et plus rouges encore d'avoir été mordillées. Il vit ses mains nerveuses, ses doigts pressés sur le creux lisse de ses clavicules. Il sut qu'il était inutile de se leurrer, il allait faire tout ce qu'elle demanderait.

Dave se tenait à la barre métallique au-dessus de lui, sa main moite glissait doucement, tandis que les corps serrés les uns contre les autres se balançaient d'avant en arrière au rythme du bus. L'haleine chargée du voyageur écrasé contre son flanc droit, la petite plainte de « Simply the Best » dans le casque d'un type qui ressemblait à un agent d'assurances, et l'ado à côté de lui, les yeux cerclés de noir, un clou dans chaque joue rebondie, qui tendait le cou comme si elle voulait connaître ses goûts musicaux. Il les voyait à peine. Il avait déambulé comme un idiot toute la journée, trébuché dans l'escalier, incriminant son déjeuner manqué pendant que les filles minaudaient autour de lui.

Il l'avait laissée partir. Il lui avait même tenu la porte quand elle était sortie chaussée des tongs bleues, un sourire de gratitude coupable aux lèvres.

Yvonne, qui sentait les deux grands verres de Pinot Grigio qu'elle avait bus le midi, le parfum Jean-Paul Gaultier et la moiteur de ses collants, l'avait fait entrer dans son bureau en revenant de sa pause déjeuner.

« Enfin, Dave ! En deux ans vous ne nous avez jamais fait de tort, mais tout de même ! Vous ne pouviez pas attendre que je jette un coup d'œil à cette fille ? Je suis la gérante, au cas où vous l'auriez oublié. Et c'est aussi pour votre bien. À quoi ça ressemble, à votre avis ? Pourquoi ne pas donner notre foutue marchandise, tant qu'on y est ? Il y a une politique, vous le savez, et le bruit se répand à la vitesse de l'éclair parmi ces gens-là. »

Avec un gros soupir, elle avait sorti un poudrier et un bâton de rouge en levant les yeux au ciel. Dave fixait une tache brune sur la moquette, sans doute du café, bien que, vu le tempérament explosif d'Yvonne, rien n'était à exclure. Du sang, de la sueur et des larmes. Yvonne disait à chaque nouvelle employée que c'était la seule manière de gérer une affaire de nos jours, la seule manière de faire des bénéfices. Dave avait frotté ses dents contre un bout de peau sèche sur sa lèvre et opiné du bonnet.

« Elle n'était pas de ceux-là, Yvonne, quels qu'ils soient. Et je sais bien qu'il y a une politique, mais c'est pour les voleurs, et elle, c'était juste une touriste déroutée, peut-être un peu dingue, mais pas une voleuse. »

Yvonne avait marqué un temps d'arrêt, rouge à lèvres à demi appliqué et yeux mi-clos. Dave n'avait jamais été bavard, encore moins du genre à répondre, une des raisons pour lesquelles il tenait depuis si longtemps, et elle avait attendu pour savoir ce qu'il avait à dire. En repensant aux doigts maigres s'emparant du sandwich, il avait fait un pas vers elle.

« Mais vous l'avez dit, Yvonne. Deux ans et je ne vous ai jamais fait de tort. J'imagine qu'après tout ce temps, vous pensez que je fais bien mon travail. Alors pourquoi ne pas me laisser agir ? Je sais reconnaître une voleuse quand j'en pince une. Tout comme je sais reconnaître une touriste stupide. Et si vous vous inquiétez tellement de ma façon de faire mon boulot, vous pourriez peut-être éviter de fermer le bureau à l'avenir pour que je puisse les interroger de manière professionnelle, ailleurs que dans la réserve avec tout le monde qui essaie de mater.»

Il était en sueur, attendait une réponse cinglante, mais elle ne dit rien. Elle se contenta d'un geste contrarié de son bâton de rouge.

«Bon sang, d'accord, pas la peine de vous mettre dans cet état.»

Dave s'était redressé et avait hoché la tête, tout en réprimant le soupir de soulagement qui gonflait sa poitrine.

«Bien, Yvonne. Très bien. Je suis content qu'on ait résolu le problème.» Il savait qu'il s'en était tiré à bon compte et son pas rapide vers la porte en témoignait.

«Davey, mon chou?» Il s'était retourné. Un petit sourire se dessinait sur ses lèvres à moitié maquillées. «J'aime bien quand vous vous mettez en rogne.»

Il avait gardé un visage sévère et extrêmement vigilant le reste de la journée tout en pensant à ses mains, à la façon dont elle en avait porté une à son cou, à ses coups de dent dans le sandwich. À présent, dans la cohue imprégnée de chaleur et d'odeurs corporelles du 73, il ne pouvait le nier: il avait été tiré de son sommeil, le souffle coupé, comme si on lui avait appliqué des électrodes sur la poitrine. Il avait eu l'occasion de la sauver et il l'avait fait, de bon cœur, malgré le risque. Il l'avait trouvée, sauvée, puis elle l'avait quitté sans un regard. Et il se rendit compte qu'il ne connaissait même pas son nom.

Il n'y avait rien à la télé, seulement des émissions sur des gens qui faisaient des trucs: patinaient, cuisinaient, dansaient, apprenaient à être de meilleurs parents ou trouvaient le bonheur grâce à la magie d'un aérosol autobronzant ou d'un lifting du menton. Dave passait toute la journée à regarder les gens et cela lui plaisait; voir la façon dont les femmes touchaient leur mari, une main posée sur sa poitrine ou chassant sans réfléchir une trace de pellicule, la façon dont les mères traitaient leurs filles, les disputes murmurées et les chagrins silencieux ; il repérait toujours celles qui trouvaient important qu'on les voie « être gentilles avec les vendeuses » ou celles qui pouvaient seulement se permettre de regarder, mais essayaient tout quand même. Non que ça ne l'intéressât pas, mais la télé montrait juste ce qu'il voyait tous les jours, à l'exception des paillettes, des casseroles et des slips jetables.

Il se mordit la pulpe du doigt, pressa les dents contre l'ongle lisse et sentit un petit éclair de douleur, se demanda avec quelle force il lui faudrait mordre pour finir avec un pinçon violet, de la couleur d'un nuage de pluie estival.

« Quelle merde ! »

Son « appartement » se composait de deux pièces et d'une salle de bains dans un cagibi sous le toit du Best Turkish Kebab. La construction était de si mauvaise qualité que la puanteur de la viande grillée s'accrochait au papier peint en relief. Il louait ce logement depuis un peu plus de deux ans, il avait cru au début que ce serait très provisoire, puis les étudiants et des banquiers parmi les plus courageux, habillés à la dernière mode, avaient commencé à monter de Shoreditch – ou à descendre, selon la manière dont on voyait les choses.

À l'époque, Dalston était encore une longue enfilade de cafés turcs et kurdes, de devantures de fleuristes éclairées au néon et de boutiques de robes de mariée aux étalages mousseux et inflammables qui agressaient la vue, le tout couronné par un marché qui proposait des montagnes de slips en polyester, trois pour le prix de deux, des ignames et des bananes plantain à foison. Il avait assisté à l'apparition des clubs en sous-sol, avec leurs files de gamins en pulls des années quatre-vingt qui fumaient et sifflaient des canettes de Red Stripe. Ce n'était pas chez lui, ce n'était pas la cité, mais ça lui convenait.

Il descendit l'escalier, couvert d'une moquette marron chargée d'électricité statique, et sortit dans la nuit poisseuse, adressa son habituel signe de tête aux types aux bras épais qui coupaient en lamelles la viande luisante cuite à la broche pour une longue queue de flics. Il entendit les sirènes habituelles – le poste de police se trouvait tout près –, et les discussions sonores et arrogantes des groupes de gamins qui passaient. Il se fit la remarque qu'ils n'avaient probablement que trois ou quatre ans de moins que lui.

Dave suivait son itinéraire habituel, devant les flaques de glace à demi fondue de la poissonnerie, la droguerie débordant de baume capillaire et de beurre de cacao Palmer's, la maison de la presse avec son panneau «PAS DE PORNO» dans la vitrine. Il était simplement un type proche de la trentaine, seul, en pantalon de survêtement et T-shirt, mains dans les poches, tête baissée comme s'il allait quelque part. Dave allait effectivement quelque part, mais l'endroit n'avait rien d'extraordinaire.

Il entra juste à la fin d'une course, vit la rangée habituelle de dos voûtés en pull face aux écrans de télé, sentit malgré le désodorisant l'odeur de transpiration lui piquer le fond de la gorge. Devant les pulls courbés, un type monumental avec des dreadlocks faisait les cent pas en répétant : «Tu te fous de moi, mec, tu te fous de moi. Mec, tu te fous de moi.»

Les pulls ne quittaient pas les écrans des yeux, le type aux dreads n'avait pas l'air de croire que c'étaient eux qui se foutaient de lui, et le jeune gars boutonneux dans sa cabine de verre fixait l'écran de son ordinateur. Dave avança dans les confettis des paris déchirés jusqu'au distributeur et introduisit une livre pour avoir un Coca. Les pulls, le visage rendu flasque par l'accumulation de la force de gravité, du temps et de la déception, lui firent un lent signe de tête. Mec-Tu-Te-Fous-de-Moi se mit en garde dans le coin devant le jeu de roulette, menaça l'écran d'un coup de poing, comme pour faire craquer son adversaire avant d'entrer sur le ring.

Dave emporta sa bouteille au fond de la salle. Tout en se délectant de la première gorgée fraîche et sucrée contre ses dents, il assista à la course de 19 h 45 à Sandown. Il regarda les chevaux prendre leur envol, précipiter leur corps puissant et magnifique au-dessus des haies, sous un coup d'éperon bien senti de leur jockey courbé en avant. Dans le coin, le bruit sourd et rythmé des lourdes pièces dorées introduites dans la machine était suivi du sifflement métallique de la roulette électronique et du grognement grave et répétitif : « Tu te fous de moi, mec, tu te fous de moi. »

Un des pulls se redressa. Il y avait un gagnant dans la salle, qui se dirigea en silence vers la vitre, réclama son dû, paria une nouvelle fois et réintégra la rangée. Dave sirotait son Coca ; il ne pariait jamais et tout le monde s'en foutait. Il regarda ensuite une course de chiens ; le petit bout de ferraille censé représenter un lapin blanc avançait par à-coups à l'écran. Il revit ses cheveux collés par la sueur dans son cou, la forme prise par ses lèvres quand elle lui avait demandé de l'aider, le taxi qui passait à toute allure au moment où elle partait et qui avait soulevé le bas de sa robe jaune. Dans le coin, la roulette continuait à tourner, les pièces à tomber, les chiens à chasser un leurre qu'ils n'attraperaient jamais.

La courbe de ses épaules, c'est ce qu'il vit en premier, il la reconnut de l'autre bout de la rue. Il n'avait pas remarqué le sac à ses pieds, un sac de l'armée poussiéreux, rouge et ventru, avec une manche qui dépassait de l'ouverture. Il lança un regard vers le magasin, content qu'Yvonne lui confie la fermeture chaque soir – mais il aurait marché vers elle même si Yvonne avait été là pour le voir. En s'approchant, il se dit qu'il se souvenait de chacun de ses traits, comme s'il la voyait tous les jours, ses petits yeux intrépides, ses cheveux courts et drus qui aujourd'hui lui faisaient penser à la fourrure d'un renard, un animal farouche, urbain.

Le sommeil l'avait déserté depuis quelques nuits comme si son esprit rechignait à cesser de penser à elle et il était resté allongé, crevant de chaud, écoutant des conneries à la radio, les pieds à l'air, la couette enroulée autour du corps. À l'heure de sa pause, aujourd'hui, il avait mangé cinq biscuits Breakaway, à peine conscient de leur goût jusqu'à ce qu'il sente un film huileux sur sa langue. À présent, marchant vers elle, il percevait la pellicule de sucre sur ses dents, la couture collante de sueur à l'entrejambe de son pantalon synthétique. Il avait honte de son costume bon marché et de sa fine chemise blanche – ce n'était que le début de ce qui n'allait pas chez lui. Mais elle était là, elle était revenue vers lui, vêtue de la même robe jaune, une marque rose sur son épaule, creusée par la bandoulière de son sac, et elle l'attendait.

Il allait la faire pivoter, lui toucher l'épaule peut-être, mais au moment où il traversa et surprit son reflet dans la vitrine d'un magasin, il ne fit plus confiance ni à ses bras ni à ses mains. Il resta planté ainsi, la contemplant dans la vitrine, image pâle qu'un souffle risquait d'emporter.

Elle finit par se retourner. Ils se faisaient face, elle souriait presque, ses yeux intensément braqués sur lui. « Je viens demander si vous voulez boire quelque chose avec moi. »

Elle détourna brusquement le regard et leva le menton, comme pour le mettre au défi de la repousser, de critiquer le sac à ses pieds. Il leva à demi la main, sur le point de caresser du pouce la marque laissée sur sa peau par la bandoulière du sac, mais il se souvint qu'il n'avait en rien le droit de la toucher.

« D'accord. Une tasse de thé quelque part ? »

Elle sourit pour de bon cette fois, un éclair rapide de ses dents de bébé requin, un peu de travers mais blanches. Elle haussa les épaules et lui tendit son sac pour qu'il le porte. « Ça m'est égal ce que vous buvez. »

Elle prit la direction d'Oxford Street. Il hissa le sac sur son épaule et la regarda marcher devant lui, la pointe de ses chaussures touchant à peine l'extrémité de son ombre, comme s'il s'agissait de garder une distance de sécurité.

2

Devant l'enseigne rouge vif d'une librairie, elle lui fit un petit signe de la main en direction d'une ruelle latérale. À l'écart des clients et des touristes, une foule raide comme des dominos sur le point de basculer, il se rendit compte qu'il pouvait de nouveau respirer. Ils n'étaient plus que tous les deux dans la ruelle ombragée et il s'appuya contre le mur clair, sentit la froideur du béton. Il avait déjà enlevé la veste de son costume, savait qu'il transpirait et serra les bras contre son torse.

Elle pivota vers lui et il se redressa, tout en esquissant un petit sourire d'excuse; elle fronça les sourcils et s'approcha. Un instant, à cause de son expression, il fut certain qu'elle allait poursuivre son chemin, le dépasser et dire à sa nuque qu'il y avait eu erreur; il faudrait qu'il la voie disparaître une seconde fois. Elle le regardait dans les yeux; il se tenait parfaitement immobile, puis détourna le regard. Elle posa la main sur son bras, plus doucement qu'il n'aurait cru, aussi légère qu'un papier de bonbon atterri là par erreur.

«David. Dave? Pardon. Vous êtes fatigué?»

Il voulut s'excuser, expliquer que ce n'était pas le cas, mais il avait la bouche sèche et ne réussit qu'à la fixer, à fixer ces yeux clairs, indéchiffrables, les petits plis aux coins de sa bouche qui lui faisaient croire qu'elle avait dû beaucoup sourire à une époque, même s'il n'en avait guère vu la preuve.

«Parce que vous avez travaillé! Et je vous fais marcher ce long chemin. Je demande pardon.»

Elle lui parut petite à cet instant, une enfant contrariée à cause de lui ou peut-être d'elle-même, et il finit par retrouver sa voix.

«Non, non, ce n'est pas ça. Avant je courais, vous savez. Je suis en pleine forme, ou je l'étais. Je courais cinquante kilomètres par semaine. C'est juste… c'est juste que je…» Les mots lui manquèrent quand le visage de la fille s'adoucit de nouveau avec ce sourire qui n'en était pas un, un peu de guingois, le dessin de ses lèvres suggérant quelque chose mais ne promettant rien. Il reprit son souffle, envisagea de partir en courant lui aussi. «C'est juste que je n'aime pas la foule.»

Elle haussa les épaules, puis hocha la tête, sérieuse.

«Bon, c'est derrière nous maintenant.»

Elle ramassa son sac et se remit en route; il fit deux grands pas pour la rattraper.

«Alors vous courez? Vous avez l'air fort.» Un rire aguicheur paraissait palpiter derrière sa question.

«Je courais, *avant*. Je n'ai pas couru depuis des années. Le travail et le reste, vous comprenez.»

Elle haussa de nouveau les épaules comme si cela lui importait peu.

«Quand on a couru, on reste pareil!»

À ces mots, elle commença à descendre deux à deux les marches qui menaient à Soho.

Dans Shaftesbury Avenue, elle ralentit l'allure et marcha à côté de lui, la tête basse. Il percevait la chaleur qui émanait de sa peau; elle sentait le savon, sans parfum, juste un savon ordinaire, cachant à moitié une odeur âcre : il se demanda combien de temps elle avait passé à regarder cette vitrine pour l'attendre.

Son sac bringuebalait entre eux, comme s'il le poussait à entretenir la conversation.

«Vous avez vu un de ces spectacles?»

Un rickshaw qui passait, avec un siège de fourrure rouge, des fleurs artificielles et Ace of Base à fond, couvrit ses paroles et il en fut soulagé. C'était une question stupide. Elle fronça un peu les sourcils parce qu'elle n'avait pas entendu et il fut contraint de se rapprocher. Il sentit alors ses cheveux : citron. Elle le regarda comme s'il était une addition qu'elle essayait de faire, et il se trouva si désarmé qu'il secoua la tête et ne dit rien, restant planté là comme un animal stupide au milieu de la circulation et des touristes.

Il était si près d'elle qu'il aurait pu l'embrasser, mais il voulait juste approcher de nouveau le visage de ses cheveux. Sa langue avait oublié tous les mots qu'il connaissait. Elle changea de nouveau d'expression; elle prit un air bizarre et apeuré comme si elle avait terminé son addition et que le résultat ne fût pas du tout celui escompté. Le cœur de Dave cognait contre ses côtes et tombait dans les semelles de ses chaussures.

Elle posa une main sur son épaule et s'approcha suffisamment pour chuchoter. La chaleur de son souffle contre son visage lui donna le vertige, mais elle recula, toujours avec la même expression, et il hocha la tête avant d'entendre véritablement ce qu'elle disait.

«C'est Alena.»

Il courait; son cœur battait dans ses oreilles, le froid lui brûlait les poumons. Ses pieds martelaient les pavés disjoints, glissaient sur un paquet de chips, tandis qu'il se concentrait pour allonger sa foulée au rythme de son cœur et de sa respiration dans l'air sale du sud de Londres. Il était grand – il avait commencé à grandir à douze ans et avait continué –, puissant et, si on se fiait aux mises en boîte de ses copains et des filles de la cité, pas trop moche. Quand il courait, il se sentait en pays conquis ; Roehampton Estate n'avait pas grand-chose d'un royaume, mais au moins c'était chez lui, chez lui et chez sa mère, et, à seulement vingt-deux ans, il avait encore beaucoup de conquêtes à faire – tout un monde. S'il arrivait à poser le pied un peu plus loin, il aurait presque l'impression de voler.

En quittant son immeuble, il courut vers l'arrêt de bus, dépassa la Coop où il prendrait son service plus tard dans la soirée, le Greggs et l'odeur de graisse de ses friands chauds qui lui titillait l'estomac, en direction d'une GTI carbonisée et d'un groupe de gamins, des cailloux dans les mains, un ventre adipeux débordant de leur pantalon de survêtement. Ils avaient environ onze ans, ils auraient dû être au centre Connectionz, plein de bonnes intentions mais toujours vide, à jouer sur les nouveaux ordinateurs en buvant des sodas gratuits, si ça n'avait pas été aussi nul d'être vu là-bas. Il les connaissait depuis qu'ils étaient bébés, visages cradingues et culs à l'air. Ils auraient pu être lui et ses copains dix ans plus tôt, une bande de mômes de la cité qui allaient finir par se bagarrer si personne d'autre ne passait ce soir.

Il ne restait plus que Dave à présent, à part Mickey et Deano qui travaillait en Grèce ou à Ibiza pendant la saison et faisait donc des allers et retours. La plupart de ses copains avaient gravi les échelons de la cité d'une manière ou d'une autre, commençant par se battre et lancer des cailloux, passant par la drogue et les vols jusqu'à la prison, puis en général à d'autres cités plus au nord pour revenir à la drogue et aux vols. Quelques-uns travaillaient dans des banques, des magasins, l'armée, avaient fait un emprunt immobilier de 100 % et étaient partis plus loin dans des constructions neuves.

Les gamins cessèrent de balancer des pierres quand il passa en courant. « Ça va, Dave ? » Le plus grand, Sammy, portait un anorak Nike déchiré même les jours les plus chauds de l'été. Dave l'avait viré plusieurs fois de la Coop jusqu'à ce que le gamin comprenne – il commençait tout juste sa carrière de voleur – qu'on ne piquait pas quand le vigile pouvait vous rattraper comme il voulait. Dave voyait bien quelle voie prenait Sammy : il ne deviendrait pas le nouveau directeur d'une agence de la Barclays.

« Où tu vas ? »

Dave ne s'arrêta pas, mais il ralentit et se retourna avec un sourire. « Quoi ? »

Sammy parut sur le point de lancer le caillou et son expression se durcit. « Je te demande où tu cours comme ça.

– Là où ça me chante. Je sors de la cité, je traverse le parc et je descends peut-être à Kingston. J'ai l'impression de pouvoir courir un marathon aujourd'hui.

– Cool. » Sammy hocha la tête, jeta son caillou en l'air et le rattrapa, avec la même force qui risquait plus tard de faire voler en éclats le pare-brise d'une belle Land Rover traversant la cité au lieu de faire un détour. « Ouais. Cool, putain. Dave fait le marathon ! Dave fait le marathon ! » Les autres reprirent en chœur et Dave leva le poing en guise de salut et continua à courir, dépassa les tours devant lesquelles il s'était bagarré, les passages où il avait emballé Jenni Taylor, le parking vide jonché de verre cassé où sa mère lui avait appris à faire du vélo sur son BMX.

Il reprit son allure en arrivant au Centre d'information sur les droits des citoyens avec ses volets métalliques fermés, au Right Plaice, le fish and chips où les corbeaux au bec acéré et aux yeux morts attendaient les restes. On pouvait dire ce qu'on voulait. Sa mère avait un faible pour la boisson, c'était vrai. Dave le savait, il allait lui chercher sa bouteille tous les jours, il buvait même une goutte avec elle, s'asseyait à son côté devant la télé quand elle répétait que c'était triste de boire toute seule. Mais elle aurait fait n'importe quoi pour lui, elle avait fait tout ce qu'elle pouvait et toute seule en plus ; il se demandait encore où elle avait trouvé l'argent pour ce BMX.

Il dépassa en courant les dernières tours, à temps pour voir d'énormes culottes de grand-mère tomber d'un balcon, décrochées d'une corde à linge par le vent. L'odeur nauséabonde du crottin de cheval dans les écuries voisines, les belles maisons à la limite de la cité aux murs du même rose pastel que les culottes, comme si on avait traversé une frontière ; il n'était donc pas loin de l'immensité de Richmond Park et le ciel derrière les broussailles virait au jaune pâle parsemé de vert perroquet.

Il arriva sur l'herbe, sentit ses muscles se raidir à cause du changement de terrain, ne tint pas compte de la brûlure et accéléra ; il aperçut un groupe de biches en mouvement, puis un corbeau occupé à déchiqueter du bec une canette de Stella. Dave courait, il courait comme si sa vie en dépendait, jusqu'à ce que la cité ne soit plus que l'empreinte d'un doigt sale sur l'horizon. On pouvait dire ce qu'on voulait, mais grâce à sa mère il était fort, rien ne pouvait l'arrêter et il courait vers le monde immense.

Elle posa son sac dans les toilettes, mais pas avant d'avoir mis un peu plus de rouge à lèvres, frotté un doigt sous chaque œil pour éliminer d'éventuelles traces de mascara. En haut des marches, elle l'observa : il se tenait près des portes à tambour, les mains jointes devant lui, les jambes écartées, exactement comme à l'entrée du magasin. Il était vraiment très beau, du moins quand il ne faisait pas de son mieux pour occuper le moins de place possible, comme s'il s'excusait d'exister. Oui, de larges épaules, de beaux cheveux épais et brillants malgré une coupe démodée. Alena lissa sa robe, prit une grande inspiration.

Une adolescente aux longues boucles brunes tombant en cascade jusqu'à la ceinture de son short tendit le cou et tourna la tête pour le regarder avant que son père ne la fasse avancer. Peut-être était-ce la nervosité qui poussa Alena à s'approcher et imiter la pose de vigile. Dans un instant de vertige, voyant qu'il ne riait pas, elle pensa l'avoir fâché, mais elle comprit qu'il essayait juste de dissimuler la rougeur de ses joues en regardant ailleurs.

« Désolé, c'est une habitude. Le magasin, vous comprenez. »

Elle tourna la tête pour croiser son regard. « Non. Je trouve que vous avez l'air très… noble. »

Il chercha à déchiffrer son expression, se fichait-elle de lui ? « Noble ? »

Elle hocha la tête, posa la main sur son bras. « Oui, vous avez l'air… » Ils avaient commencé à gravir le grand escalier incurvé du musée, il faisait frais, il y avait moins de bruit et, enfin, elle réussit à bien l'entendre ; elle laissa tomber ses mots comme des miettes de pain tout en marchant : « … d'un homme bien. Je savais que vous courez. »

Il regarda ailleurs, fit un signe de tête, à personne, pour rien. Alena se rappela qu'elle pouvait s'en aller, dire qu'elle devait aller aux toilettes et ne pas revenir. Elle s'en était sortie ces derniers mois et elle pouvait continuer à se débrouiller. Il s'écarta alors très délicatement pour le laisser le passage à un couple de personnes âgées qui marchaient main dans la main, penchées l'une vers l'autre comme si elles avaient peur de basculer et de dégringoler jusqu'en bas des marches si elles se lâchaient. Elle vit son regard s'attarder sur leurs mains jointes. Il ne la rejetterait pas, même si l'idée qu'il risquait de le faire la tiraillait comme les points de suture d'une blessure à peine cicatrisée.

« Pourquoi avez-vous voulu venir ici ? »

Parce qu'elle en avait toujours eu envie. Parce qu'elle avait toujours eu peur d'entrer. Parce qu'un jour elle avait vu un couple s'embrasser sur les marches dehors et qu'elle avait trouvé cela très romantique. Parce qu'elle venait tout juste d'apprendre que c'était gratuit. Parce qu'elle ne voulait pas qu'il la prenne pour une voleuse idiote.

« Parce que. »

Alena s'était très souvent postée près du musée pour regarder les gens qui passaient les portes à tambour brillantes. Un jour, après un mois à la rue, alors que la peur qui lui rongeait les sangs s'était un peu estompée, elle avait osé quitter le refuge où elle passait quelques nuits et faire un petit tour de reconnaissance dans les coins les plus animés qu'elle avait pu trouver. Vêtue d'un survêtement tiré du carton de fripes, elle avait trop honte pour essayer d'y pénétrer. Ne sachant pas combien cela coûtait ni même si on la laisserait entrer, comme si le refuge la suivait telle une odeur ou avait laissé sur sa peau une couleur particulière.

Elle avança de quelques pas rapides dans une des salles loin du hall principal et, quand elle regarda derrière elle, il s'était arrêté, les mains dans les poches. Elle eut l'impression d'aller trop loin, d'outrepasser leur accord tacite. Elle était tellement rouillée qu'elle n'était sûre de rien.

Elle esquissa un sourire. Continua de sourire. Elle avait envie de lui prendre la main, mais elle se contenta de toucher l'os saillant de son poignet, surprise de la chaleur qu'il dégageait. La salle était remplie de tableaux de champs enneigés et de berges couvertes d'herbe, tous sauf un qui flamboyait dans un coin. Alena l'y mena en marchant quelques pas devant lui – étonnant comme les gens vous suivent quand ils sentent que vous êtes juste hors de portée.

Ils s'arrêtèrent face à un tableau où une mère brossait les cheveux de sa fille, des cheveux si longs que la fille devait pencher la tête et la mère tendre complètement le bras pour les brosser jusqu'à leur extrémité : rouge, orange, crème et gris. Cela évoquait un moment simple et familial mais ce n'était pas paisible.

Alena songea que le tableau clamait un amour violent dans l'atmosphère feutrée du musée. La mère avait l'air capable de retourner la brosse et d'en frapper le crâne de sa fille, même si le cou tendu et exposé de la petite exprimait la confiance.

Elle recula pour observer sa réaction. Il hocha la tête. Il semblait gêné.

«C'est… enfin, c'est un beau tableau.» Elle attendit qu'il en dise plus. «Enfin, je veux dire, il doit être beau s'il est ici.»

Elle regarda le tableau d'un œil plus serein.

«Et cette fille pourrait être vous.

– Quoi?

– Elle pourrait être vous. Quand vous étiez plus jeune.» Il ne regardait plus le tableau de la même manière. «Et la mère, avec son tablier? J'imagine que les femmes s'habillent encore comme ça dans les pays traditionnels.»

Elle émit un petit rire, mais elle ne quitta pas des yeux le cou pâle de la fille. «Russie n'est pas traditionnelle.

– Pardon, non, bien sûr que non. Ma mère mettait encore un tablier quand j'avais quatorze ans, même si elle se contentait d'ouvrir une boîte de pâté en croûte Fray Bentos et de verser de l'eau bouillante dans un paquet de purée.» Son visage était plus doux, paisible. Il sourit. «Est-ce que c'est pour ça qu'il vous plaît? Parce qu'il est comme vous et votre mère? Il vous rappelle quelque chose?»

Elle secoua la tête, pivota dans ses tongs sur le parquet ciré, prête à s'éloigner, puis se retourna. Elle chercha ses mots, des mots vrais, pas des miettes faites de sel, de sucre et d'air.

«Je trouve que c'est comme le feu… non, je veux dire que c'est… violent. La mère est violente, la fille douce. Protection et amour. Vous voyez?»

Leurs yeux se rencontrèrent. «Je vois.

– Appelle-moi Alena.

– Quoi?

– J'aime bien si tu dis mon nom. Alena.»

Elle regarda de nouveau le tableau et mêla ses doigts à ceux, écartés, de Dave. Il ne retira pas sa main et le soulagement se répandit en elle avec autant de chaleur que si le tableau était embrasé. Malgré tout, elle ne quittait pas des yeux la brosse de la mère.

« Je vois, Alena. »

Ensuite, elle l'emmena voir quelques paysages d'hiver qui, dit-elle, lui rappelaient son pays. En fuyant la foule pour se réfugier au café du sous-sol, ils se tenaient toujours par la main dans la même attitude que le couple âgé tout à l'heure, semblant eux aussi sur le point de basculer et de se faire mal.

Elle n'avait qu'un billet de dix livres plié dans sa poche, ce qu'il lui restait des vingt livres qu'on lui avait données après le sandwich et la douche qu'elle avait prise à la gare de Waterloo. Elle proposa de lui offrir un thé.

« Ou un café. Je dis merci, tu te rappelles. »

Dave, peut-être enhardi de lui avoir tenu la main, un voile rouge flottant devant lui, la fit asseoir en lui appuyant sur les épaules et revint avec trois tranches de gâteau et deux théières sur un plateau. Alena insista pour qu'ils les goûtent tous.

« Celui-ci est bon et sucré, dit-elle.

– Tu as le bec sucré. »

Elle porta la main à ses dents de travers, honteuse. « Non, ce n'est pas le sucre, elles poussent comme ça. » Elle parlait derrière ses doigts et son cou avait rougi. Dave tendit le bras et baissa doucement sa main.

« Non, non, c'est une expression. Ça veut juste dire que tu aimes les gâteaux, les bonbons et ce genre de trucs. Moi aussi. » Il planta sa fourchette dans un morceau de meringue et elle heurta l'assiette. « Mais je marche plutôt aux KitKat. »

Après lui avoir piqué son sandwich la veille, Alena voulait résister, mais les gâteaux étaient aussi merveilleux que la salle haute de plafond remplie de meubles sombres. Elle était tout de même nerveuse et savait qu'elle allait regretter d'être incapable de profiter de la compagnie d'un homme gentil qui lui offrait du thé et des gâteaux sans rien demander en échange. Enfin, bien sûr qu'il voulait quelque chose – n'étaient-ils pas tous pareils? Mais elle avait le sentiment qu'au moins il demanderait et écouterait probablement sa réponse. Il poussa le reste des gâteaux vers elle.

«Vas-y. J'ai déjà mangé cinq Breakaway.

– Breakaway?»

Ils parlèrent jusqu'à la fermeture du café. À la sortie du musée, ils virent qu'il avait plu. L'air était saturé d'une odeur de poussière chaude montant des trottoirs, et des petites flaques brillaient comme des écailles de poisson sous le ciel qui s'assombrissait du côté de Trafalgar Square. En dépit de tout ce qu'elle aurait dû ressentir, elle trouvait toujours Londres magnifique. Mais elle était si fatiguée.

«Alors je te dis merci. C'est…» Elle hésita en se demandant si la cabine pour handicapés des toilettes publiques de Paddington, malgré le risque d'être surprise et arrêtée, n'était pas une meilleure option que cette requête à peine déguisée. «… très tard pour moi de trouver chambre d'hôtel maintenant. Tu connais une bien peut-être?»

Elle chercha un signe de gêne sur le visage serein de Dave, elle ne voulait pas le forcer, bien consciente qu'en ce cas ça ne marcherait jamais. Mais il était complètement, étrangement immobile. Il fourra les mains dans ses poches.

«Tu n'as donc nulle part où dormir ce soir?»

Elle émit ce qu'elle espérait pouvoir faire passer pour un petit rire, mais son cœur battait la chamade. Elle n'avait nulle part où dormir depuis trois mois.

«Mon hôtel est plein ce soir.» Elle se tut, mais il ne releva pas et elle ressentit une douleur aiguë dans les joues : peine ou déception peut-être. Elle ramassa son sac et fit un grand sourire crispé. «Mais c'est Londres. Des centaines d'hôtels! Merci, David.»

Il tourna la tête vers elle et fut de nouveau présent dès qu'il l'entendit soulever son sac.

«Hé, écoute… Je veux dire, je ne t'en voudrai pas si tu ne veux pas, mais… enfin, je vis seul et je peux dormir sur le canapé. Tu peux prendre le lit, je veux dire. Juste parce qu'il est si tard. Ça ne me plaît pas de savoir que tu essaies de trouver une chambre et c'est de ma faute parce que je t'ai retenue trop longtemps, alors…»

Elle souffla lentement par le nez et chassa tout l'air de ses poumons, seule façon qu'elle avait trouvée de faire croire qu'elle examinait la proposition.

«Mais je ne peux pas, vraiment. Tu habites où?»

Elle avait l'estomac retourné, tous ces gâteaux. S'il te plaît, ne dis pas Clapham ou dans ce coin-là.

«Hackney, vers l'est. Tu es vraiment la bienvenue. Je veux dire, c'est juste pour une nuit.» Il se tourna vers elle, croisa son regard et leva les mains. «En tout bien tout honneur. Pour le canapé je suis sérieux.»

Hackney. Vers l'est. Suffisamment éloigné. Elle hocha alors la tête, s'efforça de sourire et lui tendit son sac.

Cette fois ce fut David qui lui prit la main, lui touchant à peine les doigts. Il l'emmena dans un fish and chips et ils mangèrent rapidement à même le papier, presque sans parler, penchés sur le rebord de fenêtre de la friterie. Après quoi, elle insista pour marcher jusqu'à la Tamise et, bien qu'ébranlé par sa présence à ses côtés, il accepta, mit son sac sur l'épaule et fut soulagé quand ils arrivèrent au pont de Waterloo, main dans la main, tandis que les lumières brillaient et que les courants du fleuve tourbillonnaient plus bas, les aiguillonnant d'une manière ou d'une autre vers ce qui se passait entre eux.

Il refusa d'un geste le billet de dix livres qu'elle était allée chercher au fond de son sac pour payer le ticket de bus. Elle accepta comme elle aurait tout accepté, avec un signe de tête et un haussement d'épaules qui pouvait signifier n'importe quoi, mais qui dans ce cas, d'après Dave, voulait montrer sa reconnaissance.

Ils s'assirent, à sa demande, à l'avant de l'impériale du 243, et elle resta silencieuse.

« Ça va ?

– J'ai sommeil. Je ne dors pas très bien dernière nuit. »

Elle tira sur la manche qui dépassait du sac posé sur les genoux de Dave, enfila le gilet vert jaune qui en sortit, cala ses pieds sur le rebord de la vitre devant elle et pencha la tête contre l'épaule de Dave, comme si elle voulait se blottir contre lui, mais elle se redressa et ferma les yeux un instant.

Dave regardait leur reflet dans la vitre. Il ne savait pas du tout comment elle avait atterri ainsi à côté de lui et feignait d'observer les lumières disséminées le long de la Tamise, tout en se concentrant pour ne pas oublier le rythme de cette respiration si proche de lui.

Un vrai sac Chanel. Posé sans façon par terre à côté d'une des nombreuses brûlures de cigarettes faites dans le tapis par son père qui n'avait jamais compris qu'un jour il risquait de réduire tout l'immeuble en cendres. Sa mère semblait contente de revoir sa vieille amie, même si Alena, assise sans parler dans un coin avec un livre, sentait à quel point elle avait honte de l'état de l'appartement, combien peu elle avait à offrir.

L'amie, avec son rouge à lèvres étincelant, faisait de grands gestes, sans doute pour bien montrer la bague de diamant sur sa main ridée et le gros bracelet en or qui heurtait le plateau de la table. À côté d'elle, la mère d'Alena paraissait aussi boulotte et ordinaire que la dernière pomme de terre au fond d'un sac. Difficile d'imaginer que sa mère, empressée, contrite, posant sur la table un repas frugal pour elles trois, avait autrefois brillé plus que la bague de diamant. Brillé si fort qu'elle avait ravi à cette femme l'affection du père d'Alena, chassant cette meilleure amie, le cœur brisé, à Saint-Pétersbourg puis en France. Même si, comme sa mère le disait chaque fois qu'elle racontait l'histoire, elle avait rendu le plus grand service possible à son amie. La vie n'avait pas été facile, il lui avait fallu supporter durant toutes ces années l'alcoolisme et le mauvais caractère de son mari, jusqu'au jour où, à quarante ans passés, elle s'était trouvée enceinte d'Alena bien après avoir abandonné tout espoir. Elle avait au moins trouvé une raison de tenir. Son amie avait compris avec le temps. Au bout de tant d'années, la culpabilité avait disparu, ainsi apparemment que les reproches, puisqu'elle était là, à afficher son sac Chanel, et écraser sa cigarette dans une saucisse dont il restait la moitié tout en observant sa mère et en faisant des promesses.

«Beaucoup de travail. Pour les filles bien qui parlent anglais comme toi. Beaucoup de travail et un bon salaire aussi.»

Alena avait eu envie de la gifler séance tenante pour avoir mis à nu la pauvreté de sa mère et se contenta de l'idée macabre qu'elle risquait de se faire sectionner le doigt à se balader dans le coin avec un tel diamant.

Quoi qu'il en soit, après son départ, Alena et sa mère s'étaient étreintes, avaient toutes les deux ri de soulagement aux dépens de cet affreux chemisier imprimé léopard, leur premier rire partagé depuis longtemps. Avant cela, l'amie au maquillage parfait avait repoussé leurs remerciements d'un geste de sa main manucurée. «Pour la si jolie fille de ma plus vieille amie? Ce n'est rien. Il faut partager la bonne fortune, non?» Elle avait cherché quelque chose dans ce fameux sac, puis son regard froid s'était posé sur la mère d'Alena. «Ce n'est rien. C'est juste ce que je te dois. Alena, tu n'as pas idée de toutes tes possibilités.»

La femme revint le lendemain, l'air fatigué et le teint gris, au moins aussi vieille que sa mère. Elle dit qu'elle ne se réhabituerait jamais à la minceur des matelas russes et emmena Alena en haut pour l'aider à faire sa valise pendant que sa mère préparait du thé.

«Ça, ça. Pas ça. Prends plutôt ça.»

Alena regarda la pile de vêtements : robes d'été de couleur vive, minijupes en jean qu'elle n'avait pas portées depuis l'adolescence, et une drôle d'impression lui chatouilla le dos. La femme lui prit la main. «À Londres tout est différent. On ne s'habille pas comme les ploucs de Sibérie.» Elle désigna les survêtements, les gros pulls tricotés, les jeans moulants d'Alena. «Les jolies filles, elles se mettent en valeur.»

Alena la détailla des pieds à la tête : tailleur-pantalon vert pâle, collier de perles, moue impatiente.

«Mais pour travailler, vous êtes sûre? Regardez, j'ai des pantalons élégants et quelques jolis chemisiers. Je les ai achetés pour des entretiens, mais je ne les ai presque pas portés et…»

La femme rit, tira une bouffée de sa clope et poussa du doigt la pile de vêtements.

«Ceux-là. Pas ceux-là.» Elle donna une petite tape sur la joue d'Alena, presque sans la toucher. «Ceux-là.»

Puis elle remit à Alena toute la paperasserie de demande de visa. Les documents étaient déjà remplis d'une écriture serrée au stylo noir et en capitales efficaces; bizarrement, il semblait peu probable que ce soit celle de la femme. Alena s'assit et observa les documents, pas seulement des feuilles de papier, mais un avenir, de l'argent, une aventure, une liberté remplie de culpabilité loin de sa mère fragile. Elle allait obtenir un visa d'étudiante pour apprendre l'anglais, mais une fois à Londres elle trouverait du travail, peut-être dans un bureau ou plus probablement, au début, dans un café ou comme femme de ménage.

La femme lui fourra une liasse de roubles dans la main. «Emmène ta mère faire un bon dîner, elle a l'air d'en avoir besoin. La pauvre.»

En bas, les deux vieilles amies parlaient et Alena percevait la gêne de sa mère qui irradiait à travers le plancher : les méchants vêtements et la vaisselle ébréchée. Alena étudia l'adresse sur les papiers du visa, la tourna et la retourna dans sa bouche : Clapham, Lon-dres. Clap-ham. Clapham. Elle rentra les genoux sous l'épaisse couverture avec laquelle elle dormait depuis l'enfance et décida d'apporter à sa mère un sac haute couture la première fois qu'elle rentrerait et de ne jamais gaspiller la nourriture devant elle, même si elle n'avait plus faim.

La musique résonnait dans son sternum, les cris et la fumée des cigarettes arrivaient jusqu'à l'arrêt de bus où Dave se tenait immobile, l'observant puis observant la boîte de nuit, comme s'il avait oublié où il habitait. Elle serra un peu plus son gilet autour d'elle.

«Désolé, j'étais juste…» Alena suivit son regard jusqu'à une fille assise sur le trottoir, jambes écartées, slip visible, visage trempé de larmes, accrochée à un téléphone portable.

Elle savait que c'était le moment délicat, s'imagina sur une corde raide tendue entre les immeubles très haut au-dessus de la rue. Elle savait qu'une fois à l'intérieur, il aurait du mal à la renvoyer. Elle ne dit rien, fit un pâle sourire patient, tourna la tête vers la foule devant le club. On était mardi, la plupart des filles n'étaient pas en robe mais en jean, les garçons en débardeur à col V, et elle se rendit compte qu'elle avait encore beaucoup à apprendre sur Londres. Mais les hommes, elle les connaissait et quand il se tourna vers elle l'air irrité, lui fit un signe de tête stressé et se mit à marcher les mains au fond des poches, elle émit un charmant petit gloussement, et il fut contraint de lui répondre par un faible sourire. Encore une minute, promesse muette entre eux.

L'escalier sentait la pisse de chat et le papier peint luisait, sans doute, pensa-t-elle, à cause de la graisse montant du kebab qui tournait sans arrêt dans la boutique du rez-de-chaussée. Après les bruits et les lumières de la ville, un frisson serpentait dans son dos maintenant qu'ils se trouvaient seuls dans le salon. Enfin, salon et cuisine en même temps ; deux assiettes sur un égouttoir à côté de l'évier, une pile de boîtes en aluminium de plats à emporter à côté d'une poubelle qui débordait, le ronronnement sourd du petit réfrigérateur. Quoi qu'il en soit, elle était entrée, c'était le plus difficile, même si elle savait qu'il y avait d'autres choses encore plus difficiles à venir.

Il posa le sac par terre, s'assit pour enlever ses chaussures et ses chaussettes, et regarda autour de lui comme s'il venait lui-même d'emménager. Puis il se mit à déplacer des mugs à moitié pleins d'un endroit à un autre, ouvrit les rideaux sur la cité HLM en face puis les referma, la regarda d'un air fâché comme si c'était sa faute à elle s'il devait vivre ici. Elle fit un grand sourire, le genre de sourire tellement faux qu'elle eut l'impression que son visage allait se briser en mille morceaux s'il se figeait trop longtemps.

« Tu vois, mon hôtel c'était juste pour quelques nuits, alors… c'est beaucoup mieux ici que cet hôtel pas cher. »

Elle promena son regard sur la pièce presque vide, cherchant à faire un compliment, mais il n'y avait rien d'autre qu'un canapé avachi en velours marron, une table ordinaire en aggloméré, comme on en trouvait partout chez elle, et… « Télé ! J'aime beaucoup télé. Qu'est-ce que tu aimes regarder ? »

Il était assis sur le bord du canapé et grattait sa barbe naissante de fin de journée. Il avait changé d'avis, peut-être conscient de ce qui se passait. Assis comme ça, le dos rond, une main sur le visage, ses pieds maigres et pâles qui dépassaient des jambes de son pantalon noir, il donnait presque à Alena l'impression d'être un petit garçon. Un petit garçon déçu qui n'avait pas eu ce qu'il voulait pour son anniversaire. Elle sentit dans son ventre une vague de chaleur suinter lentement, compassion ou culpabilité, elle ne savait pas, mais elle n'en voulait pas.

« Désolé, désolé, Alena. »

Il se leva et quitta la pièce. Elle ramassa son sac. Elle allait partir, le laisser à ses plats à emporter, ses biscuits et sa petite pièce où il faisait chaud. Elle l'entendit claquer une porte et jurer tout bas. Il revint avec une pile de draps grisâtres, une couverture matelassée brillante, et l'air malheureux.

« Désolé. » Il fit un signe en direction de la literie, mais à sa voix, on aurait pu croire qu'il avait dans les bras le chien d'Alena qu'il venait d'écraser. « C'est juste que je ne t'attendais pas. »

Elle secoua la tête. « J'ai fait erreur. Je m'en vais maintenant. » Elle avait déjà le billet de dix livres à la main, certaine qu'il ne l'accepterait pas. « Merci pour gâteaux. C'est pour eux. »

Elle lui tendit l'argent et il la regarda en plissant les yeux. L'espace d'un instant atroce, elle crut qu'il allait pleurer.

« Non, non. Quoi ? Pourquoi ?

– Mais tu es fâché ? À cause de quelque chose que je fais ?

– Ne pars pas.

– Mais tu es fâché. Je te fâche. Je fais des excuses si tu ne voulais pas que je vienne chez toi. »

Il s'affala sur le canapé, tenant toujours les draps.

« Non, je ne suis pas fâché. Je suis, je suis… »

Alena laissa tomber son sac et s'assit à côté de lui, pas trop près, mais assez cependant pour voir un nerf tressauter au coin de sa bouche, une minuscule pulsation.

« C'est juste que je suis gêné à cause de cet appart. Tu vois bien que je n'ai pas souvent du monde, jamais en fait. Et tu peux rester, j'en ai vraiment envie, mais je ne veux pas que tu penses que tu dois… je n'attends rien. Tu comprends ? Tu as besoin d'un endroit où habiter quelque temps et je veux que tu saches que tu peux squatter ici.

– Squatter ?

– Oui, dormir, habiter. Prendre le lit aussi longtemps que tu voudras et moi je dormirai sur le canapé et il n'y a pas… Je ne suis pas un vicelard, tu sais ? C'est juste sympa d'avoir de la compagnie, pour tout dire. »

Ainsi, ça y était. Alena sentit qu'elle se détendait, eut peur qu'il entende le clic, clic, clic de sa colonne vertébrale qui se déroulait.

« Pas d'échange ?

– Quoi ?

– Il n'y a pas d'échange ici. Tu as dit que je pouvais dormir ici sans payer ? »

Il rit, un petit rire tendu. « Ouais. Je suis un bon gars, un brave type pour le moins, et ce n'est pas grand-chose, mais tu peux rester ici aussi longtemps que tu veux.

– Je comprends. Merci, gentil monsieur. »

Elle aurait bien aimé pouvoir dire que tout cela faisait partie de son plan, encore un fil pour s'attacher l'affection de Dave, mais lorsqu'elle effleura de ses lèvres la douceur de son sourcil noir, elle savait que ce n'était pas vrai.

« Je suis content que tu sois là, Alena. »

Elle posa la main sur le front moite de Dave. C'était un homme gentil comme elle l'avait deviné, ou parié. Elle se promit en silence de lui faire le moins de mal possible.

Il lui expliqua le fonctionnement de la douche, puis la laissa dans la chambre qui donnait directement sur la cité, tableau électrique de lumières intermittentes et rues comme des fils enchevêtrés. Elle enfila sa chemise de nuit, imagina la boucle de la ceinture de Dave tombant par terre et lui qui se retournait sur le vieux canapé marron, incapable de trouver le sommeil parce qu'il pensait à elle dans la pièce voisine. Au bout d'un moment, elle sut qu'il ne viendrait pas et elle s'étendit, posa la tête sur l'oreiller moelleux qui gardait l'odeur de Dave. Les draps étaient un peu granuleux, mais pas assez pour gâcher le plaisir d'être dans un vrai lit, et un lit double en plus. Elle écarta les jambes, cambra le dos, laissa le matelas s'adapter à son corps et un lourd sommeil sans rêves s'abattit sur elle et l'écrasa.

3

Il se réveilla de bonne heure et se rendit à la boutique turque d'en face où on trouvait de tout : boîtes de raviolis, gros morceaux de feta brillante flottant dans des cuvettes pour la lessive, teinture pour les cheveux, couches, revues porno.

Il parcourut rapidement les allées étroites, le panier se balançait à son bras en lui pinçant la peau au creux du coude. Du bacon, des œufs, un grand pain turc plat de la taille d'un petit coussin. Il était assez tôt pour que les gars de l'équipe de nuit, pas rasés et coiffés de bonnets de laine malgré l'été, soient encore derrière la caisse.

L'un d'eux avait un visage en lame de couteau aux traits tombants qu'une maigre moustache allongeait encore ; la barbe blanche de l'autre ne parvenait pas à cacher le double menton de son visage basané, rond et lunaire. Ils allaient fumer dehors à tour de rôle, s'appuyaient contre les cuvettes à une livre d'aubergines, de carottes et de pommes, tandis que celui qui ne fumait pas servait les clients à l'intérieur. Les étudiants des Beaux-Arts qui vivaient non loin, dans l'usine reconvertie, les gens de la cité, les familles turques et Dave étaient tous accueillis par le même sourire las : «Ça va, chef ? Pas de problème ?» et par la musique moyen-orientale perçante et grinçante qu'ils écoutaient, apparemment sans plaisir, sur un petit lecteur de cassettes rose coincé à côté des cigarettes.

Dave, qui n'entrait habituellement que pour acheter un demi-litre de lait ou un paquet de chips, se demanda s'ils remarquaient sa nervosité quand il hissa son panier plein sur le comptoir. Il voulait payer rapidement, de peur qu'elle soit partie, qu'elle ait franchi la porte avec son fichu sac fatigué, qu'elle ait disparu dans la ville décolorée par le soleil où elle venait d'apparaître.

Il sortait timidement ses achats du panier quand il se rendit compte qu'elle aurait besoin de plus de nourriture pour la journée.

« Une minute, l'ami. Pardon. »

Il alla chercher des boîtes de soupe, du gratin de macaronis surgelé, des saucisses. Il ne savait rien d'elle, elle ne mangeait peut-être que des salades. Non, il se souvint qu'elle aimait le sucré et rajouta quelques paquets de biscuits, un pot de crème glacée puis, en passant devant le présentoir des journaux, quelques magazines sur papier glacé avec en couverture des visages aux dents et aux cheveux brillants, et de longs membres bronzés. Le temps qu'il revienne à la caisse, Face de Lune était dehors, le *Sun* étalé sur une pile de poireaux, une tasse de thé dans une main, une cigarette roulée dans l'autre et Tête Longue maniait avec apathie le lecteur de code-barres. Il s'arrêta en voyant les magazines féminins et regarda Dave.

« De la lecture, chef ? Vous savez qu'on a ce qu'il faut. » Il fit un signe de tête vers l'étagère du haut et découvrit quelques millimètres de ses dents, ce qui pouvait passer pour un sourire. Dave émit un rire creux.

« J'ai quelqu'un à la maison. »

Le sourire s'élargit un peu. Dave se dit que c'était une mise en boîte, bon enfant, une plaisanterie, mais une mise en boîte quand même.

« Maman... ou sœur ? »

Mise en boîte. Dave se redressa.

«Une fille, en fait.» Il se sentit très con. «Je veux dire une amie. C'est une fille.»

Tête Longue hocha la tête, haussa les épaules, et Dave se sentit encore plus crétin. Il recommença à scanner les codes-barres. À chaque bip, soupe de tomate, bip, biscuits fourrés, bip, confiture de fraises, bip, Dave imaginait Alena qui se réveillait, considérait son trou à rats, la cité en face avec les sacs en plastique accrochés à l'unique rosier sur l'herbe jonchée de crottes de chien, puis attrapait ses affaires et claquait la porte derrière elle.

Le prix des courses lui donna un choc – comment lui faire plaisir s'il ne pouvait même pas se permettre de leur acheter à manger pour un ou deux jours? Les anses des sacs tiraient sur ses poignets et il se demanda si elle savait à quel point les vigiles étaient mal payés, comme si l'appartement ne le montrait pas et comme si cela changeait quoi que ce soit.

Quand Face de Lune rentra de sa pause de dix minutes, Tête Longue l'accueillit par un : «Celui-là, il a une copine chez lui.

– Super, chef. Il était temps, hein!» Tête de Lune lui donna une tape dans le dos.

Quand la porte se referma derrière lui, Dave se rendit compte qu'il riait en silence.

Son rire s'éteignit vite. Il s'aperçut tout de suite que la porte de la chambre était ouverte et l'appartement silencieux. Il abandonna les sacs dans l'entrée. Pas d'adieu, donc. Tout en se sentant coupable, il vérifia ses affaires, puis se rappela qu'il n'avait rien à voler; elle pouvait prendre ses deux assiettes et son déodorant à bille si ça lui chantait.

Quel idiot! Se vanter devant les deux épiciers d'avoir une amie chez lui, une fille. Quel pauvre con! Mais voilà qu'elle était là, sur le canapé, dans sa chemise de nuit Snoopy, buvant un mug de café noir qui, à en juger par l'odeur, était épais comme du goudron, la fenêtre grande ouverte, occupée à tourner les pages de la *Hackney Gazette* posée sur ses jambes nues. Elle leva les yeux et, mi-bâillant mi-souriant, elle prit une expression à la fois farouche et enfantine.

«David. Je crois que tu vas travailler.»

Il enfonça les mains dans ses poches et la contempla, jambes croisées, cheveux roux emmêlés d'un côté de la tête, traînées noires du mascara de la veille autour des yeux. Il sourit aussi et secoua la tête à l'instant même où elle faisait un signe vers le journal.

«Je trouve travail peut-être?»

Il ne répondit pas, de crainte que ses paroles ne brisent l'instant, ne la fassent changer d'avis. Il approuva en silence et, quand elle revint au journal en buvant une gorgée de son café, il ne bougea pas, la fixant toujours; elle leva la tête et haussa ses fins sourcils d'un air interrogateur.

«Je cherche travail à Hackney, oui? Habitant à Hackney.» Elle baissa la tête devant son absence de réponse et son expression changea comme un jour ensoleillé brusquement obscurci par de la neige fondue. Elle reprit d'un air plus sérieux, sondant son visage: «Je reste ici un petit peu et puis je trouve nouveau endroit? C'est OK?

– OK. Je veux dire, oui, ouais, bonne idée. Reste aussi longtemps qu'il faut… Je veux dire, aussi longtemps que tu veux.»

Il déballa les courses, les mains tremblantes. Il avait oublié le malaise du désir qui l'envahissait jusqu'à la plante des pieds. Désirer et peut-être se permettre d'obtenir et peut-être d'être désiré en retour. Il avait oublié à quel point il pouvait être terrifiant de désirer et d'obtenir.

Il avait cru que ses copains allaient rire, se foutre de lui quand il entra dans le pub avec elle. Il n'avait pas vraiment eu le choix.

En arrivant au salon, il avait trouvé Shelley qui se tamponnait les yeux avec du papier hygiénique, le bras adipeux de sa mère autour de ses épaules.

« Et dire que c'était mon premier vrai rendez-vous depuis un an.

– C'est un con. La gueule de bois, tu parles d'une excuse !

– Tu te rends compte ! Moi toute pomponnée et nulle part où aller. »

Elles regardèrent Dave debout sur le seuil, une canette de Skol à la main. Sa mère se leva et s'approcha de lui. Son visage s'adoucit comme chaque fois qu'elle allait lui demander quelque chose qu'il n'avait pas envie de faire, acheter des Tampax par exemple, puis elle but une gorgée de sa canette et enfonça doucement le doigt dans le ventre de son fils.

« Davey, tu sors ce soir. Qu'est-ce que c'est encore ? L'anniversaire de Deano ? »

Toujours en silence, il reprit sa canette de Skol et en contempla le trou. Le silence se prolongeant, il but un coup et attrapa sa chemise repassée sur le dos du canapé. Sa mère cala ses bras croisés dans le creux entre ses nichons et son ventre, l'air vexé, et il sut qu'il ne s'en tirerait pas facilement.

« Mickey, c'est l'anniversaire de Mickey. Il faut que je me prépare, mais oui. » Il soupira, tenta de regarder Shelley d'un air qui voulait dire : « Ma mère déraille, non ? – imaginer que tu vas sortir avec moi et mes copains, comme si… » Mais alors sa mère lui donna un petit coup de coude. « Viens si ça te chante, Shelley.

– Non, dis pas de bêtises. Tu veux pas que je te fiche la honte. Non ? Tu vas draguer ce soir. »

Dave savait très bien que c'était une vraie question remplie d'espoir, mais il la prit au pied de la lettre.

« Ouais, c'est vrai. » Il haussa les épaules, tiré d'affaire. « Bon. »

Ce qui ne laissa pas d'autre choix à Shelley que de se mettre à rire, comme si ne pas venir était sa propre idée. Dave sentit que sa mère lui en voulait sérieusement, ardente comme la flamme qu'elle approchait de sa clope ; elle envoya une bouffée de fumée rapide et impatiente dans sa direction.

Shelley et sa mère écoutaient en général Céline Dion ou regardaient un mélo larmoyant à la télé et, quand il était trop tard pour qu'elle introduise ses pieds dans ses chaussures à talons et titube jusqu'à son appartement entre les immeubles qui projetaient leur ombre noire, Shelley se pelotonnait sur le canapé, tenant à la fois du gamin claqué et du mari repoussé.

Ce soir-là, quand Shelley eut fini de pleurer toutes les larmes de son corps et qu'elles eurent déblatéré à qui mieux mieux sur son mec absent, leurs rires fatigués et un peu ivres sonnaient creux sur le générique d'*EastEnders*. Les murs étaient si minces, du carton et de la colle disait sa mère, que Dave les entendait malgré son Discman. Il imaginait Shelley qui sortait un échantillon de parfum, en aspergeait ses pieds et les ramenait sous elle, puis rallumait sa clope, tandis que sa mère, assise, lui souriait et lui frottait un peu le genou. « Tu travailles tellement. Tu mérites de t'amuser un peu, de trouver un brave type qui te donne un peu d'amour.

— Je sais, Pat. » Elle devait souffler une longue colonne de fumée en cet instant, songea Dave. « Putain, et comment que je le sais. » À les entendre, elles devaient avoir bu quelques verres, peut-être plus que quelques-uns. « Et si on le mérite pas, qui le mérite, Pat, qui, hein ? Des filles qui travaillent dur comme nous et toutes seules en plus ?

— À part Davey.

— À part lui. Alors ouais, si on le mérite pas, qui le mérite ? OK, je suis plus une jeunette, Pat. Je continue à soigner mon look, mais quelqu'un comme ton Dave, par exemple, ne s'y laisserait pas prendre.

— S'il avait la tête sur les épaules, il y regarderait à deux fois. Une fille canon comme toi.

– Nous, les filles, on devrait le savoir », dit Shelley à sa mère.

Elles se tordirent de rire. Dave, dans sa chambre, ne comprenait pas de quoi il s'agissait ; il avait augmenté le volume d'Eminem et contemplait sa carte du monde. Puis Shelley frappa à sa porte, chancelant sur ses talons trop hauts.

« Ta mère m'a envoyée te demander si tu voulais un croque-monsieur avant de sortir. Pour que tu aies quelque chose dans le ventre. Je peux entrer ? » Elle pénétra dans la chambre en tirant sa petite jupe noire sur ses cuisses. Dave leva les yeux de son livre et elle s'assit sur le lit près de lui en se reculant, de sorte qu'ils étaient assis côte à côte contre le mur. « Qu'est-ce que tu lis ? »

Dave lui montra la couverture.

« L'Amérique du Sud ? Avec trois sous en poche ? Pourquoi si loin quand tu pourrais simplement aller dans un chouette hôtel, louer une villa ou quelque chose comme ça ? »

Elle lui donna un petit coup d'épaule, elle sentait le parfum, un parfum qui rappelait les bonbons à un penny de la Coop, et un peu les cigarettes de sa mère. Dave s'éclaircit la voix, regarda la carte.

« C'est pas une question de fric, tu comprends ? C'est pour l'expérience. Voyager, manger comme les gens. C'est une aventure. En plus, ce n'est que le début. »

Elle se leva et s'approcha de la carte, se pencha et suivit du doigt l'itinéraire qu'il avait marqué au stylo.

« C'est vraiment super, Dave. Tu vas vraiment faire le tour du monde ?

– Ouais, je vais voyager sur tous les continents. Surf en Australie, safari en Afrique, à dos d'éléphant en Thaïlande. La vie ne s'arrête pas à cette petite cité, tu sais ? »

Il s'attendait à ce qu'elle prenne la mouche, qu'elle lui dise de ne pas être con, qu'il allait briser le cœur de sa pauvre mère à cavaler autour du monde, mais elle se contenta de sourire. « Super, Dave. C'est vraiment super. »

Dave se redressa un peu plus. Elle n'avait posé aucune des questions idiotes habituelles : « Ça va coûter combien ? » « À quoi ça sert ? » « Pourquoi tu pars pas simplement vivre en Espagne comme Tina Howell ? » « Qu'est-ce que ta pauvre mère va faire sans toi ? »

« Ouais, je mets de l'argent de côté pour le voyage. Maman le sait. Je veux dire, elle ne veut pas que je parte, mais elle comprend pourquoi je dois le faire. Et quand j'aurai assez, un billet pour un tour du monde – premier arrêt New York.

– J'ai toujours voulu aller à New York. Tous ces magasins. » Elle passa de nouveau le doigt sur la carte. « Tu sais, je ne rate jamais un épisode de "Holiday". On dirait pas en me voyant, mais moi aussi j'aurais bien aimé partir à l'aventure. T'as bien raison, Davey, de vouloir partir d'ici.

– Tu peux encore. Achète une carte, trace ton itinéraire, mets un peu de côté chaque semaine. »

Elle le regarda.

« Je devrais être prêt cette année, c'est l'idée. L'Amérique, la Nouvelle-Zélande, l'Australie, la Thaïlande, l'Afrique et tout le reste, et puis je rentre et je commence à réfléchir à une formation, prof de sport, loisirs et tourisme, ou quelque chose comme ça. »

Elle avait mis les mains sur les hanches et il remarqua que cela projetait ses seins en avant.

« C'est vraiment super, je veux dire incroyable, Dave. Tu as tout préparé, hein ? Ta mère va être tellement fière. » Elle fit quelques pas vers le lit. « Je parie que tu vas laisser quelques cœurs brisés derrière toi, non ? » Elle se pencha sur lui – il avait une vue plongeante sur son décolleté. « Tu plais à toutes les filles. Je t'ai vu courir dans la cité, on t'a toutes vu. Tu fais le bonheur de beaucoup de femmes mariées. » Elle se redressa. « Enfin, ta mère voulait savoir, fromage et jambon ou fromage et pickles ? »

Dave poussa un soupir, leva les yeux sur elle tandis qu'elle tirait sur sa robe.

« Dave ?… Croque-monsieur ? Tu en veux un ? »

Elle semblait un peu impatiente, peut-être comme si elle se moquait de lui. Il prit son livre pour masquer la rougeur de ses joues.

« Bon sang, Shelley, je ne sais pas, c'est un croque-monsieur, non ? Alors, comme tu veux. J'essaie juste de lire ce truc avant de sortir, en fait. »

Toujours avec son demi-sourire amusé, elle leva les mains. « D'accord, d'accord ! C'est prêt dans une minute. »

Elle avait presque franchi la porte, mais elle se retourna quand il l'appela ; elle ne souriait plus.

« Merci d'avoir demandé. »

Elle eut un petit rire. « Pour le croque-monsieur ?

– Pour le voyage, sans prendre simplement le parti de ma mère et… pour tout. » Dave tira un fil de sa manche. « Viens ce soir. Je veux dire, si tu as envie. Tu es super bien habillée. »

En entendant la porte du salon se fermer, il posa son livre, déboucla sa ceinture, pensa à sa silhouette dans cette robe, à la façon dont son doigt avait suivi les contours du Sahara.

Ses copains n'avaient pourtant pas ri quand ils étaient entrés. Ils avaient jeté un coup d'œil aux longues jambes de Shelley dépassant de sa minijupe, au sourire de défi, et avaient adressé à Dave un signe d'approbation qui voulait dire « bon plan si tu peux te la faire, mon pote ». Dave avait haussé les épaules et regardé ailleurs tandis que Shelley se faufilait dans la foule pour aller chercher « de l'Aftershock pour tout le monde ! »

« Shelley chérie, pour moi ce sera un rouge. Je peux pas saquer le bleu », cria Mickey derrière elle. Elle leva le pouce au-dessus des têtes pour montrer qu'elle avait compris.

« D'accord, l'homme du jour ! »

Elle revint avec les six petits verres de sirop épais et rouge en équilibre sur une assiette. Ils se les enfilèrent, le goût de cannelle leur brûla la gorge, les fit roter, visages grimaçants, claquements de lèvres. La main de Mickey était posée juste au-dessus du cul de Shelley et il lui parlait à l'oreille, mais elle ne quittait pas Dave du regard, ses yeux bleus obscurcis par la cage que formaient ses cils agglutinés, une poussière noirâtre s'accumulant dans ses fines rides quand elle souriait.

Il la voyait bien. Peut-être. Maintenant qu'elle n'était plus dans son salon, assise à côté de sa mère. Mais elle n'avait toujours été que Shelley, la copine de sa mère. Plus jeune qu'elle d'une bonne quinzaine d'années, oui, mais du même genre quand même. Elle venait depuis qu'il avait seize ans. Il connaissait exactement sa façon de se mettre à l'aise sur leur canapé, d'ôter ses chaussures à hauts talons de sorte qu'une légère odeur animale, comme celle de la fourrure d'un lapin, emplissait le salon. «Désolée si ça pue, Pat, c'est d'avoir marché. Nous, les vendeuses d'Avon, on fait des kilomètres – un jour, ils ont fait un test, ils ont donné à quelques filles un podomètre et ils l'ont écrit dans le bulletin. Je supporte pas de les remettre, à cause de mes oignons.»

Elle léchait le fond poisseux de son verre vide, tournait les hanches vers Mickey, mais regardait Dave, déjà à moitié bourré. Il avait du mal à y croire, mais elle lui plaisait un peu, cette femme qui se pointait chez lui avec ses sacs New Look remplis de vêtements dessinés pour les adolescentes, qui parlait trop de son ex-petit ami marié et des crèmes hydratantes Avon. Peut-être qu'en fait elle lui plaisait plus qu'un peu ou peut-être que c'étaient les trois canettes de Skol et les deux Aftershock ou même le pub à la moquette collante et l'atmosphère «on va pas se bastonner tout de suite mais pas impossible que je te retrouve dehors plus tard».

Elle bavardait à présent avec Deano qui venait d'arriver et adorait ça. Pete, le type qui servait au bar, n'arrêtait pas de la regarder et lui apporta une flûte en plastique de vin rosé pétillant avec un sourire qui cherchait à plaire. Ils lui mangeaient dans la main, mais elle n'avait d'yeux que pour Dave, attendant qu'il se manifeste. Il se demanda combien de verres elle avait bus avec sa mère avant.

Deano et Shelley se dirigèrent vers ce qui faisait office de piste de danse, passèrent devant le billard couvert d'une planche de bois et dansèrent une conga lascive, l'homme d'un côté, la femme de l'autre, sur «Girls Just Want to Have Fun». Il eut un pincement au cœur, peut-être de jalousie, peut-être juste parce que ses potes cherchaient à le foutre en rogne et que Shelley était bourrée – elle avait douze ans de plus qu'eux.

C'était sa faute si elle était là, un bras autour de Deano et l'autre autour de Mickey; ils n'avaient qu'à continuer. Qu'ils en profitent. Il sortit avec sa pinte et contempla les vitrines obscures devant lui en pensant à sa carte, en voulant être ailleurs.

«Et qu'est-ce qu'il lui arrive au beau gosse, aujourd'hui?

– Quoi?

– Vous êtes complètement dans les nuages, on peut le dire, et ne croyez pas non plus que je ne vous ai pas vu arriver en retard. Je ne vous paie pas pour que vous regardiez dehors. Vous êtes censé surveiller les clients.»

Dave aurait habituellement laissé passer, se serait excusé, mais aujourd'hui, il la toisa.

«Je fais mon boulot, Yvonne. En plus, il est trois heures et demie et je n'ai pas encore déjeuné.»

Devant la tête qu'elle faisait, Dave se dit que peut-être son collant couleur chair trop foncé, réglementaire pour les vendeuses même l'été, lui rentrait dans le cul. Elle émit un petit «Oh!», mais son expression se durcit illico.

«Alors descendez une demi-heure. Tanya! Venez par ici et occupez-vous de la porte.»

Dave enfonça les mains dans ses poches et, au moment où il passait devant la caisse, il sentit les ongles longs, bleus et pailletés de Tanya lui caresser le bras. Honnêtement, ce n'était pas déplaisant, cette caresse.

« Comme ça, tu es fatigué aujourd'hui, Davey ? » Elle parlait à voix basse, ses lèvres passées au gloss rose tout près de son visage ; il voyait les petites bosses des boutons sur son menton recouvertes d'un épais fond de teint. Sa main était toujours sur le bras de Dave. « Tu as eu une touche hier soir, hein ? »

Sa bouche avait une odeur un peu fétide, trop moite, mais ses lèvres fuchsia et brillantes, si près de son oreille, avait aussi quelque chose de sexy et il s'écarta.

« Tanya, arrête. »

Elle recula d'un mouvement brusque comme si on avait appuyé sur un bouton dans son dos pour lui faire redresser le torse et croiser les bras.

« Je me suis dit que peut-être c'était ça, le deal. Tu vois, ton dédommagement pour l'avoir laissée partir, cette voleuse étrangère, c'est tout.

– Quoi ?

– Je connais ton petit secret. » Ses yeux fouillèrent le visage de Dave et quand elle eut trouvé ce qu'elle cherchait, elle découvrit un peu les dents et prononça les mots suivants dans un murmure avec l'accent chantant de l'Essex : « Tu m'as pas vue, mais moi je t'ai vu. »

Dave essaya d'adopter un air aussi neutre que possible, regarda Yvonne derrière lui, espérant qu'elle n'entendait pas.

« Je te l'ai déjà dit, Tanya, arrête. »

Yvonne s'approcha à grands pas.

« Tanya, allons, ma petite, je ne vous ai pas déjà dit que j'étais la seule ici à pouvoir taquiner notre beau Davey ? Privilège de manager. Et… Dave ? » Yvonne projeta vers lui sa grosse poitrine habillée de polyester. « Je ne sais pas ce qui vous prend depuis quelques jours, mais je n'ai pas encore décidé si ça me plaît ou non. Alors faites gaffe. »

Dave regarda Tanya et secoua la tête comme pour dire qu'elle était dingue et ne savait pas de quoi elle parlait. Il tenta de voir ce qu'exprimaient ses yeux derrière les faux cils duveteux, mais elle se dirigeait déjà vers la porte.

Il comprit que c'était grave en s'apercevant qu'il n'avait pas faim. Il resta assis en pensant à elle assise en face de lui. Sa façon de mordre dans le sandwich, sa façon de couper brusquement la fin des phrases qu'il prononçait, puis la tension mais aussi le plaisir d'être assis à côté d'elle sur le canapé ce matin, de manger des œufs et des toasts pendant qu'elle lisait les petites annonces.

« Qu'est-ce que c'est, une usine de vo-ol-ailles ?

– Un endroit où on enlève les tripes des poulets.

– Les tripes ?

– On les vide. On les découpe, pattes, blancs, ce genre de trucs.

Il la revoyait pencher la tête de côté, faire la moue, hocher la tête, entourer l'annonce et continuer à lire.

Dave s'appuya contre le dossier de la chaise en plastique bancale, posa les pieds sur celle d'en face, sirota son thé et contempla sa boîte à sandwichs toujours fermée ; c'était sa parole contre celle de Tanya. Ça irait. Il l'aurait à l'œil. Mais il savait qu'il devait travailler, cela faisait partie du marché. Comment pourrait-il la garder autrement ?

Il avait l'impression qu'il lui faudrait apprendre Alena, comme on apprend les tables de multiplication ou une liste de mots vraiment difficiles à écrire et qui n'ont aucun sens, ne rentrent pas, jusqu'à ce qu'on trouve une astuce qui rend soudain les choses plus faciles. Il mordit une petite peau sur son doigt, eut le goût du sang dans la bouche et se demanda comment la persuader de rester assez longtemps pour qu'il trouve la petite astuce.

Il puait l'ail. Dave le sentait suinter de tous les pores de sa peau quand il fonça dans la boutique de kebab. Il allait vite, et se déplaçait comme si les articulations de ses jambes ne fonctionnaient pas très bien. Dave et les gars, ils étaient complètement murgés, ils avaient regardé le foot toute l'après-midi en buvant une pinte après l'autre de cidre trop gazeux. Ils étaient maintenant assis à l'une des deux tables, sans parler, et mâchaient bruyamment leurs sandwichs grecs et leurs hamburgers. Les petits rots de Mickey à chaque bouchée et cette chanson à la radio qui parlait d'un parapluie.

Avant ce pochard, il y avait eu deux jolies filles. Elles étaient torchées, mais on voyait bien qu'elles étaient aussi un peu B.C.B.G. Elles avaient commandé des falafels, leurs cheveux étaient lisses et naturels, tout comme leur visage. Ce genre de filles vivait à Putney. Quand la brune avait trébuché à la sortie des toilettes et avait atterri à quatre pattes à côté de leur table, Dave et ses potes avaient lancé des remarques de poivrots.

«Fais gaffe, princesse.

– T'as besoin d'aide, ma belle?»

Et Deano, Deano évidemment : «Pendant que t'es par terre, ma jolie.»

Elle avait ri, s'était relevée et avait salué : «Breakdance.»

Elle et sa copine avaient emporté leurs falafels, leurs rires et leurs beaux cheveux lisses, et elles étaient sorties dans la nuit. Dave s'était demandé pourquoi ils n'allaient jamais dans les pubs où il y avait des filles comme ça.

Maintenant il y avait ce type. Il devait avoir dans les soixante ans, mais c'était difficile à dire avec ce genre de mec. Plus petit que Dave, cheveux gras et filasse, gris jaunâtre, et un visage rougeaud couvert de sueur. Il avança de quelques pas en titubant, sa poitrine heurta le comptoir et il se mit à se tapoter la tête.

« Je suis pas marteau. » Son fort accent écossais remplit la boutique de kebab comme l'odeur d'ail – il devait avoir mangé carrément plusieurs têtes. « J'vous l'dis, j'suis pas marteau. Bon, demain pas plus tard – j'encaisse mon mandat et j'apporte le fric. Allez, j'crève la dalle. Juste une part de frites avec de la sauce piquante. J'vais… J'ai pas mon porte-monnaie, mais je r'viens demain. Allez, c'est rien qu'une putain de part de frites, ça coûte rien. »

Les copains de Dave se marraient, bouche ouverte encombrée de viande et de frites à demi mâchées ; de la harissa avait coulé sur le menton de Deano. Le type derrière le comptoir ne riait pas, lui.

« Je vous l'ai déjà dit. C'est non. Je tiens un commerce, moi.

– Allez, juste un tout p'tit peu. Ça vous fait rien d'voir un vieux qu'a faim ? Je suis pas marteau. C'est un préjugé, v'là c'que c'est.

– Un préjugé de ne pas être payé ? »

Deano se mit à crier. « Tu veux qu'on t'en débarrasse, vieux ? Je te le fais pour une canette de Fanta. »

C'était peut-être le mot Fanta, mais Dave se retrouva d'un coup à la cantine de l'école primaire, mangeant son roulé à la confiture et à la crème anglaise, Deano assis à côté de lui et Alex Donnelly en face.

« Tête de nœud. »

Dave avait dû sortir la cuillère de sa bouche. « Quoi ? »

Alex lui donnait des coups de pied dans les tibias sous la table, en rythme. Paf, paf, paf. Les gosses de chaque côté ne pipaient mot, les yeux fixés sur Dave. Alex avait continué.

« Tu pues la merde. Tu laves pas tes vêtements ? Pourquoi tu te laves pas ? »

Dave avait reculé les jambes, mais pas assez loin. Paf, paf, paf. Il avait baissé la tête sur son assiette et continué à manger son dessert. Roulé à la confiture, son préféré, mais c'était fichu maintenant.

« C'est ta mère, hein ? C'est pour ça. C'est parce que c'était une grosse salope que ton père s'est barré et maintenant elle est encore plus grosse et elle est trop bourrée pour te faire propre. Ma mère dit qu'elle a toujours été une salope d'ivrogne mais maintenant que c'est une grosse salope d'ivrogne elle a dû laisser tomber. »

Alex s'était retrouvé par terre avant que Dave s'en soit aperçu, Deano à cheval sur lui. Il était passé sur la table en envoyant balader les assiettes de dessert et Dave, peut-être à peine une seconde plus tard, avait sorti la cuillère de sa bouche et fait pareil. Il s'était propulsé au milieu des débris du déjeuner tandis que les gamins tapaient des poings sur la longue table.

« Du sang, du sang, du sang. »

Dave avait poché l'œil de Deano en l'écartant. « C'est ma mère ! Tire-toi. Je le fais. » Puis, sans trop savoir comment s'y prendre, Dave avait imité de son mieux les Power Rangers et frappé au ventre ce petit con d'Alex, jusqu'à ce que les mains puissantes des femmes de service les séparent de force.

« Je t'interdis de parler de ma mère. Ma. Mère. »

Il avait été exclu quelques jours pour s'être battu, mais il avait refusé d'expliquer pourquoi à sa mère. Elle avait dit qu'elle s'en fichait : « Tu t'es défendu, je parie. Il faut bien que tu te protèges. Tu es l'homme de la maison. »

À présent, il avait presque le goût de la crème anglaise granuleuse sur la langue en voyant Deano marcher vers le vieil alcoolo ; les types derrière le comptoir se lançaient des regards inquiets tandis que le vieux bonhomme, inconscient, répétait sans arrêt : « Allez, une part de frites. » Cette après-midi à l'école primaire avait fait de Dave et Deano les meilleurs amis du monde. Deano n'avait jamais cafté qui lui avait poché l'œil. Mais Dave le connaissait bien. Deano adorait la bagarre, – à cause de la drogue aujourd'hui, pour quelle raison à l'époque il n'en avait aucune idée. Dave lui saisit l'épaule juste avant qu'il soit hors de sa portée.

«Fais pas le con, Deano. Assieds-toi, finis de manger. On n'a pas besoin de ton aide.» Deano chercha à se dégager. «Je rigole pas, mec. Putain, assieds-toi ou je te fais asseoir. Mickey aussi. On est là pour manger.» Mickey continua à se fourrer des frites dans la bouche, mais Deano s'assit. «Bon, tu veux un putain de Fanta?»

Dave s'approcha du comptoir. «Je peux avoir un Fanta, mec?» Il se tourna vers le vieux poivrot qui fouillait ses poches à la recherche de pièces qui n'y étaient pas, Dave le savait. «Alors, vous voulez des frites?»

Ils se dévisagèrent pas plus d'une seconde. Le vieux bonhomme puait l'alcool, l'ail et la pisse. Il pourrait être mon père, se dit Dave. Il fit l'impasse sur ce qui lui vint à l'esprit ensuite : ça pourrait aussi être ma mère si elle n'avait pas dû tenir le coup pour moi.

«Putain de merde, fiston.» Il se tapota de nouveau la tête. «Je suis pas marteau. Un cheeseburger et un 7-Up. Et une grosse barquette de frites, voilà.»

David paya. Le billet d'avion s'éloignait encore de quelques livres, le goût lointain de la crème anglaise persistait sur sa langue.

Pub luxueuse après pub luxueuse, des femmes superbes lançaient leurs jolis petits poings vers Alena, aussi vite qu'elle tournait les pages. Elle était restée assise un moment devant la fenêtre ouverte qui laissait entrer la lumière pâle de cette journée couverte mais déjà chaude. Cela faisait longtemps qu'elle n'avait pas pu rester assise quelque part, paisible et seule. Puis elle prit une douche, une longue douche chaude, pas une qu'elle avait payée dans une gare où l'eau s'arrêtait de couler en plein milieu. Rinçant l'odeur forte d'une bonne nuit de sommeil, les mains glissantes de gel douche qui sentait, comme lui, la menthe et picotait la peau, elle passa les doigts sur son ventre et ses hanches saillantes.

Ensuite, elle observa son corps lisse et brillant dans le miroir et pensa au regard de Dave sur elle, puis elle s'enroula dans une serviette, alluma la bouilloire et se mit à feuilleter les magazines. Alors seulement elle sentit la graine noire de l'anxiété se loger dans son ventre. Comment faire pour continuer ? Il s'apercevrait sûrement qu'elle n'avait presque rien ; les magazines lui montraient tout ce qu'elle était censée être et elle voyait bien qu'elle n'était pas à la hauteur.

Elle possédait trois robes – la jaune, la bleue avec des fleurs et une rouge qui jurait avec ses cheveux –, un jean, deux T-shirts imprégnés d'une odeur âcre de transpiration sous les aisselles, un pull affreux, constellé de vomi quand elle l'avait trouvé, un gilet avec un trou au coude et sa chemise de nuit Snoopy. Tout venait des cartons du refuge, sauf le gilet qu'elle avait trouvé accroché à un mur et le jean, un jean cher dans lequel elle flottait, vestige de sa vie passée. Tous ces vêtements étaient trop grands et avaient besoin d'une ceinture ou d'une retouche. Elle avait aussi un bout de savon craquelé, une brosse à dents et du mascara, du rouge à lèvres et du fard à paupières ; des échantillons venant de Boots, ce qui n'était pas vraiment du vol, elle ne s'y serait pas risquée pour elle-même. Elle se demanda s'il croyait qu'elle avait une grosse valise quelque part. Elle en avait une, avec une coque brillante vert vif, cadeau de gens qui l'aimaient, mais il n'était pas question qu'elle aille la chercher.

Elle écarta les magazines et mit un sachet de thé dans un mug. Elle ne déballerait pas ses affaires. Elle trouverait du travail et achèterait d'autres vêtements. Elle n'aurait pas besoin de beaucoup d'argent, des boutiques vendaient des fripes pour les pauvres, elle en avait vu. Elle pourrait ressembler à ces femmes superbes, il la désirerait, elle le rendrait fier. Non, encore plus fier, car il l'était déjà, non ? Il aurait été content de marcher dans les rues de Hackney avec elle toute nue à ses côtés. Surtout si j'étais nue, se dit-elle, et en tendant la main vers le lait elle eut un petit rire rassuré qui rebondit vers elle de l'intérieur du frigo, écho glacé.

Elle se brûla la langue à la première gorgée, jura, puis se souvint qu'elle pouvait être heureuse de se trouver en sécurité dans ce petit appartement. Il lui avait laissé largement de quoi manger, des magazines, elle avait pris une douche et pouvait en prendre une autre après le déjeuner. Elle avait mangé de la soupe, du pain, du fromage, des macaronis et des haricots blancs à la tomate, et avait terminé par deux bols de crème glacée. Il avait dit au petit déjeuner qu'il était impressionné par tout ce qu'elle « ingurgitait ». Impressionné. Elle espérait qu'il ne devinerait pas qu'elle avait peur de voir tout s'arrêter trop vite, qu'elle savait ce que c'était d'avoir le ventre vide et se gavait en conséquence.

Après la seconde douche, elle enfila la robe bleue, celle avec des fleurs jaunes, et noua autour de sa taille un long foulard rouge qu'elle avait trouvé à l'entrée de la station de métro Green Park. Elle se plaça de nouveau devant le miroir et se passa en revue ; elle n'avait pas de restes de nourriture autour de la bouche, rien dans les dents ; elle avait des lèvres charmantes, de beaux yeux et une jolie poitrine, tout le monde le disait. Elle s'assura que son expression ne montrait pas qu'elle était lamentablement reconnaissante, même si c'était le cas. Elle était terriblement reconnaissante et craignait par-dessus tout d'être mise à la porte, mais l'astuce pour rester consistait à faire de Dave celui qui était reconnaissant, qui avait peur. En se surprenant à sourire dans le miroir, elle se souvint que ce n'était qu'une astuce, que rien n'était réel, et cessa instantanément de sourire, comme on écrase un insecte sous un doigt vengeur.

C'était mieux que ce qu'elle avait imaginé, le décollage. On avait vraiment la sensation de voler, une impression d'apesanteur dans le ventre, les épaules plaquées contre le siège tandis qu'on montait, montait, montait, qu'on perçait l'épaisse couche de nuages gris au-dessus de Moscou. Un instant plus tard, un ciel clair et lumineux vous remplissait les yeux et sur des kilomètres on ne voyait plus que ce bleu parfait ; le bleu des chaussons tricotés main pour un bébé garçon, le bleu des comptines et des rubans dans les cheveux.

Alena s'enroula dans la fine couverture et plia le petit oreiller contre le hublot glacé pour noyer son regard dans le ciel. Elle était épuisée. Épuisée à cause des cafés et des rencontres interminables dans des snack-bars où elle avait mâché consciencieusement des aliments trop chers pour elle et fait ses adieux à des gens avec qui elle ne resterait pas en contact.

Mikhail avait été l'un des plus difficiles. Assis en face d'elle sans toucher à son plat, il lui parlait de ses plans à Saint-Pétersbourg, construisait un monde pour elle avec ses mots tristes, disait qu'il avait envisagé qu'un jour ils pourraient se marier, mais bien sûr, puisqu'elle partait, il ne fallait sans doute plus y penser. Avec patience, elle avait tendu le bras et lui avait ébouriffé les cheveux en y laissant quelques miettes et lui avait rappelé, comme elle le faisait presque chaque fois, que leur histoire était terminée depuis des mois, depuis qu'ils avaient quitté l'université, et qu'il devait trouver quelqu'un d'autre, quelqu'un de mieux qu'elle. Devant son expression d'amertume inhabituelle, elle lui avait dit plus fermement de manger sa pizza, cela leur coûtait assez cher comme ça, et elle s'était très vite rempli la bouche pour ne pas avoir à en dire plus.

Le dernier jour, elle était assise avec Agnetha près de la rivière, comme elles le faisaient toujours en été, les jambes brillantes de crème pour bébé, les mains encore collantes d'avoir mangé des glaces quelques heures plus tôt.

« … et j'aurai du travail. Peut-être rien d'extraordinaire au début, tu vois, juste serveuse. Je préparerai peut-être des cocktails dans un endroit chic, dans une boîte de nuit. Tous les soirs je m'habillerai et je servirai des gens riches et célèbres. L'un d'eux tombera amoureux de moi. Mais il sera trop timide pour me l'avouer tout de suite et il m'enverra en cachette des fleurs et des chocolats.

– Des bijoux et des dessous.

– Quoi ?

– Les fleurs, les chocolats, ça ne dure que quelques jours. Les bijoux restent. »

Alena avait donné une claque sur l'épaule bronzée de son amie et avait fait une grimace.

« Parole d'économiste première de la classe. »

Agnetha s'était allongée et avait fermé les yeux comme si le fardeau d'une trop grande intelligence l'assommait.

« Mais ce n'est pas moi qui pars à Londres, hein ? Moi, je vais me farcir Tomsk, le bortch et les livres jusqu'à la nausée. Continue, j'ai besoin d'une bonne histoire, j'ai tellement sommeil. Ce soleil…

– Donc il restera anonyme et, un jour, je renversai un verre sur lui par maladresse et comme ce sera quelqu'un de très important, le directeur voudra me virer et… »

Alena avait continué à bavarder et son amie approuvait de temps en temps d'un murmure. Elle savait qu'Agnetha s'en fichait, qu'elle s'était sentie coupable d'abandonner Alena en allant faire son magistère à la fin de l'été. Tout comme Mikhail partant vers de meilleurs horizons. Tandis qu'Alena, incapable de payer sa scolarité et dépourvue des contacts nécessaires pour obtenir une bourse, n'allait nulle part. Nulle part jusqu'à ce que tout ceci survienne ; un rêve devenu réalité aussi lumineux et inattendu qu'un gros ballon rouge s'élevant dans le ciel.

L'hôtesse de l'air passa avec le chariot de boissons et Alena s'autorisa un petit verre de vin blanc acide qu'elle dégusta lentement, les yeux toujours fixés sur le hublot. Sa mère était terriblement fatigante : une girouette, qui tournait dans un sens, puis dans l'autre. Un jour, tandis que ses petits doigts rapides refaisaient l'ourlet d'une des jupes d'Alena, elle lui avait dit : «Tu vas bien t'amuser. Comme quand je suis allée à Moscou ces deux étés. Les garçons, les boutiques, les fêtes.» Le lendemain, sur le seuil de la cuisine, son tablier ramassé dans ses mains, elle observait sa fille qui emballait soigneusement de quoi manger pour le long voyage en train jusqu'à Moscou : «Alena, pourquoi si loin? Tu es vraiment sûre? Avec de la patience, tu trouverais du travail ici. Comment pouvons-nous être aussi certaines que c'est ce qu'il faut faire? Londres est une si grande ville. S'il te plaît, ne pars pas.» Alena avait eu envie de répondre : «Tu es trop vieille pour comprendre. Arrête de tout gâcher», mais elle avait préféré tenir sa langue, essayé de ne pas remarquer la distraction soudaine de sa mère, les noms oubliés, sa difficulté à demander ce dont elle avait besoin dans les magasins, la soupçonnant de jouer les vieilles dames fragiles. Rien n'aurait pu arrêter Alena. Elle voulait courir, danser, chanter dans la rue, quitter cette ville et ne jamais la revoir.

Elle avala la dernière bouchée du biscuit de Savoie de son plateau en plastique et tendit sa tasse où on lui versa du thé, tout en ayant peur de devoir payer un supplément pour le repas, mais elle avait faim, Moscou lui avait coûté une fortune, elle ne pouvait pas résister, et elle demanda aussi un autre verre de vin.

L'annonce la tira d'un rêve agité qui la laissa nauséeuse. Tout le voyage avait été ponctué de réveils intempestifs alors qu'elle cherchait à tout prix à dormir : dans le train, dans l'auberge à Moscou, dans l'avion à présent. Elle espérait dormir pour de vrai cette nuit, ou sinon cette nuit, si elle était trop excitée, disons, la nuit suivante quand elle se sentirait un peu plus à l'aise.

« Personnel de cabine, préparez-vous à l'atterrissage. »

Alena sentit alors la nervosité suinter, brûlante, sur sa peau, son cœur s'emballer comme un oiseau en cage, rendant ses pensées confuses. Elle approcha le nez du hublot noir et mit les mains de chaque côté de sa tête. Des lumières, juste des lumières, qui lui faisaient de l'œil comme elle l'avait imaginé. Elle était terrifiée, elle jubilait. Après tous ces mois à attendre que quelque chose, n'importe quoi, lui arrive, ça y était. Le commencement de sa vraie vie d'adulte, son avenir qui ne cessait de s'élever, comme si ce gros ballon rouge était rempli d'opportunités plus légères que l'air et glissait dans le ciel noir d'encre de Londres.

Elle se pencha sur le lavabo pour se mettre un peu de poudre et de mascara. Une chanson de Maria Carey sortait des haut-parleurs du plafond, amplifiée par la rangée de lavabos vides, lui donnant l'impression d'être très seule. À l'extérieur, les panneaux d'information, les conversations autour d'elle, tout était en anglais et elle dut se concentrer, s'immobiliser un instant, une nervosité stridente tournant dans sa tête comme un enfant en plein caprice.

Sur le tapis roulant qui l'emportait résolument en ronronnant, elle sortit son passeport d'un petit portefeuille en plastique rose qu'Agnetha lui avait donné, sur lequel était scotchée une photo d'elles deux ivres, et elle regarda son visa d'étudiante. Il paraissait tout à fait officiel, mais elle n'arrivait toujours pas à y croire vraiment, bien qu'elle soit allée le chercher au bureau du gouvernement. Elle ne supporterait pas d'être refoulée.

Elle pensait à toutes les filles qui s'étaient moquées d'elle parce qu'elle voulait davantage, à sa mère qui comptait le peu d'argent qu'elles avaient après la mort de son père, qui faisait les additions sur une petite calculette de poche puis recommençait comme si en recomptant elle en trouverait plus par magie. Elle pensait à la vie qu'elle aurait pu avoir avec Mikhail, deux enfants aux joues rouges, dîners d'anniversaire et années passées au milieu des commérages de cette petite ville, suppliant Mikhail de bien vouloir ne pas boire autant, de rentrer plus tôt le soir. Elle n'était pas comme les autres, avait dit Agnetha, sous-entendant qu'elle non plus mais qu'elle faisait mieux semblant. Alena l'avait toujours su et ne pouvait pas faire semblant.

Elle se démarquait en partie parce que son père était un ivrogne particulièrement mesquin et instable qui ne leur avait laissé que ses disputes avec tous les gens importants de la ville, l'hostilité envers leur famille et le compte en banque d'un adolescent qui économisait pour une chaîne hi-fi. Et en partie parce qu'elle avait ferré Mikhail, le poisson que toutes les filles voulaient, et l'avait rejeté. En fait, c'était parce qu'elle voulait davantage – la ville, même l'immensité de la Russie ne lui suffisaient pas. Quand ses camarades de classe avaient acheté leurs survêtements rouge et blanc aux couleurs de la Russie, déclaré que la Russie était le plus grand pays du monde et rejoint le mouvement de jeunesse de Poutine, Alena n'avait pas bougé ni porté les couleurs nationales, et s'était éloignée un peu plus. Ce n'était pas une vie pour elle, mais celle-ci conviendrait peut-être mieux. Et maintenant qu'elle avait dans les mains quelque chose qui lui semblait suffisant, elle allait s'en servir tant qu'elle pourrait.

En approchant de la femme maussade, sans maquillage, aux sourcils épais et pas épilés, derrière le guichet de contrôle des passeports, Alena se redressa, malgré ses chaussures qui lui faisaient un mal de chien, s'avança dans un claquement de talons agressif et poussa vers elle son passeport ouvert à la page du visa. Il y eut un silence. Alena se sentit prise de vertige et attendit qu'on l'emmène dans une pièce, l'amie de sa mère l'avait prévenue que c'était possible et qu'elle devait s'en tenir à son histoire quoi qu'il arrive.

La femme la regarda, puis baissa les yeux sur la photo embarrassante de son passeport – les couleurs avaient quelque chose de tellement soviétique – et apposa le tampon. En rendant le document à Alena, elle avait déjà les yeux sur la personne suivante. Alena remarqua, dans son état d'alerte maximum, qu'elle portait une bague de fiançailles brillante, pas une alliance, ce qui lui donna l'envie de regarder d'un peu plus près cette femme terne, mais elle avait déjà traîné un instant de trop et elle sentit que la personne derrière elle la poussait. Alena s'éloigna avec une sensation de léger vertige, comme si elle ne suivait déjà plus un ensemble de règles tacites.

Le hurlement de ses nerfs se transforma en chanson pop quand elle arriva au carrousel à bagages, et le pétillement dans sa poitrine en sorbet mousseux à la fraise. Son visa avait été accepté, elle était entrée. Elle était vraiment arrivée. Pour toute une année, et même si le travail qu'on lui offrait n'était pas terrible, elle pourrait en trouver un autre, meilleur. Ce tampon était un laissez-passer en or vers une nouvelle vie.

Elle vit sa valise verte et brillante sortir de la bouche béante du carrousel, se renverser sur le côté et avancer lentement vers elle. Elle lui avait été offerte par Mikhail, sa mère Henka, qui ne s'était jamais vraiment consolée de ne pas avoir Alena comme belle-fille, et Agnetha, parce qu'Alena n'avait cessé de se plaindre auprès d'eux de la honte de devoir emballer ses affaires dans un sac à linge comme une fille de fermier.

Elle la souleva du tapis et la fit rouler sur le sol lisse en balançant juste un peu les hanches et en écartant ses cheveux de ses yeux. Elle se sentait très belle en cet instant, tandis qu'elle marchait vers sa nouvelle vie. Avec son jean moulant préféré, son T-shirt pas trop ajusté et ses hauts talons, elle se trouvait magnétique. Elle se doutait bien que tout ne serait pas parfait, mais à partir de maintenant elle allait vraiment exister, vivre une aventure dont elle pourrait parler pendant des années, comme sa mère parlait de ses étés à Moscou, mais en mieux, beaucoup mieux.

Elle parcourut des yeux le visage des gens qui attendaient, sans sourire dans l'ensemble, à part, ici et là, un impatient qui se penchait sur les barrières. Alena avança d'un pas décidé au milieu de la foule, elle s'attendait à voir une pancarte avec son nom ou à entendre une des femmes crier : «Alena? Alena, par ici.»

Elle avait envoyé un e-mail avec une photo, la plus jolie, pour qu'on la reconnaisse, mais aussi dans l'espoir qu'on la trouve trop séduisante pour lui proposer d'être femme de ménage ou serveuse. Arrivée au bout de la barrière, elle s'aperçut toutefois que personne ne l'attendait et sa confiance commença à s'émousser. Il ne lui restait plus qu'à faire rouler sa valise jusqu'à la rangée de sièges et patienter, comme si c'était exactement ce à quoi elle s'attendait. Tout cela lui donnait l'impression qu'on lui avait posé un lapin. En s'asseyant, elle cogna le talon de sa sandale contre sa valise et réfléchit à l'argent qu'elle avait (pas beaucoup), à l'endroit où elle pourrait dormir (aucune idée) et à la façon d'aller à Londres par ses propres moyens si personne ne venait.

Elle se dit qu'elle trouverait un café internet et qu'elle enverrait un e-mail, il devait y avoir eu confusion, sans doute à cause du décalage horaire. Elle mourait de faim.

«Alena?»

Une blonde aux cheveux incroyablement longs et brillants, pas de vrais cheveux, des cheveux de Barbie, et des vêtements élégants, presque à la mode russe mais pas tout à fait, flottant sur l'un des corps les plus maigres qu'Alena ait jamais vus. Elle était si décharnée que ses genoux ressemblaient à des balles de tennis dans des collants. Alena se dit qu'elle devait être malade.

Alena répondit en anglais : «Oui, je suis Alena. Ravie de vous rencontrer. Je suis inquiète quand je ne vois personne au début.»

Les grands yeux caves de la fille regardèrent un instant au loin et elle poussa un soupir, puis afficha un sourire tel un masque mortuaire et serra Alena dans une étreinte anguleuse.

Elles sortirent en silence de l'aéroport. Alena fut étonnée de constater que les petites jambes grêles de la femme chaussée de bottines à hauts talons se déplaçaient très vite. Elle traversa l'aéroport comme si elle avait passé son adolescence à faire des manœuvres militaires. Elle avait un accent ukrainien et donc c'était possible. Alena suivait la femme blonde, mais elle n'arrivait pas à imiter sa démarche altière. À chaque petit pas bondissant qu'elle faisait pour rester à sa hauteur, sa valise traînait trop loin derrière elle ou heurtait ses chevilles.

Quand elles arrivèrent au parking, la blonde passa un coup de téléphone – Alena était à présent certaine qu'elle était ukrainienne – et au bout de quelques minutes d'attente en silence pendant lesquelles Alena dû supporter un autre de ses sourires, plus froid que la désolation du parking, une voiture à la peinture argentée s'arrêta devant elles, la chanson de Queen sur les filles aux gros culs mugissant à l'intérieur. La blonde s'avança et ouvrit la portière pour Alena d'un geste étrangement servile avant de monter à l'arrière avec elle.

Alena sentit les yeux du chauffeur sur elles. Un homme imposant à la tête rasée, à la peau rose, avec un T-shirt bleu pâle, sale au col, et des yeux bleus encore plus pâles. Il hocha la tête d'un air assez peu intéressé. La femme dit quelques mots, et il baissa la musique et verrouilla les portières. Quelque chose dans leur façon de parler lui fit se demander s'ils étaient amants et s'ils s'étaient disputés.

Alena se tourna vers la femme qui allumait une cigarette.
«Nous allons à Clapham maintenant?»
La femme resta silencieuse un instant, puis hocha la tête.

« Le voyage était tellement fatigant mais je ne peux pas dormir ! Est-ce que vous savez quand je saurai pour mon travail ? Est-ce que vous savez ce que c'est ? »

La femme souffla un long panache de fumée et l'odeur donna envie à Alena de fumer aussi mais elle n'osa pas demander. « Très vite. Où sont ton passeport, ton billet et le reste ?

– Oh, c'est là. » Alena sortit son portefeuille rose vif. « Désolée. Mon amie me l'a donné. C'est cadeau de départ idiot. » Alena montra Agnetha qui, sur la photo, levait un verre de cocktail contre sa joue rose et rayonnante. « Elle, c'est ma meilleure amie. La photo a été prise quand nous… »

Mais très vite, de nouveau plus vite qu'Alena l'aurait supposé, l'autre tendit sa main aux os de moineau qui tenait la cigarette et lui arracha le portefeuille qu'elle fourra dans un sac à main noir. Encore un sourire glacial – Alena se rendit compte qu'il lui faisait peur parce que les dents de la femme avaient l'air de branler dans ses gencives.

« Nous devons faire des copies de tout cela.

– Bien sûr, est-ce que je peux juste… ? »

Alena pensait à ses Traveller's Cheques, American Express, mais elle sentit les yeux du conducteur sur elle et la femme regardait à présent dehors en fumant encore plus intensément ; elle ravala ses mots. Mieux valait ne pas s'attirer d'ennuis, prendre un bon départ. Ces gens étaient des relations de la plus vieille amie de sa mère, ils lui avaient payé ses billets de train et d'avion, après tout, lui avaient obtenu un visa et l'emmenaient à Londres. C'était sans doute la manière ukrainienne, ce silence épais. Elle regarda défiler les bâtiments affreux et trapus, un McDonald's, un vieil homme qui poussait un Caddie vide sur un trottoir, un pigeon qui picorait ce qui ressemblait à du vomi devant une boutique au rideau métallique baissé. Bienvenue à Londres.

Toutes les fenêtres étaient ouvertes et laissaient entrer un mélange d'odeurs de début de soirée à Hackney : trottoirs sales, gaz d'échappement, kebab. La radio était réglée sur une station qui n'était certainement pas Heart FM. Elle était là, affalée sur le canapé, elle buvait encore une tasse de café épais, balançait une jambe, une goutte de sueur glissant à la naissance de ses cheveux.

« C'est russe ! Je cherchais musique et j'entends. C'est comique russe. »

Dave écouta le fouillis des sons, les rires enregistrés et celui d'Alena qui leur répondait. Il était debout devant elle, comme le matin, et il contemplait ses jambes longues et fines pliées sous elle, son doigt rapide qui transforma la goutte de sueur en un trait brillant. Elle s'aperçut qu'il la regardait.

« Pardon. » Elle éteignit la radio.

« Ce n'est pas la peine.

– Ça va. C'est tous les jours, je crois.

– Comme *Les Archers*[1] en russe. »

Son visage demeura sans expression puis se fendit de son sourire de travers. « Je t'apporte à boire. Tu veux glace ? J'en garde pour toi. »

Il ne voyait plus que son dos, les boucles de sa nuque, là où s'arrêtaient ses cheveux courts, les marques derrière ses jambes pour s'être assise sur le tissu froissé de sa jupe. Face au plan de travail de la cuisine, elle regarda par-dessus son épaule avec un sourire rempli de fierté.

« Je mange beaucoup aujourd'hui. »

Elle était comme un miracle apparu dans son petit appartement merdique.

« Hum… très bien.

---

1. Soap opera radiophonique diffusé cinq fois par semaine sur Radio 4 depuis les années cinquante.

– Oui, délicieux. »

Il l'observa qui s'affairait dans la cuisine, pas le café, mon Dieu pas un de ces cafés, mais elle mit des glaçons dans un verre. Il s'installa sur le canapé, ôta ses chaussures.

« Tu es sortie ? »

Elle lui donna le verre : Ribena.

« Comment je peux sortir ? Je n'ai pas clé pour rentrer. »

Il but une gorgée. Pas d'eau, peut-être une goutte mais pas plus. « Pardon, Alena. Je n'y ai pas pensé. Quel idiot ! Pardon. »

Elle bondit sur le canapé à côté de lui et plaça ses pieds sous les cuisses de Dave. Il eut envie de les contracter pour qu'elle ne sente pas ses muscles se relâcher.

« Ça va. J'ai pris douche, déjeuner et je trouve radio et c'est bien de regarder par cette fenêtre. C'est drôle ici ! Je ne regarde pas télé le jour, ça rend zombie. »

Dave essaya une autre gorgée. Il se représenta l'émail de ses dents qui se décomposait. « Drôle ? On voit bien que tu n'es pas à Hackney depuis longtemps. On va sortir ce soir. Je prends une douche, j'enlève mes vêtements de travail. On peut dîner quelque part… tu choisis. »

Il avait presque quitté la pièce.

« David ? » Elle lui tendait le verre de pur sirop de cassis. « Prends-le. »

Il fit ce qu'elle disait et l'entendit rallumer la radio pendant qu'il jetait le contenu du verre. L'eau des toilettes était encore rose deux heures plus tard.

Ils dépassèrent le « KFC : Kebab, Frites, Coca » condamné et fermé définitivement par les services de l'hygiène, le panneau violet de la boutique qui vendait des bougies d'oreille, des cristaux et de l'encens, et l'herboriste turc avec son affiche montrant un petit garçon couvert de sangsues médicinales. Ils avancèrent encore jusqu'au Sardines, le pub le moins bien fréquenté dans un quartier presque fréquentable, les bancs dehors occupés par des types au visage rougeaud, au nez cartilagineux, tout juste à quelques livres et une pinte des alcoolos du parc avec leurs bouteilles de cidre en plastique. Dave perçut leurs yeux injectés de sang sur Alena et remarqua qu'elle se détournait, comme si la cour devant le garage d'en face devenait soudain extrêmement intéressante.

Quand il était petit, il adorait ce film idiot dans lequel une sirène est rejetée sur le rivage à New York et où elle s'arrête partout, regarde tout, tourne la tête dans tous les sens, passe la main sur les vitrines. Alena était un peu comme ça mais pas tout à fait, elle était vive, cela il le savait déjà, mais elle était aussi très curieuse. Il la regarda se pencher et caresser les énormes bouquets à la devanture du fleuriste, ses doigts pincer l'enveloppe cireuse d'un lotus bleu à l'éclat doré.

« Une fleur anglaise ? »

Il secoua la tête. « Pas comme ça, non. »

Elle ne faisait pas semblant ; il se rendait compte qu'elle s'intéressait vraiment à ce qu'elle voyait dans les vitrines du magasin de meubles chinois et aux rastas devant le café antillais.

« Tu es à Londres depuis longtemps ? »

Elle cessa de sourire. « Quelques mois, juste quelques mois.

– Et tu as logé dans les auberges de jeunesse tout le temps ? Tu n'as pas eu envie de prendre une chambre quelque part ? Une colocation ? »

Elle ne répondit pas, mais elle accéléra l'allure et il dut faire deux pas rapides pour la rattraper.

« Pardon. Je veux dire, je veux juste dire que je ne suis pas, enfin… tu n'as rien besoin de me dire. Sauf si tu as envie. C'est juste – ils s'étaient arrêtés et il regarda autour de lui –, c'est le Londres ordinaire par ici. »

Elle esquissa un sourire si petit que ses pommettes remontèrent à peine, des gouttelettes de sueur perlaient sur sa lèvre et il avait envie de les faire disparaître en l'embrassant dans la nuit chaude, au milieu de la circulation. Il avait envie de la prendre par la taille, de l'attirer contre lui, de sentir l'odeur de sa peau et de lui dire que ça n'avait pas d'importance, qui elle était, d'où elle venait. Il respectait les secrets, comprenait la fuite, ne voulait pas qu'elle aille explorer les recoins obscurs de sa vie, pas plus qu'elle ne voulait le voir fouiller dans la sienne, mais il se contenta de lui adresser un large sourire crispé.

«Donc, oui, c'est comme ça. Hackney. Qu'est-ce que tu en penses ?

– Je trouve que c'est pas comme Paddington ou Southwark ou Trafalgar Square. C'est peut-être comme Shepherd's Bush, un peu. Je pense que c'est là où tu vis.» Elle sourit, se détendit, traversa de nouveau la rue et entra dans la boutique à l'intérieur de la mosquée.

Il n'y était jamais allé et pourtant il avait toujours aimé la coupole argentée, ses tuiles bleues qu'il voyait à des kilomètres de distance au milieu des immeubles gris en béton et des maisons massives aux façades en plâtre du reste de Hackney, lui montrant qu'il était presque arrivé chez lui ou ce qui passait pour chez lui ces temps-ci.

Elle était à la caisse avec un billet de dix livres à la main et Dave, qui n'était pourtant pas homme à parier – les gars de Paddy Power auraient pu le confirmer –, aurait volontiers misé sur le fait que c'était le seul en sa possession.

Il était si occupé à observer le vendeur qui contemplait les épaules pâles et nues d'Alena qu'il n'arriva pas à la caisse à temps pour payer et sentit une bouffée de chaleur monter de sa poitrine quand Alena tendit l'argent. Une fois dehors, elle lui donna une bouteille en verre de jus de mangue et un unique baklava dans un sac en papier trempé d'huile.

«C'est pour dire merci.»

73

Elle baissa les yeux, envoya promener un mégot du bout de sa tong et il vit sa nuque rougir. Quand elle releva la tête, ses yeux brillaient et il n'aurait su dire si elle était gênée ou fière lorsqu'elle mordit dans sa pâtisserie et que le sirop huileux coula sur son poignet. « Un très petit merci.

– Merci. » Dave fit un léger salut et but une gorgée à la bouteille.

Ils dépassèrent la mosquée dans le crépuscule orange sale éclairé par les devantures, la lumière jaunâtre des réverbères, la croix blanche en néon sur l'Église Unifiée des Nouvelles Bénédictions, et quand la brise se leva et qu'elle se rapprocha de lui, l'enlacer et embrasser ses cheveux trempés de sueur parut à Dave la chose la plus naturelle du monde. Elle sembla un instant trouver refuge auprès de lui, le bras nu de Dave contre ses épaules. Elle leva les yeux, une expression de légère inquiétude passa sur son visage, ou peut-être plutôt une question, et elle s'éloigna lentement pour regarder une autre vitrine. Dave, même s'il la connaissait à peine, comprit que la laverie automatique ne l'intéressait probablement pas tant que ça.

4

L'addition arriva pliée sur une soucoupe et elle ne put que rester assise, les mains sur les genoux. Ce n'était pas cher, pas comme les horribles restaurants où on l'avait emmenée. Aucun mauvais souvenir n'était caché dans les veines des tables en bois, dans les chaises en plastique ou dans les menus effacés constellés de traces collantes de Ketchup. Alena avait choisi une omelette et des frites, le plat le moins cher. Dave avait pris la même chose.

Il ne lui demanda rien sur son passé, ce qui voulait dire qu'il avait tenu compte de sa petite mise en garde à ce sujet. Elle savait qu'il serait facile à dresser. Il lui posa en revanche beaucoup de questions sur la Russie, sur ce qu'elle aimait manger, comment on disait tel et tel mot en russe. Des choses sans danger. Et elle lui posa aussi des questions sans risque, comme s'ils discutaient sur une paroi rocheuse et que leur choix de questions constituait leurs prises. Où était-il né ? Qu'est-ce qu'il aimait manger ? Elle lui dit les mots «omelette» et «frites» en russe.

«Non, tu ne mets pas ta langue comme il faut.

– Pas la première fois que j'entends ça. Je veux dire… mon Dieu… pardon, je veux dire que j'ai le chic pour dire tout le temps ce qu'il ne faut pas.»

75

Ils rirent tous les deux d'un air gêné, même si elle ne comprenait pas vraiment de quoi il parlait. Ils étaient étrangers l'un à l'autre et le resteraient probablement, ayant tous deux trop peur de s'égarer sur le chemin tortueux de l'autre. Jusqu'à l'arrivée de l'addition, au moment où ils riaient, ils avaient tout simplement l'air d'un homme et d'une femme qui dînaient ensemble, comme elle l'avait fait avec ses copains en Russie. Elle avait cru ne plus jamais éprouver ce sentiment. Comme si elle n'était pas une femme pauvre venue d'ailleurs qu'il recueillait par charité, comme s'il n'était pas un homme seul, comme s'ils n'échangeaient pas la sécurité qu'il représentait contre sa compagnie, bien qu'elle ne sache pas encore très bien ce que cette «compagnie» impliquait. Comme si, mais pas tout à fait, Alena, ne te fais pas d'illusions.

Une fois dehors, elle lui prit le bras pour rentrer à l'appartement, monnaie d'échange pour le dîner, se dit-elle. Le corps de Dave était doux mais solide contre le sien. Elle sentit qu'il se rapprochait, mais elle ne pouvait oublier son trouble au moment de l'addition, elle qui n'avait que 6,32 livres en poche. Combien de temps faudrait-il avant qu'il se lasse d'une relation à sens unique? Combien de temps réussirait-elle à faire durer le peu qu'elle avait à offrir, un saupoudrage d'affection, de maigres miettes de son unique tranche de pain? Ils passèrent de nouveau devant le pub et les vieux aux rides profondes, aux nez comme des betteraves tout juste sorties de la casserole.

«Tu bois ici?»

Elle posa la question pour faire du bruit, pour qu'il l'entende et pour ne pas voir les hommes qui la lorgnaient à la table la plus proche. Il regarda la table et sa bouche se crispa; il enfonça les mains dans ses poches. C'était l'addition. Elle savait qu'elle aurait dû proposer un peu d'argent, mais il ne lui serait presque plus rien resté. Il voulait la mettre dehors.

Il allait la mettre dehors. Il la regarda et pour la première fois elle perçut une froideur, un éclair de dureté que, bêtement, elle n'attendait pas de lui. Elle parla pour cacher sa peur. « Ou ailleurs ?

– Non. Bien sûr que non. Je ne bois pas dans ce genre d'endroit. Tu trouves que je ressemble à ces vieux paumés ? »

Alena fourra sa main dans la poche, à côté de celle de Dave. C'était la compensation pour l'avoir vexé. « Je comprends. Je ne sors pas beaucoup. Pas du tout même. »

Les doigts de Dave, glacés au bout, s'enroulèrent autour des siens dans l'espace sombre et exigu de sa poche. « Pardon, je ne sais pas ce qui ne va pas chez moi. C'est juste que je ne veux pas que tu penses que je suis comme eux, c'est tout.

– Je comprends, vraiment. Tu le crois ? »

Ils se trouvaient de nouveau devant la mosquée dont les fenêtres et les portes étaient soulignées par des néons bleus qui brillaient contre le ciel bleu sombre, l'appel à la prière à peine audible, un bourdonnement mélodieux et lent derrière les murs. Elle s'arrêta et baissa la tête. C'était supposé être facile, elle était censée être aux commandes, décider de tout, mais elle se sentait sans expérience. C'était pire que se recroqueviller dans les toilettes chauffées pour handicapés de Paddington ou découper les traces de dents d'autres gens sur des sandwichs rassis. C'était plus douloureux que dépenser ses dernières livres pour une douche et errer dans Londres à en avoir des ampoules. Être avec lui, dont tout l'espoir, elle le sentait, reposait sur elle, c'était trop lourd ; c'était trop dur.

Elle goûta les larmes avant de se rendre compte qu'elle pleurait. Elles n'étaient pas de celles qui font mal aux yeux ou forment une boule dans la gorge et elle n'eut donc pas le temps de les ravaler ni de se détourner. Il se pencha pour mieux la voir et elle s'écarta.

« Pardon. C'est bête. »

Ses paroles se perdirent dans son effort pour étouffer ses san-glots. Il la prit dans ses bras, caressa ses cheveux d'une main et la tint contre lui de l'autre.

«Pardon.» Ses mots étaient audibles cette fois et cela lui fit du bien d'être contre lui. Elle s'écarta pour qu'il voie son visage. «J'ai pas d'argent. C'est tout ce que j'ai.» Elle montra son billet de cinq livres et ses pièces.

«C'est pour ça que tu pleures?»

Alena pensa à toutes les raisons qu'elle avait de pleurer et au fait qu'elle ne les lui avouerait jamais, mais elle comprit aussi que c'était le moment, le moment idéal pour lui arracher une autre promesse. «Je n'ai rien. Je crois que trouver travail sera dur et...» Elle leva les yeux vers lui, les cils brillants comme des brins d'herbe après la pluie. «... j'ai peur que tu me mettes dehors». Elle frémit, remplie de culpabilité, de dégoût, puis se consola en se disant qu'au moins les larmes étaient réelles et que ce qu'elle avait dit était vrai.

«Alena, je n'ai pas beaucoup d'argent non plus.» Il souriait, sa mauvaise humeur se transformait en une tentative pour la faire cesser de pleurer. «J'ai un travail stable, mais mal payé, tu vois? En fait, on va sans doute manger des toasts aux haricots jusqu'à la fin de la semaine. J'aimerais tellement pouvoir t'aider plus.»

C'était la seconde attendue, une ouverture; elle fit une petite moue et lui toucha la poitrine. L'échange, tout était échange, une chose pour une autre, elle ne devait pas l'oublier. «Je n'ai rien à donner. Dans quelques jours où je serai?

– Je te l'ai dit, tu peux rester autant que tu veux. Et ça ne veut pas dire quelques jours, ça veut dire quelques semaines, quelques mois si tu veux. Et je n'attends rien; je veux juste apprendre à te connaître. Ça me suffit.»

Une vague de chaleur la submergea, une langue de feu qui lui laissa un goût piquant et amer dans la bouche et qu'elle choi-sit d'ignorer. Elle sentait bien que sa façon de la toucher était dépourvue d'exigence, elle connaissait trop bien l'autre façon de toucher, elle savait qu'il n'essayerait pas de prendre si elle ne lui proposait jamais rien. Il y avait du désir dans son toucher, mais un désir qu'elle avait le choix de satisfaire ou non, et elle savait que toute cette affaire consistait en partie à le laisser désirer. Il était si gentil, du moins il en avait l'air. À travers le mince tissu de sa robe et le T-shirt de Dave, elle sentait les battements d'un cœur apeuré. Elle leva les mains vers le visage du jeune homme, s'arrêta un instant pour plonger son regard dans ses yeux tristes, indécis et avides. Elle savait que c'était le moment d'un baiser, mais c'était une chose précieuse qu'il fallait réserver pour une autre fois.

Achetée par correspondance et venant de Moscou. Quelque part, comme une petite mouche bourdonnant tout contre son oreille, Alena avait un souvenir. Le souvenir d'un paquet qui arrivait. À l'intérieur un film à bulles, comme si le contenu était précieux, fragile. Les dessous bleu pâle avec des pans de dentelle et des nœuds bleu foncé.

Elle avait approché le tissu de son visage, puis, imaginant l'expression de sa mère, l'en avait écarté avec un sourire coupable. Elle avait soigneusement plié les articles dans sa valise, la peau fourmillant de toutes les perspectives de sa nouvelle vie. Juste pour savoir que je les porte, s'était-elle dit. Elle n'avait que vingt ans et voulait être belle de toutes les manières possibles dans une ville brillant de mille feux comme Londres. En fermant sa valise, l'ombre réprobatrice de sa mère dans son dos, elle s'était juré que Londres serait le début de sa réussite. Un voyage qui la transformerait pour la vie.

Et elle était là, toujours vingt ans à peine, et tellement changée pourtant. La fille d'avant avait déjà disparu mais les beaux dessous étaient encore sur elle. Elle les portait quand les sédatifs avaient commencé à s'infiltrer dans ses veines. Une odeur âcre l'avait tirée du cauchemar dans lequel elle suffoquait, ensuite elle avait cru sentir dix mains aux poils noirs hérissés contre sa peau, des pouces sales qui s'enfonçaient dans sa chair. Ces doigts avaient saisi ses os avec force, comme s'ils escaladaient une paroi rocheuse, avant que ces mêmes os ne se ramollissent sous leur contrainte, sans doute seulement une ou deux paires de mains en réalité. Puis Alena avait été engloutie dans la marée gluante des pilules.

Elle les distinguait tout juste : quelques hommes à l'air suffisant, une femme avec un grand sourire, qui éclatèrent de rire. Elle aurait pu au moins lever les bras pour se couvrir, mais elle resta là, bras ballants, vaguement consciente du changement d'atmosphère quand les hommes reprirent leur sérieux. La vente avait commencé. La rudesse d'une paume au creux de ses reins. « Avance. »

Ses membres n'obéissaient pas et une main moite la saisit par le coude pour la tirer vers les hommes assis derrière les tables en Formica du café au rideau baissé, où planait encore l'odeur des saucisses rances servies pendant la journée. Un homme tendit la main pour lui toucher le ventre et passa l'ongle le long du bord de son slip. La femme à côté de lui abandonna son sourire suffisant. « Quel âge ? »

— Dix-sept ans. Russe. » La voix à côté d'Alena.

Alena voulait leur dire qu'elle avait eu vingt ans en février, comme si cela pouvait les inciter à l'emmener dans une agence de recrutement où on lui donnerait un travail qu'elle ferait habillée.

« Elle a servi ? Elle en a l'air.

— Servi ? Non, c'est une fille bien. Une bonne Russe avec de la lingerie sexy. »

La femme émit un petit rire tranchant, se tourna vers l'homme et posa la main sur sa jambe. « Les filles bien ne portent pas ça. » Elle agita sa cigarette vers Alena, assez près pour la brûler.

L'homme la congédia d'une chiquenaude nonchalante sur le ventre, haussa les épaules et se leva.

«Hé! La dame connaît les mauvaises filles, mais celle-ci c'est une fille bien», dit la voix derrière Alena.

La femme se rassit sans un mot.

«Quelqu'un d'autre pour celle-ci?»

Alena faisait partie d'un lot de trois filles ce soir-là et il y avait des tensions dans la pièce, des courants qu'elle ne comprenait pas, mais saisirait beaucoup plus tard, et qui dépassaient le fait de prendre une fille bien pour en faire une mauvaise fille.

«Par ici.» Alena osa lever la tête. Ces mots venaient de l'homme le plus vieux de la pièce, le seul à porter un costume et non un survêtement. Il avait un mouchoir bien plié dans sa poche, comme un dentiste ou un comptable. Alena fut tirée vers lui, avança d'un pas maladroit et se cogna la hanche si fort contre une table qu'elle eut un bleu qui persista bien après son départ de ce café. La femme se redressa pour rire plus fort. Alena se tenait devant l'homme.

«Regardez», la voix, le souffle humide dans sa nuque. «Vraiment bien.»

L'homme, le dentiste, ne dit rien, mais elle sentit ses doigts froids sur ses hanches la faire tourner comme un présentoir de lunettes, pendant que l'autre homme la soutenait.

«OK. Deux. Pas plus. On la prend demain et personne ne touche avant.

– Andriy. Deux? Vous êtes fou? Sérieux. Une bonne fille comme ça? Deux?»

L'homme plus âgé se leva. Tapota ses lèvres avec son mouchoir et dit à voix basse : «Je suis toujours sérieux. Vous devriez vous en souvenir. On ne touche pas. Personne.»

Il sortit, jetant un froid qui s'installa sous les côtes d'Alena. La salle était silencieuse à l'exception des bips de la machine à sous et Alena fut poussée vers la porte.

«Suivante!»

Elle trébucha, tomba et se retrouva par terre. Elle n'aurait su dire si on la traînait ou si on la portait dans le grand placard sombre où s'entassaient d'énormes boîtes de tomates et de haricots, et elle atterrit contre un tas de petits pains.

Elles n'étaient plus que deux dans le placard. L'autre avait été emmenée immédiatement. À mesure que l'effet des sédatifs se dissipait, Alena sentait la peur monter, se répandre dans son bas-ventre et s'accumuler jusque sous ses ongles et dans les caries de ses molaires. Le placard était glacial et noir comme un four, à part un rai de lumière au coin de la porte. Alena tendit la main vers l'autre fille qui rampa plus loin.

«C'est bon. S'il te plaît. Comment tu t'appelles? Tu parles anglais?»

La fille cessa de pleurer, juste un instant. «Tais-toi. Pas parler.» Le rai de lumière venant de la porte s'obscurcit et la fille enfonça ses ongles dans le pied d'Alena, puis la lâcha, vomit et se mit en boule. Alena compta les battements de son cœur et tenta de retracer le chemin parcouru. Elle savait qu'elle n'avait pas la force d'envisager ce qui l'attendait.

L'odeur de vomi lui piquait les narines. Alena fixait le rai de lumière et essayait de se rappeler le visage de sa mère quand elles s'étaient dit au revoir à la gare routière. Elle avait tenu la main d'Alena et l'avait suppliée de ne pas partir. On se débrouillera, avait-elle dit, tu trouveras du travail, ou moi. Alena avait retiré sa main, secoué la tête et demandé à sa mère de ne pas tout gâcher. Sa mère l'avait embrassée sur les deux joues, lui avait fourré un petit saint Christophe dans la main et Alena avait ri : «C'est seulement Londres! Je serai de retour pour Noël. Je vais m'amuser. Mais pas trop, je te le promets.»

Un bruit tira brutalement Alena de ses pensées, du souvenir de son sentiment d'allégresse quand le bus avait démarré. La porte s'ouvrit, la lumière fut bloquée par la masse imposante de l'homme sur le seuil. Il avait une coupe à la skinhead, les cheveux plus courts sur les côtés, à la mode des jeunes garçons de son village. Il huma l'air, entra, et Alena demeura absolument immobile tandis que l'autre fille se collait contre le mur comme s'il pouvait l'absorber. Il avança encore d'un pas en plein dans le vomi et souleva le pied avec un geste étrangement féminin. «Beurk! Des truies, pas des femmes!» Alena vit qu'il tenait des paquets de chips. Il baissa la tête vers elle et elle ferma les yeux; son haleine sentait l'oignon. «Toi? C'est toi? Petite salope?»

Elle secoua la tête. «Non. Non, pas moi. Non.»

Elle n'ouvrit les yeux qu'en entendant l'autre fille hurler. Elle vit l'homme la tirer par le pied gauche et les mains de la fille s'accrocher désespérément au sol en béton. Alena serra les bras contre son torse nu. La fille n'arrêtait pas de hurler: «Prenez-la. Prenez-la. S'il vous plaît. C'est elle.»

Elle était incapable de regarder ailleurs, de tourner la tête. Un autre homme, plus petit, s'agenouilla rapidement sur les épaules de la fille et le grand revint. Alena se réfugia dans un coin, sentit le béton la brûler quand elle recula. Il bloqua le seuil et lui lança les chips et une canette qui heurta son genou, puis ferma la porte. Elle n'était pas assez épaisse pour étouffer les cris – les hommes exigeant que la fille fasse comme si elle n'attendait que ça, elle essayant de faire ce qu'on lui ordonnait.

Des heures plus tard, la fille n'était toujours pas revenue et Alena, succombant à la faim, se mit à manger les chips par poignées précipitées, comme un animal. Elle tenta de réprimer un souvenir – la dernière chose que sa mère lui avait dite: je suis désolée.

Elle pensait que ce genre de personnes devait posséder une grosse voiture clinquante comme à Moscou, mais c'était la même qu'avant. Et ils n'avaient apparemment qu'un seul CD.

Le conducteur chantait sur Radio Gaga et marquait le rythme sur le volant.

Alena contemplait les gens normaux, ployant sous les sacs de courses et les caprices de leurs enfants, qui faisaient la queue à l'arrêt du bus. Le Londres doré dont elle avait si longtemps rêvé n'était pas si différent de la grande ville la plus proche de chez elle en Russie – encore un McDonald's, des rangées de boutiques et des gens, l'air démuni, traînant leur ennui d'un endroit à l'autre.

La maison qu'ils avaient atteinte était exactement comme dans le Londres de ses rêves où elle s'était imaginée alors qu'elle était encore dans sa chambre, chez sa mère. Elle ne ressemblait pas à la première maison qu'elle avait fantasmée – un appartement dans un gratte-ciel étincelant avec des baies vitrées qui donnaient sur Big Ben ; dans cet appartement elle buvait du vin et bavardait avec des amis du bureau. Mais celle-ci, celle-ci venait juste après dans ses rêves – une grande maison dans une rue bordée d'autres grandes maisons, une voiture rutilante derrière une grille électrifiée dans un beau jardin. C'était là qu'elle vivrait avec un homme élégant pour qui elle avait eu le coup de foudre sur un quai du métro londonien. Un homme qu'elle finirait par épouser. Cette maison était exactement du genre qu'elle avait imaginé – une maison aux rideaux ruchés couleur pêche dans des bow-windows, une mangeoire à oiseaux, une terrasse en bois.

Ils l'encadrèrent en remontant l'allée comme des grands frères possessifs dont l'un portait sa valise. La sonnette fit entendre un air qu'elle ne reconnut pas et derrière le panneau en verre coloré de la porte elle entendit le glapissement d'un petit chien et l'aboiement plus lent, plus grave d'un autre beaucoup plus gros. Elle tira sur sa jupe, roula la langue pour s'humidifier la bouche. Il était jeune, l'homme qui ouvrit la porte, son visage mince, ses cheveux sombres, lissés en arrière et son survêtement Nike lui rappelaient le frère aîné d'une amie.

« Vous l'amenez comme ça ? »

Après tout le reste, devant son regard, Alena sentit tout de même la gêne la picoter jusqu'à la plante des pieds. L'homme lui saisit le poignet tandis qu'elle essayait une fois de plus de tirer sa jupe de l'autre main en pensant à ses jambes couvertes de bleus.

« Vous pouvez la laisser. »

Les hommes le dévisagèrent, puis ils se regardèrent et baissèrent les yeux sur leurs baskets, toute assurance disparue.

« Allez, remontez dans votre voiture de merde. »

Alena se sentit un bref instant tiraillée, sans savoir à qui elle appartenait, mais, évaluant les risques, la violence, le pouvoir et tout le reste sans s'en rendre compte, elle s'approcha de l'inconnu.

« On… euh… on a besoin de l'argent aujourd'hui. Gros problème autrement. »

Même Alena entendait le tremblement dans sa voix. Le jeune homme regarda ailleurs, se passa la langue sur les lèvres, puis sortit un cutter de sa poche. Il prit soin de le tenir contre lui pour qu'on ne puisse pas le voir de la rue, mais il était évident qu'il était prêt à s'en servir.

« Je la coupe ? Je la massacre et je la renvoie avec vous ? Ou vous deux ? »

Il était tellement calme. Alena ne bougeait pas d'un poil, elle fixait le cutter. Ses gardiens reculèrent. Il sourit, rempocha le cutter puis émit un rire bref et glacial, et donna une petite tape amicale sur la joue du plus grand des gardiens.

« Sur le seuil de la porte, imbécile ? Attends, je vais chercher Andriy et tu lui demanderas de te donner le paquet de fric, on pourrait inviter les voisins et fêter ça autour d'une tasse de café et d'une tranche de gâteau. Imbécile ! Tu l'auras ce soir. »

Ils reculèrent de quelques pas avant de se retourner, marchèrent à grands enjambées jusqu'à la voiture, se redressant à mesure qu'ils s'éloignaient, puis ils claquèrent les portières et partirent en trombe.

Ils se retrouvèrent seuls. Elle ne bougeait pas. En quarante-huit heures à peine elle avait appris à attendre qu'on lui dise quoi faire, à ne rien décider. Il recula et posa ses mains un peu moites sur ses épaules, la dévisagea et secoua la tête. «Tu n'iras pas.»

Alena sentit monter le tremblement annonciateur des larmes. Elle hocha la tête, pinça les lèvres en s'efforçant de ravaler la boule dans sa gorge.

«Viens. Tu vas te changer et manger. Allez.»

Il l'attira à l'intérieur et lui donna une petite gifle, presque par jeu, mais tout de même plus forte que celle qu'il avait donnée à l'homme juste avant. «Tu apprendras.» Il secoua de nouveau la tête, la saisit durement par le bras et la fit pénétrer plus avant dans la maison, mit l'autre main dans sa poche et l'y laissa à côté de la lame. «Je m'appelle Fedir. Si tu essaies de te sauver, je te ferai mal… tu comprends? Si tu cries, je te ferai mal. Je peux te faire des trucs horribles et personne ne le saura. Tout le monde s'en fiche. Je l'ai déjà fait. Tu comprends?»

Alena hocha la tête, craignant de se mettre à hurler si elle ouvrait la bouche. Le blanc de ses yeux était teinté de rose, il avait du sang séché sur les lèvres et quand il parlait sa bouche était trop près de la sienne. Elle savait qu'il tiendrait ses promesses.

La maison était impeccable, douce et sentait le renfermé. Il lui dit d'enlever ses chaussures, celles à talons et à lanières avec lesquelles elle avait caracolé dans l'aéroport. Ils traversèrent un salon avec un tapis épais et rose, des murs crème et une photo de Marilyn Monroe dans un cadre doré, celle où elle retient sa robe blanche qui s'envole. Sur un fauteuil, un petit chien blanc aux yeux marron suintant comme s'ils saignaient leva la tête. Ils passèrent dans la cuisine où une grosse femme dans la soixantaine, qui ressemblait aux amies de sa mère, coupait en tranches une miche énorme. Il flottait une odeur de pain grillé. Elle jeta un regard sans expression aux jambes nues d'Alena et se remit à scier la miche d'un bras de bûcheron ; un bras duquel on n'aurait pas aimé recevoir un aller et retour.

« Viens. » Fedir lui fit signe. « D'abord lavage, après tu manges. »

Il avait parlé de « lavage », pas d'un bain ou d'une douche, mais d'un lavage, comme pour une voiture ou un animal. Il la trouvait sale. Ils montèrent un escalier, Alena devant, sa main rabattant sa minijupe sur ses fesses.

« Ils ne m'ont pas touchée. L'autre homme, il a dit on ne touche pas. Ils ne m'ont pas touchée, ces deux-là. »

Elle ne pouvait pas se retourner dans l'escalier étroit, mais elle entendit un soupir ; elle ne le connaissait pas suffisamment pour juger si c'était un soupir d'impatience ou de dégoût, ou peut-être, vague espoir, de pitié. Il la poussa et elle faillit tomber.

« La ferme. Andriy aime les filles propres. »

Elle se demanda s'il savait son nom. D'une poussée brutale au milieu du dos, il l'envoya dans la salle de bains.

« Juste une douche, pas un bain. Utilise tout. » Il fit un signe de tête vers les flacons alignés au bord de la baignoire. Elle ne bougeait pas, effrayée à l'idée d'entrer seule dans cet espace clos.

« Vas-y. » Il la poussa encore un peu, sa pommette ricocha contre le chambranle et la porte se ferma derrière elle.

Les robinets étaient dorés, les serviettes blanches, chaudes et moelleuses, comme elle les imaginait dans les hôtels, les volets étaient fermés et les fenêtres verrouillées. Il y avait trois flacons de gel douche mais pas de rasoir. Elle ne pleurait pas mais elle n'arrivait pas à respirer. Elle entendit un mouvement derrière la porte, ouvrit les robinets, se força à entrer sous la douche et se savonna le corps. Elle était surprise d'y trouver malgré tout un peu de plaisir, mais elle était contente d'être propre.

Il prit ses habits sales et lui en donna d'autres : une jupe en satin violet qui lui arrivait aux genoux et un chemisier blanc transparent. Le genre de vêtements qu'affectionnaient certaines femmes plus âgées en Russie, même si elles portaient en général un soutien-gorge sous leur chemisier alors qu'il n'en avait pas donné à Alena. Elle descendit, traversa la cuisine et descendit une autre volée de marches. La douceur avait disparu et le froid s'accrochait aux murs grisâtres, aux dalles de moquette bleues et rêches. Il la conduisit dans une pièce où la fenêtre était garnie de barreaux. Pas des barreaux de prison, mais des barreaux décoratifs en fer forgé, peints en un rose médicinal assorti à la housse de couette du petit lit dans le coin. Une espèce de jouet était posé sur l'oreiller, un lapin blanc au visage de poupée, comme si la poupée, avec ses lèvres rouges bien ourlées, ses sourcils arqués et ses longs cils courbés, portait un déguisement. Elle entendit la porte se fermer derrière elle pendant qu'elle contemplait la poupée et la clé tourna dans la serrure. Ce n'était pas un son brusque : la clé tourna lentement, doucement, et elle se demanda s'il essayait de lui faire croire qu'elle n'était pas enfermée.

Elle prit la poupée sur ses genoux et lui tripota les oreilles. Elle était assise toute droite et ne bougeait pas. Quand sa vue se brouilla, elle se força à retrouver sa colère et à envisager son évasion. Elle mettrait les vêtements qui lui appartenaient et ses beaux dessous, elle reviendrait avec la police et regarderait les hommes de cette maison partir en prison, son courage ferait la une des journaux. Elle se leva et alla à la fenêtre d'où elle voyait un petit triangle de ciel au-dessus d'une haie de troènes. Elle introduisit la tête aussi loin qu'elle put entre les barreaux et fut submergée par une vague d'hystérie. La bile monta tandis que sa gorge se serrait, elle fut prise de panique et suffoqua.

Elle ne savait pas du tout comment elle s'était endormie. Fedir se tenait au-dessus d'elle et portait un plateau. Pas de toasts, une sorte de viande en sauce avec une odeur de graisse qui emplissait la pièce.

« Assise. Allez, la fille. Assise maintenant. »

Il tenait le plateau à deux mains et lui donna un petit coup dans les côtes de son pied couvert d'une chaussette de sport jaunissante.

« Il arrive bientôt. Il aime que tu manges. Il n'aime pas les filles maigres et tristes. Assise, mange et arrête de pleurer. »

Alena s'assit, le visage sans expression, et il posa le plateau sur le lit.

« Du lait, tu vois ? »

Il lui sourit, le sourire d'un petit garçon répondant gentiment à une question en classe avant de coincer un autre gamin dans les toilettes et de lui pisser dessus. Alena le regarda fixement et secoua la tête. Il changea d'expression, empoigna ses cheveux et poussa son visage vers le plateau. Puis, tout aussi brusquement, il la lâcha et elle eut l'impression qu'il allait lui caresser la tête.

« Mange. OK. Bonne fille. »

Il égrena ces mots en s'éloignant d'elle à reculons, sa colère apparemment oubliée, et en l'observant avec autant d'intensité que si elle était une bombe sur le point d'exploser.

Quand Fedir revint, beaucoup plus tard dans la soirée, elle était à genoux et lisait tout haut, lentement, mot à mot, le poème d'amour imprimé en lettres pleines de fioritures sur le plateau, tout en essayant d'enlever une trace de sauce séchée sur une des lignes. Elle allait se mettre debout, mais le visage de Fedir était fermé ; il se contenta de tenir la porte et de faire un signe de tête. Alena monta l'escalier avec son plateau tout en sentant ses yeux rivés sur elle.

En haut des marches, il prit le plateau et la laissa les mains vides pendant qu'il rinçait soigneusement la fourchette, le couteau, l'assiette et le verre avant de les ranger dans le lave-vaisselle, le premier qu'elle voyait dans une maison. Il n'y avait pas trace de la femme qu'elle avait aperçue plus tôt et elle eut la certitude que l'homme qu'ils attendaient ne viendrait pas ce soir-là.

Pendant qu'il essuyait le plateau, elle s'approcha et il tressaillit, comme prêt à frapper. Elle tenta de sourire malgré sa peur, elle savait bien qu'elle ne pouvait rien espérer de bon de sa colère contre elle.

« Le poème… »

Il tenait le plateau d'une main. Elle ne savait pas trop s'il était sur le point de lui en assener un coup ou de sortir une cocotte du four. Elle se força à sourire un peu plus même si ça lui faisait mal.

« Je n'ai pas fini de lire. Alors… » Elle eut un petit rire, le bruit d'un bâton contre un rocher. Il n'y avait pas de quoi rire, mais cela le calma et il baissa le plateau.

Elle se mordit la lèvre, soudain embarrassée. « Jusqu'à ce que toutes les mers s'assèchent, mon amour. » Le sang lui monta aux joues et elle leva les yeux, vit qu'il la regardait. « Je ne comprends pas, mon anglais n'est pas très bon. »

Il haussa les épaules, scruta son visage. « Je ne sais pas. » Il se détourna, lança le plateau sur le plan de travail. « Je ne lis pas très bien. »

Alena émit un bruit, un son qui signifiait peut-être qu'elle comprenait, que ça n'avait pas d'importance ou qu'elle était terrifiée.

« On va dans l'autre pièce. » La peur vint se loger dans ses genoux, et elle ne fit rien, absolument rien, elle resta complètement immobile. Il s'approcha d'un pas et elle sentit l'odeur du thé rance dans son haleine. Il tourna la tête et rencontra son regard. « C'est secret, tu comprends ? »

Une sensation glaciale parcourut sa peau. « Mais il… il rentre bientôt ?

– Il rentre demain. » Il fit un petit sourire. « Et donc c'est un secret, oui ? »

Alena fit un petit signe de tête et il se mit en route.

« Allez, viens. »

Que pouvait-elle faire sinon le suivre dans le salon où trônaient le canapé somptueux couleur pêche, la télé géante et la photo de Marilyn Monroe ? « Tu t'assois ? »

Une question à une seule réponse. Alena s'assit au bord du canapé. Tira sur l'ourlet de sa jupe, serra le tissu dans ses poings. Il était debout devant elle et se mit à dénouer le cordon de son pantalon de survêtement tout en lui souriant de toutes ses dents avec de petits « Hein ? Hein ? »

« Non, pitié. » Alena recula au fond du canapé moelleux. « Pitié ! » Quand il baissa sa ceinture, Alena vit qu'il était en érection et se mit à trembler. Il lui saisit la nuque et elle cessa de résister. Elle avait le nez dans les poils durs juste au-dessus de sa ceinture quand soudain il l'écarta en lui poussant le front et elle retomba dans le canapé. Il riait à présent, il remonta son pantalon et rangea son pénis.

« C'est une blague ! Ha ! Tu as l'air d'avoir très peur. Ha ! C'est juste une blague idiote. »

Il riait au-dessus d'elle ; elle voyait les plombages noirs de ses dents du haut. Il riait toujours mais il semblait se forcer, comme s'il allait chercher le rire tout au fond de son ventre, et elle comprit qu'elle était censée rire aussi. Bien que toujours tremblante, elle déglutit et fit de son mieux. Il souriait de nouveau, jouant son rôle d'hôte.

« Attends ! Je me rappelle. » Et il sortit.

À l'autre bout du salon, elle voyait la porte d'entrée, ses serrures chromées, sa chaîne. Elle l'entendait ouvrir et fermer des placards dans une autre partie de la maison. Elle regarda les fenêtres, les hautes haies dehors et se représenta les rues inconnues de Londres dans la nuit, au-delà du jardin. Elle essaya de se remémorer les rues qu'ils avaient empruntées jusqu'ici. Elle imagina qu'elle courait, frappait aux portes, criait au secours, mais elle demeura silencieuse et immobile sur le canapé, contemplant les yeux mi-clos de Marilyn jusqu'au moment où il revint.

KERRY HUDSON

«Tiens.» Il lança sur ses genoux une glace, un cône enve-loppé dans du papier d'alu, de ceux qu'on vendait au kiosque près de la fontaine de sa ville natale, et il alla s'asseoir à l'autre bout du canapé.

Alena contemplait la glace et sentait le froid traverser le tissu de sa jupe.

«Menthe, ça va?» Il regarda le sien et fit à contrecœur un geste vers elle. «Ou fraise? Mon préféré.»

Alena avait l'impression que ses sens étaient émoussés, ses pensées ralenties. Elle cligna les yeux, secoua la tête. «Ça va.

– Sûre?»

Elle hocha la tête, minuscules mouvements du menton. «Merci.»

Il saisit la télécommande et alluma la télévision. «Tu aimes les histoires de flics? C'est mes préférées. Et *Top Gear*. On n'a pas ça en Ukraine. Moi, les bagnoles ça me rend dingue.» Il lui fit un grand sourire, puis hocha la tête. «*Friends*? Tu as vu *Friends*? Ross, Rachel et Joey? Tu comprends, Alena – il connaissait donc son nom –, c'est un grand secret. S'il le sait, on est foutus.»

Il passa un doigt sur sa gorge et fit un bruit qui signifiait qu'on la coupait, mais là d'où elle venait ce geste voulait dire qu'on n'avait plus faim. Elle le regarda; il était à peine plus vieux qu'elle. Le genre de garçon dingue de voitures. Elle imagina que c'était un garçon solitaire dans son lycée, amoureux d'elle et incapable de le lui avouer, et elle réussit à sourire. «T'inquiète pas, je comprends. Un vrai secret.»

Il poussa un soupir et sourit de nouveau. «Maintenant on peut regarder *Top Gear*, oui?»

Alena conserva son sourire crispé et hocha la tête. Pendant qu'il riait devant l'écran, elle examina de nouveau les portes et les fenêtres, tenta de se souvenir des rues par lesquelles elle était passée. Puis elle lui jeta un coup d'œil; pieds crispés tandis que la course à l'écran atteignait son paroxysme, bouche bée de plaisir, et elle vit un moyen de s'en sortir.

Il la raccompagna dans la chambre puis lui apporta sa chemise de nuit et sa brosse à dents.

«J'ai pris dans ta valise. OK?»

Alena sentit le rire monter de nulle part. Avant qu'elle réussisse à serrer les lèvres, il se répercutait dans toute la pièce, c'était tellement ridicule de sa part de demander si c'était OK de fouiller dans sa valise. Elle appuya fort les doigts sur ses lèvres et l'observa, mais il baissait toujours la tête et fixait le sol. «Pardon.»

Elle avança et lorsqu'elle tendit le bras pour prendre ses affaires, il saisit son autre main dans la sienne. Sa peau était plus douce qu'elle n'aurait cru, un peu moite, et elle lutta pour conserver une expression égale, lutta contre son envie de se dégager, de le rouer de coups de poing.

«Demain, très vite tu te changes, d'accord? Pour lui. Il revient très vite.»

Elle hocha la tête.

«Et c'est notre secret. Ce soir.» Son visage se durcit; il serrait sa main de plus en plus fort tout en parlant. «Si tu lui dis, d'abord il te battra et ensuite je viendrai et je te battrai aussi. Tu comprends?»

Il ne la quittait pas du regard, ses yeux la transperçaient. Ce n'était pas seulement une question – ils passaient un marché, un accord et une promesse qu'Alena ne comprenait pas mais qu'elle ne pouvait pas refuser.

«Oui.»

Il eut un sourire brusque, mauvais, libéra sa main et se dirigea vers la porte.

«Je mets le chauffage.» Il recula encore sans la quitter des yeux.

Elle se déshabilla et enfila sa chemise de nuit, celle qu'elle portait chez elle moins d'une semaine auparavant, avec son grand personnage de bande dessinée, un choix puéril qui l'avait tant embarrassée dans l'hôtel à Moscou. Elle fit jouer les articulations de sa main douloureuse. Elle allait observer et apprendre. Elle allait être maligne, rusée. Elle allait s'en sortir. Elle trouverait un moyen de croquer ce dingue drogué, l'animal violent et stupide qu'il était, puis de se lécher les babines s'il le fallait.

Alena se réveilla vêtue de sa chemise de nuit dans une chambre chauffée. Elle s'étira et rejeta la couette, l'esprit parfaitement clair. Puis la panique lui coupa le souffle. Il allait venir. Très vite. Elle se leva en chancelant, alla aux toilettes minuscules de sa chambre, se lava rapidement au lavabo, s'habilla avec les vêtements qu'il lui avait donnés la veille et s'assit pour attendre.

Elle pliait sa chemise de nuit et la mettait sous l'oreiller, de crainte qu'on la lui prenne, quand Fedir frappa et ouvrit la porte. Elle se força à sourire, mais il ne restait rien de la camaraderie malsaine de la veille, juste une lueur de mise en garde dans ses yeux. « Tu viens maintenant. »

Il était assis à table dans une pièce qui donnait dans la cuisine : l'homme qui l'avait achetée. Il ressemblait toujours à un dentiste ou à un comptable. Oui, le comptable d'une petite ville qui acceptait des pots-de-vin pour les impôts : cheveux gris et courts, lunettes sans monture, costume gris en tweed, chemise bleu clair et cravate. Fedir tira une chaise pour elle en face de l'homme.

« Assieds-toi. »

L'homme leva les yeux de son petit déjeuner et ne regarda pas au-delà du cou d'Alena. Elle vit alors qu'il était vieux, plus vieux qu'il le paraissait quand elle était abrutie par les sédatifs dans la pénombre de la cave ; il avait les os saillants, les lèvres minces, exsangues. Trois œufs coque et une assiette de pain grillé coupé en lamelles étaient posés devant lui ; il mangeait posément, trempait chaque bout de pain, mâchait, buvait une gorgée de thé, détachait le blanc d'œuf d'un geste précis et rapide. Quand il eut terminé, la femme de la veille prit son assiette. L'homme regarda Fedir, debout derrière Alena. «Va-t'en.»

L'expression de Fedir ne changea pas quand il sortit et ferma la porte derrière lui.

Sans les bruits de vaisselle en provenance de la cuisine ni ceux de mastication, elle trouvait trop intime d'être assise en silence en face de cet homme. Il joignit les mains et les posa sur la table, attendit quelques secondes jusqu'au moment où elle bougea sur son siège.

«Alena. Je suis Andriy. Et je… comprends-tu ce qui t'est arrivé?»

Sa voix était calme, précise et posée, à l'image de la façon dont il avait pris son petit déjeuner. Elle secoua la tête, baissa les yeux.

«Tu sais ce qu'on fait aux filles qui viennent ici comme toi?»

Il promena son regard sur son corps. Elle se demanda s'il avait choisi lui-même les vêtements qu'elle portait, ce n'était certainement pas ce qu'aurait choisi l'autre. Il posa les coudes sur la table.

«Qu'est-ce qu'on leur fait, Alena?»

Elle pensa au paquet de chips sur le sol plein de vomi, déglutit et chuchota : «On les viole.»

Il émit un petit glapissement passant pour un rire et découvrit de jolies dents blanches, vraisemblablement fausses.

«Il faut dire : on les viole, Andriy.

– On les viole… Andriy.»

Il acquiesça, mit les mains sur ses genoux. «Ce n'est pas du viol, Alena. Les filles sont payées. Tu comprends? Ces filles, elles ont besoin de cet argent et certaines – il s'humecta les lèvres du bout de la langue –, elles aiment ça. Que font-elles, Alena?»

Alena vit des étincelles à la limite de son champ de vision. «Elles… font l'amour pour de l'argent et elles aiment ça.» Il pencha une oreille vers elle avec un petit sourire. «… Andriy.

– Bien. Maintenant toi, toi tu as l'air d'une fille bien.»

Elle perçut l'odeur du pain grillé au fond de sa gorge; elle se dit qu'elle allait vomir. La première larme tomba.

«Es-tu une bonne fille?

– Oui, Andriy.

– Bien.» Il se mit à tousser, chercha dans sa poche une petite boîte et y prit un bonbon noir et brillant. «Parce que je veux que tu fasses quelque chose pour moi.»

Elle pleurait pour de bon à présent, elle sentait le sel sur ses lèvres.

Il recula sa chaise et tapota ses genoux. «Viens t'asseoir.»

Elle avait du mal à contrôler sa respiration, mais elle se leva et vint se percher en travers de ses genoux. Elle sentit les jambes de l'homme s'écarter sous elle, l'odeur de réglisse de son bonbon, qu'elle entendait heurter ses dents quand il le faisait tourner dans sa bouche.

«Tu aimerais coucher avec vingt ou trente hommes par jour?

– Non. S'il vous plaît, non.

– Andriy.

– Andriy.

– Faire tout ce qu'ils te demandent? Attraper des maladies, te faire avorter? Te droguer et sans doute un jour faire une overdose et être jetée dans la Tamise comme une portée de chatons?»

Elle se cacha le visage derrière une main qu'il baissa avec fermeté.

«Ou préfères-tu être seulement ma petite amie? M'aider dans mes affaires?»

Elle tremblait de tout son corps; il remonta la main de son genou jusqu'à sa jupe.

«Tu as beaucoup de chance. Je t'ai choisie.»

Il avait les doigts secs et chauds, sa jupe était tendue sur son poignet. Il lui pinça la cuisse, une douleur aiguë qui lui coupa le souffle et fit cesser ses tremblements.

« Tu sais, Alena ? »

Il la lâcha, retira sa main, lissa sa jupe, leva la main vers son sein et serra le mamelon entre ses doigts, puis attira ses lèvres contre les siennes et lui poussa l'éclat pointu et glissant du bonbon dans la bouche.

« Lève-toi. »

Elle se mit debout et il lui fit traverser la cuisine et le salon où Fedir regardait *Friends*, le petit chien blanc aux yeux suintants couché sur ses genoux. Il ne leva pas les yeux mais, quand Alena suivit Andriy à l'étage, elle entendit qu'il montait le volume et les rires enregistrés la suivirent au moment où elle passa la porte et entra dans la chambre.

Bien sûr qu'il la désirait, il la désirait depuis l'instant où il l'avait vue entrer dans le magasin ; sans même un sac à main mais l'air d'être en pays conquis. Il ne pouvait pas lui demander de passer la nuit avec lui. Il était un type correct, à défaut de mieux et, surtout ces dernières années, il s'était raccroché à cette idée. Et elle paraissait si jeune, debout sous l'ampoule nue du salon, son mascara un peu de travers, comme une fille de la cité au bord des larmes après avoir bu un WKD[1] de trop. Elle écarquillait les yeux tout en avalant d'un trait un verre d'eau. La radio était de nouveau allumée sur la station russe. La musique ressemblait à de la pop, paroles hurlées et synthétiseur style années quatre-vingt. Dave pensa aux Human League mais coiffés de grands chapeaux de fourrure.

---

1. Boisson à base de vodka.

« J'étais bon en histoire à l'école. »

Elle le regarda. Son verre couvrait à demi le bas de son visage et ses yeux semblaient dire « c'est vraiment bizarre, ce que tu racontes ».

« Je veux dire, on a appris la Russie.

– Tu peux changer station. J'aime bien Magic aussi peut-être ?

– Magic ?

– À la radio. J'écoute aujourd'hui. Neil Fox.

– D'accord. Non. J'aime bien ça. » La musique changea : une grande intro à la guitare et il crut entendre des flûtes de Pan. « Je voulais juste dire, à propos de l'histoire, j'ai envie de te connaître. Savoir comment c'était en Russie pour toi et… »

Elle laissa tomber les bras et se mit à rire. « Pas ce soir. Russie est géante et je suis fatiguée. Une autre fois. On a du temps. »

Elle changeait si vite qu'il était toujours en équilibre instable, conscient qu'un mot de travers, une pression sur quelque chose, il ne savait pas quoi, ferait tout basculer. À la radio, le chanteur, une grosse voix d'homme, sans doute coiffé à la Whitesnake, entrait en action. Elle s'avança vers lui.

« C'est vrai, on a encore du temps ? » Elle était à nouveau sérieuse. « Oui ?

– Oui, bien sûr. »

Dans cette pièce, sous l'éclat aveuglant de l'ampoule, c'était tellement plus difficile. Elle le regardait mais son visage restait sans expression. Il n'avait pas la moindre idée de ce qu'elle voulait ou de ce dont elle avait besoin, quelles étaient ses pensées, où il avait le droit de s'égarer et à quel moment elle prendrait peur et se cacherait. Il lui saisit pourtant les coudes et l'embrassa, une pression chaste et ferme de ses lèvres sur sa joue.

« Bien sûr, on a le temps. »

Elle ne dit rien quand il ôta ses mains et se dirigea vers la porte. Elle s'affala simplement sur le canapé et se mit à tourner le bouton de la radio pour essayer d'éliminer les parasites.

« Il se fait tard, alors je crois que je vais me préparer. Pour aller me coucher. »

Elle fixait le bouton qu'elle tournait millimètre par millimètre. « J'écoute juste cette chanson. » Elle leva la tête. « C'est une chanson romantique, c'est ça ? »

Dave n'en savait rien, mais trouvait que même sans les parasites elle lui écorchait les oreilles. « Oui, je, enfin, je ne comprends pas les paroles, tu vois ? Ce genre de chansons, on les appelle des power ballads, c'est ça, non ?

– Power ballad. » Elle retourna les mots dans sa bouche avec un hochement de tête. « Cette musique est genre power ballad. »

Ce n'était pas une question et il sentit une pointe de jalousie en se demandant pour qui elle s'entraînait à dire cette jolie petite phrase. « Tu seras bien de nouveau dans ma chambre, hein ? Je peux te mettre la radio là-bas si tu ne veux pas dormir tout de suite. »

Elle ne répondit pas et le regarda avec la même absence d'expression. Il ne déchiffrait rien sur sa bouche serrée, dans ses yeux clairs et curieux.

« C'est juste que je travaille demain et… »

Il attendit un moment, les joues brûlantes, qu'elle dise quelque chose, mais elle haussa les épaules, se tourna vers la radio et l'éteignit. Elle semblait contrariée. Il ne poserait pas de questions. Il ne pouvait pas.

Ils passèrent à la salle de bains l'un après l'autre. Il l'écouta se brosser les dents comme s'il espérait découvrir un nouvel indice. En sortant, elle semblait remise, elle l'embrassa gentiment sur la joue et lui murmura quelque chose à l'oreille. « Fais de beaux rêves en russe. »

Ils partirent chacun vers son lit à l'opposé de l'appartement, mais celui-ci était si petit, pas plus de dix pas pour Dave, qu'ils entendaient les craquements du lit, les couvertures rejetées, les bruits de deux personnes cherchant l'apaisement.

Ils se protégeaient du vent, serrés les uns contre les autres en se donnant le bras; Dave à sa mère, sa mère à Shelley. Le crachin faisait briller leur visage. Ils avaient néanmoins trouvé une bonne place; la fraîcheur sur leur peau était agréable et par ce temps même la Tamise écumeuse sentait le propre. Sa mère avait mis un peu de mascara et le rouge à lèvres rose dont Shelley avait dit qu'il irait très bien avec ses yeux, même s'il s'infiltrait un peu dans ses rides. Shelley tendit le bras et essuya du pouce une bavure sous l'œil de sa mère, puis se pencha en avant et sourit à Dave, sous la capuche fourrée qui couvrait un bonnet idiot censé imiter les oreilles d'un panda.

Shelley compta à rebours jusqu'au signal, tandis que la mère de Dave libérait ses bras et que Shelley se blottissait à sa place. Shelley compta six, cinq, quatre… et se colla contre lui. Il savait qu'il avait le rouge aux joues, espérait que la bruine le cacherait. Il avait envie de se dégager, mais il regarda alors sa mère qui fumait une cigarette, soufflant la fumée loin d'eux, un sourire narquois sur ses lèvres nacrées, et il resta là où il se trouvait. Les rameurs passèrent et Shelley s'accrocha un peu plus. «Tu pourrais faire ça.» La fourrure de sa capuche toucha la joue humide de Dave. «Pas vrai, Pat?

– Bien sûr, il court tellement qu'il pourrait faire tout ce qu'il veut.»

Dave contempla ses baskets, sentit les doigts fureteurs de Shelley à travers son manteau, le corps obèse de sa mère derrière eux, exposé en plein vent, l'odeur de sa cigarette dans leurs cheveux. La course était terminée quand il se rendit compte que c'était agréable, que ça le rendait heureux d'être là avec elles. «Bon, vous deux, la flatterie mène à tout. Et si je vous invitais à déjeuner?»

Ils se faufilèrent à travers la foule. Shelley s'arrêtait à chaque poussette, faisait des grimaces, gazouillait, ne lâchait pas le bras de Dave même quand Pat eut une quinte de toux en gravissant les marches de pierre humides qui montaient du fleuve. Il essaya de se dégager pour s'occuper d'elle.

« Maman ? Ça va ? » Sa mère toussait dans un bout de mouchoir en papier rose entortillé et respirait comme si sa gorge était un sifflet. « Je vais aller nous chercher un truc à emporter, d'accord ? Et on va rentrer en taxi. »

Elle agita la main – la manche de son anorak pendouillait, elle l'avait acheté en solde un peu trop grand, peut-être parce qu'elle pensait qu'elle allait le remplir. « Un taxi depuis Putney ! Pas question. » Elle s'arrêta, lui jeta un coup d'œil. « En plus, j'ai besoin d'un verre. »

Ils s'éloignèrent de la Tamise, ils ne voulaient pas entrer dans un des pubs remplis de poseurs et de snobs à la voix tonitruante et au visage rougeaud qui buvaient de la bière brune de microbrasseries à la mode et parlaient du bon vieux temps à la fac et du « marché immobilier ». Ils préférèrent remonter l'artère principale jusqu'au Wetherspoons et Dave remarqua la façon dont les types en vestes de cuir chic, des bouteilles de champagne sous le bras, reluquaient Shelley. Elle n'y prenait pas garde ou sans doute y était-elle habituée, elle n'avait d'yeux que pour lui, souriait à sa mère, ne paraissait pas sentir leurs regards posés sur elle comme des doigts d'écoliers sur un exemplaire poisseux de *Nuts Magazine*. Elle se pelotonnait contre lui et la chaleur de son souffle contrastait avec le froid dehors.

Elles réclamèrent une cruche de Sex on the Beach et se fichèrent de son air gêné quand il commanda. Il but un JD, essaya d'oublier les huit kilomètres qu'il avait prévu de courir ce soir-là, les vingt livres qui auraient pu payer trois nuits dans une cabane sur la plage de Goa. Il alla leur chercher une autre cruche. Elles avaient un verre dans le nez et se mirent alors à déblatérer sur Sandra qui s'était fait choper à piquer dans la caisse de la friterie.

« Et alors il a dit, l'air tout ce qu'il y a de plus sérieux, qu'il pensait qu'il se passait un truc louche. »

Pat s'essuya les yeux ; elles riaient comme des baleines. C'était l'effet produit par deux cruches de Sex on the Beach. Dave en était déjà à son troisième double. Il voyait trouble, à part la main de Shelley sur sa jambe, être assis à côté d'elle lui donnait chaud, et elle se sentait en parfaite harmonie dans le brouhaha.

« Un autre ? Permettez à votre vieille maman de vous payer un verre, à vous les jeunes.

– Non, Pat, je vais aller acheter à bouffer. Je crève de faim. »

Au bar, Shelley balançait son petit cul emballé dans un jean blanc au rythme de « Starship Troopers ». Il ne le quittait pas des yeux, en avant, en arrière, et se dit qu'il avait dû dessoûler d'une manière ou d'une autre. Son visage lui semblait mou, sa poitrine et son cou chauds, il crevait d'envie de manger le hamburger et les frites que Shelley commandait pour lui, mais il avait les idées à peu près claires. Elle était superbe.

Sa mère fouillait dans son sac, son vernis à ongles écaillé de la couleur des étoiles de mer ressortait sur le cuir bleu marine craquelé. Il voyait bien que sa tête bringuebalait un peu sur ses épaules à cause des cocktails tandis qu'elle remuait son fouillis d'une main maladroite – des clés, quelques crayons mâchouillés, des flacons de parfum à moitié vides, des Polo à la menthe sans emballage, des rouges à lèvres, sans doute un des cahiers de mots cachés en mauvais état qu'elle aimait tant. Elle lui donna une bourrade, peut-être un peu plus fort que si elle avait été plus sobre. « Regarde, tout est là. » Elle sortit son portefeuille et ouvrit le fermoir côté papiers. Il aurait aimé l'en empêcher mais il ne voulait pas gâcher la journée. Il avait horreur de la voir faire ça quand elle était bourrée.

Elle les alignait sur la table poisseuse. Dave essuya une flaque de bière de la manche de son sweat-shirt juste avant qu'elle les pose. Un médaillon, deux trèfles à quatre feuilles protégés par un Scotch jaunâtre, deux photos, un petit poème froissé de la taille d'une carte de crédit – Dave remarqua que son écriture n'avait pas beaucoup changé. Le soleil avait fait une brève apparition, la lumière froide et pâle du début de soirée éclairait sa mère et sa petite rangée de trésors. Sur l'une des photos, elle portait un maillot de bain rouge. On ne voyait pas bien ses yeux, mais elle paraissait radieuse, intrépide et heureuse. Vraiment heureuse.

« Regarde cette allure. Le week-end où j'ai connu ton père. Sans rire, pas moyen qu'il me regarde dans les yeux. Il adorait mes nichons dans ce maillot de bain. »

Dave connaissait sa réplique : « Maman ! »

– Dommage que j'aie dû l'enlever. Dommage que j'aie perdu mes formes après ta naissance. Je savais que je ne le garderais pas, c'est peut-être pour ça que je l'aimais. J'avais plein de propositions, mais lui, c'était du boulot, un défi. Il m'a donné du fil à retordre, ça oui. »

Elle fit jouer le fermoir, qu'ils regardèrent tourner un instant et Dave contempla son écriture lente et appliquée sur le petit poème souligné par une rangée de cœurs et de baisers de travers.

« Ça fait pas grand-chose, hein, Davey ? Pour toute une vie ? Ces… » Elle commença à tout ranger dans le portefeuille – vite, maladroitement – « ces petits riens. Des babioles. »

Il vit qu'elle ravalait ses larmes, son double menton tremblota quand elle ferma son portefeuille d'un coup sec et l'enfouit dans le fouillis de son sac. Elle serra les lèvres, secoua la tête comme si quelque chose s'était pris dans ses cheveux. Il savait ce qu'il devait dire, il l'avait appris tout au long des années où ils avaient accompli ce rituel.

« Je sais, maman. Je sais, mais on était tous les deux. » Il se détourna parce que c'était la manière la plus délicate d'agir. Être proche mais lui laisser son intimité.

« Il me manque, ce salaud, tu sais quoi ? Plus de vingt ans sont passés, ce que je sentais quand il me sortait un de ses trucs effrontés me manque encore. J'ai eu une vie bien solitaire. » Elle essaya de bouger mais le box était trop étroit ; elle renonça et secoua de nouveau la tête. Au bar, Shelley chantait les derniers couplets à un vieil alcoolo, lui donnant du plaisir pour la semaine, le veinard. La mère de Dave saisit son whisky-Coca et but les dernières gouttes. « Mais toi, Dave, tu n'es pas une babiole, hein ? Mon garçon. S'il y a quelque chose dont je suis fière, c'est bien toi et je serais d'accord pour revivre les économies de bouts de chandelles, les nuits toute seule et la peur au ventre pour nous deux. J'ai fait de mon mieux, tu sais ? Je pouvais pas faire plus. »

Il la laissait habituellement parler tout son soûl, mais il vit Shelley traverser de nouveau le pub et il voulait que la soirée soit réussie. Il attira sa pauvre maman contre lui et l'embrassa sur les cheveux. « Arrête, tu es la meilleure des mamans. La meilleure. Profitons de la soirée, d'accord ? Tout ça, c'est à cause de l'alcool. Tu vas de nouveau m'emmerder demain. »

Mais en la lâchant, il ne la regardait pas, il regardait Shelley qui s'approchait d'eux avec un sourire éméché et Pat les regardait.

« Je vois, Davey. Ouais, tu as raison, fiston, profitons de la soirée. »

Alors, tout comme le soleil avait percé entre les nuages gris lilas et répandu sa lumière sur eux, elle se calma. Elle sortit lourdement du box pour permettre à Shelley de se glisser à côté de Dave. Il était si occupé à comprendre le changement d'humeur de sa mère qu'il ne remarqua pas que la main de Shelley remontait le long de sa cuisse.

Plus tard, il se demanda à quel point sa mère s'était sentie mal ce jour-là, s'il aurait dû remarquer sa peau distendue ou son teint, gris comme le ciel sous son maquillage, mais il était trop occupé. Il ne vit pas sa mère ce soir-là, de même qu'il ne vit pas vraiment Shelley, pas comme elle était réellement. Plus tard, il se rendit compte qu'il ne voyait pas ce qui se passait parce qu'il pensait à la chaleur du corps de Shelley, à ses mains baladeuses, à sa mère qui avait l'air super heureuse de les voir si bien s'entendre. Il n'avait pas non plus les idées claires ce soir-là, parce qu'il pensait aux yeux de tous les types sur Shelley et à son haleine murgée et suave qui l'atteignait au coin de la mâchoire, humide dans son cou. Il pensait au rire salace s'échappant de ses lèvres quand elle dit «je suis torchée» tandis qu'ils regardaient Pat s'approcher du bar en tanguant légèrement, «et je veux que tu le sois aussi ce soir». Il était aveuglé.

Elle n'était pas elle-même. Son visage passait de la joie à la tristesse, comme un flip book. Elle ne chicana même pas sur le prix du taxi jusqu'à l'hôpital, mais elle tanna tout de même le chauffeur pour qu'il la laisse fumer par la vitre. «Avec le prix que ça nous coûte, vous devriez fumer cette clope pour moi. De toute façon, c'est le docteur qui l'a dit, sérieux.»

Elle portait le beau manteau qu'elle avait acheté chez House of Fraser et Shelley avait teint ses cheveux clairsemés en brun-rouge, couleur qui évoquait pour Dave du sang séché, mais que sa mère trouvait «super chic» et ça lui plaisait tellement qu'elle n'avait pas râlé à propos des éclaboussures sur le mur derrière l'évier.

«Tu es une femme torride, Pat.»

Pendant ce temps, Dave était assis à la table de la cuisine et regardait Shelley passer ses longs doigts fins dans les cheveux de sa mère, puis lui masser les épaules en attendant que la couleur prenne. Il vit sa mère redresser fièrement le menton tout en tournant la tête pour s'admirer dans le miroir. C'était indéniable, Shelley était adorable avec sa mère.

Ils s'étaient tous assis sur le canapé devant *Coronation Street* sans le son. C'était Shelley, la main de Pat serrée dans la sienne, qui avait annoncé à Dave que sa mère avait une tumeur, que les résultats des examens étaient déjà connus. Sa mère ne disait rien, cramponnée à Shelley de toutes ses forces, tandis qu'un silence sinistre, terrifié remplissait la pièce.

Dave essaya de se lever, mais Shelley tendit le bras derrière le dos de sa mère et lui saisit la main pour l'empêcher de bouger. Tous les trois, silencieux et enlacés, contemplaient Roy Cropper qui servait son cinq millième sandwich au bacon. Shelley finit par lui dire : «C'est normal d'avoir peur, tu sais. Ou de pleurer.»

Sa mère se redressa sur le canapé, dégagea sa main de celle de Shelley. «Putain non, ça va pas. On va se battre. Vous allez être forts tous les deux, que je sois là ou pas.»

Leurs premières et leurs seules paroles de colère. Dave ravala la boule dans sa gorge et Shelley se tira les cheveux sur la nuque. «Tu as raison, Pat, pardon, je dis n'importe quoi. On va être forts ensemble, peu importe ce qui nous attend. On va pas se laisser abattre. On n'a pas dit notre dernier mot.»

Et ils se mirent à parler ainsi : nous, on, notre.

Shelley était à l'avant du taxi et faisait du charme au chauffeur. «Allez, soyez gentil, laissez-la fumer une petite clope…»

Dave tendit la main, sur le point de caresser les cheveux fins de sa mère, puis se ravisa en pensant à son cuir chevelu et à son crâne, minces comme du papier à cigarette. Il commençait à la voir dépérir, et lui et Shelley aussi mais moins vite, peau virant au gris, os saillants. Nous, on, notre; comme s'ils partageaient leurs cellules, leurs organes, comme si les mêmes amas de tissus malins poussaient dans leur poitrine, leur gorge, s'enroulaient autour de leur colonne vertébrale comme des serpents venimeux.

Ils buvaient et parfois riaient tous les trois. Une veillée funèbre avant l'heure. Sa mère disait qu'elle n'avait pas l'intention de vivre ses derniers jours sans en profiter, alors ils trinquaient et regardaient *Jeremy Kyle* puis *Loose Women*. Ils faisaient tous les trois la sieste vers deux heures l'après-midi. Shelley déposait Pat sous le couvre-lit en chenille jaune de son lit double et Dave, qui ne dormait pas du tout, dans le sien. Il dessoûlait tout de même pour aller travailler le soir à la Coop. Pas tout à fait quand même, car il devait supporter les sourires, les allusions et les questions.

« Comment va ta mère ? »

« Ma tante l'a eu, ça lui a pourri tout l'intérieur, ça oui. »

« Tu vas être courageux pour elle, hein ? »

Dave les laissait lui serrer le bras, leur disait que sa mère était extraordinaire, que c'était une battante. Il remerciait les filles qui plaçaient les boîtes roses pour la monnaie à côté des caisses, qui couraient dix kilomètres en soutien-gorge et il comptait les minutes interminables avant de rentrer chez lui. Sa mère était déjà couchée à son retour : un peu de cognac bon marché dans son thé, « Late Night Love Songs » tout bas à la radio sur Magic FM. Shelley la mettait au lit tous les soirs.

Une fois qu'il s'était douché, Shelley frappait à sa porte. Il lui était reconnaissant de frapper. Quelquefois, ils n'avaient pas encore traversé la pièce qu'il remontait ou baissait ce qu'elle portait, l'aplatissait contre le mur ou la moquette, se perdait dans ses membres souples et accueillants, sa bouche implorante. Quand ils avaient fini, tandis qu'elle collait son corps encore plein d'énergie contre lui, il posait la tête sur son torse menu et, malgré son poids, elle la caressait en répétant : « Ça va, Dave, ça va. C'est normal de pleurer, tu sais. »

Tous les deux sur la moquette en un enchevêtrement aux angles bizarres et sa mère qui dormait à l'autre bout de l'appartement, ses organes dévorés vifs.

Alena se glissa dans sa vie. Pendant des semaines, il n'y crut pas. Au réveil, il restait les yeux clos pour conserver le sentiment de la savoir endormie dans la pièce voisine. Il attendait le moment où elle entrait dans le salon, les cheveux flamboyants en bataille, le visage enfantin comme si elle conservait ses rêves en elle. Elle venait s'asseoir sur ses jambes tendues, sa chemise de nuit remontait, elle lui demandait de quoi il avait rêvé et, un matin sur deux, s'il lui faisait confiance pour lui préparer une tasse de café.

Ce n'était cependant pas facile, il était sur le fil du rasoir, trop reconnaissant, trop prudent, mais même quand il avait une peur terrible d'être sur le point de démolir ce qui existait, quoi que ce fût, il ne pouvait pas s'empêcher de tendre la main vers elle, y compris les fois où il voyait qu'il lui fallait la tendre trop loin.

Il lui était toujours reconnaissant de cet instant où il prenait conscience de sa présence, mais la journée l'effaçait inévitablement. Son travail lui parut interminable ce jour-là ; il lui fallut supporter la chaleur, l'ennui, alors qu'il ne pensait qu'à rentrer chez lui auprès d'elle. L'appartement sentait le pain brûlé et Radio 1, devenue la préférée d'Alena, beuglait pendant qu'elle était sous la douche. Il essaya de ne pas regarder, même si l'entrée menait directement à la salle de bains et qu'elle avait laissé la porte ouverte. Il voyait sa peau rougie par l'eau chaude à travers la paroi vitrée.

Appuyé contre le mur de l'entrée, il sirotait une canette de Coca light, autre nouveau régal d'Alena, savourant la pensée qu'elle était nue, mouillée, tout près de lui. Il l'imaginait qui se savonnait, il avait l'impression de voir le savon glisser dans ses mains ; aisselles d'abord, puis plus bas, encore un peu plus bas. Elle ne se rendait même pas compte de l'effet qu'elle produisait sur lui, elle venait de l'appeler pour qu'il lui parle du salon, tant elle se sentait seule quand il travaillait toute la journée. Elle haussa la voix pour dominer le bruit de l'eau.

« Il y a rien comme travail. Je marche, je marche jusqu'à Liverpool Street. Je demande dans toutes les boutiques et il n'y a rien. »

Dave se sentait coupable de ses pensées, mais ne pouvait pas ôter de son esprit son corps nu. « Allons, ce n'est pas grave.

– Si, c'est grave ! Quelque part, boutique polonaise, ils disent qu'ils ont besoin de quelqu'un, je suis tout excitée et je lui dis que je parle bien anglais et que je travaille dur, mais elle lève la main et demande pour visa alors je m'en vais et je… »

C'était difficile d'être sûr à cause de l'eau qui coulait, ses mots étaient déformés par la paroi de verre, adoucis par la vapeur, mais Dave eut l'impression qu'elle pleurait. « Qu'est-ce que tu veux dire ?

– Je veux dire… » Elle avait coupé l'eau, mais elle continuait à parler fort. Il aperçut une seconde sa peau luisante avant qu'elle sorte enveloppée dans une serviette. « … Je n'ai pas visa et personne ne me donnera travail.

– Bon, on va t'obtenir un visa, Lena. Je veux dire, maintenant que tu vis avec moi, que tu as une adresse et tout… »

Bien qu'ignorant tout des visas, il savait que c'étaient uniquement des mots, que les choses n'étaient pas si simples. Elle était debout dans l'entrée, dégoulinante, le dos rond, les cheveux plaqués sur la tête, les yeux écarquillés et le menton tremblant. Pose ton Coca light, imbécile. Il fit ce qu'il se disait, se leva, la prit dans ses bras et posa les mains sur ses cheveux lisses et mouillés tandis que ses larmes et son corps trempaient sa chemise. Elle sanglotait éperdument. Dave ne savait pas quoi dire, il pouvait seulement lui offrir une épaule consolatrice et murmurer *chut* d'une voix apaisante. Elle parlait tout contre son épaule.

« Je peux jamais avoir visa. J'ai même plus passeport. »

Ayant vu la vitesse à laquelle elle savait échapper à une question, à quel point un sujet pouvait rendre une soirée glaciale, ayant appris au fil des semaines à saisir les miettes qu'elle offrait d'elle-même, à les mettre de côté immédiatement, comme un gamin qui range ses trésors dans une boîte à biscuits, il ne dit rien. Mais tout en tenant son petit corps tremblant dans ses bras, il se demanda où était son passeport et il s'aperçut alors, apeuré, qu'il ne connaissait même pas son nom de famille.

5

Elle cuisinait sur le petit réchaud à deux feux, les coudes frôlant les robinets de l'évier. Elle ferma la porte du frigo d'un coup de hanche. Plus tôt, elle avait cueilli des roses dans Clissold Park, rendu avec un grand sourire décontracté les regards, lèvres pincées, des mamans chics. « Pour dîner. La fête ! »

Elles n'avaient pu faire autrement que lui adresser un faible sourire et se tourner vers leurs semblables en échangeant des coups d'œil entendus. Même dans un bocal d'oignons au vinaigre dont elle avait soigneusement enlevé l'étiquette, ces roses étaient magnifiques ; une explosion de couleur dans la pièce austère. Elle avait pensé, en coupant les tiges cireuses avec des ciseaux à ongles, qu'elles sentaient la poudre de sorbet rose, mais maintenant que la pièce s'était remplie d'une odeur de poisson brûlé elle se dit qu'elle avait dû se faire des idées.

Elle regrettait de ne pas avoir passé plus de temps à observer sa mère à la cuisine, aurait voulu préparer des kotlety ou un goulasch, un bortch épicé, plutôt que cette truite grillée et brûlée avec une salade de tomates, chou et œufs dans des tasses en plastique à défaut de saladiers. Dave entra, en sueur, fatigué de sa journée et elle l'attendait, vêtue de la robe jaune qu'il aimait bien, ses cheveux mouillés qui commençaient à boucler en séchant. Au cours des semaines écoulées depuis qu'il l'avait tenue en larmes dans ses bras, elle s'était rendu compte qu'elle pensait à lui, à ses bras, à sa bouche. Aujourd'hui, tout en se promenant au marché, elle imaginait ses mains sur elle, pensait à ses doigts glissés sous les bretelles de sa robe, à l'endroit au creux de son cou où il pourrait l'embrasser.

Il s'affala dans le canapé; elle apporta les assiettes et deux canettes de Coca light glacé.

« Je fais dîner spécial, tu vois ? »

Il baissait la tête pour délacer ses chaussures, ôter ses chaussettes et défaire sa ceinture. Il ne leva pas les yeux.

« Le travail, c'était OK aujourd'hui ? »

Elle posa les assiettes sur la table basse avec un léger bruit et il finit par se redresser.

« Pardon, ça a l'air super, merci, Lena. » Ils saisirent leurs couverts. « Le travail, pas de problème, mais la climatisation a lâché et les filles étaient de mauvaise humeur. Yvonne est sortie acheter des Magnums pour tout le monde, mais la moitié des vendeuses suit le régime Miami Beach sans sucre et sans lait, et elles m'ont donné les leurs. Et puis il y a cette fille, Tanya, je croyais qu'elle m'aimait bien, peut-être plus que ça, mais maintenant elle n'arrête pas…

– N'arrête pas quoi ? »

Il sortit une arête de sa bouche et haussa les épaules. « Je ne sais pas, juste de… m'ennuyer.

– Elle est jolie ? Toutes les filles sont jolies ici, j'ai vu.

– Non, enfin, je suppose que certains la trouveraient jolie, mais elle est complètement artificielle : nichons, cheveux, ongles, du maquillage à faire couler un cuirassé. Et ce qui sort de sa bouche n'a rien de joli, je te le dis. »

Il se tut, apparemment absorbé par la dissection de sa petite truite carbonisée. Elle eut de nouveau peur qu'il se lasse d'elle. Il allait s'apercevoir qu'elle était désordonnée, idiote – ou, pire, abîmée. Il travaillait toute la journée avec des jolies garces et il allait bientôt remarquer les boutons rouges et gras sur son menton quand elle allait avoir ses règles, son sein plus bas et plus gros que l'autre, l'odeur âcre et musquée de ses aisselles avec ou sans déodorant. Elle se disait que plus il la regarderait, parce qu'il la regardait tout le temps, ne la lâchait pas des yeux, plus il allait voir au-delà de sa coquille et pénétrer plus profond. Jusqu'à sa honte, sa colère, surtout sa honte. Mais pour l'instant il était juste assis, il l'observait tout en mâchant lentement. En la regardant, toujours en la regardant.

Elle ne voulait pas laisser ses pensées gâcher la nouvelle, pour le moment il avait encore faim, d'elle sinon de nourriture. Elle était si impatiente de la lui annoncer et tripotait un pétale de rose, feignant la nonchalance.

« Alors, aujourd'hui, je trouve travail.

– Quoi ? »

Il ne se tourna pas vers elle, coupa une tomate du bord de sa fourchette. Elle sentit le trac au bout de ses doigts, tressauta doucement sur les coussins du canapé.

« David ? C'est travail. J'en ai après tout ce temps. Je crois jamais trouver ! »

Il ne réagit pas et Alena ressentit une sourde déception.

« Bon, pourquoi tu ne me l'as pas dit ? Je veux dire, c'est super.

– Je veux faire surprise. Je rencontre marchand de journaux, vieux monsieur, gentil et maintenant je travaille pour lui. Pas passeport, pas visa et il dit pas de problème.

– Quel type ? »

Elle était déroutée, il ne semblait même pas intéressé et elle tenta de déchiffrer son expression. Il avait l'air fatigué, il couvait peut-être quelque chose.

« Quoi ? Vieux, comme ça. » Elle plissa le visage, comme pour figurer les rides d'un vieil homme, mais elle vit que ça ne le faisait pas du tout rire.

« Quel genre de travail ?

– Distribution – je fais distribution pour lui. »

Il se détourna et, quand il parla, il avait une petite voix tendue. « Alena, tu ne peux pas parler comme ça à des hommes bizarres à Hackney et travailler pour eux. Tu n'as pas idée de ce qui se passe. Je veux dire, bon sang, est-ce que tu lui as donné cette adresse ? »

Le trac disparut, transformé en peur aiguë. Il ne voulait pas qu'elle travaille, qu'elle ait de l'argent à elle, qu'elle possède un petit quelque chose, il voulait qu'elle soit complètement dépendante de lui. Elle remonta les genoux, croisa les bras sur sa poitrine.

« Je sais comment c'est ! Hackney, Clap-ham, où c'est différent ? Tu crois je suis bête. Fille idiote qui donne adresse ? Fille bête, idiote, pas assez maligne pour reconnaître un homme mauvais ? Je connais les hommes mauvais, mais cet homme est un vieux monsieur gentil. Tu sais qui est un homme mauvais ? Tu es homme mauvais parce que tu gâtes. Je vais demain et puis… » Elle était en colère, cœur battant à tout rompre, voix forte.

Il secoua la tête. « Allons, je ne voulais pas dire… je voulais seulement… mais tu ne peux pas y aller toute seule, c'est tout ce que je veux dire, Alena.

– Et distribuer journal n'est pas très chic. Je n'ai pas besoin d'être bien habillée, pas comme jolies filles dans ton magasin, cette Tanya avec ses *nichons*, ses talons, son maquillage et qui t'aime bien. Mais c'est l'été et j'aime marcher et je…

– Des journaux ? Tu distribues les journaux ? »

Les larmes lui mettaient la gorge à vif, la déception gonflait dans sa poitrine.

« *Hackney Gazette*. C'est journal gratuit, parfois je fais journaux payants et prospectus aussi… Je te dis, j'ai travail chez marchand de journaux. » Elle avait préparé la phrase suivante toute la journée, imaginé la prononcer devant lui, triomphante, les bras ouverts. Elle avait imaginé qu'il la serrerait dans ses bras, qu'elle sentirait son odeur. Elle s'était dit qu'il rirait, qu'il serait content. À présent, sa lèvre tremblait et elle eut soudain honte. «Je serai meilleure femme russe pour les journaux de tout l'est de Londres.»

Alors le rire de Dave, comme s'il avait été coincé juste un moment quelque part, éclata dans la pièce. «C'est formidable, Alena. Tu vas être, tu vas être formidable. Je me disais, bon, bon, ces temps-ci on ne sait jamais. Je vais être un homme entretenu à ce train-là.»

Elle se mit à rire avec lui, lui fit un sourire, les larmes aux yeux. Ils s'enfoncèrent dans le canapé, le visage tourné l'un vers l'autre, si proches qu'Alena croyait voir changer les couleurs dans ses iris. Cela dura moins d'une seconde, mais une vague de timidité l'envahit – cela lui fit penser à un fil tiré sur un pull qui, si on ne fait pas attention, se prend quelque part quand on s'y attend le moins et on se retrouve nu. Elle écarta cette image d'un battement de paupières et lui poussa légèrement l'épaule.

«Vraiment formidable?

– Toi. Tu es formidable. Et, Alena, il faut que tu le saches, il n'y a pas une fille au magasin qui t'arrive à la cheville.»

Elle croyait comprendre ce qu'il entendait par la cheville et, si elle se trompait, elle ne voulait pas le savoir tout de suite. Ils restèrent encore assis quelques secondes, leur assiette chaude sur les genoux, en se regardant, l'odeur de leur repas inachevé imprégnant leur peau.

Ils formaient un trio bizarre et triste. Ils découpaient leurs côtelettes d'agneau et dans la pièce froide on entendait seulement Fedir mâcher la bouche ouverte et Andriy verser lentement du vin. Alena n'avait droit qu'à de l'eau.

«Habille-toi bien. Une robe ou une jupe, je veux dire, je sais que tu veux être belle pour lui.»

Fedir avait été envoyé la chercher dans sa chambre en bas et était resté sur le pas de la porte pendant qu'elle fouillait dans sa valise, il l'avait observée quand elle avait ôté son jean, enfilé rapidement une robe sur ses sous-vêtements. Pas un sourire, pas un mot. Il se tenait simplement là. Il la regardait fixement.

Ils étaient assis en triangle à table, Andriy au bout, ses joues creuses empourprées par le vin. Il semblait presque gai, émettait de temps en temps un bref petit rire aigu, mais ne disait rien. Fedir gardait la tête baissée, portait sa fourchette débordante à sa bouche, mais Alena crut voir passer une ombre sur son visage quand Andriy rit tout seul. Une fois qu'Andriy eut terminé, il s'étira, ôta ses lunettes et les essuya sur le coin de la nappe en coton, si fine qu'on voyait la couleur de ses doigts à travers.

«Alena, nous allons te sortir demain.»

Une vague d'inquiétude parcourut les bras d'Alena, si forte qu'elle faillit lâcher ses couverts.

«Tu peux remercier Fedir. Il s'est dit que tu aimerais sans doute faire les magasins, n'est-ce pas, Fedir? Une sortie. Il a l'air de vouloir t'emmener dehors pour le travail.»

Alena résista à l'envie de regarder Fedir, sachant qu'elle ne devait pas, et baissa les yeux. L'atmosphère froide de la pièce se chargea tout à coup d'électricité, quelque chose de mordant, prêt à s'embraser.

«Et si tu es gentille – et pourquoi ne le serais-tu pas si je t'achète une nouvelle robe? –, tu pourras commencer à travailler pour moi parce que nous avons vu que tu sais bien te tenir. Tu sais bien te tenir, n'est-ce pas?»

Le silence pesait lourdement sur le sternum d'Alena. Elle finit par sortir quelques mots: «Oui, bien sûr. Merci, Andriy.»

Il lui prit le menton et lui fit tourner la tête vers Fedir. «J'ai dit que tu devais le remercier. Il te veut. Il a l'air de croire qu'il te connaît mieux que moi. » Il la lâcha, adressa un regard sévère à Fedir. « Elle est vraiment bien, non ? »

Fedir rougit. Il tenta un sourire et échoua tandis que les doigts d'Andriy pinçaient le sein d'Alena. Fedir avait la bouche pleine, mais il hocha la tête, sans grand enthousiasme, remarqua Alena ; ils n'étaient pas si proches finalement. Alena recommença à piquer ses petits pois un par un, d'une main qui tremblait juste un peu, et se demanda, pas pour la première fois, ce qui avait amené Fedir dans cette maison auprès d'Andriy. Qu'avait-il fait pour être obligé de vivre ici ? Que lui devait-il qui l'empêchait d'abattre son assiette sur Andriy et de le réduire en une purée sanglante comme il en avait manifestement envie ? C'était peut-être courant ; il y avait peut-être dans tout Londres des gardes du corps imposants, qui vivaient dans la maison, mangeaient à table pendant que leurs patrons pinçaient durement les seins de leurs « petites amies ».

« Oui, Alena, je crois qu'il t'apprécie. Eh bien, mon garçon, tu pourras essayer quand j'aurai fini, qu'est-ce que tu en penses ? »

Fedir tenait ses couverts sans bouger et Alena imaginait qu'il enfonçait la lame émoussée du couteau dans la poitrine d'Andriy. Il cessa de mâcher et un silence épais envahit la pièce, puis la main d'Andriy s'écarta d'Alena et il se mit à rire en tapant sur la table.

« Pardon. » Il se força de nouveau à rire avec un bruit de crécelle. « Bien sûr, je sais que tu as déjà tes filles. Bien sûr, je suis au courant de tes visites dans les maisons pour voir si "tout va bien". »

Fedir parut faire un effort pour avaler sa bouchée, haussa les épaules et se mit à racler bruyamment la sauce dans son assiette avec la lame de son couteau.

« Bien sûr, tu as raison. Bien sûr. Tu as les tiennes et celle-là est à moi. » Toujours en riant, Andriy enfonça brutalement la main sous la jupe d'Alena, son geste favori. « Mais j'aimerais que tu sentes la douceur de sa petite touffe entre ses petites cuisses moites. »

Fedir finit de racler la sauce, lécha son couteau et quitta la table sans un mot.

Elle passa ces deux premières semaines dans la chambre du bas qui ressemblait à une cellule, n'ayant pas encore assez gagné la confiance, ou n'étant peut-être pas encore assez brisée, pour commencer à travailler. Même après s'être si bien tenue, avoir essayé autant de robes, n'avoir parlé à personne dans le centre commercial géant de Westfield, ce palais étincelant.

Fedir lui apportait des magazines et ses repas sur un plateau. Parfois avec une horrible plaisanterie et parfois avec une menace qu'il mettrait un jour à exécution, elle en était certaine. Deux soirs sur les seize – Alena ne demanda pas où était Andriy – il la fit monter pour regarder la télévision et lui donna des glaces. Il ne répéta jamais sa première « blague », mais certains soirs il lui rappela que, quoi qu'Andriy en dise, il pouvait la prendre s'il la voulait, la surprendre dans son sommeil en lui mettant un oreiller sur la tête, puis il se mettait à rire : « Blague, je blague », et recommençait à manger son esquimau.

Andriy, quant à lui, la convoquait simplement dans sa chambre, la faisait travailler des mains et de la bouche, alors que ça ne servait à rien. Il était trop vieux, c'était évident, elle l'avait dans la bouche comme un bébé animal sans os. Il la traitait comme une enfant ou peut-être une poupée, chaque fois ce serait la « bonne », il en était sûr. Et quand, chaque fois, ça ne l'était pas, il lui parlait comme à une pute, la tripotait brutalement et lui crachait son mécontentement comme si elle avait réclamé, avait elle-même demandé à être traitée ainsi, alors qu'elle grommelait et répétait simplement : « Oui, Andriy. » Elle avait vite appris son rôle.

Elle retournait ensuite au sous-sol, le vagin brûlant, la nausée lui tordant le ventre, l'esprit s'efforçant de tout effacer. Elle traversait la cuisine où la femme au foulard, courbée sur le comptoir, hachait des oignons.

Andriy, au moins, était prévisible. Fedir était comme un fût d'essence, immobile, calme, attendant l'étincelle. Un soir, après avoir regardé la télé avec elle, il resta sur le pas de la porte et la regarda se déshabiller avant d'aller se coucher. Elle fit comme s'il n'était pas là, elle ôta simplement ses vêtements, s'arrêta à l'instant où elle eut l'impression qu'il risquait d'essayer de la prendre et, ne sentant rien d'autre que ses yeux sur elle, elle enfila sa chemise de nuit. Quand elle se retourna, il avait les mains dans les poches. Elle eut un sourire forcé qu'il ne lui rendit pas.

«Tu ne peux pas lui dire.»

Il avait l'air si effrayé que, en dépit de tout, son instinct la poussa vers lui. «Je ne ferai pas.» Elle fit un signe vers le salon comme s'ils avaient un secret. «Ça, c'est entre nous. Je ne dis pas à ton patron.»

Elle entendit le claquement de sa main exploser sur sa pommette avant de sentir la douleur se répandre du côté droit de son visage et irradier dans ses dents.

«Connasse. Sale petite pute, chatte puante.» Alena recula, la main sur la joue, un halo de lumière blanche devant les yeux. «Ce n'est pas mon patron, pauvre conne, c'est mon père.»

Elle s'assit sur le lit, se protégea la tête de ses bras, dans l'attente du coup suivant. Il ne vint pas. Il était debout devant elle.

«Tu redis ça et je te fais mal pour de vrai, compris?»

Le temps qu'elle essuie ses larmes, la porte était fermée à clé.

La semaine qui suivit cet épisode, ils commencèrent à l'emmener réellement dehors. D'abord de petits essais, et avant chaque sortie Andriy la faisait monter et lui disait, en introduisant les doigts en elle et en lui tirant douloureusement la tête en arrière par les cheveux, qu'ils savaient où habitait sa mère, qu'ils la tueraient d'abord et puis Alena ensuite.

À l'intérieur de cette maison, elle n'en doutait pas. Et dehors, où les gens se mariaient, avaient des enfants, contractaient des dettes et partaient en vacances à la mer, dehors, elle était certaine que personne ne la croirait.

« Donc je dis : mon travail c'est distribuer journal. Si je ne fais pas, j'ai des ennuis et – aïe – et elle va chercher son mari, ou en tout cas un homme et il dit : tu ne sais pas lire ? Je dis : je lis, pourquoi il croit que je distribue journal si je ne sais pas – ouille – lire et elle dit derrière lui, en se cachant, encore en robe de chambre, les cheveux tout emmêlés – ouf – que c'est un travail pour Aaattar-dés. C'est vilain mot, David, oui ? Injure. Aaattar-dés ? Dave ? »

Elle était assise sur le lit, en T-shirt avec « No Angel' » devant, un bout de son slip rouge tout juste visible en dessous, et s'épilait les sourcils. Ses yeux débordaient de larmes. Il lui donna un mug de thé tout en sentant la colère le gagner. « Et c'était où ?

– Là-bas, près de Tottenham.

– Lena, tu ne me l'as pas dit. Tu distribues à Tottenham maintenant ? C'est assez chaud là-bas. »

L'œil toujours fixé sur le miroir, elle continuait à s'épiler les sourcils d'un geste vif et saccadé. « Près de Tottenham je dis. J'aime marcher, ça ne fait rien. Bon, alors je lance journal dans jardin et leur dit de lire et de pas être crétins, je dis crétin c'est bien, oui ? Et il crie après – tchic ! » Elle arracha une touffe de sourcils et une goutte de sang perla – « que je suis merde d'immigrée et que je dois rentrer, rentrer – ouf, là ça fait mal ! – chez moi. »

Ce fut l'odeur, pas le slip rouge lui faisant signe comme un drapeau, ni le gonflement de ses seins nus sous le fin tissu de coton, qui l'y poussa. Elle sentait le citron et un parfum plus âpre dessous, comme des feuilles qui viennent de tomber. Il se rapprocha d'elle et embrassa la goutte de sang sur son arcade sourcilière. Elle abandonna la pince à épiler et le regarda fixement. Il crut un instant qu'elle était en colère, mais elle avança la main vers sa poitrine, souleva son T-shirt pour toucher la peau chaude de son ventre. Elle avait l'air furieux, ses larmes avaient laissé des traces brillantes sur ses joues.

« Et tu détestes ma cuisine. » Elle parlait doucement, étalait les mains sur son ventre ferme. C'était si bon, son visage tout près de lui, il eut du mal à sortir un mot.

« Quoi ?

– Tu es maigre et c'est ma faute. Je suis mauvaise cuisinière. »

Il était content d'être en jean. Ils parlaient à mi-voix et Alena le regardait comme si elle allait lui mordre la joue.

« C'est depuis que j'ai recommencé à courir, Lena. Rien à voir avec ta cuisine. »

Elle se rapprocha encore de lui ; il avait l'impression de sentir son souffle humide sur ses lèvres qu'il lécha. Une tache rouge de la taille d'une piqûre d'épingle avait reparu sur son sourcil, et de nouveau il se pencha et l'embrassa, puis les mains d'Alena remontèrent sous son T-shirt, elle les croisa dans sa nuque, s'avança, l'embrassa sur la poitrine et, avec un regard de tueuse, posa la bouche sur la sienne. Au moment où il s'éveillait et enlaçait instinctivement sa taille menue, tentant de l'attirer tout contre lui, les lèvres d'Alena quittèrent les siennes et elle se leva. Debout devant lui, elle le regarda et dit dans un murmure : « Je veux juste être bonne copine pour toi, c'est tout. »

Elle sortit de la pièce, sa tasse de thé à la main, laissant Dave seul avec le mot *copine*, l'odeur du sexe non consommé et la douleur de ce premier baiser sur ses lèvres.

Il était tard, tôt le matin en fait. Elle ne dormait plus à cause des ulcères dans sa bouche, ne pouvait plus boire non plus, alors ils restaient assis tous les deux et mangeaient des sucettes glacées à l'orange faites au congélateur. Elle posa la tête sur ses genoux, il ne s'habituait pas à sa légèreté, sa mère grosse depuis toujours, et il se sentit cloué là. Il y eut une pub avec des belles meufs qui réclamaient «Un texto pour tchatter!». Ça voulait dire qu'ils auraient dû être couchés depuis longtemps. Ces pubs et l'impression que la journée commençait derrière les rideaux tirés.

«T'es bien, mon chéri?»

Dave attrapa la couverture en patchwork. Il se souvenait de l'avoir vue tricoter pendant des mois ces petits carrés. Il l'étendit sur elle. «Oui, maman, tu as envie de dormir un peu? J'éteins la télé.»

Elle fit claquer sa langue et Dave sentit le goût métallique dans sa bouche comme s'il avait lui aussi des ulcères. «Non, je ne dors pas. Mais va au lit, Davey, tu dois être crevé.»

Il lui frotta l'épaule, crut entendre ses os s'entrechoquer et borda la couverture. «Non, je ne vais pas me coucher, maman. De toute façon mon sommeil est complètement déréglé à cause du travail de nuit; je suis content d'avoir de la compagnie.

– Shelley aussi.»

Il la regarda; elle avait fermé les yeux. «Quoi?

– Contente d'avoir de la compagnie, Shelley. Plus que contente. Je dirais que c'est de l'amour, ça oui.»

Il hocha la tête. «Enfin, comme je le dis souvent, c'est une fille bien.

– Ça oui, c'est un bon parti.»

Ils se turent, regardèrent la femme coiffée à la mode des années quatre-vingt, avec son sourire de dingue et son tailleur-pantalon jaune, se faire condamner pour avoir tué son mari infidèle. Il crut qu'elle s'était endormie et essaya de la déplacer, de la rouler pour dégager ses cuisses, mais elle ouvrit les yeux. Il approcha doucement la main de sa pommette décharnée.

« Pardon, maman, tu dormais. J'essayais juste de te bouger. »

Une pub pour une assurance auto passait à présent à la télé, celle avec le petit téléphone qui dansait et dont il chantonnerait le putain d'air toute la nuit.

« Je suis prête à mourir si je sais qu'on s'occupe de toi. »

Il sentit le froid lui saisir les poignets ; il eut envie, l'espace d'une seconde, de se lever et de la laisser tomber par terre. Sa mère battante qui abandonnait la lutte. « Maman, allons. Tu as entendu ce qu'a dit le docteur... »

Elle leva la main et la posa sur la bouche de Dave. Elle essayait de le faire taire, mais il lui fit un petit baiser. « Oui. Et toi ? Ça ne changera rien de ne pas vouloir savoir... Davey, je suis si fière de toi. »

Il se mordit les joues, ferma les yeux, laissa les larmes déborder. Cet air à la télé lui prenait la tête.

« Tu as confiance en moi, mon fils ? »

Il hocha la tête, les yeux toujours fermés. « Bien sûr.

– Alors, il y a quelque chose que je crois que tu devrais faire, et avant que je casse ma pipe. »

Il fit sa demande en mariage sur Putney Bridge, sous les yeux de sa mère une clope à la main, les yeux prêts à déborder, un sourire maladif sur les lèvres. Il posa un genou à terre ; Shelley se mit à pleurer, puis à sautiller. Les voitures klaxonnèrent et des gamins dans un bus frappèrent contre la vitre et levèrent les pouces.

Il aurait dû y mettre un terme. Mais il ne pouvait pas, il ne voulait pas faire de peine à sa mère, lui donner du souci. C'est ce qu'il se disait : le dernier des martyrs. Comme si quelque part il croyait que ça la guérirait, une vie pour une autre vie. Ce n'était pas vrai. Mais ça aida sa mère à tenir : acheter son chapeau à

House of Fraser, choisir la robe de Shelley, trajet en fauteuil roulant jusqu'au salon du mariage où tout le monde était aux petits soins pour elle, commander le gâteau, choisir les fleurs. Ils passèrent tous deux la vitesse supérieure ; sans arrêt au téléphone pour les petits sachets roses remplis d'amandes, allant boire une tasse de thé avec le type qui avait une caméra vidéo, ou l'autre dont le petit ami de la sœur du frère possédait un appareil photo sophistiqué. Un ami d'un ami du patron du White Hart's pouvait leur procurer une Bentley blanche pour deux heures. Dave avait tenté de freiner des quatre fers là-dessus. « On va se foutre de nous et nous lancer une brique dans le pare-brise – super début pour un mariage. » Sa mère avait dit qu'elle se fichait pas mal qu'on la fourre dans un sac-poubelle et qu'on la jette dans la Tamise, mais qu'elle voulait pour eux le mariage qu'ils méritaient, un mariage dont on se souviendrait. Dave, muet parce qu'il ne voulait pas dire qu'elle ne garderait pas longtemps ce souvenir, se contenta de hocher la tête et de signer le chèque.

C'était son travail. S'asseoir sans parler, zapper d'une chaîne à l'autre, signer les chèques d'une main tremblante, tout en essayant d'imaginer comment faire face à la perte de sa mère, à l'apparition d'une femme, comptant mentalement l'argent qui restait pour ses projets de voyage tandis que cette pensée coupable lui retournait le ventre.

Une fois tout payé – la robe, les costumes, la voiture, les colliers ornés de pierres roses en forme de chaussures pour les demoiselles d'honneur, les fontaines de chocolat et les brochettes de gros marshmallows, les bulles des bouteilles de champagne miniature en plastique, il aurait de la chance s'il lui restait de quoi acheter un billet de bus pour Skegness.

« Tu as fait le bonheur d'une vieille femme malade, Dave mon chéri. »

Il la prit dans ses bras. « Maman, ne parle pas de Shelley comme ça ! »

Il était coincé entre elles, l'odeur de confiserie de Shelley et celle de sa mère faite de désinfectant, de clopes et de parfum Charlie. Elles lui montraient les photos toutes plus brillantes les unes que les autres des magazines de mariage. Sa mère pointait le doigt à chaque page et faisait des commentaires. Elle n'arrêtait pas de dire que ça n'arrivait qu'une fois dans la vie. Pour eux tous – surtout pour elle.

Il ne savait pas ce qui rendait son sang plus fluide, plus chaud, quand elle était près de lui. Peut-être parce qu'elle était constamment inaccessible même quand elle s'enroulait autour de lui, les genoux dans le creux des siens, ou la tension de sa peau contre la courbe de ses hanches, le creux doux et ombré de sa clavicule. Il devait admettre que, les premiers temps, il pensait beaucoup à ses seins pleins et galbés tellement naturels sur son corps délicat ; comme sur les cartes postales de Blackpool dans les années 1950. Ou peut-être parce que tout à coup elle était simplement là, apportant couleur et bruit tout autour, lui tenant la main, courant à la porte de la salle de bains pour l'embrasser quand il sortait de la douche.

Il remarqua au cours des semaines, des mois qui suivirent qu'elle s'arrêtait pour caresser tous les chiens qu'elle rencontrait ; elle ne prêtait aucune attention au maître, s'agenouillait sur le trottoir sale, la tête tout contre celle de l'animal, afin d'avoir l'impression qu'il comprenait ce qu'elle disait : « Salut, mon chéri. Salut, mon beau. »

Elle faisait pareil avec les bébés, mais souriait à la mère et au père. « Il vous ressemble. Oh oui, il est très beau. »

Elle stupéfia le marchand de journaux bengali en lui demandant : « Comment ça va aujourd'hui ? » et, après avoir écouté sa réponse, en poursuivant : « Avez-vous toujours un problème avec

mal à la tête ? Vous devriez arrêter le café et boire plus de l'eau »,
pendant que les gens dans la queue derrière elle tripotaient leur
porte-monnaie et repliaient impatiemment leur journal.

Elle aimait leur rue, bordée d'un étrange chapelet de magasins de poulet frit, de robes de mariée turques, de livres et de
tissus africains, de baklavas et de frigos d'occasion, qui menait
jusqu'à la City si on marchait assez longtemps. Elle aimait leur
rue bien plus que celles plus chics de Stoke Newington où l'on
trouvait des boutiques couleur pastel et d'autres qui vendaient
des haricots mung. Elle s'était arrêtée un jour devant une vitrine
où était exposée une robe de mariée rose et blanche. « Comme
en Russie, pour filles riches. » Elle rougit et regarda le trottoir.
« La robe n'est jamais assez grosse.

– Tu veux dire ample.

– Grosse ! » Elle s'éloigna de lui et écarta les bras comme si
elle-même marchait vêtue d'une robe énorme.

Elle adorait le cinéma Rio. Elle s'arrêta net et fixa les lettres en
plastique noir rétroéclairées qui annonçaient un film étranger.

« C'est vieux cinéma ? Films en noir et blanc ? »

Dave hocha la tête, espéra qu'elle ne lui demanderait pas s'il
y était déjà allé.

Elle entrait et sortait comme une flèche de la kyrielle de boutiques à une livre où elle tripotait les fleurs artificielles, les chaussettes Thermolactyl, les rideaux de douche décorés de canards
et les grosses boîtes de biscuits danois. « Une livre ? Tout ? » Puis
elle le tirait dans la rue vers un autre étal qui proposait aussi des
cochonneries.

Elle balançait des phrases sans réfléchir. Dave avait l'impression qu'elle voulait lui faire savoir tout ce qu'elle pensait – mais
seulement ce qu'elle pensait ce jour-là, jamais ce qui s'était passé
avant, comme si elle effaçait sa mémoire tous les soirs. Quand
il lui posa la question : « Rappelle-moi, c'est en été que tu es
arrivée à Londres ? » elle se détourna, se libéra du bras qu'il avait

placé sur son épaule et répondit : «J'ai mauvaise mémoire. Et puis je te l'ai déjà dit. »

Au marché elle marchandait si âprement, avec un culot si réjouissant, que même les vieilles Antillaises du coin approuvèrent quand le poissonnier à l'air las et au cou tanné finit par baisser le prix d'une tranche de cabillaud et qu'elle économisa vingt pence.

Elle ne lui avait jamais rien fait acheter pour elle, même avant de distribuer les journaux, mais Dave lui avait parfois demandé, quand il pouvait se le permettre, s'il pouvait lui offrir un jour une robe dans une boutique de bienfaisance, un autre jour un petit cactus avec de délicates fleurs roses chez un fleuriste. «Tu veux bien que je te l'achète? Comme cadeau?»

Elle se taisait, secouait la tête puis souriait. «Quand j'aurai travail, je t'achèterai cadeau. Beaucoup cadeaux.»

Il proposa de lui acheter un portable premier prix et elle se mit à rire. «Qui j'appellerais à part toi que je vois tous les jours? Je n'ai personne d'autre.» Elle prononça ces derniers mots d'un air si détaché qu'il en eut presque le cœur brisé.

Il savait qu'elle emmenait au parc la couverture posée sur le dos du canapé pendant qu'il travaillait parce qu'il y avait trouvé des brins d'herbe grillés par le soleil. Et tandis qu'il regardait les filles du magasin s'affairer pour les soldes d'été, les touristes assommés par la chaleur entrer et sortir de la boutique en un flot continu, il imaginait les membres pâles d'Alena briller au soleil, son visage abrité par un des livres d'occasion qu'elle s'était mise à acheter maintenant qu'elle avait un peu d'argent à elle.

Quand il rentrait, elle l'attendait, assise devant la fenêtre ouverte, ses pieds nus sur le rebord, sa jupe se soulevant dans le courant d'air provoqué par les voitures qui passaient au-dessous. Elle souriait, jamais avare de ses sourires, comme si elle n'avait jamais eu de raison de ne pas sourire, mais Dave savait que ça ne pouvait pas être vrai. Elle baissait la radio, grimpait sur ses genoux, se penchait et dénouait ses lacets.

Il devait l'admettre, il était imprudent. Aveugle au danger qui consistait à laisser une inconnue prendre possession de lui. Et si au début sa beauté pleine et chaleureuse l'avait empêché de penser à autre chose, tout le reste formait à présent l'hameçon accroché à ses tripes que rien ne pourrait arracher.

Il regarda sa mère tout du long. Elle était assise au premier rang, juste derrière l'épaule nue de Shelley.

« Dans la maladie… »

Elle avait le visage ravagé mais il était content qu'elle se serve du mouchoir en dentelle qu'elle avait acheté pour l'occasion. Elle portait une perruque blonde et courte. « Maureen a prétendu que je ressemblais à Britney aux pires moments, mais la vendeuse de la boutique m'a dit que c'était un blond cendré de bon goût. » Et c'était vraiment de bon goût, d'autant plus qu'elle était coiffée d'un chapeau de feutre rose orné de fleurs.

« … et la bonne santé. »

Shelley ressemblait à une pub dans un magazine. Pas seulement jolie – elle l'était pourtant –, mais comme si elle était faite de papier glacé et d'encre de couleur. Son bronzage, son maquillage de poupée, les roses rouges dans sa chevelure qui brillaient du même éclat que les anglaises encadrant son visage.

Shelley et sa mère avaient opté pour une petite cérémonie suivie d'une réception au club de golf avec tout le monde : open bar, vrai buffet, pièce montée à quatre étages roses et mousseux, des œillets sur toutes les tables et un DJ, le grand jeu. Dans le bureau beige, étouffant et silencieux, de l'état civil il y avait Deano, quelques vieilles copines de classe de Shelley et deux ou trois cousins éloignés de Dave pas vraiment ravis d'avoir dû faire le trajet depuis Colchester. Comme lui, tout au long des promesses, ils regardaient sa mère décharnée qui sanglotait dans son mouchoir et les soubresauts de la plume rose de son chapeau.

L'officier de l'état civil parlait avec un fort accent d'Afrique du Sud ou peut-être d'Australie. Dave n'arrivait pas à déterminer lequel et avait bien conscience qu'il ne saurait pas faire la différence avant longtemps.

« Jusqu'à ce que la mort nous sépare. »

Il n'avait pas vu sa mère avant d'entrer dans le bureau. Shelley et elle étaient restées cloîtrées dans l'appartement. Le matin, il était allé courir, puis boire une canette de Stella porte-bonheur chez Deano à l'heure du petit déjeuner et avait enfilé un élégant costume qu'il rendrait au magasin le lendemain.

Elle était belle pourtant. Vraiment. Malgré ses dents qui dépassaient de ses lèvres émaciées, malgré le mascara qui coulait derrière ses lunettes, malgré sa robe déjà trop grande d'une taille. Elle était belle et elle était sa mère, et il voulait que ce soit le plus beau jour de sa vie.

Ils montèrent tous les trois dans la Bentley pour aller au club de golf, vitres baissées, sa mère et Shelley penchées dehors saluaient les passants comme la famille royale. Dave était assis entre elles, un bras passé autour de leurs épaules, essayant de se débarrasser des confettis en forme de cœur qu'il avait dans la bouche. Il criait au chauffeur, un gamin de dix-neuf ans au col de chemise trop large pour son cou maigre et boutonneux, d'y aller doucement sur les ralentisseurs. La radio diffusait une chanson de Van Morrison qu'ils reprirent en chœur, le rouge à lèvres de sa mère laissant une trace sur sa joue quand elles se pelotonnèrent toutes les deux contre lui.

« It's a wonderful night for a moon dance. »

Il caressa la nuque de Shelley, là où les cheveux étaient doux et fins, et serra l'épaule maigre de sa mère. Il était marié.

Il ne se le pardonnerait jamais. D'avoir été à Southend. Une ou deux heures de route à peine, mais c'était déjà trop loin. Ils jouaient au minigolf et s'amusaient bien. Le vent fouettait leurs cheveux et leurs manteaux, il la bousculait par-derrière chaque fois qu'elle allait faire un putt et lui pinçait les fesses. Ils s'étaient même sérieusement bécotés derrière le moulin hollandais et les lèvres de Shelley avaient encore le goût de sucre glace des beignets. Le gardien les avait engueulés. «Allons, mon vieux, on est des jeunes mariés. Un peu de pitié!»

Ils étaient ensuite descendus sur le sable humide et compact et avaient gravé S + D dans un cœur. Il se souviendrait toujours du rire de Shelley ce jour-là; en doudoune rose, elle courut vers la rive comme une enfant et se mit à chercher des coquillages «pour faire joli». Dave regardait au-delà d'elle l'eau brune et trouble, et la longue, longue jetée de Southend avec l'impression qu'elle allait l'encercler et l'emporter. Sa mère était mourante. Sa mère. Avec le même bâton émoussé par la mer il écrivit sur le sable «Pat Morton meilleure mère du monde», plaça son appareil photo jetable au-dessus et l'actionna.

La propriétaire paraissait furax. De cela aussi il se souviendrait. Comme s'il avait apporté la mort et l'avait installée à l'une de ses petites tables merdiques couvertes de toile cirée, garnies de petites capsules de confiture et de rectangles de beurre mou et rance. Il se souvenait qu'elle le regardait pendant qu'il tenait son portable chaud contre sa joue froide. Son rouge à lèvres appliqué de travers coulait tel du sang dans ses rides, son visage acide donnait l'impression qu'elle pensait pouvoir fermer son cœur comme Southend en hiver et empêcher la mort de venir entre eux sur les dalles de moquette usées et couleur vomi de la réception.

Il se souviendrait de s'être frayé un chemin entre elle et Shelley dans la salle du petit déjeuner, du contact d'un torchon de bar rugueux à l'odeur aigre sous ses poignets, d'une chanson de Dolly Parton diffusée doucement quelque part et de la silhouette de la propriétaire collée contre la vitre dépolie de la porte. Il ne se souviendrait pas d'avoir écarté brutalement Shelley, d'avoir dit à la propriétaire d'aller se faire foutre ni de ce qu'il avait fait en quittant le B&B pour revenir quelques heures plus tard, frigorifié et anéanti.

« J'en ai déjà un et aussi un comme ça. Allons, Dave, soit raisonnable, l'appart n'a que deux pièces. Je l'aimais comme tout le monde, mais il faut faire certaines choses. On ne peut pas arrêter de vivre parce qu'elle n'est plus là. La vie continue. »

Il faut reconnaître qu'elle ne chômait pas. Pendant que, rempli de peine et colère, il pleurait sur le grille-pain de sa mère, Shelley, les yeux brillants et secs malgré sa tristesse, n'arrêtait pas de se démener, une liste à la main. Ils quittèrent l'appartement de son enfance dans la semaine. Il n'emporta pas plus que le contenu d'un sac à dos chez Shelley, ne tria même pas les piles qu'elle lui avait préparées, fourra le tout dans les sacs-poubelle de la boutique de bienfaisance en essayant de ne pas trop penser au slogan écrit dessus : « Vos affaires sauvent des vies ! » Trop tard, putain.

Shelley mit de côté la petite boîte en velours contenant l'alliance de sa mère, son médaillon, les trèfles à quatre feuilles, bien que Dave lui ait dit de laisser tomber l'alliance. La petite alliance en cuivre si mince qu'il bouillait rien qu'en la voyant ; sa mère méritait des diamants et un mari autre que ce type merdique et pourri jusqu'à la moelle. Dave prit ses vêtements, quelques *Lonely Planet* et sa carte du monde qu'il scotcha sur le mur de l'entrée chez Shelley, jusqu'au soir où elle l'arracha, après avoir bu un verre de trop. Il pensait toujours à sa grande aventure. Ce ne serait pas pareil – plus question de picoler, de baiser et de sauter d'un continent à l'autre maintenant qu'il était marié – mais il continuait à y penser, continuait à se convaincre qu'ils pourraient voyager ensemble, apprendre à se connaître vraiment loin de la cité.

« Je me disais que je pourrais réduire un peu les dépenses et recommencer à économiser. J'ai pensé que je pourrais partir en Norvège par Outward Bound l'année prochaine, juste un petit voyage, tu vois, pour me faire la main pendant qu'on économise pour le grand départ.

– Tu as envie, hein ?

– Je veux dire nous, on peut le faire. Il faut juste se serrer un peu la ceinture, on peut aller en Norvège ensemble si ça te tente ?

– Il va falloir économiser, ça au moins c'est sûr.

– Oui, tu imagines, on met un peu d'argent de côté, et toi et moi on part faire le tour du monde. On peut encore aller à New York en premier, comme tu voulais, je fais des heures supplémentaires, on devra peut-être sortir un peu moins, mais ce n'est pas grave et puis…

– Non, on va devoir faire des économies parce que les bébés ça coûte cher.

– Quoi ?

– J'ai arrêté la pilule. Je suis peut-être déjà enceinte.

– Putain, c'est quoi, cette histoire ?

– Tu as entendu.

– Sans me le dire ? Putain, tu as quoi dans le crâne ? Voyager, c'est la seule chose que je voulais. On en a parlé et…

– Et moi, la seule chose que je voulais, c'est un gosse. Je ne suis plus si jeune et tu n'es plus un gamin avec des rêves plein la tête, Davey. Tu es marié maintenant, alors commence à agir comme tel. »

Il essaya sans succès de ne pas faire l'amour quand elle refusa de reprendre la pilule, quand elle se détourna s'il mettait un préservatif. À son avis, qu'est-ce qui arrivait quand les gens se mariaient ? Elle ne rajeunissait pas. Mais elle était assez jeune pour attendre encore quelques années, dit-il, pour lui laisser le temps de vivre quelques miettes de son rêve, ils pourraient voyager ensemble et ensuite il serait le meilleur des pères. Plongé dans le deuil, il était incapable de refuser le corps de Shelley le soir, la façon dont ses doigts dénouaient les muscles de son cou, sa chaleur, sa moiteur. Tout comme il était incapable de refuser un verre à mesure que leurs longues soirées, dénuées de conversation, devenaient plus sombres, plus alcoolisées, plus acerbes.

Il cessa de courir quelques semaines qui se transformèrent en quelques mois ; les *Lonely Planet* sur sa table de nuit se couvrirent de poussière et de taches de thé. Parfois, peu importaient leurs disputes, les mots horribles qu'ils s'envoyaient pour toucher la corde sensible, quand il la regardait, il voyait sa mère leur faire promettre de prendre soin l'un de l'autre, dire que Shelley était la seule véritable amie qu'elle ait jamais eue et qu'en l'épousant il ferait de toutes deux les femmes les plus heureuses du monde.

Il lui fallut dix-huit mois pour émerger de son deuil maladif, pour cesser d'avoir l'impression de se réveiller après une cuite, confus et paniqué, nauséeux jusqu'au bas du dos. Il se dit qu'au moins Shelley n'était pas enceinte. Et tranquillement, tout en écoutant le bourdonnement du congélateur et le couinement des scanners de la Coop, il commença à desserrer les liens qu'il avait lui-même noués, chercha un moyen de s'en débarrasser et de vivre.

Un jour elle se dit que les trois mots dont elle avait si peur allaient fuser de sa bouche comme des diables et le terrifier. Alena savait bien juger de l'équilibre des choses et les choses avaient changé. Ils remontaient Upper Street et s'arrêtèrent pour manger un gâteau qui leur avait coûté une fortune et boire un café dehors. Les fleurs pâles tombées d'un arbre voisin tourbillonnaient sur le trottoir gris clair. Ils ne parlaient pas, ils étaient simplement assis, regardaient les gens. Dave lui toucha la cheville de sa tennis au passage d'un chiot, certain qu'elle aurait envie de le caresser.

Quand ils eurent terminé, Dave se leva le premier et tendit la main à Alena, mais il la tira si vite qu'elle tomba sur lui et ils rirent, toujours sans parler. C'était le premier jour pluvieux de l'été et elle portait un manteau fin en laine marron. «Ça vient du Japon. Regarde l'étiquette!» Elle était si contente de l'avoir trouvé, mais il n'était pas assez chaud et elle lui prit le bras, se pelotonna contre lui.

Il y avait un amas de trucs au coin de la rue : des bouquets, d'apparence bon marché, les pétales écrasés et en train de pourrir, dégageant une odeur forte et suave de décomposition. Tout autour, des ours en peluche détrempés, un ballon de basket à moitié dégonflé et quelques canettes cabossées d'Irn-Bru surmontées de bougies chauffe-plats consumées. Au sommet de cette triste pile trônait la photo plastifiée et décolorée d'un jeune Black aux tresses collées. En grandissant, son visage aurait sans doute caché ses dents en avant. Il portait l'uniforme de son école et son nœud de cravate était un peu trop serré. Sur une ou deux autres photos détrempées, où l'on distinguait tout juste sa casquette de baseball et ce qui était sans doute un débardeur de basket, il exhibait toujours un sourire niais, mais avait l'air un peu plus cool que dans son uniforme scolaire. Pas assez cool pourtant. Ou peutêtre essayait-il d'être trop cool. Comment savoir?

Ils s'arrêtèrent. Un enfant était mort ici. Un garçon. Sans raison apparemment. Six coups de couteau. Un garçon qui devait boire ce soda à l'orange et jouait sans doute au basket. Dave se tenait un pas devant elle et quand elle s'approcha de lui, elle vit ses yeux brillants de larmes qui n'avaient pas encore coulé. Il se tourna vers elle et lui sourit, enroula un seul doigt autour des siens. Il dit d'une voix entrecoupée :

«Je réfléchissais. Ça donne envie d'être reconnaissant pour chaque jour qui passe. On ne sait jamais ce qui nous attend. Apprécier tout simplement ce qu'on a, tu comprends?»

Alena se mit sur la pointe des pieds, mais elle regardait par terre; elle le dit aux pieds de Dave avant de le dire au reste de son corps. «David, je t'aime.» Puis elle leva les yeux sur son visage abasourdi et extasié.

«Seulement si tu veux. Je veux dire, peut-être tu ne veux pas dormir sur le canapé. Alors on peut t'emmener à l'auberge dans notre voiture. N'est-ce pas, chéri?»

Alena but une gorgée de son café froid et amer, puis posa la main sur celle d'Aoise. Aoise, dix-sept ans, originaire d'un petit village dans la banlieue de Lagos, fuyait la pauvreté, un mariage arrangé, reporté grâce à la promesse d'envoyer de l'argent à la maison; venue à Londres faire des ménages ou garder des enfants. Fedir rapprocha sa chaise des deux femmes.

«Tu es vraiment certaine, hein, Aoise? Pourquoi payer une auberge?»

La fille sourit; elle avait trop accentué ses sourcils, son rouge à lèvres rouge vif faisait ressortir la teinte jaunâtre de ses dents. Elle avait dit qu'elle était contente d'envoyer de l'argent à sa mère et, malgré l'impression d'être sur une feuille de verre qui grandissait et se brisait sous elle, Alena avait réussi à garder son sourire tout en remarquant que la fille dévorait des yeux son beau sac à main, ses ongles manucurés brillants comme le dos d'un scarabée, et admirait aussi Fedir.

Alena perçut une légère hésitation, un très léger recul comme si elle essayait de mieux voir ce beau couple qu'elle avait rencontré à l'aéroport, qui lui avait offert un café et maintenant lui proposait un endroit où dormir. Alena changea de tactique, retira sa main et feignit d'être vexée. «Allons, Fedir. Aoise veut être indépendante dans grande ville, bien sûr. Quand j'arrive je trouve que rencontrer des gens nouveaux, des nouveaux amis, ça fait partie du voyage, mais Aoise est sans doute fille plus courageuse. Fille intelligente. En tout cas, on y va maintenant, alors…»

Tout comme Alena l'avait prévu, la fille eut l'air inquiet. «Oh non! Je me demandais juste si je pourrais acheter un journal en chemin? Pour chercher du travail? Oui?»

Fedir se mit à rire de soulagement, accro qu'il était à l'excitation d'avoir fait une prise. Alena connaissait ce rire.

«Bien sûr, pas de problème. Allons-y, je meurs de faim.»

Aoise lui sourit, un joli petit pincement des lèvres. «Moi aussi.»

Alena ouvrit la marche dans l'aéroport du même pas rapide que celui appris quatre mois plus tôt auprès de la blonde Ukrainienne trop maigre.

Le pire? Elle s'y prenait tellement, tellement bien. Pas au début. Au début le pire était la nervosité. Et les raclées. Seulement sur le corps – ils avaient besoin de son visage. Une raclée chaque fois qu'elle ne ramenait pas une fille, c'est-à-dire tous les jours pendant presque trois semaines. Fedir se tenait dans l'ombre de la porte, faisait craquer les jointures de ses doigts et regardait tandis qu'Andriy lui donnait des coups de pied insistants avec ses chaussures pointues à lacets. C'était un vrai artiste, elle devait en convenir. Chaque coup lui soulevait le cœur, elle transpirait en ayant l'impression qu'on lui tordait la peau presque jusqu'à la déchirer. Andriy appuyait la semelle de la chaussure sur son torse juste assez pour faire un bleu, une douleur pire que ce qu'Alena avait jamais imaginé, mais pas assez fort pour l'empêcher de travailler, même une seule journée. Elle en sortait avec une douleur sourde qui la faisait grimacer quand elle bougeait d'une certaine façon et avec des hématomes violets qui s'étalaient sur ses bras, ses jambes, et aussi sur ses seins et son torse.

Ainsi, tandis que les hématomes passaient du violet au vert puis au jaune, elle apprit comment faire, de mieux en mieux. Elle apprit à déchiffrer le visage des filles, le miel sortait de sa bouche exactement comme il fallait, elle se lovait contre Fedir d'un air possessif et suffisant. La première fois qu'une fille vint avec eux, Fedir rentra par Covent Garden et lui dit qu'en récompense elle pouvait aller s'acheter quelque chose dans un magasin.

Le soulagement électrisant de recevoir un cadeau. Le soulagement devant la bonne humeur de Fedir qui lui dit qu'Andriy était absent ce soir-là, qu'ils allaient regarder la télé et commander des plats chinois à emporter, ce fut l'étincelle qui mit en branle un lent changement en elle. Elle avait commencé petit ce jour-là, une breloque laquée vert pomme sur une chaîne en or, mais au fil des jours elle avait acheté des sacs à main, un iPod, des chaussures, des tas de chaussures à hauts talons, très colorées. Elle se mit à adorer ces objets, elle prévoyait ce qu'elle allait acheter la prochaine fois qu'elle ferait une prise, elle avait adopté très facilement ce langage avec Fedir quand ils allaient à l'aéroport. Alena était assise avec Aoise sur le siège arrière de la voiture et parlait avec elle de Londres, de ses boutiques favorites, de la façon de manger, du futur mari d'Aoise, de ses frères et sœurs préférés. Alena décomptait les rues familières menant à la maison où vivaient les femmes que possédait Andriy, pas si différente en réalité du sous-sol du café où il l'avait achetée, mais, semblable à Andriy lui-même, plus respectable en apparence que ce qui s'y passait vraiment.

Quand ils entrèrent dans la grande maison neuve en brique rouge, toutes les filles regardaient la télé sur des canapés dans une pièce presque vide, à peine couvertes d'étranges vêtements d'été qui ne cachaient pas grand-chose, les jambes marbrées et blanchâtres, les pieds dans des chaussures à talons bon marché, toutes alignées sur la moquette grise synthétique. Magda, l'une des premières prises d'Alena, était assise parmi elles : en Lycra rouge, obèse, visage inexpressif sous son maquillage, elle sourit à Alena, feignit que tout cela était très amusant, comme si elle voyait une vieille amie. Alena la gratifia d'un vague sourire froid et pincé. Aoise regardait autour d'elle avec un demi-sourire poli, comme s'il s'agissait d'une blague.

Quand Alena sortit dans la nuit froide, avec le vent qui semblait vouloir lui grignoter la peau, elle frotta fort le poing contre sa poitrine, s'encourageant à respirer plus librement. Elle pensait à la robe qu'elle voulait acheter et espérait que Fedir se dépêcherait pour qu'ils aillent la chercher avant la fermeture de la boutique.

Les mois passaient et elle commençait à croire que l'automne ne viendrait jamais ; le soleil resterait dans le ciel, boule brillante et sucrée d'une glace trop jaune, qui déposait une moiteur à la pliure de ses coudes, remplissait ses rêves de grands verres d'eau froide qui n'étanchaient jamais vraiment sa soif.

S'abritant les yeux de la lumière qui se réverbérait sur le réservoir de Hackney, elle regardait les tours au loin, si semblables à celles de son pays. Il lui faudrait les gravir plus tard ; elle laisserait son petit Caddie en bas et monterait avec son sac de poste les escaliers étonnamment propres, devinerait aux odeurs passant sous les portes ce qu'on préparait dans les cuisines, saluerait les étudiants en jeans moulants et lunettes à la mode soviétique, et les mamas africaines aux hanches larges et au visage fermé.

Avant, en Russie, quand elle rêvait au travail qu'elle trouverait à Londres, elle n'imaginait pas qu'un job comme celui-ci la rendrait heureuse. Elle s'était représenté des immeubles de bureaux étincelants, pas des tours, elle se voyait porter un tailleur élégant, pas un sac de journaux.

Et voilà qu'elle avait des ampoules à la plante des pieds, là où ses tongs n'étaient pas rembourrées, une soif inextinguible, la poussière de la rue entre les orteils, et cela valait bien les sourires qu'elle échangeait, les plats frits épicés que Mme Khan l'obligeait à accepter dans un papier déjà gras, et qu'elle donnerait plus tard à Dave.

Et l'argent, pas beaucoup, mais elle faisait deux tournées à présent : Stoke Newington, Upper Clapton, Dalston, Hackney Wick le matin ; Stamford Hill, Seven Sisters, Tottenham le soir. M. Scannell disait qu'elle était sa meilleure employée et elle souriait de fierté, même si sa mère l'avait toujours mise en garde en disant que la fierté vous explose dans les mains et vous brûle les cheveux. Elle marchait des heures, le petit walkman jaune que David lui avait acheté vissé dans les oreilles. « Il est un peu nase. J'avais le même quand j'étais gosse mais, bon, on n'a pas d'ordinateur, alors un iPod ne sert à rien. » De toute façon, un iPod coûtait cher, et celui-là, accroché, lourd et réconfortant à la ceinture élastique de sa jupe, ronronnait plaisamment quand elle rembobinait la bande pour écouter ses chansons préférées de Michael Jackson, Def Leppard ou Barbra Streisand, même si parfois Barbra lui tirait quelques larmes.

Elle achetait les cassettes dans les boutiques de bienfaisance sur le trajet. Elle entrait dans chacune, ne résistait pas aux portants de vêtements maintenant qu'elle avait un peu d'argent en poche, et il y en avait tant. Chaque semaine, elle pensait à ce qu'elle voulait acheter : une jupe rouge, un joli short, un chemisier qui irait avec.

« On dirait un top model, admirait Dave quand elle tournait pour lui montrer.

– Cinquante pence dans le carton par terre ! »

La première fois qu'elle avait reçu trois billets de vingt livres dans une pochette en plastique transparent, elle avait essayé de payer à Dave une partie du loyer, mais il avait repoussé sa main et était sorti de la pièce l'air fâché. Maintenant, elle lui achetait de petits cadeaux entre la tournée du matin (journaux quotidiens) et celle de l'après-midi (*Citizen, Adviser,* prospectus et publicités pour des pizzas et des meubles à crédit). En général des magazines de course à pied, des chaussettes de la boutique à une livre, ou un gros paquet de Breakaways.

M. Scannell faisait aussi des cadeaux à Alena : des tonnes de barres chocolatées mouchetées de blanc sur le glaçage sombre. «Autrement vous risquez de devenir un nuage de fumée, tellement vous marchez.»

Quand Dave rentrait du travail, il se douchait et elle se précipitait vers lui pour embrasser ses lèvres humides. Elle avait envie d'entrer sous la douche avec lui, mais elle dormait toujours seule le soir dans le lit double. D'une certaine manière, les quelques pas entre la chambre et le salon, jusqu'à Dave, étaient devenus une longue distance qu'elle avait de plus en plus peur de franchir, comme si c'était une forêt sombre et menaçante, hantée par des bêtes à la gueule ensanglantée et de méchantes sorcières. Chaque soir, quand ils regardaient la télé et que la ville dehors devenait encore plus étouffante, que les esprits s'échauffaient et que les gens s'évanouissaient dans le métro à cause de la chaleur d'un été qui ne voulait pas finir, elle se disait qu'elle allait être courageuse, qu'elle allait faire ce voyage de nuit jusqu'à lui.

Les sirènes hurlaient durant ces soirées indigo et Alena sentait l'odeur de Dave, qui maintenant l'attirait. Elle se rapprochait de lui sur le canapé et souhaitait que le soleil reste haut dans le ciel. Elle suppliait le ciel implacable que le trou dans la couche d'ozone s'agrandisse et qu'un été éternel s'installe. Comme si elle savait que, dès l'arrivée de l'automne, apportant le relent des feuilles mortes, le chauffage et le froid qui chuchote contre la peau comme un mensonge, sa vieille malchance, tapie dans les recoins obscurs qui restaient en elle sans son consentement, reviendrait aussi.

Elle savait ce qu'elle faisait en léchant le caviar à même le blini, nota l'inclinaison impatiente de son menton, le tic de ses lèvres que d'autres auraient pris pour un sourire exaspéré. Elle alimentait la violence mais elle savait maintenant jusqu'où elle pouvait aller. Surtout dans ce genre de situations où il était obligé de se montrer calme, bienveillant.

Elle avait acquis une intrépidité qui, elle le savait, l'excitait. Dès qu'ils étaient arrivés, elle s'était excusée et était allée aux toilettes, avait tiré sur sa robe de sorte que ses seins pâles, couverts d'une poudre fine et scintillante, sortaient presque de son décolleté sans bretelles. En avalant d'un trait sa première coupe de champagne, elle le regarda par-dessus le bord du verre.

Il aimait le risque, naturellement, c'était pour lui une nécessité, plus que l'argent ou même le statut qui lui permettait d'être invité dans ce genre d'endroits. Il recherchait la transgression, voulait que la fille qu'il emmenait fasse comme elle l'entendait au milieu de ces gens importants. Elle marchait sur la corde raide, l'excitait, le tenait en haleine et sur ses gardes, tout en assurant sa subsistance et en s'exposant à la punition.

À table, elle resta silencieuse, chipota et Andriy dit, comme toujours, qu'elle parlait mal anglais.

«Et que fait la femme de votre vie, Andriy?»

Alena lécha le vin blanc acide sur ses lèvres et se pencha vers l'homme qui avait parlé.

«Eh bien, vous voyez, je suis une marchandise. Andriy s'occupe d'import-export et je fais partie d'une cargaison de grande valeur. J'ai de la valeur parce que j'ai un corps qu'il utilise... je veux dire, quand il en est capable, ce qui n'arrive presque jamais, pas de la façon dont vous, par exemple, utiliseriez ce corps, et parce que j'ai un visage capable de débiter des milliers de mensonges à des filles comme moi. Des filles comme j'étais avant. Mon travail, un travail très important, consiste à aller avec son fils Fedir, qui n'est pas aussi intelligent que son père mais tout aussi dangereux, méchant à sa manière, nous asseoir et boire des cafés dans les aéroports et les gares au point d'avoir des brûlures d'estomac. Nous attendons longtemps. Je lis – oui, je sais lire, étonnant, non? J'aime les livres romantiques, les histoires d'amour, et Fedir joue à Tetris sur son téléphone, il est devenu très bon, mais n'arrive pas encore au dernier niveau. Si on attend assez longtemps, une fille passe devant nous, en général avec une valise pleine à craquer et une certaine expression, elles ont toutes la même, je la connais bien, je l'ai eue moi aussi un jour – un mélange de terreur, de désir et une pincée d'espoir. C'est alors que j'affiche mon air tout sourire et entame la conversation. Bingo! Ces filles ne sont pas idiotes, vous savez, mais moi non plus, et je sais ce qu'elles attendent de leur voyage, quelles sont leurs espérances; à quel point elles ont peur. Je l'ai fait au début parce que j'avais peur pour moi-même. Maintenant, maintenant je me rachète, une livre de chair après l'autre – qui aurait cru que quelqu'un d'aussi peu de valeur coûtait si cher? »

L'homme, qui avait une verrue sur la lèvre, la regarda passer le doigt dans la sauce de son assiette, les poils fins de sa verrue tremblant comme des antennes sexuelles. Il n'avait rien dit. Et, bien sûr, elle non plus. Elle était restée silencieuse devant sa concupiscence, tête penchée, muette et disponible.

« Il faut excuser ma chère Alena, elle ne parle pas anglais. »

Dans la voiture, en rentrant, Andriy lui embrassa les épaules, fourra une main aux ongles pointus sous sa robe, lui mordit l'oreille, boucle d'oreille comprise, et lui dit qu'il ne se contenterait pas de la priver de dîners, qu'il pouvait faire bien pire. Le chauffeur, un gros Lituanien, les regardait dans le rétroviseur avec dans ses yeux étroits un mélange de haine et de désir qu'Alena avait fini par bien connaître.

Par la vitre de la voiture, Alena voyait défiler les devantures des bars, l'intérieur d'un restaurant indien, un salon de coiffure où des gens affalés dans les fauteuils regardaient un match de football. Elle était assez éméchée pour prétendre que ce soir elle faisait partie de cette ville. Ou peut-être y avait-il une autre Alena qui buvait un cocktail dans un bar quelque part, bien habillée et tout excitée à l'idée de la soirée qui l'attendait, fatiguée après une longue semaine de travail, ou encore une autre qui rentrait dans une petite pièce quelque part en rêvant d'une maison plus grande. Cette Alena portait un jean et regardait la télé tout en imaginant qu'elle rencontrait un homme bien qu'elle allait revoir. Elle s'accrocha à ce rêve jusqu'à leur arrivée et il la congédia. « J'ai une indigestion : le fromage. »

Ce soir-là Fedir vint la prendre alors que la douce obscurité nappait son corps, que le sommeil s'était glissé entre ses cils et qu'elle était prête à s'endormir.

Chaque fois qu'il entrait, il allait droit vers le lit, ôtait son boxer et s'allongeait sur elle, se pressait sur elle et en elle, remontait sa chemise de nuit jusqu'au cou et suçait son sein comme un petit garçon privé de sa mère. Il lui fallut longtemps pour apprendre à être prête, à lever les genoux, à positionner son pelvis d'une certaine manière pour moins souffrir de sa hâte et amortir le choc. Il restait ainsi, la bouche collée à son sein, se poussait en elle jusqu'à ce qu'il soit sur le point de jouir, puis la retournait, plaçait sa grosse main autour de son cou, appuyait sur sa trachée et s'achevait. Elle avait appris qu'il ne pouvait pas lui laisser de marques, mais dans cette chambre, dans ce silence, elle, elle pouvait le faire. Elle se mit donc à mordre sa peau salée, à s'attaquer aux muscles les plus épais, à se projeter contre lui et à goûter la douleur aiguë qui s'ensuivait.

Au début elle essaya de se souvenir, ce n'était pas réel, cela faisait partie du parcours qu'elle avait entrepris quand elle l'avait embrassé, quand elle avait commencé à évaluer le pendule de ses humeurs et à accueillir les moments où il était bien luné par des remarques discrètement suggestives, quand elle se rapprochait de lui sur le canapé et quand elle se touchait délibérément au moment où il venait la chercher le matin. Les visites nocturnes de Fedir, les efforts qu'elle faisait pour le désirer elle aussi, même un peu, voilà le chemin sur lequel elle les avait engagés tous les deux et à un certain stade elle les mènerait vers la destination qu'elle visait par-dessus son épaule. Mais les mois passaient et elle était de moins en moins sûre de savoir qui menait qui.

Quand il serra son cou ce soir-là, murmura qu'elle était à lui, à lui, à lui tout en poussant, poussant, poussant, il était exactement comme son père. Sauf que son père n'avait jamais soigneusement redescendu sa chemise de nuit entortillée autour de son cou et ne l'avait jamais lissée sur ses jambes comme Fedir l'avait fait une ou deux fois quand il était ivre et sentimental.

Quand ce fut terminé, elle le laissa poser la tête sur sa poitrine, lui caressa les cheveux et attendit que sa respiration ralentisse.

« Fedir ? »

Elle chuchotait et tourna la tête pour lui parler à l'oreille.

« Fedir ?

– Hum.

– Fedir, si tu voulais on pourrait avoir ça. Sans se cacher. Le jour, la nuit, juste avec moi. Juste nous, loin de… tout.

– On l'a déjà.

– Non, non, je ne veux pas dire travailler. Je veux dire ensemble. Comme copain, copine, toi et moi. »

Il ne dit rien.

« On pourrait, tu sais. »

Elle se tut, s'attendant à une réaction violente qui ne vint pas. Il restait silencieux, sa respiration semblait ralentie. Il écoutait.

« Il ne nous trouverait pas. Et on pourrait prendre de l'argent et même s'il n'y a pas d'argent, je peux trouver du travail.

– Comment?» Un seul mot, humide sur sa clavicule.

«Un jour on s'en va, on monte dans un train, on s'en va quelque part et on est ensemble. Vraiment ensemble.

– Et mon père?»

Elle distinguait à peine ses yeux, des trous plus noirs dans l'obscurité. «Il trouverait une autre fille pour faire son travail.»

Elle sentit son souffle la quitter avant de comprendre qu'il pesait sur elle de tout son poids, que ses mains appuyaient sur son torse, et la quantité d'air expulsé de ses poumons était telle que son corps s'affola.

«Un autre fils aussi peut-être? Il en trouvera un autre, salope?

– Fedir, s'il te plaît, je veux dire…

– C'est mon père, je ne le quitterai jamais. Je travaille avec lui. Toi…» Il relâcha la pression sur sa poitrine et elle inspira une bouffée d'air brûlante… «Tu es la pute que je prends parce que je peux.»

Il n'en parla pas à son père et bien sûr, bien sûr il revint la prendre. Mais c'était sans importance; s'il ne voulait que son corps, son espoir disparaissait, celui d'une autre vie, le mince espoir d'autre chose après cela. Il était temps à présent de ne rien faire car il ne restait plus rien à faire.

Cette fille n'avait rien de spécial. Elle avait un nez rond et épaté, un bourrelet de chair débordait de la ceinture de son jean bleu pâle déchiré sur le devant comme dans les années quatre-vingt-dix. La pauvre, elle croyait sans doute être à la mode de la grande ville. Elle n'était ni plus stupide ni plus intelligente que les autres et son histoire n'était pas plus triste. Alena en avait mal au cœur, comme pour toutes les autres, et elle sentait dans sa bouche le goût amer familier, mais pas plus que d'habitude.

Ils se trouvaient à la gare de Victoria ce jour-là; les annonces des trains au départ et le froid glacial s'insinuaient dans ses muscles. Ils avaient cessé d'aller dans les aéroports où la sécurité était renforcée, il y avait des caméras partout et Andriy, prudent comme toujours, le leur avait interdit.

Fedir vit la fille le premier, ses vêtements la trahissaient, des vêtements soignés, colorés, démodés et ses joues roses, venant de climats plus froids que l'Angleterre. Il la repéra et donna à Alena un coup de pied sous la table. Elle vérifia son maquillage et pénétra dans la gare glaciale. La fille était devant les toilettes et essayait de faire passer ses hanches potelées dans le tourniquet qui refusait de tourner. Alena était derrière elle.

«Tu as de l'argent anglais?»

Elle posa la question en russe, c'était tellement plus facile quand elles étaient russes. La fille se retourna, mais sa bouche ouverte montrait son incompréhension et l'excuse se lisait dans ses yeux. Alena fit une nouvelle tentative en anglais.

«Tu as de l'argent anglais?»

La fille sourit; une de ses dents du bas était ébréchée. «Non, pas encore. Il faut que j'en change un peu. Je crois qu'il y a une banque à la gare de Victoria?

– Tiens.» Alena sortit son porte-monnaie, s'assura de montrer sa liasse de billets de vingt livres en même temps qu'elle cherchait de la monnaie et tendit à la fille une pièce de vingt pence. «Tiens.»

Elle inséra la pièce et fit signe à la fille d'avancer. Elle la suivit en faisant tinter sa pièce argentée. Quand la fille sortit de la cabine, Alena se mettait du rouge à lèvres. Elles se sourirent; elle avait sans doute moins de vingt ans.

«Merci. J'aime la couleur de votre rouge à lèvres.»

Alena rit de son rire le plus engageant, fit un sourire de conspiratrice qui la situait entre une grande sœur et une meilleure amie malicieuse. Elle fit un geste de la main. «Tellement cher, comme tout le reste à Londres. D'où tu viens?

– De Gdansk, en Pologne.

– Ah, alors Londres est vraiment *très* cher! Je m'appelle Magda.»

Alena lui expliqua qu'elle buvait un café avec son petit ami, qu'elle se souvenait de ce qu'elle avait ressenti à son arrivée et qu'elle aimerait l'accueillir comme elle aurait voulu être accueillie. La nouvelle venue voulait-elle boire un café avant de partir pour l'auberge de jeunesse de King's Cross? La fille accepta volontiers.

Fedir, plus pro qu'Alena bien que moins naturel, avait déjà rangé son téléphone quand elles le rejoignirent au café. Il attira Alena et l'embrassa sur la bouche. C'était ainsi qu'Alena avait vraiment fait démarrer leur liaison des mois plus tôt, un baiser, une gifle et une menace en réponse, puis d'autres baisers, des baisers bienvenus à l'époque, mais qui lui donnaient envie aujourd'hui de mordre la chair tendre de sa langue.

«Et qui est-ce? Une autre amie à toi?» Il se tourna vers la fille qui se mit à se ronger l'ongle du pouce. Il était facile pour Alena d'oublier que Fedir était beau gosse, mais elle était sûre que lui ne l'oubliait jamais. «Elle a tellement d'amies, je perds le fil.

– Leo, voici Katya, on vient de se rencontrer. Elle arrive de Pologne. Va nous chercher des cafés, mon chéri.» Elle se tourna vers la fille. «Café ou thé?» La fille ne répondit pas, les yeux rivés sur le menu et ses prix exorbitants. «Prends un café, on te l'offre, il est bon ici. Et, mon chou, des gâteaux aussi.»

Quand Fedir revint, Alena avait déjà entamé son baratin. L'ajuster à chaque fille lui demandait étonnamment peu d'effort, comme si elles le connaissaient elles aussi, comme si l'hôtesse de l'air leur avait donné le texte en même temps que les papiers d'immigration.

«Oui, quand je suis arrivée de Russie j'avais peur! J'avais pas beaucoup d'argent mais j'ai eu de la chance, je me suis vite fait un ami et j'ai commencé à travailler. Tu as du travail? Quelqu'un qui t'attend?

– Non, et pas encore de travail, mais j'ai de l'argent en attendant, seulement un peu mais… oh! merci. »

Fedir posa devant elles les cafés et une assiette remplie de gâteaux.

«Eh bien tu vas être étonnée de la vitesse à laquelle l'argent file. Quel genre de travail tu voudrais? Je ne sais pas…» Elle se tourna vers Fedir qui regardait la fille avec admiration. «Leo? Qu'est-ce que c'était le job de Sasha? Dans un night-club, non? Ça doit bien payer, c'est une boîte chic. Jusqu'à ce que tu trouves autre chose peut-être?

– Oh…»

La fille regardait les gâteaux et Alena lui tendit l'assiette. «Je t'en prie.

– Je n'ai jamais travaillé dans un night-club ni même dans un bar. Mais j'étais serveuse l'été dernier. »

Elle parlait la bouche pleine de miettes de chocolat; c'était une enfant, une enfant qui rougissait et avait envie de sucre.

«Nous y voilà. Parfait! Sasha va être contente.» Les doigts de Fedir tambourinaient triomphalement sur la table pendant qu'il parlait. L'étape suivante pour Alena consistait à convaincre la fille de venir chez eux ou de monter dans leur voiture; elle devait lui expliquer que les auberges étaient dangereuses, qu'ils pouvaient aller voir Sasha tôt le lendemain matin mais que, si la fille n'avait pas de téléphone, elle serait difficile à joindre, qu'elle pouvait dormir chez eux et économiser le prix d'une nuit à l'auberge. Mais Alena ne dit rien, mordit dans un croissant aux amandes et s'en remplit les joues. Fedir regarda Alena et attaqua son beignet. Ils mangeaient sans prononcer un mot; la fille rougissait de plus en plus à mesure que le silence s'épaississait et elle se rendait compte sans comprendre qu'il se passait quelque chose. Fedir essayait de croiser le regard d'Alena qui contemplait le spectacle de la rue.

La fille parla la première. «C'est bon, ce que je mange. Merci. Je croyais que Londres serait… j'étais inquiète dans l'avion. »

Alena ne répondit pas et continua à mastiquer son croissant.

«Non, Londres n'est pas hostile, hein, Magda?»

Alena se taisait toujours et Fedir, aussi stupide que la fille mais plus expérimenté, prit le relais.

«Alors, Katya, où vas-tu dormir? Je réfléchissais, on a une chambre d'amis, hein, Magda?»

Les mots étaient les mêmes mais, quand le petit ami d'une femme demande à une fille de venir chez eux et que la femme reste impassible, cela ne marche jamais. Katya était de la couleur d'une côte de porc crue, gênée d'être coincée entre eux deux et d'avoir fait quelque chose qu'il ne fallait pas, sans savoir quoi. «Oh non! Vous avez été très gentils. Je suis sûre que vous voulez être seuls.» Elle tira sur son anorak qui crissait, celui avec le dessin d'une cible dans le dos, sortit maladroitement son porte-monnaie, tenta d'attirer l'attention d'Alena. «Je veux dire, vraiment, merci. Ce n'est pas de l'argent anglais mais peut-être si vous allez en Pologne.»

Alena repoussa l'argent et retint le regard de la fille. «Ça va. J'espère que tu seras heureuse ici.»

Fedir appuya le talon de sa chaussure sur le pied d'Alena qui ressentit une vive douleur dans les petits os. «Mais, chérie, dis à Katya qu'elle peut venir chez nous sans problème. Ce n'est pas un problème, hein? On serait contents qu'elle vienne chez nous?

– En fait, mon chéri, tu sais que ce n'est pas le moment. Désolée, Katya, je suis certaine que tu comprends.»

La fille se leva, honteuse, confuse, transpirant dans ses vêtements, la lèvre tremblante, mais elle sourit faiblement et les regarda l'un après l'autre. Puis elle s'éloigna d'eux à reculons en titubant. «Merci. Pardon, si… merci.»

Elle fit rouler son énorme valise dans le café, heurta des chaises et des clients, le visage crispé, brûlant, prête à pleurer de déception. Qu'elle pleure, se dit Alena, puis elle laissa Fedir lui saisir les bras et la conduire prudemment vers la voiture comme s'il était sur le point d'essayer de faire entrer un tigre dans le coffre.

Une fois dans la voiture, il laissa exploser sa colère, menaça de la tuer, de la lacérer, de la mettre un jour, une semaine dans un bordel. Comme elle restait muette, Fedir la frappa plusieurs fois à la tête et ne lui parla plus jusqu'au soir où il vint dans sa chambre. Il avait l'air terrifié, se montra d'une tendresse qu'elle n'aurait pas crue possible, répéta sans arrêt qu'elle ne devait pas recommencer, elle ne savait pas ce qui arriverait, du moins jusqu'au moment où il craqua et la gifla si fort que ses yeux bougèrent dans leurs orbites et que sa mâchoire parut sur le point de se briser.

Après ce jour elle laissa partir toutes les filles, elle refusa même de se lever et d'aller parler à l'une d'entre elles, obligeant Fedir à la tirer dehors. Dans le parking désert, il lui cogna le front contre le capot, et dans sa rage oublia le danger d'être vu par des passants et d'abîmer la jolie petite tête de la poupée de son père. Pendant qu'il s'assurait que la voiture n'était pas cabossée et qu'Alena vérifiait si son front enflait, elle se dit qu'elle aurait pu crier, s'enfuir et demander de l'aide, attendre la police. Mais qu'aurait-elle pu dire ? Je suis une putain, je transforme des jeunes filles en putains, je couche avec le père et le fils, mais ce n'est pas ma faute. Ils ont dit qu'ils s'en prendraient à ma mère, qu'ils lui feraient du mal, qu'ils la tueraient. Peut-être qu'ils mentent, mais qui courrait le risque ? Et comment pourrais-je la regarder en face si elle savait ? Elle le saurait à la manière dont les mères savent les choses, elle verrait tout de suite que je suis salie, une fille perdue. Non, ce n'est pas ma faute, mais je suis une putain et on ne peut plus rien y changer maintenant.

Au lieu de cela, elle continua son espèce de grève, la considérant sans sourire comme une bonne vieille lutte socialiste. Ce n'était pas vraiment une grève ni un appel aux armes, c'était une sorte de suicide ; la pâleur et la colère de Fedir s'accentuaient et il avait de plus en plus peur de perdre la femme qu'il baisait, la femme qui le tenait dans ses bras quand ils avaient fini de baiser, qui appartenait à son père mais qui lui rendait la maison supportable, Alena qu'il voulait posséder et qui soudain se nimbait de la puanteur du chaos et de la violence.

« Tu comprends ? Mon père ne va pas te tuer, il va t'envoyer dans une de ses maisons et tu seras traitée comme un animal. Imagine. Ce n'est pas si terrible, tu sais. »

Elle pensait aux filles qu'elle avait envoyées se faire traiter ainsi et elle avait envie de dire : c'est terrible, c'est tellement pire.

Il l'étonna pourtant. Malgré les promesses de violence qu'il chuchotait tous les soirs, il mentit à son père bien plus longtemps qu'elle ne s'y attendait. Il trouvait des excuses : on les observait, l'un ou l'autre était malade, les familles des filles venaient les chercher. Au bout de trois semaines, Alena entendit le ton monter et le petit chien japper furieusement. Elle attendit patiemment ce qui allait arriver. Elle était rassérénée, sa punition serait qu'on lui fasse ce qu'elle-même avait fait à ces filles : œil pour œil.

Le lendemain matin, Fedir assista au petit déjeuner les lèvres serrées et Alena comprit sans lever les yeux de son assiette qu'il avait reçu une raclée à cause d'elle. Il ne disait rien, croquait son toast, et Andriy les regardait attentivement tout en découpant soigneusement le blanc de son œuf à la coque.

« C'est le jour. Vous m'entendez ? Aujourd'hui. »

Alena trempa le doigt dans son thé tiède. Fedir posa son toast.

« Je comprends, père. »

Au début, elle était calme. Elle n'essaya pas de fuir entre la maison et la voiture, ne frappa pas aux portes pour implorer de l'aide, pas plus que les autres jours. Et puis, elle portait des chaussures à talons. Fedir restait muet, il sortit simplement les clés de sa veste en cuir tout en mâchant son chewing-gum d'un air maussade.

Il alluma la radio. Il y avait un jeu avec des effets sonores de grosse farce et les hurlements de rire du public payé pour s'amuser. Elle s'était demandé si on la trouvait trop dangereuse pour la mettre dans l'une des maisons, si on allait simplement se débarrasser d'elle. Elle savait qu'il y avait eu d'autres filles. Ignorées, inconnues à part une boucle d'oreille égarée sous le lit, prise dans la moquette, et une tache de fond de teint sur le mur de sa chambre ; l'une des filles avait le teint olivâtre, une autre aimait les longues boucles d'oreilles en strass.

Elle regardait le ruban de goudron se dérouler, puis le pare-chocs de la voiture qui les précédait ; quand la vitre se brouilla, elle essuya ses larmes, fit abstraction de la terreur qui s'infiltrait en elle et continua à regarder devant elle. Il ne disait toujours rien et ils arrivèrent dans une rue qu'elle ne connaissait pas, rangée de voitures tristes, béton et ciel gris.

« Tu comprends que c'est maintenant. Il pense, il sait qu'il peut faire tout ce qu'il veut. » Il criait plus fort que la musique, un groupe de guitaristes, et détournait la tête. « J'ai essayé de te prévenir. Tu as travail et si tu ne fais pas il te fera mal. Il ne peut pas me faire mal mais il te fera mal, il m'obligera… je t'ai dit déjà. J'ai vu des filles… » Il donna un coup de poing sur le volant et la voiture fit une embardée. « Tu sais. »

Malgré son état d'affolement muet, Alena sentit un élan de compassion irrépressible et indésirable pour cet homme-enfant qui baisait et battait la prostituée personnelle de son père, et était abasourdi que ça finisse mal. Ses romans aux titres en lettres roses pleines de fioritures collaient plus à la réalité. Ça ressemblait bien à Andriy de tester son fils de cette manière.

Ils s'arrêtèrent à Shepherd's Bush : kebabs, cafés internet, mères au bout du rouleau avec des poussettes encore plus au bout du rouleau. Il se tourna vers elle, baissant ses yeux aux paupières rose vif un peu comme ceux d'un animal. Alena était assise, les mains sur les genoux, les larmes roulant dans son cou, la respiration si rapide qu'elle lui brûlait la gorge. Il ne voulait toujours pas la regarder. «C'est ta faute si je dois faire ça. Ta faute. Tu comprends?»

Il ne pouvait certainement pas le faire ici? Avec tous les gens qui regardaient.

Une vieille femme qui poussait un Caddie écossais passa lentement et péniblement devant la voiture et Alena, inquiète que la femme ne devienne un témoin involontaire, tourna la tête et le corps vers Fedir. Il lui prit le menton dans sa grosse main moite et l'embrassa, stoppa sa respiration haletante. Un baiser qui lui meurtrit les lèvres, les laisserait enflées en souvenir. Comme si c'était important.

Il fouilla dans la poche de sa veste. Alena ferma les yeux et cria : «Non! S'il te plaît, s'il te plaît.»

Elle entendit la portière de la voiture avant de sentir son absence et, au bout d'un moment, elle ouvrit les yeux, le cœur battant dans ses oreilles, et l'aperçut s'enfuyant loin d'elle. Puis elle vit l'argent et le téléphone portable sur le tableau de bord.

Elle tremblait tellement qu'elle n'arrivait pas à sortir les pièces de son porte-monnaie pour acheter un ticket de métro. Ce fut seulement alors qu'elle comprit – c'était la chose la plus violente, la plus effrayante que Fedir pouvait lui faire.

6

Il encaissa en pensant à ses épaules minces chargées du sac de journaux, à ses sourires, à ses pieds douloureux qu'il massait du gras du pouce jusqu'à ce qu'elle se tortille, et il encaissa pour elle.

«38. Ce n'est pas ta taille, hein, mon chou? Tu mets des culottes de femme en secret, je suppose. C'est ce que tu fais le week-end? Il y a des clubs pour ce genre de trucs, tu sais.» Elle approcha la bouche de son oreille. «Et j'ai l'esprit large. Tout ce qui te plaît, ça peut me plaire aussi.

— Écoute, mets-les dans la boîte et vérifie que tu fais bien la remise du personnel.

— Attends.» Elle appuya son ongle long et acéré sur la main de David. «C'est pour ta petite copine étrangère, c'est ça?»

Il ne pouvait rien y faire, il jeta un coup d'œil dans le magasin pour voir qui pouvait les entendre et récolta un sourire rose et tordu de Tanya. Il savait qu'il aurait dû patienter jusqu'à ce qu'elle ait quitté la caisse, mais il avait voulu attendre qu'Yvonne soit partie; trop de questions, sinon.

«Tu sais ce qui m'intéresse, Tanya? Qu'on me fiche la paix et qu'on me laisse respirer. Tu crois que ça peut t'intéresser aussi? Bon, ça suffit. Tu ne sais pas de quoi tu parles. Enregistre mon achat.»

Elle bailla longuement et tripota ses cheveux noirs en chou-croute. Elle n'avait pas cessé de flirter avec lui, de se pencher pour voir les chaussures, de le regarder par-dessus son épaule, de lui proposer de lui masser le dos quand ils déjeunaient à la même heure, puis de le regarder d'un air sarcastique : «Tu trouves que ça fait mauvais genre?» en tirant sur sa minijupe.

Il ne savait pas ce qui était le pire, la drague ou cette nouvelle tactique, les vannes. Les autres s'étaient mises elles aussi à char-rier un peu Dave, dans le sillage de Tanya. Ça ne le dérangeait pas vraiment, mais cela voulait dire qu'il ne pouvait pas plonger sous le radar, passer ses journées à penser à Alena, à remâcher le peu d'informations qu'elle lui donnait et à chercher la manière de l'amener à en révéler davantage. Il ne savait pas comment il était possible qu'une femme le rende fou et en même temps tellement heureux. Il ne s'agissait pas seulement de trucs phy-siques, mais les émotions – le bonheur, l'amour, quel que soit le nom qu'on leur donnait –, il en voulait plus, il voulait que ça ne s'arrête jamais. Il regarda les sandales rouges à hauts talons, puis Tanya qui le lorgnait délibérément tout en s'étalant sur le comptoir et en tapant sur les touches de la caisse.

«Oh! le spectacle te plaît quand même, hein, Davey?»

C'était vrai, il était humain et il détourna très vite les yeux. Les autres filles, remarquant qu'il se passait quelque chose, s'étaient éloignées de leur rayon – soirée, quotidien, accessoires – pour les regarder se disputer et voir combien de temps elle réussirait à le retenir à la caisse. Elle sourit, roula les yeux vers une des filles qui, ravie d'être choisie pour jouer un rôle, émit un gloussement étouffé mais sonore quand même et regarda à son tour une autre fille, qui roula aussi les yeux mais avec une variante.

Il n'y avait eu personne de toute l'après-midi, c'était en par-tie le problème, et Dave souhaitait voir arriver une Land Rover remplie de Saoudiennes exigeantes portant foulards et lunettes Versace; tellement friquées, tellement généreuses avec les pourboires que les filles se décarcassaient et râlaient à peine. Du moins jusqu'à ce que les femmes s'entassent de nouveau dans leur voiture. Elles faisaient alors une pause cigarette derrière et se laissaient aller : Claudia imitait leur accent et Toni traînait les pieds, singeant leur démarche entravée par leur longue robe.

Mais le magasin restait désert, à part une femme assez âgée qui musardait sans intention d'acheter. L'air immobile et chaud sentait la levure et le biscuit rassis, odeur que semblaient partager toutes les filles. Tanya approcha son visage de Dave et murmura en aparté : «Alors elles sont pour qui, Davey? Ta mère?» Il broncha et elle eut un petit sourire. «Parce que franchement, elles font un peu pute. À moins que ta mère ne soit une vamp et dans ce cas, ça lui plaira.»

Il se mordit les joues. Les autres filles, après un silence horrifié, se détournèrent pour remettre les chaussures d'aplomb, pour relancer la vidéo sur les semelles intérieures de luxe.

«Ma mère n'est pas une vamp, Tanya. Encaisse les chaussures.

– Je ne rigole pas, Dave, je veux dire, j'espère que je serai encore une vamp à son âge, mais tu sais, si ta mère a choisi celles-là, c'est qu'elle fait bien plus qu'aller au bingo avec.

– Tanya, je ne plaisante pas. Ferme-la.» Il flanqua le billet entre eux sur le comptoir. «Encaisse-les et n'oublie pas ma remise.

– Qu'est-ce que j'aurais comme ennuis avec des chaussures comme ça! Je me demande si ta vieille maman saura les apprécier ou si c'est elle qui veut causer des ennuis.

– Elle est morte, Tanya. Cancer. Ça te suffit comme ennuis?»

Il saisit la boîte et descendit au sous-sol. Il tremblait et un goût métallique persistait dans sa bouche là où il s'était mordu la joue. Il imagina la tête d'Alena et réussit à ne pas remonter dire à Tanya ce qu'il pensait d'elle. Il avait des responsabilités à présent : leur avenir à assurer.

Plus de soucis qu'elles n'en valaient la peine, ces chaussures : fin de saison, prix cassé plus la remise du personnel pour ouvrir la voie à quelque chose de plus spécial. Elle allait les adorer et elles lui iraient tellement bien. Quel pauvre con sentimental je fais, se dit-il en les remballant dans le papier de soie. C'était bien vrai.

S'embrasser. Contact des bouches chaudes et douces, instant où elle ouvrait les yeux et sentait ses cils contre les siens, odeur qui lui donnait envie de lécher sa peau, parfois un quart de seconde quand ses yeux mi-clos étaient si près qu'elle ne voyait que lui, avec l'impression de regarder dans sa tête.

Ses mains, sur sa taille, tenant gentiment son menton, caressant la peau douce et pâle de son cou, un pouce suivant sa clavicule. La chaleur rassurante de son corps quand elle posait la tête sur sa poitrine, quand ses bras forts l'enlaçaient, quand elle sentait la respiration dans ses poumons, et parfois un battement doux et irrégulier de son cœur contre le sien.

Alena avait oublié tout cela. La douleur exquise de se sentir hors de danger, de désirer un autre corps, d'avoir soif d'une odeur, le réconfort de tendre vers tout cela qui lui était donné sans le tranchant de la peur ni la cruauté de l'appropriation.

Ils dormaient à présent tous les deux dans le grand lit aux draps olive granuleux et au matelas affaissé au milieu. Ils y entraient timidement, chacun d'un côté, tiraient les couvertures sur eux, roulaient l'un vers l'autre à cause du creux.

Ils avaient été si lents à se trouver. Le premier soir il avait tendu la jambe et suivi du gros orteil la courbe de sa cheville nue ; en réponse elle avait tendu le bras et effleuré du bout des doigts le sillon de sa poitrine à travers le coton de son T-shirt. La convoitise semblait étalée sur elle, chaude et pesante, et suintait dans les espaces entre eux, faisant monter du lit l'odeur de leur désir et de leurs corps.

Le deuxième soir elle avait roulé un peu plus près et ils s'étaient allongés épaule contre épaule. Dave avait enlevé son T-shirt et elle sentait sa peau contre son bras; il avait posé doucement, trop doucement, une main sur son ventre et, en réponse, elle avait enroulé son pied autour du sien, comme si elle s'ancrait dans l'océan de ses émotions : peur surtout, confusion un peu, sentiments troubles qui rendaient cette douce impression difficile à retrouver.

Ainsi, comme des explorateurs, ils s'approchaient du lit chaque soir, y entraient chacun de son côté, et se retrouvaient sur une mer démontée sans canot de sauvetage. Pas un mot ne franchissait leurs lèvres mais ils respiraient le même air vibrant et chargé de sens quand elle collait son dos contre sa poitrine et qu'il touchait les creux et les courbes de son corps. Le soir suivant ils s'étaient retournés, avaient dormi front contre front, les genoux remontés vers l'autre, leur haleine se mêlant, leur peau poisseuse de la transpiration de l'autre.

Il ne lui demandait rien, mais elle savait, c'était évident, qu'il aurait voulu tout demander. Et chaque soir il ne la touchait pas plus qu'elle ne le voulait, chose qu'il percevait quand elle-même ne le savait pas et elle redécouvrait le refuge de l'excitation, de la douceur et du désir.

«Tu peux me l'enlever.»

Ce n'était guère plus qu'un murmure; il fit passer la combinaison rose pâle au-dessus de sa tête, effleura sa peau de ses doigts rudes, les mains aussi hésitantes et précautionneuses que s'il déballait un cadeau qui risquait de se briser. Elle se tenait nue devant lui, se découpant sur la brume orange de la nuit à Hackney, et elle le regardait. Il détourna la tête et elle couvrit sa poitrine de ses bras, puis il la regarda en face, lui prit les mains et les détacha de ses côtes.

«Tu es belle, Lena. Tu es tellement belle.» Il toussa, regarda ses genoux. «Je suis juste un peu, tu comprends. Nerveux. Je suis un peu rouillé, tu vois?»

Alena sentit en elle l'éclosion de son amour pour cet homme grand, fort, vulnérable, et se mit à genoux sur le lit à côté de lui. Elle embrassa ses cheveux, sa tempe moite, la courbe lisse de son épaule ; il se tourna, lui prit les épaules, l'attira sur le matelas et ils conclurent leur long voyage l'un vers l'autre.

Shelley jeta ses petites pilules blanches et le paquet de préservatifs marrants que Dave avait apporté et laissa le tout bien en vue dans la poubelle ouverte sur des épluchures de pommes de terre. Plus tard Dave se dirait qu'il avait vécu ces mois un peu comme un mort-vivant. Il prenait son poste à la Coop et tous les soirs ils mangeaient, buvaient, baisaient, dormaient et recommençaient avec parfois l'explosion d'une dispute.

Il essaya, mais il ne réussit jamais à économiser le moindre penny ; il fallait toujours acheter quelque chose pour l'appartement, des boissons pour l'anniversaire de quelqu'un, un plat à emporter le vendredi et des œufs au bacon avec des saucisses le samedi. Shelley disait que maintenant tout le monde achetait les produits Avon sur internet. La bouteille de vodka, ou deux et même trois par semaine, venaient aussi s'ajouter. Elles émoussaient au moins les longues soirées durant lesquelles ils n'avaient rien à se dire à part commenter les programmes à la télé. Il sentait contre sa cuisse la vibration insistante juste avant la fin de son travail : Shelley lui envoyait un texto pour qu'il n'oublie pas et il quittait son poste, disant en blaguant aux filles de la caisse qu'il était un vrai poivrot. Au bout d'un certain temps, elles cessèrent de rire et passèrent les bouteilles à la caisse en silence, un sourire figé sur leurs lèvres soulignées d'un trait fin.

Shelley savait au moins préparer un verre et en était fière ; s'ils mangeaient des gaufres carbonisées et des haricots à la sauce tomate au dîner, ils buvaient de la bonne vodka, du vrai Coca avec des glaçons en forme de cœur et de gros quartiers de citron dans des jolis verres achetés chez John Lewis et pas à Ikea. Ils s'asseyaient, mettaient le chauffage à fond, alors on n'entendait plus que la télé qui beuglait et le verre de Shelley qu'elle posait de plus en plus bruyamment sur la table basse chaque fois qu'elle se resservait. Il se sentait irréel, vivant par saccades, comme le personnage d'un jeu vidéo qu'on déplace avec des boutons poisseux et qui n'atteint jamais son but.

Shelley était couchée sur le canapé, les pieds sur les genoux de Deano, la tête renversée en arrière, le cou exposé et riait avec lui d'une blague alimentée par la bouteille de sambuca à moitié vide par terre. Dave avait eu une journée de merde ; trois sales gosses de la cité avaient essayé d'acheter des clopes et s'étaient montrés arrogants quand Bianca leur avait demandé leur carte d'identité. Il avait essayé de les virer et ils avaient renversé les fleurs, l'eau et les pétales s'étaient répandus partout ; pire encore, ils l'avaient traité de gros con.

Gros ? Il était le type le plus sportif de la cité, tout le monde le disait ou l'avait dit. Ce qui lui faisait vraiment mal au cul, c'est qu'il savait qu'ils avaient raison. Il avait complètement perdu la forme, il n'avait pas réussi à les rattraper, il était à bout de souffle au milieu de la rue, ou bien sans l'énergie pour s'en donner la peine. Il avait dû s'arrêter devant le Right Plaice, au milieu de la cohue du samedi soir, plié en deux, les mains sur les genoux comme un vieux.

Deano, bronzé et trop maigre après sa saison à Ibiza et toute la drogue qui allait avec, se rapprocha de Shelley, exploitant à fond la chute d'une histoire que Dave avait entendue trop souvent. Il leva les yeux, fit un signe de tête. Shelley ne regardait pas.

« Alors elle a dit : "Mais, Deano, je peux pas…" Elle était plutôt conne, je le savais, et putain je sais pas ce qu'elle avait pris, mais moi j'étais grave bourré. Alors j'ai dit : "Allons, mon chou, écoute, tu veux, je veux, y a plus qu'à, où est le problème?" Elle m'a regardé, les yeux comme des putains de soucoupes, et elle a dit : "Y a pas de trous dans mon corps." »

Shelley renversa la tête en arrière, se tordit de rire, essuya le mascara qui coulait et tapa sur l'épaule de Deano.

« En fait, la pauvre chérie carburait aux champignons cette nuit-là. Au lieu de tirer un coup avec une bombasse, je me suis retrouvé à lui faire du thé et des toasts.

– Tu es un ange! Quelle galanterie!

– Bon, le matin elle m'a remercié, si tu vois ce que je veux dire. »

Dave alla se servir un verre à la cuisine. En cognant le bac à glaçons sur le plan de travail, il saisit quelques mots prononcés par Shelley : «Je te jure… bien… je te jure, tout mon vieux… et comment… Dave… » Il s'en versa un triple, laissa les glaçons glisser et former des flaques sur le lino. Il revint au salon et Deano le regarda, les joues rouges, d'un air peut-être un peu suffisant. «T'en tiens une bonne ici, Davey. Je l'ai toujours dit. »

Shelley ne regardait pas Dave.

« Là, c'est pas faux. Je peux m'asseoir? »

Il se tenait devant eux, son verre à la main. Ils ne bougèrent ni l'un ni l'autre, puis Shelley poussa un soupir exaspéré et ôta les jambes des genoux de Deano. Deano se déplaça de mauvaise grâce en adressant un sourire obséquieux à Shelley. Dave les contemplait, il se sentait une merde, il avait l'air d'une merde et voilà que sa femme le traitait aussi comme une merde. Sa main se crispa sur son verre. Il sentit leur regard à tous les deux sur son affreux pantalon en polyester, sa chemise puante tendue sur quelques-uns des boutons, sa lèvre où perlait la sueur. Ils ressemblaient à de vilains enfants bourrés. «J'aimerais m'asseoir à côté de ma femme si ça ne te fait rien, mon pote? »

Shelley leva les yeux au ciel. «Dave, mon chou, arrête tes conneries. Ça ne te va pas. Bien qu'en fait… » Elle se mit à glousser,

Deano éclata de rire et tomba sur elle, ils étaient sérieusement torchés. « Franchement, ça fait des mois que je dois le supplier pour qu'il me touche et le voilà qui devient super possessif.

– Shelley, je te préviens. Assez.

– Assez ? Si seulement ! Il n'y a rien eu, alors dis pas "assez" ! Et c'est pas ma faute si j'ai des besoins. Deano, Dave ici présent a une trouille bleue de me mettre en cloque. Comme si c'était la fin du monde. Je sais pas pourquoi ça l'inquiète tant… » Elle approcha la bouche de l'oreille de Deano et chuchota d'une voix pâteuse : « Il est stérile… »

Dave respira un grand coup. Il avait vu à la télé ce qu'on devait faire quand on avait peur de perdre le contrôle dans des situations difficiles. Rester calme, évaluer le problème, réfléchir à ce qu'on allait faire, comment… Le verre se fracassa contre le mur derrière leurs têtes. Leur expression changea un instant, puis ils s'écroulèrent de nouveau l'un sur l'autre. Shelley était rouge comme une pivoine tant elle riait.

« Mon cul, Dave, la gueule que tu fais ! »

Et Deano : « Ton cul, Shelley ? Je demande que ça ! »

Ils se marraient comme des baleines, s'emmêlaient les jambes, la tête sur l'épaule de l'autre. Dave était debout au-dessus d'eux, perplexe.

« Shelley ? » mais elle était trop occupée à imiter l'expression de Dave pour Deano. Avant même de s'en rendre compte, Dave lui avait saisi le bras et elle lui fit un étrange sourire de travers. « Shelley, tu es une putain de conne. »

Il ne prit même pas son manteau. Il ne supportait pas l'explosion de leurs rires dans son dos.

« Oh ! t'es une conne !

– Non, t'es un con !

– Non, toi ! »

Leurs rires le poursuivirent dans l'entrée et résonnèrent derrière lui dans l'escalier.

Si on lui avait demandé, il aurait répondu que c'était plus facile qu'ailleurs. Il avait atterri dans Liverpool Street sur la District Line et s'était dit, merde, pourquoi pas, c'est seulement quelques heures, pour m'éclaircir les idées, les laisser se grimper dessus comme des lapins.

Mais si on lui avait de nouveau posé la question après un shot de whisky et quatre canettes, et son arrivée à Norwich, il aurait sans doute répondu honnêtement ; il aurait avoué qu'il y allait à cause de sa mère. Parce qu'ils passaient tous les étés un week-end à Great Yarmouth – Dieu sait où elle trouvait l'argent –, jouaient aux machines à sous à deux pence, mangeaient des glaces trempées dans du sirop de citron, faisaient un ou deux tours de manège à la foire.

Et une fois dans le pub sur le front de mer, toujours en vêtements de travail, violet sous la lumière des néons, la musique lui martelant le dos, oui, il aurait volontiers raconté à tous ceux prêts à l'écouter qu'il ne supportait pas de penser au coup de téléphone lui annonçant pendant sa lune de miel que sa mère en était à son dernier souffle. Qu'il avait passé la journée à jouer au golf miniature alors qu'il aurait dû être à son chevet.

Mais Shelley et Pat avaient tout décidé. Elles étaient d'accord : c'était un week-end, ils la verraient le dimanche matin.

« Regarde-moi bien, Davey. Je vais tenir jusqu'à ce que tu me fasses grand-mère. On se débarrasse pas de moi comme ça. »

Alors, tout en s'enfilant un godet d'un truc épais et sucré qui lui fit monter les larmes aux yeux, il l'aurait avoué, il était venu à Great Yarmouth parce qu'il voulait se souvenir de sa mère balançant sa main dans la sienne, lui offrant une autre glace même s'ils ne devaient manger que des frites la semaine suivante, suçant un bonbon à la menthe après avoir bu un verre pour que les gens du coin ne la prennent pas pour une vulgaire touriste.

Mais, bon dieu, cet endroit était déprimant, même dans son état et c'était ce qu'il cherchait. Novembre, personne, toutes les boutiques fermées, juste quelques groupes de gamins dans les rues qui buvaient du cidre dans des bouteilles de Coca et se passaient une unique clope. Et ne cadrait-il pas lamentablement dans ce décor, dans ses vêtements de travail, effondré au bar à ingurgiter cette tise bon marché? Oh, et en plus sa femme devait probablement être en train de baiser avec son meilleur ami sur le canapé du salon. Le pire, c'était qu'il s'en fichait.

Une autre bière – trop mousseuse et bue trop vite – accumulait l'acidité dans sa poitrine. Et que dire de sa mère qui les pensait faits l'un pour l'autre? Qui voulait qu'elle s'occupe de Dave et souhaitait en même temps remercier sa seule vraie amie? Est-ce qu'elle croyait à un putain de jardin de roses? Et où était-elle maintenant pour y mettre de l'ordre? Pour l'aider à se sortir de ce foutoir? Elle n'était même pas là pour voir ce qu'elle avait fait.

«Eh mec? cria la serveuse du bar en écartant son verre.

– Ouais?

– Il faut rentrer à la maison.

– La maison?

– Ouais, là où tu pourras chialer tranquille.

– Je ne suis pas à la maison… et merde alors… chialer?»

Elle poussa un soupir; bien que complètement bourré, il voyait bien qu'elle était crevée, que la soirée avait été longue, tout comme sa vie, même si elle avait plutôt l'air un peu plus jeune que lui. Une gothique, toute en noir, une tonne d'eyeliner. Elle lui tapota la main.

«Pleurer. Le règlement de la maison, on ne pleure pas au bar. Putain, c'est vrai qu'ici c'est déjà assez la déprime.»

Sa main était toujours sur la sienne, il ne voulait pas partir. En plus, il ne savait pas où aller.

«Et si je suis pas au bar, si je m'assois là-bas?»

Elle soupira de nouveau, poussa son verre vers lui. « Comme tu veux. Tu as vraiment l'air d'en avoir besoin. Trouve-toi un coin à l'écart.

– Ouais, ouais, j'avais vraiment besoin d'un verre.

– Je voulais dire de pleurer. »

Elle lui tourna le dos, amorça son sourire dur et figé pour les clients suivants. Elle était grosse, mais pas grosse au point de cacher ses courbes, un beau cul rond qui donnait envie de le saisir, de bons gros nichons. Et ses fossettes, très sexy. On voyait bien qu'elle n'était pas vraiment d'humeur à sourire mais qu'elle faisait quand même son travail, et elle lui plut aussi pour cela.

Il revint au bar après s'être ressaisi et commanda un jus d'orange. « Merci.

– Quoi ? »

Il se rapprocha ; elle sentait la bière et la menthe, la crème de menthe, la boisson de sa mère à Noël.

« J'ai dit merci de ne pas m'avoir foutu dehors et de m'avoir permis de dessoûler un peu.

– Ça va mieux ? »

Il hocha la tête. « Encore celui-là pour la route et je vais me chercher une piaule.

– Bravo. Attends un peu. Dans quarante minutes j'ai fini. »

Elle lui montra ses fossettes, pas celles de son travail, et alla ramasser quelques verres. Aussi simple que ça, se dit Dave. Aussi simple que ça.

Il resta quelques jours à Great Yarmouth. Appela son travail pour dire qu'il avait une urgence familiale, même si tout le monde savait qu'il n'avait que sa mère et qu'elle n'était même plus là, éteignit son portable qui, de toute façon, était resté silencieux depuis qu'il avait quitté Londres. Il trouva un B&B, tenu par une femme avec une longue queue-de-cheval grise dans le dos et une bouche méfiante. Il y avait dans l'entrée une fontaine ornée d'écureuils, de coccinelles géantes et de fleurs en plastique grimpant sur un treillis fixé au mur.

Il passa le premier jour avec un pack de bière, une demi-bouteille de whisky et *Jeremy Kyle* sur Freeview, jusqu'à ce que le dégoût de lui-même et la puanteur du tabac imprégnée dans le papier peint l'obligent à sortir. Il s'acheta une paire de tennis bon marché et deux survêtements, et se força à aller courir pour la première fois depuis un an. C'était dur. Ça faisait vachement mal aux jambes, à la poitrine, à l'amour-propre. Il réussit pourtant à tenir quarante minutes le premier jour et une heure le lendemain. Il sentait encore les mouvements sous son lard et ses épaules voûtées.

Il courut sur le front de mer, devant les machines à sous qui clignotaient et bipaient dans le vide, dépassa un canal de gondoles en fibre de verre, monta vers les dunes et les éoliennes qui tournaient comme des fantômes face à la mer.

Il posa une jambe sur le manège fermé au bout de la jetée, étira les tendons de son mollet brûlant et regarda l'eau couverte d'écume qui mugissait au-dessous. Il avait joué le jeu de Shelley et l'avait battue à plate couture. Parce qu'ils ne pouvaient plus rester ensemble, c'était impossible et elle ne le voudrait pas.

Il ne but rien dans le train du retour et Dieu sait qu'il en avait envie. Il acheta à la place un Twix, un KitKat, des Rolos, des Skittles et en mangea au point de sentir le sucre dilater son estomac, remonter dans ses poumons. Il contempla les couleurs sinistres des Norfolk Broads et le ciel lourd qui défilait devant la vitre sale. Il compta dans sa tête : trois ans pour économiser ce qu'il avait mis de côté avant, moins s'il trouvait un autre job, plus s'il ne dénichait pas une chambre à louer pas cher. Il pouvait peut-être aller travailler ailleurs, sur un bateau de croisière ou dans un village de vacances, voyager et économiser en même temps.

Une fille monta à Chelmsford, elle portait un foulard mais sinon n'avait pas l'air religieuse : maquillage, jean moulant et pull rouge. Elle avait des yeux superbes, encadrés par le tissu bleu. Elle se glissa de l'autre côté de la tablette, en face de Dave.

« Ça ne vous gêne pas, j'espère ? » Elle parlait avec l'accent plat du Nord tout en inclinant la tête.

« Hein ? Non, pas du tout. » Il n'avait presque jamais eu l'occasion de parler à une fille comme elle. Il se redressa, regretta d'avoir acheté un survêtement si bon marché, prit douloureusement conscience des paquets de bonbons devant lui. « Désolé, des gamins avant moi, ils doivent grimper aux murs. Vous allez jusqu'à Londres ?

– Oui, je retourne à la fac.

– Ah oui ? » Il ne trouvait rien d'autre à dire. « Je n'ai jamais été à la fac. »

Elle tapait un texto mais leva la tête, haussa les épaules. « Vous n'êtes pas le seul et vous ne ratez rien. » Elle le regarda un peu plus attentivement et posa son téléphone. « Mais vous pourriez si vous vouliez, vous savez ; il y a plein d'adultes à mes cours. »

Il essaya de percevoir du mépris dans le mot « adulte », mais le visage de la fille était limpide, sans trace d'un sourire.

« Qu'est-ce que c'est ? Vos cours ?

– Sport.

– Vraiment ? Il y a longtemps, c'est ce que je pensais faire après avoir un peu voyagé. Moi, mon truc, c'est courir. » Il perçut son coup d'œil sur son ventre. « En fait, c'était avant. Je ne suis plus aussi en forme, je m'y remets. Je veux dire, c'est pour ça que je suis en vêtements de sport. »

Il sentait son cou brûler de honte d'avoir qualifié son survêtement merdique en nylon de « vêtement de sport » mais elle rit gentiment et ses yeux glissèrent sur la main qu'il avait posée sur la table. « Et marié.

– Séparé. »

Elle hocha la tête, ne répondit pas et recommença à taper sur les touches de son téléphone. Fin de la conversation. C'était toutefois sans importance ; il y avait des milliers de filles. Pas seulement des filles : des choses, des pays, des endroits et des jobs. Il n'avait que vingt-cinq ans et toute la vie devant lui.

Dans le métro pour rentrer, il était certain que Shelley serait d'accord. Qu'un jour ils se rencontreraient par hasard, peut-être au grand Asda, et riraient de leur mariage stupide, de la Bentley ridicule et de la fontaine de chocolat qui avait fait vomir le neveu de Shelley sur la moquette blanche du club de golf. Ils se confieraient que sa mère leur manquait à tous les deux, qu'elle les regardait certainement de là-haut.

Quand il entra au salon, elle se leva, avança de quelques pas vers lui avec un demi-sourire penaud, puis hésita. Il pensait vraiment que ce serait facile, qu'ils souhaitaient sans doute la même chose depuis longtemps, elle et lui, sans oser le dire à l'autre : deux idiots.

Ils se faisaient face, puis elle émit un petit bruit du fond de la gorge : « Du thé ? Ou quelque chose de plus fort ?

– Non, non, du thé, c'est bien. Oui, du thé, parfait, Shell. »

Elle alla à la cuisine en claquant les talons, prépara le thé comme d'habitude, de sorte qu'il savait quand elle verserait le lait après avoir entendu le déclic de la bouilloire, quand la cuillère heurterait le bord du mug. Elle lui tendit le sien et ils s'installèrent côte à côte sur le canapé, les yeux fixés sur la béance brune et chaude du mug, presque coude à coude. Elle lui adressa un sourire contraint, timide.

« Alors, tu es allé où ? Je n'ai pas réussi à deviner. J'ai essayé de t'appeler et…

– Ouais, désolé, je l'ai éteint le premier soir. Great Yarmouth. Pour m'éclaircir les idées et tout ça.

– Drôle de choix.

– Yarmouth ? Ouais… non, en fait, pas vraiment. Maman m'y emmenait, tu sais ? »

Le silence s'installa entre eux, lourd de non-dits.

« Écoute, Shelley, je suis désolé de t'avoir traitée comme ça et puis, bon, de ne pas t'avoir appelée pour te dire où j'étais. Je suis désolé si tu t'es fait du souci. En fait, et je crois que tu seras la première à être d'accord, ce qui est un soulagement, je veux dire, pas un soulagement mais tu vois… Je veux dire, des scènes comme l'autre soir, c'est comme du poison et si ma mère voyait ce que c'est devenu, je suis sûr qu'elle…

– Dave ?

– Désolé, oui, je sais que je parle trop d'elle et tu sais que c'est en partie parce que je n'ai pas vraiment eu le temps de réfléchir à tout ça à l'époque, hein ? Quand maman allait de plus en plus mal et… en tout cas, je crois qu'on sait maintenant tous les deux que…

– Dave ? » Elle posa la main sur son bras. « Dave. J'ai fait le test. »

Elle enroula les doigts autour de son poignet. Il réprima l'envie de s'en débarrasser. « Le test ?

– J'avais du retard, alors j'ai fait le test. » Elle parlait lentement et avec précaution, putain de merde, elle souriait, il était censé être heureux.

Il s'affala dans le canapé, hocha la tête. « Bon.

– Et je me faisais du souci parce que comme tu sais on aime bien boire un coup, mais même le docteur, une Indienne adorable, élégante et tout, des bijoux ravissants, bon, elle a dit que les premiers mois ce n'était pas bien grave. Avec modération. » Elle lâcha un petit gloussement, serra les poings contre sa poitrine. « Dave, tu m'écoutes ?

– Alors l'autre soir ? Deano ?

– Laisse tomber, on était juste bourrés. Allez, c'était une dispute idiote. On n'est pas les premiers à qui ça arrive. Tu ne trouves pas ça incroyable ? Tout d'un coup après si longtemps, tu vas être papa ! Et moi je vais enfin être maman.

– Non, j'y crois pas. » Il se força à la regarder. Elle lui souriait, les yeux pleins de larmes, et il vit sa mère suppliant intérieurement son père de le désirer avant qu'il ne les plaque tous les deux. « Je veux dire… oui, Shell, c'est incroyable. Tu vas être une mère formidable, la meilleure. »

C'était lui à présent qui enroulait les doigts autour de son poignet et il sentait la peau et les os de la mère de son enfant tout en tentant de se souvenir s'il l'avait jamais aimée. Elle se leva, elle pétait le feu tout à coup.

« Et si on buvait un coup, hein ? Pour fêter ça. Un seul, ça ne peut pas faire de mal. Ça te fait quoi ? C'est un choc, non ? Moi ça m'a fait un choc, je veux dire j'étais aux anges, mais quand même, c'est un choc. » Elle se dirigea vers la cuisine en frottant son ventre plat. « Et puis ça m'a rendue dingue de ne pas réussir à te joindre pour te le dire, mais Daphne qui habite la porte à côté, c'est elle qui m'a dit, laisse-le tranquille, il va revenir. Un type bien comme Dave, il reviendra toujours, c'est un homme responsable. Alors, ça te fait quoi ? »

Il voulait répondre, mais sa langue ne bougeait plus dans sa bouche et de toute façon qu'aurait-il dit ? Il voulait être père. Il avait l'impression qu'il allait faire quelque chose d'incroyable, tout aussi incroyable que voir Angkor Vat ou sauter à l'élastique en Nouvelle-Zélande, et il allait le faire bien. Chose que son père ne s'était jamais donné la peine de faire pour lui. Un petit peu de sa chair et de son sang, un petit peu de sa mère en fait. Il serait le meilleur des pères, il le voulait. Et il souriait quand elle revint avec deux grands verres, les bulles sautant encore au-dessus du bord. Quand elle lui rendit son sourire, il s'aperçut qu'il en avait vraiment envie. Il donnerait tout ce qu'il n'avait jamais eu et cette petite chose si neuve et si belle les aiderait à tenir.

Elle lui avait dit de la retrouver près de la table de ping-pong sur le terrain de jeux de Clissold Park et elle regardait les enfants brandir leur raquette. Les feuilles tourbillonnaient autour de leurs tennis colorées, ils jouaient mal mais avec enthousiasme, se déplaçaient de manière saccadée et grognaient dans le style des tennismen professionnels.

Un petit garçon, Alena lui donnait environ six ans, casque de cheveux blonds brillants et pantalon de velours vert vif, se jeta face contre terre et se mit à brailler tandis que la gagnante, une petite Noire malingre, dansait autour de la table, la raquette levée en signe de victoire. Alena se déchaussa, posa les pieds par terre, savoura la morsure tiède du goudron granuleux contre la plante de ses pieds nus. Les matinées et les soirées étaient plus fraîches, mais la chaleur dans la journée avait tenu jusqu'à la fin de septembre, au point que les Londoniens levaient la tête vers le ciel en espérant la pluie.

Alena aurait voulu enfermer cette chaleur dans une petite boîte pour y baigner son visage au cours des journées plus sombres à venir. Elle avait dans son sac une bouteille d'Appletiser, un paquet de KitKat pour Dave, ils iraient acheter une glace à la camionnette et elle déplierait la housse de couette Transformers qu'elle avait trouvée dans un vide-greniers et qui leur servirait de couverture de pique-nique. La température était assez douce pour qu'ils s'allongent jusqu'au crépuscule dans le jardin de roses où l'herbe sèche récemment coupée les picoterait à travers le tissu et elle poserait la tête sur les genoux de Dave.

Elle était en sécurité, aimée et heureuse depuis six mois. Elle se sentait plus propre qu'elle ne rêvait de le devenir un jour. Ou, non, propre n'était pas le terme : nettoyée. Elle avait en quelque sorte étouffé l'autre Alena, celle qui était sale à un point qu'elle ne pouvait même plus imaginer. Celle qui se recroquevillait dans les toilettes les nuits d'hiver, réchauffait ses mains engourdies et son visage devant le sèche-mains et dont la plus grande joie était une douche chaude ou un cheeseburger gras et une tasse de thé. Elle se représentait cette Alena dans un endroit sombre, enfermée, poussant des murs mous mais inamovibles. Elle échangeait à présent des sourires avec les mères des champions de ping-pong, les encourageait et les applaudissait.

Cette mère aux beaux cheveux blonds tirés en arrière, lunettes de soleil et robe d'été blanche très mode qui devait coûter une fortune, ne pouvait absolument pas deviner. Cette femme devait penser qu'Alena surveillait son enfant, qu'Alena n'était pas très différente d'elle. Et Dave arriva. Alena vit le regard de la femme se poser sur lui, puis remarquer qu'il souriait à Alena. Elle reporta très vite son attention sur le jeu.

Il paraissait si fort et si jeune. Alena avait l'impression qu'il rajeunissait de jour en jour. Il avait quitté ses vêtements de travail pour un pantalon bleu et un T-shirt blanc qui faisait ressortir son bronzage et sa minceur acquis en courant tous les matins. Il s'approcha, entoura la taille d'Alena, la bouche si près de son oreille que son haleine la chatouilla. «Qu'est-ce qui te fait rire?

– C'est… tu as l'air plus jeune. Tu es beau comme une star.»

Elle s'aperçut qu'il rougissait un peu et elle pouvait sentir son propre cœur sauter comme le filament d'une ampoule trop chaude. Elle imaginait qu'en le voyant, son cœur à vif battait de plus en plus vite au point d'exploser dans sa poitrine dans une gerbe de confettis scintillants. Elle ne voulait pas repenser à leur dispute de la veille. C'était sa faute, elle s'était laissé emporter et lui avait révélé par inadvertance le nom de la ville où elle avait grandi, le nom de jeune fille de sa mère, une histoire à propos d'une poule, de son père ivre et de la dispute qui avait suivi, et elle avait serré les dents en attendant ses questions. Il avait tenu sa promesse, il n'avait rien demandé, mais elle ne pouvait rien changer au fait qu'il avait écouté. Il avait regardé ailleurs, l'air sombre, et quand il s'était tourné vers elle ce n'était que pour l'embrasser. Pour masquer son indiscrétion elle l'avait interrogé sur sa mère, sachant qu'il avait toujours envie de parler d'elle, que les questions à son sujet lui faisaient plaisir ; il s'était tout de suite lancé dans une histoire.

« Comme je te l'ai dit, Alena, ma mère était la meilleure mère du monde. Elle était bonne avec moi. Jusqu'à la fin et même en me poussant dans les bas de Shelley, elle voulait bien faire, elle voulait que je sois heureux. C'est elle qui a tout organisé, elle voulait le meilleur pour moi, un mariage parfait.

– Mariage ? »

L'expression de Dave avait changé, comment pouvait-il être aussi imprudent, révéler ses secrets, devant elle ? Le loup qui dormait dans la poitrine d'Alena s'était réveillé, avait montré les dents, avait fait le tour de ce mariage, de cette Shelley, de l'appartement, de tout Hackney. Elle s'était levée, sans savoir si elle voulait se cramponner à lui ou planter les dents dans son bras pour lui faire mal, rapidement, douloureusement. Puis ils s'étaient disputés si fort que les voisins de l'étage du dessous avaient cogné au plafond.

« Je te l'ai dit. De toute façon, ce n'était que… c'était juste une erreur…

– Tu m'as jamais dit ! Toi et Shelley mariés ? Tu m'as jamais dit !

– Mais si, la première fois que je t'ai parlé de Shelley, de ce qui m'a amené ici à Hackney.

– Non, tu dis que c'était relation pas bonne et parce que ta mère était malade c'était trop dur de dire relation pas bonne. Des conneries tu me racontes. Tu as eu un divorce et je ne sais même pas. »

Il avait soupiré, s'était détourné. Elle avait eu envie de le gifler. Son loup jaloux avait menacé de lui sauter à la gorge et de le mordre.

«Ça veut dire qu'elle peut venir et te prendre n'importe quand.»

Quand il avait voulu lui saisir le bras, elle avait violemment repoussé son épaule des deux mains. «Alena? Arrête. Arrête tes bêtises. On s'est séparés, on n'aurait jamais dû se marier. Si ça n'avait pas été pour ma mère... tu sais ce que c'est de voir ce genre de souffrance? Et je voulais partir, j'ai failli le faire, mais c'était si dur et...»

Elle s'était demandé comment il avait pu lui cacher un truc aussi énorme, son David transparent, mais bien sûr, elle le savait mieux que personne, et les mots étaient sortis de sa bouche avant que la nouvelle Alena presque bonne puisse les ravaler.

«Toujours ta maman malade. Tu es un putain de menteur.»

Il avait pâli et elle avait brièvement savouré un frisson de plaisir à l'idée de l'avoir peiné.

«Je t'interdis de parler de ma mère. Et toi? Tu me dis que je suis un menteur? Putain de blague, ça oui. Tu arrives comme ça, sortant carrément de la rue. Je n'ai su ton nom de famille qu'un mois après t'avoir rencontrée. Je ferais n'importe quoi pour toi, mais pas moyen de savoir quoi que ce soit. Je veux dire, qui es-tu? Où est ta famille? Qui étaient tes petits amis?

– Je t'ai dit, je raconte pas, je raconte jamais.

– Alors, est-ce que tu as pensé que je pourrais trouver quelqu'un d'autre? En fait, peut-être que je préférerais une copine qui me dirait des trucs? Une que je ne devrais pas supplier pour apprendre d'où elle vient?

– Je ne dis pas parce que je ne peux pas.

– Comment je sais que ce n'est pas toi qui es mariée? Que ce n'est pas juste une grosse arnaque, que tu restes assise là à m'écouter parler de ma mère, de sa maladie, de combien c'était horrible et aussi avec Shelley, tu me laisses déballer tout ça et tu ne donnes rien en échange. Peut-être que ça ne marchera jamais.

Peut-être que je me suis fait des idées sur toute cette histoire. J'en ai marre. »

Il était allé s'asseoir au pied du lit et elle s'était glissée derrière lui, avait enroulé les jambes autour de sa taille et enfoui la tête dans son cou.

« Je t'en prie, David. Mes petits amis étaient des monstres et ma mère est quelque part où je peux pas aller. Je t'en prie, me demande rien. Je t'aime.

– Tu m'aimes ?

– Oui. Je t'aime tant, David. Je t'en prie, je… »

Elle avait été incapable de finir parce que les mots l'étouffaient et, comme il ne voulait plus qu'elle pleure, il l'avait simplement laissée s'appuyer contre lui, répandre ses larmes.

« Je t'aime aussi, Lena. Je t'aime tant parfois que j'ai l'impression que je vais en mourir. »

Cette dispute datait de la veille. Tout était oublié aujourd'hui et il était debout devant elle dans le parc, se protégeant les yeux du soleil. Il lui donna la boîte de chaussures, un cadeau, la prit par la taille et ils s'enlacèrent tandis que les enfants comptaient les coups et que la balle protestait doucement en rebondissant sur la table. Ils se connaissaient depuis six mois, ils étaient amoureux et, quand ils s'embrassaient, c'était comme s'ils n'avaient aucun secret.

Elle avait de l'argent. L'épaisse liasse de billets qu'elle avait reçue pour impressionner les filles, pour leur montrer qu'elle n'était pas une arnaqueuse qui en voulait à leur porte-monnaie ou à leurs bagages ; l'argent qui leur avait payé, à elle et à Fedir, d'innombrables cafés, des muffins rassis et en miettes qui lui collaient au palais, ses romans à l'eau de rose stupides ainsi que des boîtes et des tubes de chez Boots qui sentaient fort. Tous les matins, Andriy lui glissait d'autres billets sur la table, demandant parfois un baiser en retour, mais plus aussi souvent ces derniers temps. L'argent n'avait eu aucune importance et, si l'idée d'en cacher un peu l'avait effleurée, elle avait toujours eu peur de se faire prendre et s'était dit qu'elle commencerait le lendemain. À présent cet argent, plus ce que Fedir avait laissé dans la voiture, environ cent soixante livres, était tout ce qu'elle possédait. Elle allait prendre une chambre à l'hôtel sous un faux nom. Ensuite elle quitterait Londres, elle partirait loin, hors de portée d'Andriy. Elle savait que les hôtels les moins chers se trouvaient près des gares et Paddington était la plus proche, mais suffisamment loin de Clapham pour lui laisser le temps de se retourner.

L'une des filles lui avait donné le nom d'un hôtel. Elle ne savait plus comment elle s'appelait, se souvenait juste du bouton éclaté sur son menton, de son jean trop court de quelques centimètres. La fille avait dit que l'hôtel était l'un des moins chers de Londres comme si c'était un signe d'excellence. Alena, courant à demi dans la grande avenue, avait l'impression d'entendre la mort à chaque claquement de ses talons et ne prêtait pas attention aux regards bizarres qu'elle attirait. Elle repéra un grand immeuble gris à l'enseigne laminée du Britannia Hotel. Un homme petit, obèse et barbu se tenait à la réception. Elle ne réussit pas à reconnaître son accent, peut-être un pays des Balkans, se dit-elle.

« Passeport.

– Il a été volé. Je n'ai pas. » Elle posa soixante livres sur le comptoir.

Il soupira, regarda ailleurs puis remarqua son petit sac à main, son visage affolé, bouleversé, et secoua la tête, leva les bras comme pour dire « Le règlement c'est le règlement ».

« Pas de passeport, pas de chambre. »

Elle était épuisée ; elle remit les billets dans sa poche, s'assit sur les marches dehors à côté de deux filles qui fumaient, posa la tête sur ses genoux et se mit à pleurer.

«Allons.»

Le réceptionniste se pencha pour la dissimuler au regard des filles qui détournaient les yeux et soufflaient de longs panaches de fumée, très «femmes du monde», comme si Alena était une source d'embarras.

«Hé, hé, hé, il faut arrêter.» Il soupira, enfonça sa chemise tachée dans son pantalon. «Allons.»

Alena était sur le point de lui dire que son «allons» il pouvait se le foutre au cul et l'avaler tartiné de miel quand il lui tendit un papier avec une adresse. Sa voix était plus basse et elle crut percevoir autre chose, un souvenir pénible peut-être qui dansait sur ses traits bouffis.

«Écoutez, ce n'est pas ce qui se fait de mieux, mais ça ne coûte presque rien. Ça ira pour la nuit et demain vous irez à l'ambassade. Ils vous dépanneront. C'est à trois rues d'ici.» Il fit le geste de lui toucher l'épaule et se ravisa. «Ils n'ont pas besoin de passeports.»

Alena se leva et partit sans un regard derrière elle et sans dire merci, de peur qu'en perdant ne serait-ce qu'une minute elle se fasse prendre, tuer ou pire, et elle ne l'entendit pas la prévenir : «Hé, faites attention à vos affaires là-bas.» Mais ça n'aurait rien changé de toute façon. Avec son beau manteau rouge, ses chaussures chics à hauts talons, ses cheveux blonds à la coupe hors de prix, elle n'avait pas sa place là-bas, parmi ces femmes. Un immeuble aux volets métalliques, puant l'eau de Javel, des tableaux enfantins et dérangeants aux murs. Et les femmes, même les plus jeunes, corps informes, cheveux ternes, dents grisâtres, regard calculateur et apeuré qu'elle apprendrait à bien connaître. Elle n'avait pas sa place parmi elles.

Cette nuit-là, elle était allée se coucher dans le lit superposé, sans se déshabiller, dès que l'autorisation avait été donnée. Ne faisant pas confiance aux casiers, elle se crampanna à son sac et se jura de se reposer mais sans dormir. Le lendemain matin son sac avait disparu et elle se demanda comment elle ne s'était pas réveillée quand on le lui avait volé sous son oreiller ; elle imagina quelqu'un soulevant doucement à deux mains sa tête endormie. Elle n'avait plus au monde que les trois billets de vingt livres qu'elle avait fourrés en hâte dans sa poche à l'hôtel, les vêtements dans lesquels elle avait dormi et aucune chance de s'enfuir, finalement.

« On m'a volé mon sac. »

Le visage de la femme à l'accueil de jour resplendissait de santé. Peau crémeuse, yeux bruns, clairs et vifs, queue-de-cheval épaisse qui s'étala quand elle se pencha sur un numéro de *Metro* en mauvais état. Elle donnait l'impression d'avoir fait le bien toute sa vie, de boire du lait chaud avec du miel et de marcher le long de la côte tous les matins pour garder un teint de rose, et Alena eut soudain honte de lui causer des soucis.

Elle posa une main sur le bureau pour laisser voir à la femme ses ongles encore manucurés, la manche de son beau manteau acheté à peine une semaine plus tôt lors d'une expédition avec Fedir chez Harvey Nichols.

« Excusez-moi, pardon, mon sac. Il été volé. »

La fille leva la tête, elle avait une marque de stylo sous le menton. Alena chercha une trace d'irritation sur son visage, mais ne vit qu'un éclair de surprise vite réprimée, peut-être Alena avait-elle sa place au refuge.

« C'est terrible. Je suis vraiment désolée. Bon. » Elle sortit un cahier rouge tout abîmé, le posa sur le bureau et le feuilleta pour trouver une page blanche à la fin. « Je vais le noter. Nous n'appelons pas la police, sauf si vous nous le demandez. »

Au mot « police », l'affolement s'empara d'Alena et lui serra la gorge au point que la fille fit signe qu'elle comprenait. « Vous avez beaucoup perdu ?

– Tout ce que j'ai, sauf quelques billets dans poche. »

Elle leva les yeux du cahier. «Je suis vraiment, vraiment déso-lée, mais écoutez, nous avons quelques vêtements là-bas der-rière et je vais parler au responsable. Nous allons nous arranger pour que vous restiez au moins quelques nuits supplémentaires, d'accord?»

Alena accepta, ravala ses larmes et se dit que peut-être cette fille n'avait vraiment jamais rien connu d'autre dans sa vie que la chaleur et le confort qui suintaient de tout son corps. Puis elle se dit que, si ce qu'elle avait traversé se reflétait sur sa personne, alors elle était noire, pourrie ; salie jusqu'à la moelle.

En remplissant le cahier rouge, Alena vit que l'entrée précé-dente concernait le «vol d'un Mars et d'un numéro de *Woman's Own*». La fille de l'accueil, elle s'appelait Helena, persuada son patron de l'héberger quelques nuits. Alena dit qu'elle ne se sen-tait pas bien, fourra les trois billets de vingt livres dans le bonnet moite de son soutien-gorge et alla se recoucher. Elle se tourna vers le mur, remonta les couvertures épaisses et puantes autour de ses épaules et ferma les yeux pour se couper du monde.

Quand elle se réveilla au milieu de la nuit, une lampe dans un coin projetait des ombres dans la pièce et dessinait les formes des femmes dans leur lit. Elle les écouta respirer ; l'une ronflait en sifflant doucement, une autre lâcha lentement un pet dans son sommeil et, malgré elle, Alena gloussa presque. Elle passa la main sur son corps, sur ses vêtements moites d'avoir dormi dedans toute la journée, sentit la douceur de ses seins, la bosse de ses hanches et de son pelvis. Son corps était en sécurité ici, personne ne viendrait la chercher cette nuit. Une forme d'apai-sement se glissa par son nez et s'installa dans sa gorge à cette idée. Elle pouvait être libre, à sa manière. Du moins cette nuit.

Les jours suivants, elle pensa à tous les films qu'elle avait vus avec Mikhail, où quelqu'un était en fuite et devait survivre sans rien. Il y avait toujours une fin heureuse et la silhouette du héros se découpait dans la lumière vive tandis qu'il s'éloignait vers l'horizon. Elle essaya d'en faire un jeu pour elle-même, mais la façon dont ses mains tremblaient ou dont son dos tressautait à l'idée de quitter le refuge n'avait rien d'un jeu. Elle avait fait une descente dans le carton de vêtements, s'était trouvé un grand cardigan gris et un polo d'homme qu'elle portait avec son jean sale. Elle laissa son pull et son manteau à Helena derrière le bureau et alla jusqu'au Boots voisin. Elle marchait la tête baissée, le cœur hurlant de peur, d'une démarche gauche – ses pieds avançaient tantôt trop vite, tantôt trop lentement –, si nerveuse qu'elle attirait les regards des passants et que ses mains s'agrippaient à son cou.

Dix minutes plus tard elle était de retour au refuge où Marina, arrivée récemment de Dundee, lui raconta qu'elle avait été coiffeuse. Alena se retrouva avec une couronne de teinture rousse tout autour du front et une coupe courte et irrégulière qui semblait avoir été faite par des ciseaux à ongles au-dessus d'un lavabo – ce qui était le cas.

Le soleil lui cuisait la nuque alors qu'il n'était pas encore midi. Alena se tenait à l'ombre, sous un store, derrière des lunettes de soleil qui ne révélaient que sa petite bouche et la rougeur de ses joues, empruntée dans sa robe d'été jaune aux bretelles trop courtes, à la taille trop large serrée par un foulard rouge. Tout de même, c'était incroyable tout ce qu'on pouvait trouver, se faire prêter, obtenir en mendiant. Qu'on puisse avoir l'air presque propre et correct après s'être recroquevillée sur le sol des toilettes toute la nuit.

Elle entendit le claquement inégal des talons de Marina avant de tourner la tête. Alena connaissait bien ses chaussures : cuir verni rouge, un peu éraflé maintenant, rangée de pointes dorées le long des talons aiguilles qui avaient laissé des marques sur son ventre quand l'une des chaussures avait failli glisser de sa cachette sous son manteau. Elles avaient laissé des marques sur beaucoup d'autres depuis ce jour, elle en était sûre, mais cela concernait les hommes, Marina et leurs portefeuilles.

Marina avait fait du chemin, du moins par rapport à Alena, depuis le sweat-shirt Teenage Mutant Hero Turtle et le Kappa à capuche taché qu'elle portait quelques mois plus tôt au refuge, même si, déjà à l'époque, son maquillage parfait masquait la crasse. Elle était si belle qu'il fallait un de ses sourires, découvrant l'absence de deux dents du haut, pour qu'on comprenne que ce visage appartenait bien à ces vêtements pourris.

«Tu es retard. Je t'ai dit…»

Marina agita la main devant Alena. «Tais-toi, tu veux? Je suis complètement débordée.»

Marina avait gardé son accent de Dundee, bien qu'elle ait un jour demandé à Alena d'essayer de lui apprendre les intonations de l'accent russe, et de temps en temps elle adoptait une voix de grande bourgeoise qui la faisait articuler avec trop de précision et donnait l'impression que c'était du play-back.

Alena ne voulait jamais la retrouver à Soho, mais Marina, tout bien considéré, se crevait le cul au travail, littéralement ajoutait-elle, et n'avait jamais beaucoup de temps. Et donc, chaque fois que Marina réussissait à faire passer un message à Alena au refuge, où celle-ci dormait encore quand elle en avait les moyens, elle lui donnait rendez-vous à Soho. Alena avait changé elle aussi : cheveux courts et roux qui lui arrivaient au menton, vêtements affreux, épaules tombantes et vulnérables. Elle se répétait sur le chemin de Soho : «Personne ne me reconnaîtra, personne.» Elle aurait bien voulu refuser de voir Marina, elle l'avait fait souvent, mais elle ne pouvait pas renoncer au fric ou à un petit déjeuner gratuit. Ni à la compagnie.

Elles s'assirent à une des petites tables rondes sur le trottoir. «Petit déjeuner anglais complet, s'il vous plaît. Toast, supplément

haricots à la tomate et champignons, thé. Et confiture de fraise
– non, framboise. »

Alena débita la commande à toute allure : elle l'avait répétée
dans sa tête durant tout le long trajet depuis Paddington, tandis
que le soleil lui tapait sur la tête d'un air de reproche et qu'elle
transpirait, tellement risqué, semblait-il dire, tellement, tellement risqué. Chaque semaine, elle avait l'intention de quitter
Londres en stop et chaque semaine elle différait son départ. Elle
avait appris la ville, du moins une version à elle, elle connaissait
les rues, les cafés qui jetaient des restes, les endroits gratuits, les
coins les plus sûrs pour dormir. Elle se débrouillait, tout juste,
elle était en sécurité, à peu près, et elle ne savait pas du tout si une
autre ville se montrerait aussi accueillante. Tout de même, c'était
un risque. Mais le serveur en gilet rayé lui sourit, la nourriture
sentait bon et elle était assise en face de Marina, pas tout à fait
son amie mais c'était ce qu'elle pouvait espérer de mieux. Malgré
l'odeur de toast qui flottait dans l'air et qui lui rappelait la maison de Clapham, le risque ne semblait pas si grand.

« Des œufs Bénédicte, un double express. Pour elle aussi. »

Alena, qui se demandait souvent comment Marina, ancien-
nement Sandra, réussissait à contraindre sa langue de fille de
Dundee à s'enrouler autour de mots comme double express,
secoua la tête à l'intention du serveur. « Non. Un thé, s'il vous
plaît. »

Marina alluma une cigarette et fit glisser le paquet sur la table.
« Prends-en quelques-unes, ça peut être utile. » Alena rougit mais
les prit quand même ; c'était une bonne monnaie d'échange.
Marina avait des tonnes de blush sur les joues et l'empreinte
d'un pouce juste sous la ligne qui délimitait son fond de teint.

« Bon sang, ma vieille, enlève tes lunettes. T'es pas Nicole
Kidman. »

Alena leva la main vers ses lunettes. « J'aime bien les garder. »
Mais c'était un jeu et Alena savait qu'il était trop tard.

«Allez. J'ai l'air d'une merde, tu as l'air d'une merde, qu'est-ce que ça peut foutre, hein? On va s'enfiler des œufs sur le plat dans une minute.»

Alena rit, enleva ses lunettes et les accrocha sur sa robe. Leurs regards se croisèrent et elles furent de nouveau les deux filles du refuge qui mettaient en commun juste assez pour un semblant de repas et faisaient des plans sur la comète. Alena examina la photo arrachée à un magazine : des richelieus argent à hauts talons.

«Tu veux vraiment talons si hauts? Pour rester debout toute la nuit?

— Ouais. Tu crois que je devrais mettre des baskets? Et puis des protège-tibias? Trouve-les-moi et je te donne le fric. Tiens, je t'en donne un peu tout de suite, que t'aies de quoi continuer.»

Elle jeta un billet de vingt livres sur la table, écrasa sa cigarette et regarda Alena qui contemplait la photo. «À moins que t'aies pas les couilles? Un magasin chic comme ça?»

Alena plia la feuille en trois et la fourra sous la bretelle de son soutien-gorge.

«C'est dur. Mais je peux faire. Tu es riche maintenant, pourquoi tu achètes pas?

— Riche mon cul! J'ai pas assez de fric pour ce genre de magasins depuis que Shaun m'a laissée tomber. Et comme tu veux pas qu'on te donne du fric, ni en gagner toi-même... alors, comme ça on a toutes les deux ce qu'on cherche.»

Alena passa la main sur son cou, là où elle sentait la chaleur monter. «Mais je suis inquiète, Marina, client...

— Micheton!

— Je demande pardon... micheton devient méchant et tu peux pas courir avec ces chaussures.

— Ben, faut souffrir pour être belle, ma chérie, au pire ils sont vachement pointus, ces talons. En plus, faut dire que mes michetons sont mauvais... Des sales types, ça oui.»

183

Alena rit, secoua la tête. Elles prirent leur petit déjeuner et, au moment de partir, elles ne s'embrassèrent pas, mais Marina se retourna pour regarder le dos d'Alena qui se frayait un chemin dans les rues encombrées de Soho vers le grand magasin chic de Bond Street.

Il lui fallut retourner deux fois au café cette semaine-là et se faire remplacer par un des jeunes garçons pour sa tournée de l'après-midi. Finalement, contre toute attente, Marina était là, elle fumait à une table de sa terrasse préférée et renversait le flacon de sucre dans la petite tasse devant elle. Elle portait un imper en PVC et le genre de lunettes de soleil qu'elle avait reproché à Alena de garder. Quelque chose dans l'expression de sa bouche lui donna envie de partir, mais elle n'en fit rien. Marina, peu importait ce qu'elle lui rappelait, était la seule personne qui la connaissait vraiment. Pas tout à fait une amie, mais elle lui avait donné l'argent qui lui avait évité d'être en danger, elle lui avait offert un repas chaud et lui avait tenu compagnie à un moment où elle croyait qu'elle allait devenir folle si personne ne prononçait son nom.

En s'approchant, Alena vit les jambes de Marina, nues et marbrées de bleus. Elle portait des chaussures en plastique bon marché à semelle compensée et, même à quelques pas, on voyait que les ongles de ses pieds étaient crasseux. Alena s'arrêta face à elle, les mains dans les poches de son jean, et sourit au néant des lunettes de soleil. Marina finit par sourire de ses mauvaises dents encore plus grises qu'avant, avec maintenant un trou en bas aussi et des lèvres parcheminées. «Putain! Alena? Oh! putain de merde. Assieds-toi.»

Elle avait une voix grave, lente, sarcastique et Alena s'assit, soudain timide. Non, pas timide. Elle scrutait le nouveau trou entre les dents de son amie, ses cheveux gras et emmêlés ; elle était dégoûtée et elle eut honte d'elle-même.

«Je croyais que tu t'étais fait choper. Peut-être expulser. Ou que ton salaud d'ex avait fini par te retrouver. Remarque, tu l'aurais pas volé, à traîner à Londres. Moi, j'me serais barrée vite fait.»

Elle s'avança, comme pour embrasser Alena, mais elle se contenta de la regarder droit dans les yeux ; son odeur douceâtre, fétide, révélait qu'elle ne s'était pas douchée depuis plusieurs jours. Alena attira l'attention du serveur. «Café latte, s'il vous plaît ?»

Marina s'enfonça lourdement dans sa chaise. «Café latte, c'est ça, princesse ? T'as pas dû aller en taule.

– Non, pardon. Je voulais venir avant, ou plus tôt, mais j'ai un travail maintenant et je suis à Hackney.

– Hackney, hein ? »

La main de Marina tremblait en prenant sa tasse. Alena poursuivit envers et contre tout.

«Oui, Daltson. Enfin entre Dalston et Stoke Newington. Sur High Street, tu vois ?

– Non, je sors pas de la Zone 1, mon chou.»

Ce genre de blagues les aurait fait rire auparavant, mais il y avait quelque chose derrière.

«Alors, comment tu vas ? Les choses… »

Marina haussa les épaules, gratta une croûte sur sa poitrine maigre. «Bof, tu sais, des hauts et des bas. J'ai perdu quelques michetons, mais je vais en retrouver.» Elle écrasa sa cigarette en laissant une longue trace sur le cendrier en verre. «J'ai pas le choix, de toute façon. Et toi, Miss Sourires, t'en es où ?»

– J'ai rencontré quelqu'un. Un homme bien.» Elle tendit la main sur la table, prenant le hochement de tête précipité de Marina pour de l'excitation.

«Tu t'es trouvé un mac, mon chou ?» Marina cracha les mots, mais elle paraissait si fatiguée qu'ils atterrirent entre elles, puant la mort.

Son café arriva, elle en but une gorgée et se brûla la bouche, mais continua. «Quoi? Non. Il n'a pas d'argent, en fait. Je distribue journaux. Je l'aime. Je tombe amoureuse.»

La légère note implorante dans sa propre voix lui donna envie de se mordre la langue. Marina ôta ses lunettes. «Oh! "je l'aime"! Tu distribues des journaux?»

Elle essayait d'imiter la voix d'Alena, mais elle se forçait, elle n'arrivait pas bien à trouver son souffle malgré sa colère.

«Pourquoi tu es comme ça? Tu vas bien?»

Marina regarda de l'autre côté de la rue un groupe de touristes japonais qui se photographiaient devant la vitrine d'un sex-shop. Elle avala la dernière goutte de son express.

«Ouais, super. Écoute, j'suis vachement contente pour toi. C'est bien que t'aies un mec. Pourquoi j't'en voudrais de t'en sortir?

– Je peux t'aider. Je le veux. Tu pourrais arrêter d'être prostituée et...»

Alena tendit la main vers Marina, mais son poignet fut reçu par un coup d'ongles longs et sales et Marina haussa le ton. «Regarde-toi, Miss Grande Dame. Tu crois que tu peux me juger, hein? Tu me dois du fric.

– Oui, c'est pour ça...»

Marina se dressa et se pencha sur la table vers Alena. «J't'ai filé vingt livres pour me faucher ces pompes et je les ai jamais eues. Rends-les-moi.»

Alena ne réagit pas tout de suite. Elle avait l'argent. Savait qu'elle le devait, était fière de pouvoir le rendre.

Marina lui enfonça le doigt dans l'épaule. «T'as pas idée de c'que j'dois faire pour vingt livres. Pas idée.»

Alena prit les billets et les jeta sur la table. «J'ai idée. Je sais très bien.»

Puis, le cœur battant, elle chercha de la monnaie dans son sac pour payer son café. Marina avait pris les billets et s'était rassise;

elle essayait d'allumer une cigarette, mais elle tremblait si fort qu'il lui fallut s'y reprendre à deux fois avant que la flamme du briquet ne touche le bout. Alena trouva enfin les pièces et les jeta sur la table.

« Ce n'est pas ma faute si tu es comme ça. Pas ma faute. »

Elle se détourna et se faufila entre les touristes qui lorgnaient les vitrines, montraient du doigt les enseignes au néon des peep-shows, mais elle avait beau se répéter encore et encore que ce n'était pas sa faute, elle revoyait les visages des filles qui lui avaient fait confiance et se rendait compte que si, c'était bien sa faute.

7

Après cela, elle ne trouva plus la paix. Ni en marchant long-temps contre le vent fort et poussiéreux qui soufflait sur Londres et rafraîchissait un peu la ville. Ni dans les bras de Dave, ni le ventre plein, ni en écoutant sa musique. Elle s'était déjà sentie coupable auparavant, bien sûr, mais elle s'était dit et répété que ce n'était pas sa faute. Piégée. Forcée. Violée. Et quand elle s'était échappée, non, quand on lui avait permis de partir, elle avait simplement voulu survivre. Chaque jour il s'agissait avant tout de ne pas se mettre en danger, de vivre sans nuire à personne, y compris elle-même.

Elle s'était accordé une forme de consolation après ce qu'on lui avait fait, ce qu'elle avait été contrainte de faire. Jusqu'à main-tenant. Maintenant, elle ne trouvait plus la paix. La fureur de Marina et ses ongles crasseux, cette odeur qui montrait qu'elle avait abandonné et la trace sournoise d'un œil au beurre noir, rien de cela ne la quittait, comme si Marina était la somme de toutes les autres filles.

Loin de Clapham, de Soho et de cette cabine froide des toi-lettes, Alena s'était enveloppée dans Dave, son job, les gens, les bruits et les odeurs de Hackney. Elle s'était cachée dans un bon-heur qu'elle ne méritait pas et à présent, quand elle allait de porte en porte, elle ne tirait pas derrière elle son Caddie de journaux, elle tirait toutes ces filles. Elles lui enfonçaient les ongles dans la peau, lui mordaient les chevilles, lui agrippaient les cheveux pour la retenir alors qu'elle essayait de faire sa tournée. Elle sentait leur déodorant bon marché qui couvrait l'odeur des hommes non désirés, entendait leurs voix aux intonations enfantines et imaginait, au réveil chaque matin, la joie de vivre chassée des visages poupins et pleins d'espoir qu'elle avait trahis.

Le jour où elle crut apercevoir Fedir dans l'embrasure d'une porte, le dos rond, en pantalon de jogging, le visage dans l'ombre mais tenant une cigarette entre le pouce et l'index à sa manière particulière, elle abandonna le Caddie en pleine rue et rentra en courant. Ce soir-là, elle se recroquevilla dans la douche sous l'eau brûlante et sanglota à en avoir la tête qui tourne et les paupières à moitié fermées tant elles étaient gonflées. Quand elle sortit, Dave était assis dans l'entrée devant la porte de la salle de bains ; inquiet, pâle et déconcerté. Il tendit le bras et elle s'approcha. Il l'enlaça, ne lui demanda rien, mais Alena avait perdu tout sentiment de sécurité dans ses bras.

« Je ne mérite pas. »

Elle répéta ces mots jusqu'à sentir les larmes de Dave tomber sur son visage. Remplie de honte, elle se tut.

« Je demande plus de travail, mais il dit que j'ai pas besoin de tout ce travail. C'est pas sa faute, M. Scannell est gentil. Mais sa femme est pas gentille. Je crois qu'elle me déteste un petit peu. Garce. Un jour j'ai pas besoin de ce travail et j'y vais et je lui dis...

– Lena ? Qu'est-ce qui te prend ? C'est une vieille femme. Pourquoi tu as besoin de plus de travail ?

– Pour gagner plus d'argent.

– Mais on s'en sort bien, tu vas être crevée. Pourquoi as-tu besoin d'argent ? »

Il tendit le bras sur la table et lui prit gentiment la main ; c'était le lendemain du jour où elle s'était enfermée dans la salle de bains. Ses os lui semblaient en caramel cassant, celui avec lequel on fabrique des cages de cheveux d'ange qu'on met autour des petits gâteaux compliqués vendus dans Bond Street. Elle se déroba et fourra les deux mains sous son pull. Il pensa instinctivement à la peau claire et douce qu'elles touchaient.

« Je… je t'ai dit déjà, je ne peux pas expliquer.

— Bon, tu sais que tu n'es pas obligée de faire ce travail. Si ton boss ou n'importe qui, si quelqu'un t'embête, ne t'en fais pas, on n'en a pas besoin. Pas vraiment. On se débrouillera.

— J'en ai besoin, j'aime avoir l'argent et des choses à faire. Je voulais juste en avoir un peu plus pour… » Elle lâcha un petit soupir exaspéré. « Je dis je ne veux pas en parler. Il fait pas problème, il me donne toujours des bonbons. Il m'aime bien. Il y a juste pas plus de travail en ce moment.

— D'accord, bon, tu sais que tu ne dois pas t'inquiéter, que je veillerai sur toi ? Toujours. »

Elle haussa les épaules, sortit ses mains, repoussa les keftas de poulet qu'il avait apportés pour lui faire plaisir et regarda dehors l'impériale du bus 76.

« On devrait fermer les stores. Tout le monde peut voir.

— Non, écoute, je suis déjà passé en bus. Ça va trop vite. J'ai vérifié. »

Elle haussa de nouveau les épaules.

« Attends, regarde, je t'ai trouvé quelque chose. »

Il se pencha en arrière sur sa chaise et attrapa un sac rouge et brillant. Elle le prit, le visage inexpressif, peut-être un peu agacée, et sortit la boîte. À l'intérieur se trouvait un petit basset en chocolat. Il avait des taches de chocolat blanc et sur son corps allongé Dave avait fait écrire « Alena » en sucre glace rose.

« Qu'est-ce que c'est ? » Elle le retourna et l'examina. Toujours sans sourire.

« C'est du chocolat, bien sûr. Lena, tu es sûre que tu vas bien ?

– Je veux dire le chien. Son nom.

– Teckel – saucisse à pattes, disait toujours ma mère. »

Elle se radoucit, il vit son épaule s'affaisser un peu ; elle agita le chien devant son visage, mais quand elle parla il crut qu'elle allait pleurer.

« Ouah, ouah. Il est mignon. Mais très cher. J'ai vu cette boutique avant quand je suis venue te retrouver.

– Ils m'ont fait un prix d'ami. Je… je voulais que tu ailles mieux. »

Le visage livide, elle fit un lent signe de tête. « J'aime les chiens, tu sais. Pas les petits chiens blancs nerveux avec larmes marron qui coulent sur leur fourrure ; les vrais. Les gros. »

Elle continuait à contempler le chien. Il savait qu'il était en train de la perdre. La veille, quand il était rentré et l'avait entendue pleurer sous la douche, quand elle n'avait pas voulu le laisser la calmer comme les autres fois, il avait su qu'il commençait à la perdre. Et maintenant, elle le regardait comme s'il était une erreur, une tache sur la moquette ou un vêtement acheté en solde qu'elle voulait reléguer au fond d'un placard. Il avait le souffle coupé. C'était un cadeau idiot mais il avait cru qu'il lui plairait. Il aurait plu à son Alena d'avant.

« Désolé, Alena. Écoute, c'est un cadeau débile. J'aurais dû t'acheter des fleurs ou des boucles d'oreilles ou… je ne…

– Non, c'est beau cadeau. Merci. » Elle se mit à déchirer le sachet en plastique avec les dents. « Je l'aime bien. Je vais le manger maintenant. Tu veux un peu… ? » Elle posa lourdement les mains sur la table comme si cette soudaine activité l'avait épuisée. « J'ai juste… »

Ils attendirent tous les deux, les yeux rivés sur le chien en chocolat, le kebab intact ; il vit le tic nerveux de ses doigts sur son poignet. Elle savait qu'elle devait dire quelque chose.

« Le blues.

– Tu as le blues, genre triste ?

– Genre triste mais genre horrible aussi à l'intérieur. Genre je devrais pas être avec toi. »

Elle était juste de l'autre côté de la table mais il ne pouvait pas la toucher, comme si elle partait déjà. La panique monta dans sa gorge, aussi acide, soudaine et irrépressible qu'une envie de vomir.

« Tu veux qu'on se sépare ? C'est ça ? Parce que… »

Il avait peur de prononcer le mot suivant mais elle vint à son secours, tendit la main sur la table qui avait semblé mesurer des kilomètres et la posa sur son bras. Sa paume était froide et moite, mais sa peau touchait la sienne.

« Non, s'il te plaît. S'il te plaît. Je veux dire genre je devrais pas… genre je suis pas assez bien. Je me sens mauvaise. Je promets. Je vais devenir mieux, je vais être mieux.

– Non, tu es parfaite. Tu es mieux qu'assez bien, il ne faut rien changer. Seigneur, il ne se passe pas un seul matin en me réveillant sans que je remercie Dieu de t'avoir. C'est juste que tu as l'air si triste et, enfin… » Il allait le dire, il le devait, même s'il avait l'impression de s'approcher du bord d'une falaise sans connaître la distance qui l'en séparait. « … tu n'as pas l'air de vouloir que je te touche en ce moment. Je veux dire, au lit.

– Alors, c'est le sexe ? » Elle se dégagea. « Tu es comme tous les autres hommes, tu penses qu'à ta putain de queue. »

Chute directe de la falaise. Merde, il aurait dû s'en douter. Elle avait ramené les bras autour de son torse et regardait dehors d'un air furieux.

« Non, non, écoute, je t'aime et ça veut aussi dire que j'ai envie de toi et oui, je veux que nous… mais il n'y a pas que ça, ça ne s'arrête pas là, je me disais juste que peut-être tu… ne voulais… » Il regarda lui aussi par la fenêtre ; un homme dans l'immeuble en face arrosait son unique rosier sur un carré d'herbe devant son appartement. Plus tard il sortirait et éparpillerait les miettes de pain qu'il gardait pour les pigeons dans un sac Mothers Pride. « J'ai l'impression… Je me disais que peut-être tu n'as plus envie de moi. »

Il la regarda de nouveau et son visage s'était adouci, ses yeux étaient gonflés de larmes et – le cœur de Dave se mit à cogner dans sa poitrine – elle secouait la tête. « Non, non. C'est… non.

– Non ? Non, alors c'est ça ? »

Il lui fallait sortir de là. Il était vraiment en train de la perdre. Il ne savait même pas ce qu'il avait fait, s'il y était pour quelque chose, s'il avait cessé d'être utile ou si elle trouvait peut-être sa vie trop étriquée. Il repoussa sa chaise, mais ses jambes ne bougèrent pas et voilà qu'elle était là, qu'elle pressait tout son corps contre le sien, qu'elle posait ses mains froides sur son visage, sur ses épaules, qu'elle l'attirait contre elle.

« Non, non, je t'aime. Je ne veux pas que tu partes. Je veux rester. C'est juste moi, j'ai blues. Mais je vais être mieux. S'il te plaît, je t'aime, je t'aime vraiment. »

Comme si les morceaux de son corps s'étaient ressoudés, collés par ses mots, il put l'étreindre, se rasseoir, la prendre sur ses genoux. Ils s'enlacèrent et il lui donna à manger le petit chien en chocolat. Elle mordit la tête en premier et chuchota : « Maintenant c'est juste une saucisse. Plus un chien. »

Il rit doucement, sans savoir qu'il était capable de rire et s'accrocha à elle. Il continua à l'étreindre jusqu'à ce qu'elle revienne.

Dave lui avait appris le slogan « London is your Oyster[1] ». Elle avait marché des mois de Paddington au Southbank Centre où elle trouvait parfois un canapé confortable dans un coin tranquille et fermait les yeux, ou écoutait un orchestre gratuitement

---

1. Littéralement : « Londres t'appartient ». Oyster est aussi le nom de la carte de transport londonienne.

dans la salle de danse. Elle déambulait ensuite dans la Tate Modern où, un jour, elle avait passé des heures assise sous l'énorme soleil artificiel orange dans le hall. Après avoir marché durant tant de mois, elle aimait toujours biper sa carte contre le cercle jaune.

Elle adressa un grand sourire au chauffeur du bus et lui dit merci et, bien que regardant droit devant lui, il fit un signe de tête, plus que ce qu'ils faisaient en général. Alena ne s'en souciait pas, son travail devait être épouvantable, pas comme chez elle où ils pouvaient décorer leur bus, écouter leur musique, où ils avaient la compagnie du receveur et pouvaient grignoter.

Elle se fraya un chemin au milieu des poussettes et des Caddies, s'assit en face d'une femme et de son fils dont elle heurta les genoux en se faufilant sur le tissu rugueux du siège.

« Pardon, pardon. »

Elle préparait une surprise pour Dave : un pique-nique, même s'il faisait presque trop froid. Elle était mauvaise, elle était une mauvaise petite amie, mais elle ne pouvait rien y faire sinon essayer d'être meilleure. Être gentille, sourire, être polie, travailler dur, être tendre avec lui. Elle sentit un goût de sang et s'aperçut qu'elle avait mordu une petite peau. Elle devait aussi arrêter ça. Elle avait une impression de lourdeur, de lassitude dans les bras et les jambes, mais il n'y avait pas que ça, tout avait l'air gâché – comme quand on mange quelque chose de délicieux tout en sachant qu'on va avoir mal au ventre.

Le soir, au lieu de titiller David sous la couette et de lire un de ses livres qui parlaient de chaussures, de chocolat et de baisers, elle s'était mise à essayer d'écrire. Dave jetait un coup d'œil sur les caractères cyrilliques, soufflait par le nez avec un petit bruit agacé et froissait son journal avec impatience à côté d'elle. Elle se tournait alors et lui caressait la joue en tenant son oreille douce et chaude dans la paume de sa main.

« Quoi ?

– Juste ce carnet que tu fermes chaque fois que j'y jette un coup d'œil, même si tu sais que je ne peux pas lire un seul mot.

«Ce n'est pas secret. Enfin, si, mais c'est journal, censé être secret.»

Elle ne pouvait cependant pas se résoudre à tracer les mots. Elle notait ce qu'ils avaient mangé (toasts, confiture de cassis, Crunchie, bâtonnets de poisson et pommes de terre surgelées, spaghettis bolognaise – cuisinés par David –, glace à la fraise), elle notait ce qu'ils avaient regardé à la télé (*Doctors*, *Murder She Wrote*, *Home and Away*, *Hollyoaks*, *EastEnders*, la moitié de *Crimewatch*, puis je lui ai demandé d'éteindre) et ce qu'elle avait fait (tournée du matin, Tesco, rien), mais elle ne parvenait pas, même dans sa langue maternelle, à raconter les visages des filles qui traversaient son esprit. Ça ne tenait pas debout d'avoir été heureuse, pas heureuse tout le temps mais ça allait, il n'y avait pas si longtemps, et de ne plus jamais l'être. Et Marina, elle pensait aussi à elle, se demandait si ça allait de mal en pis pour elle. Ces pensées tournaient en rond dans sa tête comme des rats dont les queues s'emmêlaient au point qu'elle avait l'impression d'être dévorée vivante. Elle voulait David mais elle était incapable de s'approcher de lui. Jusqu'au soir où elle s'aperçut qu'elle le punissait davantage qu'elle-même et qu'il ne le méritait pas.

Alors, tant pis si elle n'avait pas envie qu'on la touche, tant pis si sourire, rire et plaisanter lui faisait mal, elle le fit. Elle pensait à la façon dont il l'avait hébergée et avait pris soin d'elle. Elle ne pouvait pas arrêter de se punir, mais elle ne voulait pas le punir lui aussi. Et elle ne pouvait pas partir. Parce qu'elle en mourrait alors qu'elle avait fait tant d'efforts pour survivre. Alena ravala ses pensées et regarda Londres défiler comme dans un film.

«Mademoiselle, mademoiselle?»

Alena leva les yeux sur la femme en face d'elle.

«Vous...» Elle baissa la tête. Une perle d'un liquide rouge foncé serpentait sur la jambe d'Alena hérissée par la chair de poule. La femme aux cheveux ternes, au mascara épais avait l'air trop fatiguée pour être choquée, mais regardait tout de même fixement. Son fils leva la tête, puis retourna à son portable, les pouces bougeant à toute vitesse sur l'écran, et la musique dans son casque émit un bourdonnement plus intense. Alena souleva son sac en plastique.

«Ah! C'est salade de betterave.

– Oh, j'ai cru…»

Alena secoua la tête, fit une grimace. «Non, c'est salade!»

La femme fouilla dans son sac bourré d'enveloppes kraft et de flacons de comprimés aux étiquettes à moitié décollées et, avant qu'Alena ait eu le temps de protester, sortit un mouchoir en papier effiloché et essuya la coulure d'un simple geste rapide, sans laisser la moindre trace. Elle sourit à Alena, qui eut l'impression de voir toute la vie de cette femme dans ses rides creusées, puis lui fit un clin d'œil las avant de ranger dans son sac le mouchoir taché de jus de betterave.

Alena lui rendit son sourire et se demanda pourquoi un geste si simple lui donnait envie de pleurer. À cause de sa mère. Elle ne voulait pas penser aux cartes postales restées sans réponse, les premières envoyées les jours qui suivirent celui où Fedir l'avait laissée partir et une par semaine depuis. Elle ne voulait pas penser à la façon dont sa mère avait paru faire des efforts la dernière année de leur vie commune, à la façon dont elle semblait se décomposer. Alena s'était dit que c'était à cause des problèmes d'argent qu'elle avait promis d'arranger une fois installée dans sa nouvelle vie – promesse non tenue, bien sûr. Elle ne voulait peut-être pas répondre ou alors elle n'avait pas reçu les cartes postales. À l'arrêt suivant, elle se glissa de nouveau devant la femme et son fils et fit à pied le reste du trajet jusqu'au magasin de David. Trois arrêts, le temps de pleurer et d'arriver souriante. Elle faisait de son mieux, apprenait à être meilleure pour lui, même si elle avait envie de se débarrasser de sa peau.

Non, non, non – au moment même où ce mot ricochait dans sa tête, elle étirait ses traits en un sourire figé. Elle avait soudain conscience du goût persistant du café sur sa langue, de l'attache de ses membres, du bruit lointain des bus et des voitures juste devant l'immeuble et du froid qui lui donnait la chair de poule dans l'escalier.

Elle avait envie de courir se réfugier dans l'appartement, de fermer la porte à clé derrière elle. Mais elle se retrouverait alors prisonnière et Dave finirait par rentrer et... elle se força donc à rester concentrée sur son visage, ces yeux qu'il lui était trop pénible de regarder. Alena préféra fixer la naissance de ses cheveux noirs et épais qu'il avait commencé à perdre durant l'année.

L'idée la traversa, et elle faillit glousser de rire, qu'il n'était peut-être qu'un jeu d'ombre et de lumière, une composition de papier. La puissance de cette idée lui fit avancer la main vers lui, vers les bras qui l'avaient autrefois enfermée, clouée sur le matelas d'une autre fille, la fille qui n'était pas cette Alena, les bras qui l'avaient autrefois conduite dans les gares et les aéroports, l'avaient battue et libérée. Il l'empoigna, elle essaya de se dégager, mais il la tenait fermement et elle se demanda comment elle pourrait expliquer les bleus qu'il ne manquerait pas de lui faire.

Dans la seconde qui suivit, son esprit se transforma en kaléidoscope ; ses pensées en étaient les pièces bruyantes qui composaient une image sans cesse changeante. Elle s'aperçut qu'elle pourrait appeler au secours les frères aux gros bras qui découpaient la viande au kebab, mais que dirait-elle et pourquoi la croiraient-ils ? Si elle partait en courant, il reviendrait. Il savait où elle vivait. Ce qui signifiait qu'il savait où Dave vivait. Il avait l'air prêt à tout, alors peut-être que rien de ce qu'elle pouvait faire n'avait d'importance. Sa dernière pensée, claire et coupante comme un bout de verre, fut qu'elle l'avait dupé une fois et qu'elle pouvait le duper de nouveau.

Elle fixait toujours de ses yeux affolés son grand sourire cruel, elle n'avait pas d'autre choix que de laisser sa main sur son bras tandis qu'il attendait, les yeux brûlants, qu'elle dise le premier mot. Les mots roulaient dans sa bouche et elle pensait à Dave, à la façon dont il dormait la bouche légèrement ouverte, à la façon dont il l'embrassait sous le menton tous les matins, et elle se força à les prononcer, tenta le coup.

«Fedir. Je ne peux pas croire. C'est bien de te voir.»

Il desserra son étreinte, puis la resserra et dans son grand sourire quelque chose précipita la panique le long de son dos. Il ouvrit les bras, toujours avec la même expression, et elle fut obligée d'avancer de deux pas vers lui. Il sentait comme avant l'eau de Cologne de son père, la cigarette, le cuir de sa veste. Il l'attira contre lui, referma les bras sur elle, coinça son visage contre sa poitrine, vida tout l'air qu'elle avait dans les poumons. Elle réussit quand même à garder le sourire.

«Dieu merci, je t'ai trouvé. Tu as disparu mais je t'ai trouvé.»

Il la tint ainsi et elle avait les bras ballants, l'impression que son refus de sentir son odeur, son corps, allait faire exploser sa poitrine. Puis il la repoussa, les mains lui enserrant les épaules, et l'embrassa sur la bouche, un baiser sec, violent, presque une morsure, un baiser qui lui fit mal aux lèvres. «Alena.

– Fedir.» Elle avait la gorge si serrée qu'elle sifflait presque.

Le sourire quitta un instant ses lèvres. «Tes cheveux?»

Elle toucha ses cheveux roux qu'il avait connus blonds.

«Je n'aime pas. Je rentre, non? C'est ton appartement.»

Elle secoua la tête, se força à sourire et évita de regarder la porte d'entrée.

«Comment ça?

– Il n'est pas à moi, il est à… un ami. Je visite ami.»

Il détourna les yeux et cracha brusquement sur la moquette grossière des marches; à part ses cheveux moins fournis, il paraissait presque plus jeune, quelque chose en rapport avec ses yeux.

Son visage était peut-être plus maigre. Quand il leva la tête, son sourire feint avait disparu et il lui empoigna de nouveau le bras en tordant sa peau tendre.

« Alena, pourquoi tu mens ? »

Comme si un courant électrique lui traversait le corps, elle se rendit compte de son erreur et suffoqua.

« Je reste ici juste un peu. Quelques jours, une semaine. Une visite, tu comprends ? »

Il lui tordit le poignet si fort qu'elle sentit la douleur jusqu'au coude, la poussa contre la porte de l'appartement et resta ainsi le temps qu'elle l'ouvre. La main d'Alena était étonnamment ferme. Plus rien dans l'appartement ne lui semblait réel maintenant qu'il y était entré. Il ne regarda pas autour de lui, mais donna une brusque secousse à son poignet quand ils furent à l'intérieur. Elle le conduisit au salon, tout en craignant qu'il ne lui laisse des marques.

Elle se concentrait si fort sur ses jambes pour qu'elles ne se dérobent pas sous elle, sur ses pieds pour s'assurer qu'ils la mèneraient au salon, loin de la chambre, du lit double et des draps froissés, de leur odeur supposée, celle de Dave et la sienne, qu'elle oublia de conserver son horrible sourire. Si elle se concentrait sur son expression, elle allait trébucher.

Il s'assit sur le canapé, genoux écartés, et sortit une flasque de vodka de sa veste. Alena avait l'impression cotonneuse que tout cela était un jeu. C'était trop irréel, comme si quelqu'un de la télé avait soudain fait irruption. Il ne paraissait pas à sa place, assis là à attendre. Il saisit son bras alors qu'elle était debout à quelques pas de lui, tira si fort qu'une vague de douleur remonta jusqu'à son épaule. « Viens », dit-il en l'attirant vers lui tout comme un an plus tôt.

« Non. »

Ce n'était qu'un chuchotement à peine audible, mais elle se serait volontiers mordu la langue pour l'avoir prononcé. Il savait où elle vivait. Il était chez elle et David. C'était la fin. Protéger David, et elle-même si elle le pouvait, voilà tout ce qui comptait. Ne rien faire.

«Tu crois que je suis venu te reprendre?»

Elle ne répondit pas, le regarda droit dans les yeux. Ne rien faire. Il fit un bruit de gorge et regarda la fenêtre.

«Va chercher des verres, idiote.»

Dans la cuisine, lui tournant le dos, elle réfléchit. Dave ne finirait pas son travail avant six heures, donc elle avait trois heures devant elle. Elle se détendit un peu. Fedir pouvait lui faire tout ce qu'il voulait, du moment qu'il était parti avant le retour de Dave.

Elle revint avec deux verres dépareillés et une canette de Coca light. «Au cas où tu voudrais mélanger.»

Fedir dévissa la capsule avec les dents et versa une bonne rasade dans chaque verre. Ils restèrent un moment assis sans rien dire. Alena allait verser le sien dans la canette de Coca, puis se ravisa et versa un demi-verre de Coca dans la vodka.

«C'est trop chimique, la vodka. Comment tu es venu ici?»

Le faire parler. Faire reculer de quelques minutes supplémentaires ce qui allait se passer.

Il hocha la tête, leva son verre puis le reposa. «Métro jusqu'à Islington, puis le train, Dalston Kingsland.»

Elle passa outre cette partie d'elle-même qui lui soufflait de ne rien faire. «Mais je veux dire ici, comment tu as su…» Elle ravala juste à temps les mots «où me trouver» et étouffa avec une gorgée de vodka qui lui brûla le ventre l'aveu qu'elle avait failli faire. «… où venir me chercher?»

Il secoua la tête, but une gorgée. Il était plus vieux, plus vieux que le garçon en survêtement qui aimait *Top Gear*, mais elle était plus vieille que la fille qui avait regardé *Friends* avec lui.

«D'abord, je veux que tu me dises ce qui est arrivé au téléphone que je t'ai laissé. J'appelle, le lendemain, et il n'y avait rien.

– On m'a volé mon sac. Dans une auberge. »

C'était vrai, et la perte du téléphone l'avait soulagée, et pourtant il était là.

« Alors tu voulais me trouver ? » Elle aspira la vodka entre ses dents, sentit qu'elle lui ballonnait l'estomac – elle n'avait pas l'habitude. « Mais j'avais tellement peur qu'Andriy me trouve, il m'aurait tuée. Je ne savais pas quoi faire alors… j'ai essayé d'oublier tout avant.

– Tu as oublié ? »

Alena pensa à ses yeux brûlants par manque de sommeil, aux ongles sales de Marina, au visage des filles qui se mélangeaient dans son esprit comme un jeu de cartes et secoua la tête. Fedir versa encore de la vodka et Alena resta assise. Elle était calme, mais, bien sûr, c'était à cause de la vodka. Elle but une gorgée, quelques bulles pétillèrent sur sa langue, sentit qu'elle s'engourdissait. Ils ne dirent plus rien le temps de boire la moitié de leur verre.

« Il m'a presque tué, tu sais ? » Il enfonçait son doigt dans une brûlure de cigarette sur le bras du canapé. « Je lui ai dit que tu t'étais enfuie.

– Il t'a battu ? »

Fedir leva la tête d'un coup, la regarda. « Pas trop. Il sait que je peux le tuer. Non, il m'a enfermé dans ma chambre et… rien à manger. Ni à boire.

– Je suis désolée. » Durant cette unique seconde, son cœur pompant la vodka acide, ses yeux trop brillants sur elle, elle le pensait vraiment.

Il haussa les épaules. « De toute façon, c'était juste quelques jours. Je lui pardonne parce que aujourd'hui il est malade.

– Andriy ?

– Oui, il est très malade. Les affaires s'arrêtent, plus rien de nouveau qui entre ou qui sort. Et donc, je peux venir et te trouver. » Il se tourna vers elle, trop près, et elle vit ses yeux remplis de larmes à l'autre bout du canapé. Elle ne put s'en empêcher, elle se rapprocha, voulut le réconforter d'une manière ou d'une autre. « Il est à l'hôpital, tu vois ? Cancer du pancréas. C'est le pire cancer pour la douleur, tu sais ? »

Elle ne trouvait toujours rien à dire, elle ne pouvait pas se permettre la moindre parole de sympathie pour Andriy, craignait de se mettre à sourire si elle ouvrait la bouche.

« Tu vis avec un homme ici ? »

Alena recula brusquement et lâcha un petit rire nerveux. « Quoi ?

– Quand je t'ai trouvée, j'ai vu. » Encore ce mot « trouvée ». « Je le vois sortir d'ici. Pas juste aujourd'hui.

– Oui… il… je dors ici. » Elle tapa sur le coussin du canapé, s'aperçut qu'elle était engourdie par l'alcool, se dit qu'elle ne pourrait jamais contraindre ses jambes à s'enfuir et s'obligea à réfléchir. « Il est… un gay, homosexuel. »

Fedir attrapa un coussin, le lui lança en pleine figure et beugla, bouche bée, langue gonflée dans sa cavité rose et douillette.

« Tu vis avec une pédale ? »

Alena laissa échapper un autre petit rire : l'homme qui vivait avec son père maquereau était choqué. « Il est gentil. »

Fedir riait maintenant plus fort, le rire dont elle se souvenait quand ils regardaient *Friends*, à son apogée quand le singe s'excitait sur les jambes des gens. « Je croyais que tu avais un copain. Je me suis dit, si tu as un copain, je le tue. Ou toi, je n'ai pas encore décidé. » Il frappa sur la table, riant toujours fort.

Alena rit avec lui, secoua la tête, tandis que ses poumons réclamaient de l'air. Puis le rire cessa, se réduisit à quelques respirations saccadées et hochements de tête.

« Je veux te baiser, tu sais ? Te baiser et cette petite chatte russe toute serrée comme avant, oui ? Quand tu aimais ça très fort. » Il tendit la main et saisit ses cheveux. « Je n'aime pas tes cheveux comme ça. »

Il enfonça la main dans la ceinture du jean d'Alena et elle recula en gigotant. Elle ne pouvait pas le supporter, elle avait un goût de bile sur la langue et, tout en essayant d'y échapper, elle se disait qu'il serait si facile de s'allonger et de lui ouvrir de nouveau les jambes.

«Moi aussi. Tu me manques... à l'intérieur. Un vrai homme. Oh! Mais j'ai mon règlement.»

Pas d'avancée, mais pas de recul non plus; il se contentait de la dévisager l'air floué et furieux, comme s'il allait la mordre et lui entamer la peau tant il était frustré.

«Règlement?

– Mes règles.»

Il souleva le pull d'Alena, enfonça la tête entre ses seins. «Je m'en fous. Je ne peux pas attendre. J'ai attendu trop longtemps parce que Miss Crétine a perdu son portable. Maintenant je ne vais pas...»

Alena plaça un pied sur sa cuisse et le repoussa, juste assez, pas trop. «Je saigne tellement. Ça fait mal.» Elle embrassa sa bouche pleine de rancœur. «Je veux que notre première fois dans cette maison est spéciale.» Il haussa les épaules, empoigna un de ses seins et lui fit mal en le pressant avec mauvaise humeur. «Je vais acheter de la belle lingerie sexy. Ça sera si bien d'être de nouveau avec toi.»

Il s'allongea sur elle, l'obligea tout de même à écarter les jambes, sortit ses seins du soutien-gorge. «Tu veux?»

Elle eut un rire forcé; sa peau était glaciale mais lui, bien sûr, ne pensait pas à elle. «Bien sûr je veux. Tu es le meilleur. Bientôt, bientôt.»

Il lui suça un sein, puis l'écrasa de tout son poids, fouilla de la langue sa bouche grande ouverte, une distraction, tandis qu'elle tirait lentement son pull et refermait les jambes. Elle se mit à genoux, défit sa ceinture et il lui empoigna les cheveux. C'était un répit, pas une évasion, elle finirait par y passer. Fedir n'était pas homme à demander et quand il prenait, il prenait tout. Quand elle eut terminé, il rattacha sa ceinture, avala le reste de son verre et de celui d'Alena.

« Je dois aller à hôpital pour visite. Je te vois demain. Je viens après la visite du matin.

– Quand ? Je veux dire, à quelle heure ?… Je veux te faire à manger.

– Vers midi. Ne va nulle part. Je peux toujours t'en coller une, à toi ou… – il eut un petit rire sans joie – à ta pédale ! »

Il lui prit les mains et pressa sa bouche, encore humide de salive après son orgasme haletant, contre celle d'Alena, glissa la langue entre ses lèvres serrées. Elle se retint jusqu'à ce que la porte claque derrière lui, puis courut vomir dans les toilettes.

Il lui fallait sortir de l'appartement et, une fois dehors, elle eut du mal à croire que le nuage gris bleuté au-dessus d'elle n'obscurcissait pas complètement le soleil, que la lumière dorée éclairait toujours les immeubles et les pavés. Que le monde dehors restait insolemment inchangé.

En l'espace d'une heure, tout aurait pu aussi bien disparaître. Elle se mit à marcher et ne pensait qu'aux armées de poussettes de couleur vive dans la rue, aux mères en jean moulant, un café au lait dans leur main libre, au pit-bull fixant son maître d'un œil mélancolique et à la très jeune fille, queue-de-cheval et doudoune, qui criait dans son téléphone : « Oh, super ! Du poulet frit ! » Un hibou peint sur un mur de brique lui avait donné envie d'économiser pour acheter un appareil photo d'occasion.

Avant le retour de Fedir, elle avait eu l'impression de faire partie de ce monde, un étrange fil raide cousant ces pièces éparses, distribuant journaux et sourires, un assemblage de points qui ramenait à David, leur maison, leur respiration conjointe le matin, chaque jour commençant avec un sentiment de sécurité et, du moins avant Marina, de bonheur durant les premiers instants encore ensommeillés quand elle s'apercevait qu'il était à côté d'elle.

Ces choses et ces gens lui semblaient maintenant inertes et elle une paria, une exilée, la bouche brûlante de vomi mêlé à la vodka, la gorge douloureuse de larmes non versées, le cœur galopant de frustration. Elle devait réfléchir, trouver un moyen de tout sauver ou, si c'était impossible, de sauver Dave.

Les épaules tombantes, elle se remémora son baiser et frotta durement ses lèvres, les écorcha en tirant la peau sèche. Elle fixait toujours la rue, puis quelque chose, une main lui serrant le ventre, la fit monter dans le bus 73 vers le seul être qu'elle voulait : Dave. Elle resta debout, oscillant au rythme des virages, tentant de calmer son affolement et de réfléchir.

8

Elle ne supportait pas de dormir à côté de David, de le voir si vulnérable, et elle ne le laissait pas lui faire l'amour, comme si en ne se partageant pas entre les deux hommes il n'y avait pas véritablement de trahison. Elle restait assise devant la fenêtre sombre du salon et buvait du café sans arrêt. Quand ses yeux étaient si fatigués que les lumières lui apparaissaient comme des traits et qu'elle avait l'impression que son cœur se gonflait sous ses côtes, Dave venait la chercher et la portait dans la chambre, l'embrassait sur les lèvres et veillait sur elle tandis qu'elle sombrait dans un sommeil agité.

Elle se souvenait qu'elle avait vécu pire et durant plus longtemps. Qu'elle devait garder la tête basse et attendre son heure. Ne rien faire qui puisse éveiller les soupçons de Dave ou provoquer Fedir. Elle essayait d'apprécier les petites choses, par exemple savoir quand Fedir allait venir. À onze heures passées, après les visites du matin, ce qui signifiait qu'elle pouvait continuer à travailler. Il venait quelques heures, tirait deux coups heureusement rapides et retournait voir son père au moment des visites du soir. Il se passait toujours quelques heures entre le départ de Dave, qui glissait la tête par l'entrebâillement de la porte pour un baiser supplémentaire, et l'arrivée de Fedir, qui se propulsait à l'intérieur la bouche la première et les mains juste derrière, prêtes à l'empoigner.

La première fois, elle changea des choses dans l'appartement, ouvrit le canapé, y posa la couette, éparpilla des vêtements et des serviettes. Elle refusait de penser jusqu'à quand elle réussirait à faire illusion. Elle sentait un courant de dureté en elle, quelque chose de l'ancienne Alena, elle avait fait pire, elle pouvait recommencer.

Au début, l'excuse de ses règles lui avait donné six jours de répit. Elle avait laissé sa boîte de tampons bien en vue dans les toilettes. Le septième jour elle avait compris qu'elle n'y couperait pas et s'était allongée sur le canapé, les genoux relevés sur la poitrine, comme il aimait, et avait prononcé les mots qu'il voulait entendre. À chaque secousse, elle priait le ciel que Dave ne s'aperçoive de rien. Ensuite, toutes les après-midi, durant les quelques heures entre le départ de Fedir et le retour de Dave, elle se lavait et pleurait, ouvrait les fenêtres et mettait ses vêtements dans la machine.

Mais un jour, alors qu'elle était appuyée contre la porte qu'elle venait de fermer, le sperme de Fedir coulant encore sur ses cuisses, elle entendit la clé de Dave dans la serrure. Il n'y avait que trois pas jusqu'à la salle de bains, mais elle ne réussit à en faire que deux avant que Dave ouvre la porte.

« Qui c'était ? »

Sans réfléchir, elle ramassa le tissu de sa jupe dans ses poings. « Quoi ? Pourquoi tu rentres ?

– Coupure de courant – on est tous rentrés tôt. Alors, qui c'était ? Ce malabar dans l'escalier. Il m'a traité de pédale. Putain de merde ! On aurait dit quelqu'un de chez toi. Alors, c'est qui ? »

Il fit un pas en avant, mais s'arrêta, comme si garder une certaine distance pouvait l'aider à mieux la déchiffrer. Alena essayait de savoir si l'appartement sentait le sexe, si elle devait le regarder en face, ôter lentement les mains de sa jupe et sourire, peut-être même lâcher un petit rire.

«Lena? Qu'est-ce qui se passe?

– C'était… je le connais pas. Il cherchait un Michael quelque chose. Je l'ai mis dehors.» Il la regardait de trop près. Mordre avant d'être mordue : pur instinct. «En plus, ça veut dire quoi "de chez moi"? Il n'était même pas russe. À moins que tu sois jaloux? Qu'est-ce que tu crois de moi, David?»

Il avança encore d'un pas vers elle et elle recula d'autant en essayant d'adopter un air offensé.

«Non, Lena, c'était juste bizarre, voilà. Il était à moitié bourré et il m'a balancé ce mot et…»

Elle leva la main devant Dave. «Qu'est-ce que tu crois? Tu crois que je suis putain? Si je suis près d'un homme, je baise avec lui, c'est ça?

– Oh! mon Dieu! Non, ce n'est pas ce que je pense, bien sûr que non. Je me demandais simplement… je veux dire, tu as été…»

Elle le voyait bien, le visage de Dave s'était radouci. Il était navré, il voulait arranger les choses. Si seulement c'était possible. Les larmes lui montèrent aux yeux, elles arrivaient à point nommé, finalement.

«Laisse-moi tranquille.»

À ces mots elle entra dans la salle de bains et s'enferma. Elle entendit Dave frapper, sa voix derrière la porte.

«Alena? Lena, allons, je suis désolé. C'est idiot. Écoute, je suis rentré tôt, profitons-en. Je vais nous faire à dîner et ensuite on pourrait sortir boire un café.

– Tire-toi!» Elle se déshabilla, ouvrit en grand le robinet d'eau chaude.

Plus tard, bien sûr elle mangerait avec lui. Elle le laisserait penser qu'il se faisait pardonner. L'eau frappait sa poitrine et elle se promit, à elle-même et à Dave, de se faire pardonner tout cela. D'une manière ou d'une autre elle le ferait.

Alena s'effondrait et Tanya l'avait emmerdé toute la journée. Elle avait passé son temps à chuchoter avec les autres filles et à lui lancer des coups d'œil signifiant « qu'est-ce que tu regardes ? » pour attirer son attention et ensuite se retourner vers le groupe, lever les yeux au ciel et proclamer : « Mon Dieu, on dirait vraiment un obsédé. » Elle avait raconté aux filles qu'il avait fait un trou dans les toilettes des femmes et Yvonne l'avait convoqué, lui avait dit qu'elle savait bien que c'était des conneries, mais que la loi exigeait qu'elle lui en parle. Dave descendit aux toilettes avec elle. Il y avait un trou dans la ventilation mais tout le monde savait qu'il avait toujours été là.

« Vous en faites pas, mon chou, on va lui mettre un bout de scotch et arrêter ces petites langues de vipère. »

Il avait secoué la tête, une boule dans la gorge. « Yvonne, depuis le temps, vous me croyez, hein ?

— Bien sûr, vous êtes un agneau, Davey, tout le monde le sait.

— Alors, bon, est-ce que je peux déposer une plainte ou quelque chose ? Contre Tanya ? Je ne veux pas que les autres filles pensent que je suis capable d'un truc comme ça. »

Yvonne se redressa, ce qui fit apparaître son double menton, et fit la moue. « Dave, pourquoi vous ne laissez pas tomber ? Faire de l'intimidation n'arrangera rien. Vous auriez dû l'inviter à sortir quand vous en aviez l'occasion.

— Quoi ? Il ne s'agit pas de ça. C'est moi qui suis… enfin, vous savez. Elle n'arrête pas de me provoquer et de raconter des mensonges sur moi. J'ai besoin de mon travail ici, bon sang. »

Yvonne n'écoutait plus ; bizarrement penchée, elle remontait son collant, ventre en avant, jambes écartées.

« Alors travaillez. » Il voyait juste sa bouche maquillée sous son aisselle assombrie par la transpiration. « Vous êtes un grand garçon, Davey, pas la peine de pleurnicher. Et puis – elle se redressa, un fin voile de sueur sur la lèvre supérieure, un peu essoufflée – Tanya est une bonne petite vendeuse. Appréciée, en plus. Vous ne gagnerez rien à faire tout un foin de cette histoire. »

Il termina son service en se demandant s'il devait aller dans une agence chercher du travail ailleurs. À l'heure du contrôle des sacs, il y jeta à peine un coup d'œil. Tanya était la dernière ; elle tint son sac ouvert, le bout de sa langue suivant la ligne de ses dents du haut, avec une expression qui suggérait explicitement qu'elle tenait ouvert quelque chose d'autre qu'une pochette en cuir rose. Une pensée lui traversa l'esprit – garce comme elle était, Tanya aurait été tellement plus facile qu'Alena. Il aurait su comment s'y prendre avec elle ; superficielle mais évidente, pas de secrets chez elle. Et elle était vraiment canon ; elle le savait et lui aussi. Comme si elle lisait dans son esprit quand il mit la main dans son sac pour le contrôler, elle le referma et fit un clin d'œil.

« Attention, mon petit Davey, le mien mord. »

Elle ne pouvait pas, n'osait pas, s'absenter de la maison au lieu de l'y attendre, elle avait déjà la chance que les plages de visites le week-end soient plus étendues et qu'Andriy veuille que Fedir reste avec lui, mais elle se disait qu'elle allait être écrasée sous le poids de ses mensonges ou oublier laquelle de ses nombreuses expressions elle était censée adopter.

L'état d'Andriy s'aggravait, ce qui rendait les choses plus faciles, parce que, pendant la première partie de sa visite, Fedir la laissait lui faire du thé avec une cuillerée de confiture, répondait à ses questions en désordre, en hâte et avec colère, écorchait les mots en décrivant les tubes et les machines, la douleur atroce, insupportable. Elle trouvait presque un peu de compassion, un mot gentil inspiré par la pensée du vieil homme couché dans sa merde toute une matinée, comme Fedir l'avait décrit, escarres suintantes sur les fesses, les cuisses et les mollets. Par l'image, dans les pires moments d'agonie d'Andriy, de sa langue fine et humide qui pendait à présent mollement dans sa bouche, dépassant au coin de ses lèvres et remise en place par les doigts impatients et brusques d'une des «grosses salopes d'infirmières noires».

Alena posait sans cesse des questions, laissait Fedir lui donner tous les détails et cela lui permettait de placer une main sur son dos, de lui apporter un rouleau de papier hygiénique quand les larmes qu'il retenait lui faisaient couler le nez comme celui d'un petit garçon. Tout de même, après avoir reçu le traitement de la maman, il attendait celui de la putain.

Elle avait décidé au début que le danger était moindre à l'intérieur qu'à l'extérieur; au moins personne ne raconterait à Dave que sa petite amie se faisait tripoter par un homme. Elle savait que Fedir devait partir à quatre heures et demie pour aller à l'hôpital. Elle faisait ce qu'elle pouvait pour retarder le moment inévitable où il la baisait : mal à la tête, déjeuners compliqués et même un jour, le lendemain d'une visite particulièrement écœurante, un très long et très mauvais poème qu'elle dit avoir écrit pour lui.

Stupide comme un animal à son habitude, il voulait vraiment croire qu'ils formaient un couple. Elle pensa presque pouvoir continuer ainsi, parce qu'elle l'avait berné une fois. Mais c'était maintenant un animal stupide et blessé, sur le point de devenir agressif. Il s'était mis en fureur quelques jours plus tôt en s'apercevant qu'il était quatre heures vingt et qu'il en était encore à sucer le bout d'un sein.

«Tu es une salope frigide, tu sais? Mon père est malade et je viens ici pour être avec toi. À partir d'aujourd'hui, je veux que tu écartes les jambes dès que je passe la porte. Tu sais, je prends n'importe quelle fille, des centaines, elles couchent avec moi et elles aiment ça. Toi, il faut que je supplie pour sucer un petit nibard maigrichon. Je me dis parfois que je vais te couper, tu sais? Couper tes nibards, couper ton visage, quand j'aurai fini avec toi. Salope.»

Il l'avait giflée – elle était tellement soulagée que la peau n'ait pas éclaté qu'elle remarqua à peine l'empreinte de sa main –, puis il avait claqué la porte en partant. Le lendemain, il était arrivé en disant que son père ne quitterait pas les soins intensifs après tout et lui apporta un lapin rose tout mou à la fourrure inflammable, orné d'un cœur en satin sur lequel était écrit «L'amour est…» Après son départ, elle était allée dans le parc au bas de la rue et avait approché avec plaisir un briquet du lapin. Elle avait regardé la fourrure fondre et les moustaches en plastique se tordre et se consumer sous la flamme, tout en pensant que cela valait le risque d'être considérée comme bizarre par les voisins. En contemplant les flammes, elle avait commencé à se rendre compte qu'elle n'avait pas d'autre choix que de s'enfuir en essayant d'emmener Dave avec elle.

Il savait toujours quand elle était sortie du lit; même profondément endormi, il sentait l'absence de son odeur, de la chaleur qui émanait de son corps. C'étaient ces manques qu'il remarquait, davantage que le grincement du lit ou le bruit de sa collection de ceintures accrochée à la poignée de la porte.

Cela lui arrivait souvent ces temps-ci. Elle s'asseyait en tailleur sur la table du salon devant la fenêtre, lumières éteintes, fixant la rue dehors et arrachant les petites peaux de ses doigts. La première fois il s'était approché si doucement, ou peut-être était-elle plongée dans des pensées si assourdissantes, qu'elle n'avait même pas perçu sa présence sur le pas de la porte et il avait pu la contempler quelques précieux instants, assise, enveloppée dans son vieux peignoir, les mains autour d'un mug de café, les yeux rivés sur la circulation continue de deux heures du matin, puis sur les quelques lumières encore allumées dans les immeubles en face.

Pour la première fois, il avait remarqué l'aspect anguleux de son profil et, quand il n'avait plus supporté de l'observer, il avait voulu s'approcher, la toucher, mais elle s'était retournée avec une expression étrange et avait lâché son mug qui avait répandu du café entre eux. Elle s'était excusée et il l'avait portée dans la chambre où elle avait sombré dans un sommeil agité. Il s'était assis, veillant sur elle jusqu'à ce que ses yeux le brûlent, et avait essayé, comme à son habitude, de remplir les cases du sudoku qu'était Alena – qu'est-ce qui allait où et se combinait à quoi ?

Ce soir, cependant, il était fatigué. Cela durait depuis presque une semaine et demie et elle avait cessé de prendre la peine de s'excuser, elle le fixait simplement de ses yeux épuisés et meurtris. Elle glissa lourdement de la table comme un écolier furieux d'avoir été surpris à fumer. Il était crevé, il lui faudrait affronter Tanya le lendemain. Il avait réfléchi à un certain nombre de choses, il était devenu dépendant de cette femme. Une femme qu'il connaissait mal, sans passeport et sans passé, qui paraissait plus que jamais pleine de mystères. Il gratta la rougeur à vif qui était apparue à son poignet ces derniers jours.

«Alena ? Viens.» Il allait retourner dans la chambre, mais elle lui saisit le bras. «Viens. Tu as peut-être envie de rester debout jusqu'à ta tournée, mais moi je travaille toute la journée demain, merde.

– Je veux partir, David. Il faut que j'aille ailleurs.»

Il voyait bien qu'elle était on ne peut plus sérieuse, qu'il était inutile de discuter, mais il était lessivé, stressé et il avait besoin de dormir ; il était incapable de parler de cela maintenant.

«Quoi ? Pourquoi ? Je fais tout ce que je peux pour toi, non ? Pour te rendre heureuse ? Je ne sais pas ce qui t'arrive, mais il faut que tu te calmes. Ça ira mieux quand tu auras dormi. Laisse-moi au moins aller te chercher quelque chose à la pharmacie demain pour t'aider, un truc à base de plantes, et tout te paraîtra plus facile.

– Non. Je ne suis pas heureuse. Je dormirai quand on partira d'ici. S'il te plaît. N'importe où, ça n'a pas d'importance.

– On ? Alors tu veux qu'on plaque tout, qu'on se taille tous les deux ? Allons, tu racontes n'importe quoi. »

Elle l'attira contre elle, prononça les mots suivants, la bouche enfouie dans son cou.

« S'il te plaît. S'il te plaît, David. »

Il se dégagea, tenta de faire abstraction de son énervement, essaya d'être patient.

« C'est peut-être ce que tu penses, mais écoute, tu n'es pas bien en ce moment. Tu n'as pas les idées claires. J'irai te chercher quelque chose pour t'aider à dormir et on en reparlera tranquillement dans quelques jours quand tu iras mieux. Juste quelques jours et on y réfléchira vraiment. D'accord ?

– Non. J'ai besoin qu'on parte. S'il te plaît. » Elle leva la tête et le regarda. « Je pars sans toi si tu ne viens pas. »

Il perdit patience, l'impression d'être chauffé à blanc. « Alors, à moins que j'accepte de partir, comme ça sans explication, tu vas t'en aller, c'est ça ? Trouver un autre putain de mug ailleurs ? Tu sais quoi ? Alors, vas-y, merde. » Il retourna dans la chambre, claqua la porte et s'enroula dans la couette. Quelques minutes plus tard, il sentit la légère pression de son corps derrière lui, sa petite main froide qui se glissait entre la couverture et son ventre.

« Pardon. On parle dans quelques jours et je vais essayer d'aller mieux, David. »

Il posa la main sur la sienne blottie contre son torse.

« Si tu es vraiment malheureuse, je te promets qu'on va en parler sérieusement. Je te le promets. »

Il n'arriverait plus à dormir et il serait cotonneux le lendemain, il dirait un truc qui le ferait passer pour un con et Tanya l'entendrait d'une manière ou d'une autre, et toute la journée elle le harcèlerait comme un méchant petit moustique qui s'en prenait de préférence aux gars du sud de Londres.

Alena ne dormait pas non plus, il le savait. Il respirait un peu plus bruyamment que d'habitude, son souffle alimenté par la peur et peut-être un reste de mauvaise humeur, mais il avait l'impression d'entendre le mouvement de ses cils quand elle clignait les yeux, d'entendre une main serrer les doigts de l'autre comme elle le faisait parfois, d'entendre sa langue extirper un petit bout de gencive à vif.

Quand sa mère était malade, il voyait le cancer comme des amas ronds de gelée verte qui se développaient dans son corps, prenaient possession de ses os fibreux et enflaient sur son foie lisse, ses intestins colorés. Il voyait son amour de la même manière, mais avec de la gelée rouge qui enveloppait son cœur, gonflait dans sa gorge, s'enracinait dans son ventre. Il s'endormit, sa respiration ralentit, sa main chercha la sienne et attrapa ses doigts salés pour les embrasser. Il sentit cette gelée rouge s'arrêter dans sa gorge, mais il était trop fatigué pour ouvrir la bouche.

Elle comprit tout de suite. Le cou tout marbré, le blanc des yeux rougi et cette odeur douceâtre d'essence qu'elle connaissait trop bien à cause de son père : la preuve d'une murge de taille. Il l'embrassa, lui mordit la lèvre, et elle dut s'écarter de la main qui fouillait entre les jambes de son jean. Elle recula et il tangua. Elle fit entendre un rire à la fois jovial et creux. «Je vais te faire du thé! Tu as toujours aimé boire, Fedir.»

Elle s'approcha juste assez pour le pousser doucement vers le canapé et alla devant le plan de travail de la kitchenette de l'autre côté de la pièce. Elle considéra la bouilloire, finit par la remplir et l'allumer. Va doucement, il pourrait bien s'endormir comme une masse. Puis il fut à côté d'elle.

«Il faut qu'il aille dans une maison.»

L'eau de la bouilloire était chaude; depuis qu'Alena vivait dans l'appartement elle ne s'était jamais éteinte seule. La vapeur s'élevait entre eux mais elle n'arrivait pas à le quitter des yeux.

«Il va aller dans une maison. On appelle ça une maison de fin de vie, là où les gens meurent. Il a eu de l'argent pour l'affaire et il ne m'a rien dit. Il l'a vendue, je veux dire, alors que je suis censé m'occuper de l'affaire. » Il criait et il lui saisit le menton. « Son fils reprend l'affaire. » Elle était déjà à demi penchée sur le plan de travail. « J'ai besoin d'aller mieux. »

Il posa la main sur la nuque d'Alena qu'il entoura de ses doigts. Elle ne bougea pas. La vapeur lui mouillait le visage, elle essayait, comme elle le faisait toujours, de se retirer dans un petit coin douillet à l'intérieur d'elle-même où il ne pouvait pas l'atteindre. Mais elle n'était même pas sûre de l'existence de ce petit coin.

« Je veux être bien. Tu me le dois, comme toujours. »

Elle crut qu'il avait dit « tu es à moi ». Il lui cogna la tête contre le plan de travail, malgré son absence de résistance, et l'y maintint en lui faisant mal. Tous les os de son visage étaient douloureux. De l'autre main il essayait de lui défaire son jean, tout en appuyant plus fort sur son visage, encore plus près de la bouilloire brûlante. Il lui fallut un moment pour se rendre compte que la douleur froide et vive venait du petit couteau à légumes, le seul qu'ils possédaient, qui appuyait contre sa nuque. Elle crut sentir couler un filet de sang chaud.

« Fedir !

– Fais-le pour moi. »

Elle défit ses boutons, même si elle avait l'impression que ses doigts ne lui obéissaient pas. Elle essaya d'éloigner la tête du couteau, mais il lui rabattit brutalement le front et elle sentit une douleur cuisante dans la pommette. À part ce moment atroce, ce fut rapide, pas trop violent et elle pensa plus tard qu'il l'avait fait par fierté et non par plaisir ; il parla tout du long si précipitamment qu'elle ne comprit pas un mot au milieu des halètements, ses paroles déformées par les grognements, les larmes et la peine. Elle se concentra sur la brûlure de sa joue contre la bouilloire, moitié bleu, moitié brûlure qu'elle devrait cacher à Dave, et sur la petite coupure de son cou.

Il termina, se retira n'importe comment et se reboutonna. Elle resta un instant la tête sur le plan de travail, la joue engourdie.

«Fais du thé, la bouilloire est vide.»

Il alla aux toilettes. Elle remonta son pantalon, se versa un verre d'eau et appliqua le bord contre sa joue, l'eau froide piquant l'écorchure. Quand elle se retourna, il tenait les tickets qu'elle avait achetés la veille, une tactique pour retarder les choses qui arrivait trop tard. Elle n'avait pas le choix. Le film avait commencé mais ils entrèrent tout de même et regardèrent *2 Fast 2 Furious* dans le beau cinéma art déco aux rideaux et aux fauteuils de velours rouge. Le vieux cinéma où elle avait toujours voulu aller avec Dave. Il tenait sa main molle dans sa grosse patte moite et la serra durant les scènes de poursuite. Alena appuyait une canette glacée de Coca contre sa joue et ne disait rien.

Devant le cinéma, il l'embrassa.

«C'était un bon film. Une bonne sortie.»

Elle eut un rire bref quand il posa les mains sur ses épaules.

«Je ne viens pas pendant un moment, je pense. La maison est dans le Kent et je dois m'occuper de l'affaire.» L'air était trop léger dehors, il avait un peu dessoûlé et il jouait à l'adulte. Il lui dit doucement à l'oreille : «Mais c'était vrai, je n'arrêterai jamais. Je t'en donnerai encore comme aujourd'hui. Tu aimes, oui?»

Elle éprouva un pétillement proche de l'hystérie. Il était sérieux, les yeux fixés sur elle comme s'ils venaient d'essayer une nouvelle position. Il voulait qu'elle réponde oui, il croyait qu'elle allait le faire.

«J'aime?»

S'il perçut l'intonation d'une question il ne le montra pas. Il descendit vers Dalston Junction, se retourna une fois pour agiter la main comme un fils à sa maman qui partait en voyage scolaire et voulait emporter une dernière image de chez lui.

Alena attendait au bout de la rue comme d'habitude et observait les filles en talons hauts, aux coiffures élaborées, qui sortaient une par une. Là où elle voyait auparavant des faons, elle imaginait aujourd'hui des oiseaux dodus qui voletaient en groupe, pépiaient avec animation à la face du monde, vernis acrylique sur des ongles aussi brillants et pointus que des plumes fendant l'air. Son David, si bon, si correct, si douloureusement confiant. Le sauver, se faire mal ; se faire mal et lui faire mal, ou tuer l'espoir en lui qu'on puisse l'aimer, qu'on le considère comme la meilleure personne qu'on connaît.

La main pressant doucement sa joue, elle vit une fille, grande avec une énorme choucroute noire et une poitrine impressionnante, effleurer d'un doigt la chemise de Dave. Vit le reste du poulailler se retourner pour regarder et rire avant que la choucroute ne s'éloigne dans un roulement de hanches.

Puis il arriva. Si elle avait été moins crispée, moins affolée, elle aurait peut-être remarqué son teint pâle, cireux, et la lourdeur de son corps quand il leva la tête et sourit. Elle courut vers lui, si pressée que le pare-chocs d'un taxi noir effleura ses mollets ; Dave eut un coup au cœur.

« Qui c'était ?

– C'était Tanya. Je t'ai dit qu'elle…

– Pourquoi elle te touche ?

– Elle me taquine, mais… mon Dieu, ton visage, qu'est-ce qui t'est arrivé ?

– J'ai glissé dans l'escalier et… »

Elle ne termina pas parce que les larmes jaillirent. Et, même si elle voulait le repousser, hurler qu'il ne devait jamais laisser une autre femme le toucher de cette façon, elle s'agrippa à lui, plaqua son torse contre le sien comme si elle essayait de se cacher en lui. Il la recueillit, lui cacha la tête dans ses bras.

Elle finit par se ressaisir, se frotta les yeux de la paume des mains et ils se mirent à marcher en silence au milieu des bruits de la ville. Ils s'arrêtèrent à un fish and chips et il lui dit de l'attendre. Elle l'observa à travers la vitrine : il triait les pièces dans sa main, échangeait quelques mots las avec l'homme moustachu le plus âgé qui remplissait les cornets de frites. Pourrait-elle prononcer les phrases ? Comment essayer de lui dire qui elle était réellement ? Son Alena, mensonges empilés en couches toutes plus sales les unes que les autres, cette chose poisseuse, noire au fond d'elle-même.

Il revint, les cornets de frites à la main, le vinaigre coulant goutte à goutte du fond pointu pour s'écraser sur le trottoir. Elle était affamée. Ces frites, leur chaleur, se remplir la bouche et le ventre semblaient lui apporter plus de réconfort qu'elle n'en avait espéré. Il la regardait les enfourner. « Oui, c'est ça. Remplis-toi le ventre. »

Elle se gavait de frites chaudes, se brûlait la langue, soufflait de petites bouffées de vapeur en même temps que le vinaigre lui tirait des larmes. Ils ralentirent le pas, gênant les touristes qui les dépassaient, l'air pincé et irrité. Il attaqua ses frites aussi goulûment qu'elle et elle vit un petit sourire de satisfaction monter jusqu'à ses sourcils. Elle n'avait jamais vraiment remarqué ses sourcils, courts et doux comme ceux d'un petit garçon.

Alena fit un signe de tête, se planta la fourchette en bois dans la langue tant elle se concentrait. Elle réfléchissait.

« Pardon d'avoir pleuré… » Elle leva la tête ; il avait du Ketchup au coin de la bouche. Elle se lécha le doigt et l'essuya sans y penser. « … Mais je veux te parler d'un gros truc et ça me rend nerveuse. »

Il fixait le fond de son cornet, résolu à en extraire les derniers petits bouts croustillants.

« Mais les frites m'ont donné du courage. »

Cela ne le fit pas rire ; il la regarda attentivement et s'arrêta à sa joue écorchée.

«Pardon. Ce sera pour une autre fois… à un meilleur moment.

– Non, vas-y. Je suis con. Et égoïste en plus. J'ai eu une journée de merde et Tanya, elle…

– Elle quoi?

– Laisse tomber. C'est idiot. Et bien sûr tu peux me parler. Bien sûr, Lena.

– Pardon.

– Viens, on va s'asseoir.»

Ils se faufilèrent dans Soho Square, au milieu des gens qui fumaient sous les chauffages à la terrasse des bars dans le brouhaha des projets pour la soirée, certains examinaient attentivement Dave jusqu'à ce qu'ils remarquent Alena qui lui donnait la main.

Alena avait du mal à respirer et fut contente qu'ils trouvent un banc à l'écart. La vérité cognait contre ses lèvres, ballon noir gonflé d'horreurs qu'elle ne supportait pas de faire entendre à Dave. Elle compta quatre forts battements de son cœur à vif et douloureux dans sa poitrine avant de commencer. Quand elle eut terminé, Dave la dévisagea.

«Tu n'en as plus parlé. Je croyais que tu avais changé d'avis. Alors… pourquoi?

– Parce que, parce que je veux voir partout, pas seulement Londres, quelqu'un dit que Manchester c'est bien pour le travail.»

Il la regarda, secoua la tête. «Non, non, non, c'est ridicule. Tu adores Hackney, bien plus que moi, et tous ces musées, ces marchés. Qu'est-ce qui s'est passé? Ça a quelque chose à voir avec ton visage? C'est encore la femme de ton boss? Écoute, enfin, est-ce que tu t'inquiètes encore à cause des filles au boulot, parce que cette Tanya, c'est juste une…»

Une lueur soudaine passa dans les yeux d'Alena. «Non, juste je…

– Si ton boss t'en a fait voir, si quelqu'un a osé lever la main sur toi, je te l'ai dit, je… »

Elle posa une main chaude sur sa joue pour le calmer. Elle sentait monter l'envie de pleurer mais elle ne pouvait pas se le permettre. « Non, non, David. Tu as dit que tu y penserais. Écoute, je veux juste voir une autre ville. Pourquoi on reste ici ? C'est si cher. On pourrait recommencer à zéro, tous les deux. »

Il haussa les épaules, gratta de l'ongle l'écorce d'un arbre.

« Alors on s'en va. On fait les bagages, on monte dans un bus, on trouve des nouveaux boulots. » Elle savait que tout cela avait l'air trop dur, trop nouveau. « Et je veux vivre dans grande maison, David. Ailleurs qu'à Londres, c'est possible et peut-être que je trouve un vrai travail là où les gens sont moins stricts sur visa. On peut économiser et voir le monde, comme tu as toujours rêvé. On le fait ensemble. »

Il la regarda, souffla lentement et hocha la tête. « Bon, tu m'as vraiment fait réfléchir à un changement l'autre soir ; un changement de boulot en fait, mais peut-être un nouveau départ, tous les deux. Je veux dire, ça a été difficile ces derniers temps et, tu as raison, on pourrait habiter une plus grande maison dans le Nord, c'est moins cher.

– Oui, oui, on aura une grande maison, des nouveaux boulots, on trouvera des nouveaux endroits. »

Il approuva et elle laissa couler ses larmes parce que tout semblait si facile, parce qu'elle croyait presque à ses rêves, la grande maison, le vrai travail et le billet d'avion pour quelque part encore plus loin. Elle allait partir, l'emmener, rien d'autre ne comptait. Si Fedir la retrouvait, ils partiraient encore une fois, du moment qu'elle pouvait emmener Dave. Elle se leva, serra son manteau autour d'elle. Il leva la tête.

« J'espère que ce sont des larmes de joie ? Tu me surprendras toujours. Je n'avais pas compris que tu voulais tellement partir. Je veux dire, je voyais bien que tu n'étais plus heureuse, mais je croyais que l'autre soir, c'était juste… tu aurais dû le dire. Et tu n'as pas d'ennuis, Lena? Parce que si c'est le cas tu peux me le dire et…» Elle posa les doigts sur la bouche de Dave et fit signe que non. Il respira à fond, tapa des poings sur ses genoux et hocha la tête. «Alors on va le faire?

– Oui, oui. Il faut y aller. Prendre métro, faire bagages et on peut prendre bus de nuit peut-être ou passer nuit à la gare, ou non, on peut partir matin mais tôt. Je pense que c'est long voyage jusqu'à Manchester.

– Quoi?

– C'est loin, alors il faut partir tôt de la maison.»

Elle avait posé la main sur son épaule; elle voulait le traîner jusqu'à la gare routière.

«Alena, tu vas bien?

– Oui. Je suis juste… excitée.

– Écoute, moi aussi, mais attends.» Il ôta la main d'Alena de son épaule et la tira vers lui. «Assieds-toi une minute.» Elle s'assit lourdement, la panique lui raclant les poumons à chaque respiration. «Alena. Je veux le faire, OK?»

Elle se mordit les joues, croisa les bras sur sa poitrine.

«Mais il faut donner un mois de préavis pour récupérer la caution de l'appartement, on en aura besoin, et il faut qu'Yvonne me donne des références. Il faut que je voie s'il y a une agence de sécurité là-bas pour me trouver du travail et si on réserve à l'avance on peut prendre le train, pas le bus, et tu ne vas pas laisser M. Scannell en plan, non? Je veux dire, je m'en fiche si tu le fais, mais…» Il semblait avoir autre chose à dire mais ne savait pas comment s'y prendre. «Et je sais, je sais que tu as peut-être l'habitude de partir sur un coup de tête, mais il vaut mieux faire comme ça; c'est un meilleur départ pour nous. Un meilleur nouveau départ.

– Je m'en fiche. Je veux partir. Ce soir ou demain matin tôt. S'il te plaît.» Le dernier mot n'était qu'un murmure, mais il ne servait à rien, elle savait qu'il n'y avait pas moyen. Il viendrait, mais pas tout de suite, bien sûr que c'était stupide de partir aussi précipitamment. Sauf si on avait peur que tout prenne feu et soit réduit en cendres devant ses yeux. Sauf si on avait un couteau dans le dos.

«Qu'est-ce qui te prend? Tu m'inquiètes.»

Elle ne voulait pas l'inquiéter, l'inquiétude était trop proche des soupçons. Elle l'embrassa en plein sur la bouche. «OK, OK. Quatre semaines?»

Il souriait à présent, déboutonnait le col de sa chemise comme un avocat à la télé après un contre-interrogatoire difficile, il avait l'air heureux. «Tu sais, c'est drôle parce que, après la journée que j'ai passée, je me disais que tu avais peut-être raison, qu'on devrait peut-être partir, que tu étais la seule chose qui me retenait. Pas qui me retenait, mais à cause de toi je restais dans ce boulot, pour m'occuper de toi, et puis tu te pointes et…

– Quatre semaines?» Elle le dit plus fort qu'elle ne le voulait, se reprit et tenta un sourire.

«Alena? Oui. Quatre semaines, un mois. Quatre semaines et on ira s'installer ailleurs. J'appelle le propriétaire demain.» Il se tourna vers elle, lui embrassa le nez, les lèvres, la pointe du menton. «Ça va passer vite, je te le promets.»

Alena ne répondit pas, elle souhaitait qu'Andriy meure dans la nuit et que le chagrin occupe entièrement Fedir. Elle eut ensuite une autre pensée coupable : elle souhaitait aussi la mort de son fils.

9

Ils firent presque toute la ligne du 344. Ils étaient fauchés, plus fauchés que quand ils avaient décidé de déménager. Manchester allait être plus cher que prévu, mais elle sortait tous les matins avant même qu'il soit levé, travaillait le plus possible dès les premières heures pour mettre un peu d'argent de côté, se rendait l'après-midi dans les cybercafés relever les prix des appartements à louer. Ils pouvaient envisager Salford peut-être, ou juste une chambre en colocation au début.

Elle avait réussi à obtenir une autre tournée pour une semaine. Le type qui la faisait habituellement enterrait la vie de garçon de son frère aîné à Magaluf. Il vomissait sans doute sur les hauts talons d'une fille à peu près à l'heure où Alena sortait du lit, enfilait son jean, se mettait à genoux à côté de David et l'embrassait sur le front, respirant son odeur ensommeillée et moite.

En allant travailler la veille, il l'avait vue rentrer d'une tournée, son visage pâle et souriant se détachant sur le ciel matinal couleur de meurtrissure, un mug vide dans lequel elle avait bu son café du matin se balançant à son doigt. Il avait posé les mains sur ses épaules, l'avait écartée avec douceur de la longue trace humide de pisse qui remontait sur le mur, laissée par les supporters des Spurs qui s'étaient rassemblés devant le pub d'en face le soir précédent, et avait embrassé le creux de ses yeux.

Elle ne dormait toujours pas mais cela semblait moins important à mesure que les semaines passaient. Peut-être même que travailler l'aidait, elle distribuait aussi des prospectus le soir, les boîtes étaient empilées dans l'entrée à côté d'un sac de messagerie jaune fluo, mou, dégonflé comme si la simple vue des prospectus l'épuisait.

« Repose-toi maintenant, d'accord ? Il reste du pain, fais-toi du thé et des toasts et va dormir un peu. Tu as l'air crevée. » Elle avait haussé les sourcils. « Belle mais sur les rotules. »

Elle avait déposé un petit baiser las sur ses lèvres. Le mug avait heurté sa tempe quand elle avait levé les bras vers son visage. Près du mur humide de pisse, elle de retour de son job de merde et lui partant pour le sien, le baiser d'Alena, son souffle amer sur son visage étaient pour lui la meilleure manière de commencer la journée.

Ils étaient donc fauchés et ils prirent le bus, les bus, parce que le métro était trop cher. La façon dont ils allaient là-bas n'avait pas vraiment d'importance. Ils avaient le temps, elle aimait le bus, elle les fit asseoir en haut, devant, et considéra le trajet comme une excursion. Elle regardait tout, comme si elle était dans un bus pour touristes sans toit, et il se demanda ce qu'elle découvrait et ce qu'elle avait déjà vu.

« C'est coiffeur, tu vois ? Et il s'appelle "Ça repoussera". »

Ils partagèrent les bonbons offerts par M. Scannell le matin : Coca pétillants, pastilles de chocolat blanc mouchetées de toutes les couleurs, crevettes roses mousseuses, au point d'en avoir les dents agacées. Il lui avait aussi donné de vieux magazines ; ils posèrent les pieds sur le rebord de la vitre et feuilletèrent ensemble *OK !* L'un des mariages se terminait déjà en divorce. Dalston, Islington, King's Cross, changement.

Il était tendu, comme s'il l'emmenait prendre le thé chez lui. Elle s'était bien habillée, trop bien pour trois trajets en bus et une après-midi dans un cimetière sous le crachin. Il l'aimait encore plus d'avoir fait cet effort. Et elle avait voulu acheter des fleurs, juste quelques tulipes rouges pas trop chères : « Allons, on ne peut pas se le permettre. Ça n'a pas d'importance. Ce n'est pas comme si maman ne savait pas ce que c'est de ne pas avoir de fric. » Mais elle avait insisté et les fleurs se fanaient déjà dans ses bras.

Dans le troisième bus, un bus sans impériale qu'ils avaient pris à Putney, ils se tenaient debout si près l'un de l'autre qu'il eut peur qu'Alena entende son cœur battre la chamade et déchiffre ses vilains secrets comme du morse. Boum-boum, boum, boum-boum, boum. Ils passèrent dans la cité et il ne put s'empêcher de tendre le cou, il aperçut la Coop, repeinte en vert et pimpante, le bleu d'autrefois oublié depuis longtemps.

À chaque arrêt, il regardait les retraités et leurs Caddies, les jeunes mères qui poussaient pour monter, l'air fâché, poussettes crasseuses et gamins encore plus crasseux. Il crut reconnaître quelques visages, peut-être des clients de la Coop, mais leurs yeux ne s'arrêtaient pas sur lui, s'intéressaient brièvement à Alena, jupe et chemisier élégants, cheveux roux flamboyants, puis contemplaient le peu d'espace dégagé devant eux, le visage dénué d'expression.

« Tu es triste. »

Elle avait chuchoté ces quelques mots au moment où le bus la rapprochait de lui en tournant vers le supermarché Asda. Elle lui massa le creux des reins en un mouvement circulaire. « Je comprends, mais je crois que ta mère m'aimerait bien. »

Il posa la tête sur la sienne – ses cheveux sentaient la noix de coco ce jour-là – et espéra que les battements de son cœur en morse ne révélaient pas que sa mère ne l'aurait pas du tout aimée. N'aurait pas aimé ses vêtements sortant d'une boutique de bienfaisance, son accent étranger, la teinture inégale de ses cheveux flamboyants, sans parler du vol à l'étalage, de son passé mystérieux ni du détournement de son fils non seulement de Roehampton mais aussi loin que Manchester. Sa mère, qui n'avait jamais quitté Roehampton, sinon pour quelques voyages à Southend et Great Yarmouth, n'aurait pas du tout aimé Alena. Elle aimait Shelley, blonde et bien habillée, une fille de la cité, ne demandant rien d'extraordinaire, parfaitement maquillée et complètement paumée. Il se souvint alors que les désirs de sa mère n'avaient plus d'importance. Et il était incapable de ne pas vouloir Alena.

Le cimetière, juste derrière Asda et un peu en retrait de la route à quatre voies, était encombré de pierres tombales bon marché portant des noms dont il se souvenait pour avoir entendu sa mère les prononcer. *La pauvre Maureen Yates a cassé sa pipe. Qu'elle repose en paix mais, et je ne rigole pas, ça n'a rien d'étonnant avec un mari comme ça.* Alena se tenait entre les tombes, serrant les tulipes presque fanées, tremblant dans sa jupe trop fine ; il eut l'impression que la terre grondait sous leurs pieds – probablement sa mère qui se retournait dans sa tombe, ou peut-être juste un camion qui transportait des déchets métalliques. Alena posa doucement les fleurs.

« Enchantée, Pat. »

Il contemplait le carré d'herbe clairsemée où s'étalaient les fleurs. Sa mère l'adorait. Elle le disait tout le temps. « Je veux juste que tu sois heureux, mon chéri. »

Il prit les doigts glacés d'Alena dans les siens. « Ça suffit. On y va. »

Il s'éloigna sans se retourner. Ils s'assirent au café de l'Asda, burent une tasse de thé pour se réchauffer, partagèrent un croque-monsieur.

« Je suis prêt. »

Elle leva la tête. Assise à la table jaune vif sous les néons, elle paraissait pâle, fine et délicate comme un pétale. « Pour quoi ?

– Pour notre nouveau départ, Manchester, pour qu'on soit étrangers ensemble. »

Alena, bien que gelée et fatiguée, rit et hocha la tête. « Super, Dieu merci, Dave. » Elle lui tendit la dernière bouchée de croque-monsieur suintante de fromage jaune. « On part dans cinq jours. Et tu seras aussi un étranger avec un drôle d'accent. »

King's Cross, Islington, Daltson, l'appartement. Il la fit s'arrêter juste avant la tache de pisse. Il voulait franchir le seuil et laisser derrière lui la journée, le cimetière merdique, les souvenirs de Shelley et la cité.

« Merci. »

Elle ne répondit pas par une plaisanterie, ne lui dit pas qu'elle avait froid et qu'il se dépêche d'ouvrir. Elle semblait se laisser pénétrer par ce mot. « C'est moi qui dis merci, Dave, je voulais… »

Elle ouvrit la bouche mais le bruit d'une sirène de police la coupa dans son élan et, quand la voiture fut passée, elle avait baissé la tête et cherchait ses clés.

« Je suis gelée et je meurs de faim.

– Alena ? Qu'est-ce que tu allais dire ?

– Quoi ? » Elle gardait les yeux fixés sur son sac. « Rien. Viens, David, il faut faire bagages et il ne reste que quelques jours, pas des semaines. »

C'était comme une indigestion, ou comme si son cœur essayait de se glisser dans une de ses artères. Quelque chose se passait dans son corps quand il la regardait. Ses cheveux avaient poussé, jusqu'au menton, et le roux flamboyant qu'elle utilisait en éclaboussant le lavabo et un de ses T-shirts s'était un peu atténué sous le soleil de l'été.

Elle l'attendait au bout de la rue comme tous les soirs depuis qu'ils avaient décidé de déménager. Assise sur le trottoir, les genoux serrés contre elle à cause du froid, le bas du visage masqué par l'*Evening Standard* ouvert. Il n'était pas avec elle depuis très longtemps et le tremblement de ses mains n'avait peut-être rien d'étonnant, pas plus que la peur de dire ou de faire ce qu'il ne fallait pas qui montait en lui et le faisait hésiter.

Il attendit que la petite balle qui rebondissait dans sa poitrine ralentisse un peu, mit les mains dans les poches pour dissimuler leur tremblement et la regarda tourner une page, peut-être avec une moue désapprobatrice, pensa-t-il. Elle referma le journal d'un coup sec, le plia et le tint au-dessus de sa tête pour abriter son visage de la lumière vive et froide. Il ne savait pas si elle le regardait dans les yeux, mais il vit l'esquisse d'un sourire, l'éclat rapide de ses dents pointues. Son cœur se serra, c'était la façon dont le fouillis de ses jambes et de ses bras maigres s'allongeait en le voyant ; elle s'étira, baissa le journal, fit un vrai grand sourire, puis détourna les yeux en hâte. Il s'avança vers elle et traversa sans regarder ni à gauche ni à droite. Il ne pouvait toujours pas la quitter des yeux. Ce n'était vraiment pas une indigestion.

Il avait remarqué les changements chez elle, mais avec une sorte de confusion égarée : sa façon de s'accrocher à lui, de venir le chercher par tous les temps à la sortie de son travail, de ne toujours pas le laisser la toucher la nuit, la question qu'elle posait quotidiennement sur le nombre de jours restants avant leur départ, la colère quand il parla de rester une semaine supplémentaire par égard pour le propriétaire. À dire vrai, il ne voulait pas voir, égaré qu'il était, comme si cette nouvelle attitude était une mouche insistante. C'était simplement une nouvelle composante parmi beaucoup d'autres qu'il ne comprenait pas et ne comprendrait sans doute jamais. Il devait se demander plus tard si cela aurait pu changer les choses s'il s'était arrêté, s'il avait regardé.

Il se disait qu'elle réagissait peut-être au changement, comme lui. Que, comme la course pour lui, c'était sa réponse à la peur et à l'euphorie d'un nouveau départ, juste tous les deux en tant que couple. Il s'était mis à courir jusqu'à son travail, il traversait les quartiers pauvres, les cités et passait devant les grosses maisons blanches avec deux voitures dans chaque allée. Descendait vers le canal où retentissaient sans arrêt les sonnettes des vélos, puis entrait dans le smog et les embouteillages d'Old Street. Il rêvait d'un endroit qui n'appartiendrait qu'à eux, où ils arriveraient en même temps. Sans le souci de voir un jour débarquer Shelley sur le pas de la porte ou qu'une des filles de la cité se trouve tout d'un coup un type friqué et vienne faire un tour au magasin. Pourquoi Manchester? Pourquoi pas? Ça lui était égal. C'était comme Londres, disait-on, juste un peu plus petit. Il étirait ses muscles échauffés, presque jusqu'à la rupture, sur un banc, près de la statue de bronze d'un vieil homme allongé, du côté de Bond Street, et faisait des listes de tout ce qui donnait un sens au déménagement : la vie serait moins chère, c'était un nouveau départ, il pouvait travailler n'importe où, ils logeraient dans un appartement plus grand, c'était ce que voulait Alena.

Mais en ralentissant sa course près de son travail, penché à droite d'avoir trop tiré sur son tendon d'Achille, il ne pouvait s'empêcher de dresser l'autre liste : un jour il était allé à Bognor avec l'école et il s'était tellement ennuyé de chez lui qu'un des accompagnateurs avait dû le ramener; il ne pourrait plus se rendre sur la tombe de sa mère ou, comme il l'avait fait parfois avant Alena, prendre le bus pour Putney et aller à l'endroit où Shelley, sa mère et lui avaient assisté à la course d'aviron sur la Tamise quand tout n'avait pas encore tourné en eau de boudin. Il ne partirait pas s'il ne tenait qu'à lui, c'était uniquement pour elle, vraiment. En même temps, il ne laissait pas grand-chose derrière lui.

C'était trop précipité et Alena essayait tout le temps d'accélérer les choses. Elle avait toujours été têtue, ça oui, mais insistait doucement, gentiment, jamais de cette façon, jamais pour elle-même, comme ça, toujours sur son dos au point qu'il avait tout le temps envie de lui demander, il faillit le faire, si Manchester était la ville où elle était allée avant lui, avant eux. Un goût amer monta dans sa gorge et tapissa sa bouche à l'idée qu'il l'emmenait peut-être là-bas pour se la faire prendre. Son éloignement ces dernières semaines, son insistance ne faisaient qu'augmenter son inquiétude.

À l'écart du magasin, elle se leva doucement et le laissa l'étreindre. Il sentit le journal qu'elle avait lâché lui frôler la jambe, elle mit les bras autour de son cou, se serra contre lui et dit contre sa poitrine, comme si elle voulait que sa voix traverse la chair et les os jusqu'à son cœur douloureux qui battait à tout rompre, « Tu m'as manqué aujourd'hui », et il oublia les arguments, les inquiétudes et les soupçons. Il oublia tout sauf Alena et succomba au bien-être difficile de ne vouloir et ne désirer que celle qui était dans ses bras.

Elle quittait la boutique après avoir laissé le Caddie, s'excusant encore auprès de M. Scannell de devoir arrêter la tournée si tôt, tenant le sachet de pastilles en chocolat qu'il lui avait donné et s'armant déjà de courage au cas où Fedir déciderait soudain de venir, quand Mme Scannell lui saisit le bras.

« Hé, vous ! »

Alena essaya d'abord de sourire en voyant Mme Scannell découvrir ses dents qui révélaient son goût pour le sucre, comme Alena. Jusqu'au moment où elle s'aperçut que ce n'était pas du tout un sourire. Jusqu'au moment où elle sentit l'étau de sa main. Jusqu'au moment où elle remarqua son regard, le regard qu'elle avait chaque fois qu'elles se croisaient.

« Je lui ai dit, vous savez.

— Pardon ? Quoi ?

— Je ne veux pas de gens comme vous ici. Une étrangère, une immigrée. Qui prend le travail de nos jeunes. Quelle honte, une femme adulte qui distribue les journaux! Si ça ne tenait qu'à moi, j'appellerais tout de suite l'immigration – il y a des affiches dans tous les bus, au cas où vous n'auriez pas remarqué –, il suffirait d'un coup de téléphone pour qu'ils viennent vous expulser. Et ne croyez pas que je ne vous ai pas vue tourner autour de mon Albert...

– Quoi? M. Scannell? Non, j'ai un petit ami. David. Je l'aime. C'est juste job, bon job! En plus je m'en vais bientôt, vous savez, pour aller ailleurs et au fait...» Alena dégagea son bras, se força à regarder la femme dans les yeux. «Je suis polonaise, pas clandestine. J'apporte mon passeport... peut-être j'explique à M. Scannell si vous voulez? Lui dire que vous me l'avez demandé?»

Mme Scannell détourna les yeux, puis tenta un sourire froissé et contraint.

«Oh! je sais que vous partez, il ne parle que de ça, l'imbécile. Bon, moi je ne suis pas idiote. Vous partez et vous allez prendre le travail d'un autre petit Anglais qui le mérite? Laissez mon Albert tranquille, vous l'avez assez embêté comme ça. Et Polonaise, hein? Bon, vous n'êtes peut-être pas clandestine, mais je ne me trompe pas en disant que vous n'êtes pas d'ici.»

Elles se faisaient face. Alena ne voulait pas dire à la vieille conne que, si elle ne prenait pas garde, elle allait lui faucher son mari juste pour l'emmerder, qu'elle ne méritait pas un homme aussi gentil, mais elle ne voulait pas non plus s'enfuir. Elles se faisaient face, puis elles entendirent le carillon électronique qui signalait à tout le monde que la porte de la boutique s'ouvrait.

«Allez, fichez le camp.»

Mme Scannell renvoya Alena d'un geste de la main. Tous les gros mots anglais qu'elle connaissait, nombreux après avoir arpenté les rues de Hackney, se pressaient dans sa bouche, puis elle pensa à sa paie de la semaine écoulée et au besoin qu'ils en avaient.

«Je comprends, madame Scannell. C'est juste bon job pour moi. Et je m'en vais vraiment bientôt.»

Elle s'éloigna, ouvrit le sachet de pastilles en chocolat et les fourra dans sa bouche pour ne pas pleurer, pour étouffer toutes les injures qui encombraient sa gorge et qu'elle avait envie de lancer à cette femme. Elle entendit à peine Mme Scannell crier dans son dos.

Il restait trois jours avant de prendre le bus chargés de tout ce qu'ils avaient pu faire tenir dans une énorme valise et deux sacs à linge. Dave possédait si peu de choses qu'il semblait ne presque rien laisser derrière lui et elle se sentait moins coupable, sinon moins salie.

Elle était épuisée, avait l'impression de courir un marathon, non, un double marathon, de sentir sa peau peler depuis la plante des pieds et ses tibias se briser et transpercer sa peau décapée par le vent, tant lui pesait cette tentative de les emmener loin de Londres. De les mettre à l'abri. Maintenant elle voulait certaines choses. Pas seulement être vivante et en sécurité, elle voulait se réveiller tous les matins avec Dave, elle voulait que son ventre s'épanouisse en portant un jour son enfant, elle voulait pouvoir dire un jour peut-être : «Voici David, mon mari.»

Elle le connaissait mieux à présent. Elle était allée dans la cité où il avait grandi, qui lui rappelait son propre immeuble; elle n'aurait jamais cru que des endroits comme celui-ci existaient à Londres avant d'y venir. Il y avait aussi des immeubles à Hackney, presque les mêmes, mais quelque chose dans la cité de Dave puait l'abandon et la déception comme chez elle.

Elle le connaissait par les battements sourds de son cœur quand ils étaient allés sur la tombe de sa mère, par son inquiétude mal dissimulée à propos de l'argent et du travail. Et maintenant elle le trouvait presque trop lourd à porter. Mais elle ne pouvait pas l'abandonner. Alors elle continuait à avancer, plus qu'une affaire de quelques jours et elle pourrait souffler, ils pourraient avoir une vie ensemble.

Elle passait d'une rue à l'autre avec ses prospectus, s'attendait à voir Fedir partout, se hâtait d'une porte à la suivante. Elle avait envie de prendre une pilule et de se réveiller trois jours plus tard dans le bus à côté de David, tandis que Fedir, Andriy, l'infamie de ses débuts à Londres disparaîtraient ou du moins seraient pliés bien serré et enfouis dans un lieu sombre et secret.

Dave ne courait que le matin, mais elle courait tout le temps. Elle se nourrissait de lui, de ses baisers, de sa voix, de sa proximité. Elle se nourrissait de promesses, d'espoirs et de pensées muettes à l'horizon de ces trois jours. Si elle réussissait à prendre ce bus pour Manchester, elle ferait n'importe quoi, n'importe quoi, plus que ce qu'elle avait fait jusqu'ici pour s'évader et l'emmener.

10

Il n'aurait rien remarqué si elle n'avait pas réagi. Ils regardaient *EastEnders* et tout était emballé dans l'appartement. Demain ils emporteraient la télé dans une des boutiques au bout de la rue et la vendraient au prix qu'ils pourraient en tirer, mais pour l'instant quelqu'un avait une aventure avec la nièce de quelqu'un d'autre, Dave n'arrivait pas à suivre le fil et Alena voulait voir la fin. Ils avaient mis le chauffage à fond, Alena aimant avoir chaud, et Dave était en boxer et en T-shirt. Il espérait que les pâtes au thon et aux oignons qui pesaient sur son estomac allaient se ramollir et entamer leur descente comme le prévoyait la gravité, et il profitait de la nouvelle habitude d'Alena qui s'allongeait, la tête sur ses genoux, ses longues jambes se balançant au bout du canapé.

Et donc, entre le tapage au Queen Vic, les pâtes et les longues jambes pâles d'Alena, il n'aurait pas remarqué le bruit de verre si elle ne s'était pas redressée d'un coup et n'avait tourné la tête comme un animal effrayé. Elle était nerveuse depuis des semaines et il était sur le point de lui dire qu'il ne se passait rien d'anormal, «Allez, allonge-toi. Ce sont des gosses; tu vis ici depuis assez longtemps...», mais alors il entendit quelqu'un dehors l'appeler par son nom et pourtant, idiot qu'il était, il aurait pu penser que ce n'était rien, sauf qu'elle se tenait parfaitement immobile, l'air complètement brisé, puis elle se mit à pleurer. Pas à pleurer de tout son corps comme d'habitude, mais avec des larmes qui roulaient lentement sur ses joues et une sorte de plainte.

« Alena, Alena, Alena. »

Durant une minute, il resta assis sans bouger. Au Queen Vic quelqu'un reçut un gin tonic dans la figure et quelqu'un d'autre une gifle donnée par une petite main chargée de bagues dont le choc fit osciller d'avant en arrière les boucles d'oreilles de la giflée. Puis il se redressa au-dessus d'elle.

« Qui c'est ? Qui est dehors et crie ton nom ? »

Les larmes continuaient à couler. Elle ne répondait pas, fixait l'écran, secouait la tête et se balançait d'avant en arrière, d'avant en arrière.

« Alena ? »

Deux hommes l'appelaient : Fedir, Dave. Elle serrait ses genoux dans ses bras, essayant de tout étouffer.

« Pourquoi il ne sonne pas à l'interphone ?

– Parce qu'il est complètement con. »

Elle criait, les yeux toujours fixés sur l'écran, le visage trempé, se mordant la lèvre supérieure. La voix hurlait dehors tandis qu'ils étaient toujours assis sur le canapé.

« Alena, quoi, sale petite pute frigide, je suis venu te voir. Je monte. »

Dave avait les yeux rivés sur elle, comme scotché. Alena fixait l'écran, tremblant de tout son corps.

« Alena, sale pute ! Salope. T'es rien qu'une... »

Il avait déjà fait cinq pas et cria avant d'atteindre la fenêtre.

« Je sais pas qui tu es, mais putain je vais te tuer. Tu m'entends ?

– C'est toi la fiotte ? »

Le mec dans l'escalier, c'était lui.

« La fiotte et la pute qui vivent ensemble. Alena envoie son enculeur.

– Putain de merde, tu es qui ? T'es qui ? » Il enfilait son jean, se voyait déjà lui filer deux bons coups de poing, le nez du salaud se craquelant comme un œuf à la coque, le bruit de son crâne qui heurtait le sol.

« Bordel, je vais te tuer, toi et la pute. Salope, sale putain. »

Comment savait-il où elle vivait ? Comment connaissait-il son nom ? Merde, qui était-ce ? Il fonça, il allait le massacrer, mais Alena se jeta devant lui.

« Arrête. Il ne faut pas, il va te tuer. Ou il y en a d'autres, ils vont te tuer, je t'en prie, je suis… suis si désolée, je suis si désolée. Je t'en prie, non. »

Plus tard, il prétendrait ne pas savoir ce qu'il avait fait. Que cet hématome couleur moutarde sur la joue d'Alena était apparu d'une autre façon, mais il se rappelait l'avoir poussée et l'avoir entendue crier derrière lui en se cognant contre l'angle de la table basse. Elle restait accrochée à ses jambes et quelque chose dans son désespoir ne mentait pas. Il la repoussa, tandis que le mec donnait des coups de pied dans la porte et qu'il entendait le bois craquer.

« Je te donne deux minutes pour foutre le camp et j'appelle les flics. Tu m'entends ? Deux putains de minutes. »

L'homme cognait toujours sur la porte. Les gonds gémissaient mais tenaient. Puis les coups cessèrent et il y eut un bruit comme si le type s'affalait de l'autre côté. Alena se leva, avança vers Dave, essaya de poser la main sur sa poitrine et la retira à la dernière seconde. Les yeux sombres, sérieux.

« Je t'en prie, David. Laisse-moi sortir. »

La poussée d'adrénaline s'était tarie et il avait envie de dormir. Il avait envie de revenir dix minutes en arrière, de l'emmener au lit, d'écouter son bavardage sur les appartements et les jobs à Manchester en s'endormant. Elle mettait ses chaussures et son manteau, tout en sanglotant et en cherchant son sac. Ils ne parlaient pas, mais la télé déclara : «Elle a toujours été mauvaise. Je savais qu'elle n'avait pas changé. Une traînée. Une vulgaire traînée, voilà ce qu'elle est.»

Il éteignit la télé. «Ça va?» Il ne savait pas pourquoi il posait cette question. «Lena, putain, c'est qui ce mec? C'est le même que l'autre fois. Bordel, il se passe quoi ici?»

Elle pleurait encore plus fort, haletante, les yeux rouges et gonflés. Elle secoua la tête. «Non.

– Non quoi?»

Il sentit la colère monter. Elle ne pouvait pas le repousser comme ça. Elle avait tout pris chez lui, il était prêt à tout lui donner. Il repoussa l'envie de l'ouvrir comme une tirelire pour voir ce qu'il y avait à l'intérieur. Il était effrayé par ce qu'elle était capable de lui faire faire, debout là avec son sac qui se balançait à son épaule, sans réussir à reprendre son souffle entre les sanglots, la morve coulant sous son nez. Il parla calmement, aussi immobile qu'il le pouvait au milieu de la pièce, craignant que sa voix ou un geste brusque ne révèle à quel point il avait envie de lui arracher ses secrets.

«Tu as couché avec lui? C'est pour ça qu'il est là? Je veux dire, il est déjà venu, hein?»

Elle le regarda, le visage défait, mais ne répondit pas.

«Pas avant, je veux dire, si c'est ton ex.» Sa voix se brisa, étranglée par ce qu'il allait dire. «Je veux dire, depuis que tu es avec moi, depuis que tu vis ici, est-ce qu'il t'a touchée? Tu l'as laissé faire?»

Elle couvrit son visage de ses bras, puis les mit autour d'elle comme pour se protéger. C'était un gémissement, étouffé par les larmes, la gorge serrée, mais il réussit à discerner les mots.

«Il faut que j'aille avec lui et que je l'éloigne. Pour nous deux. Je promets que j'explique tout plus tard. Plus de mensonges ni tromperie. Je vais…»

Les coups contre la porte reprirent, lents, maussades. Il s'approcha, lui saisit les bras et la regarda en face alors qu'elle essayait de détourner la tête.

«Mensonges? Tromperie? Tu expliques tout de suite ce qui se passe ici, merde. Tout de suite.»

Elle se dégagea. «Attends-moi. Je reviens plus tard ce soir et je te promets je dis tout.»

Elle était déjà dans l'entrée. Il était debout sous l'ampoule nue, incapable de bouger. Il avait le vertige.

«Alena?»

Elle le regarda une dernière fois, s'essuya le visage de la paume des mains. «Je suis désolée. Attends. Je promets que je vais arranger.»

Elle partit et il n'entendit plus que des voix étouffées, l'une furieuse, l'autre cajoleuse, qui s'éloignaient.

Il était assez ivre pour être malléable. Tellement ivre, l'odeur d'une longue journée de beuverie imprégnant sa peau, qu'il ne remarqua pas qu'elle pleurait quand elle se pressa contre lui, approcha le visage du sien, les lèvres contre les siennes. Tellement ivre qu'elle n'eut qu'à lui tripoter les couilles à travers son pantalon, lui chuchoter à l'oreille, la voix déformée par les larmes, qu'il la suive en bas. Chaque marche l'éloignait du danger, l'éloignait du mal qu'il aurait fait à Dave. Chaque marche l'éloignait de la seule chose pour laquelle elle avait voulu vivre.

Une fois dans la rue, l'air nocturne, les lumières et le bruit de la circulation parurent le réveiller et il s'arrêta, la tira par le bras. Alena voyait la silhouette voûtée de Dave à la fenêtre.

«Non, je veux baiser. On dit au pédé de partir. Je veux baiser.»

Il lui saisit le sein et elle ne put que le laisser faire. Il la tira en arrière, les doigts enfoncés dans sa peau tendre. Elle jeta un dernier regard à la fenêtre et, se rendant compte qu'elle n'avait plus grand-chose à perdre, elle se pencha vers lui et lui murmura à l'oreille.

«Espèce d'idiot. Où tu crois que je vais vivre? Clandestine et sans travail? Et où on baisera alors? Sois gentil, emmène-moi boire un verre. Tu veux boire un coup, oui?»

Elle caressa son érection à travers le jean. Il lui prit la tête à deux mains et l'embrassa, lui mordit les lèvres, lui remplit la bouche de son souffle puant l'alcool, de sa langue. Elle le contrôlait de nouveau, elle lui prit la main et le conduisit plus loin.

«Viens.» Elle jeta un regard en arrière, mais la fenêtre était vide.

Ils allèrent dans un pub irlandais étroit comme un couloir. Alena essaya de ne pas boire en pensant qu'elle devait donner des explications à Dave plus tard, mais l'idée de l'affronter lui fit avaler son verre cul sec et en demander un autre. Fedir déclencha une bagarre au bar, il finit par lancer un verre et elle le tira dehors pendant qu'il criait : «Regardez ma belle pute. Et vous, les gars, vous avez quoi, hein? Vous croyez que je sais rien baiser, eh ben, moi je vous dis je sais toutes les baiser.»

Il l'emmena dans une ruelle à côté du pub. Ce fut chancelant, désordonné, le mur glacé lui égratignait la peau, pas assez rapide et si près de la rue que tout le monde pouvait les voir. Alena la putain exposée à la vue de tous. Ensuite, il arrêta un taxi, braguette ouverte. Elle attendit qu'il monte, claqua la portière et agita la main comme elle l'avait prévu depuis le début. Elle craignait qu'il tente quelque chose, mais il glissait déjà de côté, les yeux mi-clos.

Quand elle rentra enfin, ses émotions étrangement muettes et silencieuses, la porte de l'appartement était grande ouverte et elle comprit que Dave était parti. Elle entra au salon, s'assit et resta là, les genoux remontés, le menton sur les rotules. Elle avait soif, sa langue lui semblait épaisse dans sa bouche, mais elle restait assise. Elle ralluma la télé et regarda sans les voir les visages qui défilaient sur l'écran. Ses pensées grésillaient comme des parasites, avec un bruit si aigu qu'elle n'en avait conscience que par une légère vibration qui lui traversait le crâne.

Elle pouvait aller boire au robinet. Si elle voulait, elle pouvait se faire une tasse de thé. Un instant, l'idée que, même si tout s'était écroulé, elle pouvait encore se faire du thé, manger un biscuit, la sortit de sa torpeur, fit baisser d'un ton le grésillement et mit son esprit en branle : Fedir revenait, frappait Dave ou Dave le frappait, elle se faisait brutaliser, où était Dave, que pouvait-elle vraiment dire à Dave, ou pouvait-elle… puis le grésillement remonta dans les aigus qui lui vrillaient le crâne. Alors elle resta assise.

C'est ainsi qu'elle se réveilla, n'ayant pas conscience de s'être endormie, entendit la porte et quitta précipitamment le canapé, à temps pour voir la porte de la chambre lui claquer au nez. Elle sentit l'odeur, toutefois, l'odeur épaisse et écœurante de l'alcool, qu'elle reconnut dans les bruits de l'autre côté de la porte, dans sa colère et ses pas lourds emplissant l'appartement.

Elle aurait dû partir à ce moment-là. Partir avec les vêtements qu'elle avait sur le dos parce qu'elle sentait sa fureur faire fondre les murs entre eux. Elle aurait dû partir avant, dès que Fedir avait réapparu. Mais elle ne l'avait pas fait et elle ne le faisait pas plus maintenant. Elle se laissa glisser contre la porte et écouta jusqu'à sentir qu'il avait sombré dans un sommeil lourd et sans rêves. Elle avait fui la Russie, puis un monstre, deux monstres, elle avait trouvé Dave et elle avait presque réussi à les emmener au loin. Elle devrait réussir à échapper à Fedir et à les emmener à Manchester, le matin quand il aurait dessoûlé, quand dormir l'aurait calmé.

Elle prit le manteau de Dave et s'allongea sur le canapé, enfila les manches noires à l'envers et releva le col pour se couvrir le nez et la bouche. Elle avait l'impression de sentir son odeur, un jour froid d'hiver, son désir d'elle toujours présent. Je peux le regagner. Là-dessus elle s'endormit d'un sommeil fragile, sans rêve.

Mais dormir ne le calma pas. Il était déjà parti le lendemain matin avant qu'elle sorte en sueur d'un sommeil oppressant. Elle suivit le conseil qu'elle s'était donné et ne fit rien. Contrairement à tout ce qu'elle sentait, elle ne bougea pas. Fedir n'avait qu'à revenir, Dave la détester, lui démolir la figure d'un poing d'ivrogne, les murs tomber sur elle et lui briser les os. Elle ne partirait pas.

Elle retrouva la partie froide et dure d'elle-même – elle avait passé si longtemps à essayer de s'en débarrasser – et s'en servit pour tenir bon. Elle lava les draps et les étendit sur les portes pour les faire sécher. Elle fit un ragoût, coupa minutieusement les légumes en forme d'allumettes.

Elle se mit à quatre pattes et frotta le plancher, débarrassa les plinthes de leur duvet gris. Elle plia leurs vêtements et mit leurs chaussettes en boule, trempa du papier journal dans le vinaigre et le passa sur les vitres qui grincèrent, gratta de l'ongle le dépôt noir sur le rebord de la douche.

Enfin, elle se lava, prit une douche avec l'eau chaude à fond et juste un filet d'eau froide, tourna le visage directement sous l'eau brûlante, introduisit le gant le plus loin possible en elle, jusqu'à se sentir gonflée et fermée par la douleur. Elle se trouvait répugnante.

Ni l'un ni l'autre ne vint. Elle écoutait les sirènes, les cris, les sons qui passaient dans la nuit de Londres. Elle mangea un paquet de biscuits et but du thé. Elle regarda un épisode de *Summer Bay* et se demanda qui de Fedir ou de Dave l'emporterait dans une bagarre ; Londres contre l'Ukraine, le Bien contre le Mal. Elle se consola à l'idée que Dave courait, qu'il était en forme, tandis que Fedir ne faisait jamais de sport, puis elle se retrouva à quatre pattes en train de vomir un liquide grumeleux en se souvenant que David serait probablement bourré et que Fedir, le salaud, ne viendrait jamais seul. Quand elle entendit le bruit de la clé qui tâtonnait dans la serrure, elle ne bougea pas. Elle sentait le vomi et ne pourrait pas supporter la façon dont il la regarderait.

11

Qui sait combien de jours elle aurait dû attendre que Fedir revienne ou que Dave dessoûle, qu'elle soit virée de l'appartement ou punie d'une manière ou d'une autre. La punition ne vint finalement ni de l'un ni de l'autre, ou du moins elle ne le croyait pas. Elle avait réfléchi à cette éventualité avant, bien sûr, quand elle cherchait du travail et répétait quotidiennement aux gens, en regardant ses pieds : « J'ai perdu passeport. » Quand Mme Scannell lui avait parlé des affiches dans les bus.

Ou avant encore, quand les flics faisaient leur ronde à Paddington, juste à côté des toilettes publiques, elle savait qu'à n'importe quel moment l'un d'eux pouvait se montrer plus curieux, l'emmener à l'écart et lui poser quelques questions.

Elle s'imaginait cependant que d'une certaine manière le fait de vivre dans un appartement, d'avoir un pseudo-travail et plus qu'un sac à dos de vêtements la protégerait. Qu'elle trouverait un conseiller juridique ou une association caritative. Ce serait peut-être comme la facture d'électricité impayée que Dave avait reçue, ce serait une lettre rouge ou peut-être un coup de téléphone glacial et effrayant. Mais ils arrivèrent à l'heure du déjeuner, au moment où elle réchauffait une soupe en boîte. Ils étaient quatre et ils lui permirent d'emballer ses affaires dans un sac-poubelle mince et gris, mais elle n'eut pas le droit de laisser un mot à Dave qui buvait ou qui courait, les deux seules choses qu'il faisait depuis l'apparition de Fedir : boire jusqu'à la gueule de bois, courir pour s'en débarrasser, et recommencer.

Au centre, elle eut droit à un coup de téléphone. Elle tomba sur le répondeur et débita un long message à toute allure.

Puis elle entendit un bip, comme si elle avait été coupée. Elle préféra croire qu'il n'y avait plus de place sur la messagerie. Le centre était une prison avec des barreaux, des grilles et des gardiens. En fait, c'était pire qu'une prison. Qui avait envie d'investir pour des gens qu'on renvoyait chez eux ?

À Heathrow, un gardien la remit à son «escorte» qui attendait déjà dans le hall des départs. Les vacanciers en short, bronzage orange anticipé et casquettes de base-ball, la dévisageaient comme une criminelle. Elle se disait qu'elle devait l'être. Sa punition, la perte de ce à quoi elle tenait le plus, son retour en Russie auprès de sa mère, si sa mère était encore là, mais avec l'espoir qu'une fois Andriy disparu – certainement disparu à présent, se dit-elle – Fedir serait trop lâche, trop paresseux pour partir à sa recherche. Ou que, elle le voyait bien maintenant, Fedir et Andriy n'avaient jamais cherché plus loin que leur petit coin de Londres, leurs repaires infestés de vermine.

Depuis qu'elle était ici, elle n'avait eu aucune nouvelle de sa mère, aucune réponse aux cartes postales soigneusement choisies. Rien. L'idée lui donna la chair de poule et elle se gratta la clavicule, laissant une marque rose très nette.

Comment expliquerait-elle son silence ? Son absence de contact pendant la première année ? Elle avait toujours la solution de se perdre dans Moscou, de devenir une ouvrière anonyme de plus, faire un travail mal payé, servir leur café au lait aux nantis, nettoyer leurs Jeeps, faire briller et parfumer les cuvettes de leurs toilettes.

Une paire de baskets sales s'avança vers elle. Cheveux ternes, manteau informe, survêtement pochant aux genoux et aux coudes, air embarrassé flottant autour de traits bouffis, traces de mascara séché sous les yeux.

« Alena ? Je vous ramène chez vous. »

« Excitée de rentrer, j'imagine ? »

Idiote. Alena avait débité à toute allure un chapelet de mots russes incompréhensibles mais compliqués, roulant autant de r que possible. La femme mal fagotée n'avait répondu que par un vague sourire, secoué la tête et cherché dans son sac un bonbon à la menthe – sans en proposer à Alena, alors qu'elle en avait un paquet plein.

Deux gardiens s'assirent en face d'elle et cette femme à côté. L'un des gardiens était vieux et l'autre si gros qu'il lui fallut tenir son ventre pour se caser dans son siège. Elle n'était manifestement pas considérée comme dangereuse, ce qui n'empêcha pas le gros d'agiter les menottes.

« Au moindre signe, attention. »

Le voyage en avion fut monotone – il n'y eut pas de film – et Alena se contenta de regarder le siège devant elle, sans prêter attention à l'homme d'affaires à sa droite qui ne cessait de lui donner « sans le faire exprès » des petits coups de coude dans le sein chaque fois qu'il fouillait dans son attaché-case bon marché muni d'une serrure à combinaison et qui, elle s'en aperçut en y jetant un coup d'œil, ne contenait qu'une vieille banane et un journal, le *Sun*. La femme faisait une grille de mots fléchés et suçait son crayon, *tsic, tsic, tsic*, tout en cherchant les mots et en prononçant les premières lettres, « te, te, te », entre ses suçotements. Au bout d'une heure, assise les paupières closes, et après un coup de coude particulièrement insistant dans le sein, elle ouvrit les yeux et dit aussi fort qu'elle put : « Vous êtes tous les deux cons comme des balais. » Elle donna un coup dans le dos du siège d'un des gardiens. «Eux aussi. Non, en fait, les balais sont plus malins.»

Comme elle avait parlé en russe, ils se contentèrent de la regarder et la femme déclara : «Désolée. Reconduite. Vous comprenez, on la reconduit. Je croyais en avoir une bien aujourd'hui pour tout dire mais quand ça les prend…»

L'homme regarda Alena comme si elle était capable de faire ce qu'il avait lu dans son journal sur les immigrés et demanda au steward s'il pouvait changer de place. Le gardien aux menottes ronflait pendant ce temps. Alena n'eut ensuite plus qu'à composer avec la femme et ses mots fléchés, et se borna à faire semblant de dormir en s'étalant dans l'espace de son accompagnatrice : une petite victoire.

Dès qu'ils arrivèrent à l'aéroport, la femme prit la file pour remettre Alena et les documents au contrôle de l'immigration. Elle se rongeait l'ongle du pouce et Alena en profita pour se réhabituer à la Russie : couleurs ternes – gris et beiges –, à-plats de couleurs vives – rouges, bleus, jaunes. Ses compatriotes russes nets et soignés, bien organisés, tenant en bandoulière leurs petits sacs de voyage en cuir. Ils attendaient patiemment, sans sourire, des familles entières s'éparpillaient dans les cinq queues puis se faisaient signe si leur file avançait plus vite que les autres.

Alena se demanda si son accompagnatrice craignait qu'on refuse de la laisser rentrer et qu'elle se retrouve coincée avec cette fille bizarre et maussade. Elle se demanda si cela arrivait parfois, mais pas question de briser le silence et de poser la question. À l'évidence, le préposé aux passeports ne sembla pas impressionné quand elle lui glissa les papiers ainsi que son propre passeport et qu'elle se mit à bavarder. «Je vous ramène une de vos filles ! Alors normalement, ce qui se passe c'est que je vous remets ces papiers, vous allez chercher quelqu'un et je vous la confie. C'est mon boulot, je la fais monter dans l'avion et je repars, je la ramène dans son pays natal en quelque sorte, ou dans ce cas je crois qu'on peut dire la mère patrie.»

Il la dévisagea avec l'air de penser «qu'est-ce qu'on en a à foutre de vous?», tandis qu'elle lui adressait un gloussement nerveux. Il n'ouvrit pas le passeport, ne toucha pas les papiers pendant un certain temps et, alors que la queue s'impatientait derrière elles, la femme perdit peu à peu son comportement brusque et fouineur. Alena échangea un sourire à peine esquissé avec le préposé. Il fit un signe du menton :

«Vous êtes avec elle?

– Oui, s'il vous plaît, jetez un coup d'œil aux papiers et allez chercher je ne sais qui, que je m'en débarrasse.»

La femme tournait la tête de l'un à l'autre, le rouge aux joues et les yeux écarquillés. Autre petit triomphe, du moins jusqu'à ce que l'homme lise les papiers et adresse à Alena une moue particulièrement méprisante, refusant de croiser son regard.

On ne l'interrogea que trois heures, beaucoup moins longtemps qu'elle ne s'y attendait. C'était le temps qu'il fallait pour ouvrir un compte épargne dans la plupart des banques; les Russes et leur bureaucratie – une manière d'employer les gens, supposait-elle. C'était une femme assez âgée à la poitrine imposante nichée dans un blazer ressemblant à une toile de tente, au rouge à lèvres corail qui, comme Alena s'en rendait compte tout à coup, était spécifique à la Russie, aux cheveux d'un roux terne, qui jurait violemment avec sa peau marbrée évoquant des soirées télé solitaires en compagnie d'une bouteille de vodka et d'un gros paquet de pâtisseries grasses.

L'interrogatoire se déroula vraiment sans difficulté. Elle dit simplement la vérité, jusqu'à un certain point : trompée, dupée; elle avait accordé sa confiance à quelqu'un, mais il n'y avait eu ni travail ni argent, elle s'était retrouvée à la rue, puis avait déniché un petit boulot; elle avait eu peur, ne sachant pas trop ce qui arriverait si elle essayait d'obtenir de l'aide ou de rentrer. La femme écrasa sa cigarette, but une gorgée de thé. Elle avait dû en voir des centaines avec la même histoire. Au fil de son récit, Alena voyait bien qu'elle se laissait aller sur son siège, prenait de moins en moins de notes, s'intéressant de plus en plus à la pendule dont le morne tic-tac semblait s'espacer au fil des heures.

«Mais pourquoi, comme je le dis toujours, pourquoi ne pas aller à l'ambassade de Russie? Elle est là pour protéger les gens comme vous, un petit coin de Russie où se réfugier.

– Parce que j'avais un visa d'étudiante et j'avais peur d'avoir des ennuis.» Alena se mordit la lèvre, se força à penser à sa mère, à Dave, essaya de faire surgir un sentiment parce que, pour être honnête, elle n'en avait absolument plus rien à foutre. C'était ce qu'on attendait d'elle toutefois, alors elle versa quelques larmes. «Est-ce que je vais avoir des ennuis?» La femme haussa les sourcils, se pencha en avant. C'était un jeu de vrai ou faux, et Alena ne pouvait que tenter de deviner; elle parlait lentement en surveillant la réaction en face d'elle. La femme s'adossa lourdement dans son siège, fit un bref signe d'approbation.

«Je ne vois pas pourquoi il faudrait qu'on en fasse toute une histoire. Disons juste...» Elle sortit un stylo et se mit à remplir d'une main experte un formulaire de quatre pages imprimées serré. Elle avait assorti son vernis à ongles à son rouge à lèvres, cette femme énorme qui devait avoir soixante ans bien sonnés. «Disons juste, dépassement de la durée de validité du visa, d'accord?»

Alena approuva et se demanda si la femme faisait partie de ces gens qui regardaient ailleurs, tamponnaient les documents sans les lire, ou s'arrangeaient pour faire avouer des mensonges sans jamais poser de questions directes. De toutes ces personnes qui faisaient sortir des filles du pays pour les envoyer là où elles n'avaient jamais souhaité aller. La femme leva la tête comme si elle sentait la soudaine froideur dans la pièce.

«Vous avez conscience que vous ne retournerez jamais en Grande-Bretagne? On ne vous accordera plus de visa.

– Je comprends, ça m'est égal. C'est nulle part… Pourquoi partir quand je peux être en Russie, le plus grand pays du monde?»

Alena parlait comme si quelqu'un tirait une ficelle dans son dos et, même si ces mots lui semblaient absurdes, la femme lui adressa pour la première fois un sourire et hocha énergiquement la tête avant de revenir à sa paperasse. Encore une bonne réponse, Alena, encore une bonne réponse.

12

La porte de l'ancien appartement de sa mère. Même s'il ne s'en aperçut pas tout de suite. Il ne sentait que son pantalon froid et mouillé, et la bouteille de whisky vide qui roulait dans le vent glacial du matin. La cité était silencieuse, il devait être l'heure où seuls les travailleurs de nuit rentraient, où peut-être un employé de service ou deux sortaient de chez eux. Il se redressa, fragile, glacé jusqu'à la moelle, avec l'impression que son corps n'était plus bon à rien ; il voulait l'abandonner sur place, ainsi que ses vêtements trempés de pisse, sans un regard en arrière. Mais il était coincé dedans, tout comme il était coincé par le mal de crâne qui lui vrillait les tempes et qui se transformerait en douleur cuisante dans la nuque quand l'alcool se dissiperait, mais cela ne l'empêcha pas de vérifier s'il restait un fond dans la bouteille à ses pieds.

Il détourna la tête de la porte, imagina la réaction de sa mère si elle l'avait vu ainsi. Elle avait beau aimer boire un coup, elle savait garder sa dignité. Même quand son mari l'avait trompée, délaissée et abandonnée, elle ne s'était jamais mise dans cet état.

Il avait toujours son portefeuille qui ne contenait que quelques livres, mais sa carte y était. Après avoir bu au Cavendish et injurié tous ceux qui voulaient bien l'écouter, avoir conservé son portefeuille et toutes ses dents tenait du miracle.

Il marcha vers Putney en faisant le détour par Hampstead Heath, évita les gens qui promenaient leur chien, soulagé au moins de porter un jean noir. Beaucoup de raisons d'être soulagé, mon petit Davey. En marchant, il cherchait des indices sur la nuit écoulée, des réminiscences, comme après une émission de télé qu'on a regardée distraitement quelques jours plus tôt.

Il se souvenait qu'il était allé dans un Wetherspoons et avait discuté avec un représentant en climatisation malaisien. Il se souvenait qu'ils s'étaient enfilé un double whisky bon marché au Wetherspoons, qu'ils avaient traité toutes les femmes de salopes avant de se faire virer. Il y avait eu un trajet en métro vers Putney où il avait raconté des conneries à une fille qui avait les larmes aux yeux et qui s'était grouillée de descendre pour les fuir, lui et sa canette dégoulinante. Puis plus rien jusqu'au Cavendish, le pub le plus malfamé de la cité, sa bouteille de whisky à la main, exigeant un verre et des glaçons, disant qu'il paierait le prix d'une pinte. Putain de con. Il avait envie de s'allonger dans l'herbe et de ne plus se réveiller.

Dans les toilettes pour handicapés du McDonald's, il rinça son pantalon et ses jambes au lavabo du mieux qu'il put et passa le tout sous le sèche-mains pendant un temps qui lui parut une éternité, agressé par le bruit strident comme par un couperet tranchant.

Il fallait simplement qu'il rentre chez lui, dans l'appartement qui était encore le sien au moins pour un jour ou deux. Il réussirait peut-être à y rester une ou deux semaines de plus. Et après? Pas de travail non plus. Et après? Il remonta le jean encore humide sur ses cuisses, lança un regard douloureux à son image dans la glace et entama sa marche le long de la Tamise jusque chez lui.

Il n'avait pas rechargé son téléphone exprès. Il l'avait laissé là où il avait glissé un soir, sous le lit, et il finit par le charger uniquement parce qu'il avait besoin du numéro du propriétaire. Trois appels manqués, c'était tout, et un seul message. Sa voix semblait déjà à l'étranger, déjà trop lointaine pour l'atteindre. «David, l'immigration est venue et m'a emmenée, ils disent que je suis sur une procédure accélérée, mais je sais pas ce que ça veut dire. Quand je demande combien de temps ça prend, personne ne dit. Ça doit être cette vieille salope, Mme Scannell, je t'ai dit qu'elle... Écoute-moi, je suis à Colnbrook, il paraît que c'est près de Heathrow. Tu peux venir me voir si tu téléphones avant. Viens s'il te plaît. S'il te plaît, si jamais tu...» Suivait la voix métallique donnant la date, l'heure du message, la voix lui disant qu'il était déjà beaucoup trop tard. Qu'en ne faisant rien, en glandant toute la journée, il avait commis l'irréparable.

Il ferma la porte de l'appartement qui l'avait reconstruit et brisé, qui était rempli des ombres de sa présence. Celles qu'il aurait peut-être voulu conserver : ses jambes sur le rebord de la fenêtre, sa silhouette derrière la vitre de la douche, sa hanche, ses seins et sa bouche qui apparaissaient quand elle essuyait en cercle la buée sur la porte. Et celles auxquelles il ne supportait pas de repenser : ses poings frappant la porte quand elle le suppliait de lui répondre, son silence strident quand le connard bourré s'était pointé. Il changea d'avis, il ne voulait se souvenir de rien, ni du bon ni du mauvais. Il trouva une piaule de merde sur le site Gumtree, pas de caution, pas de rendez-vous, pas de photos, il suffisait de s'amener et d'emménager. Mais Tooting Broadway était loin de l'est de Londres et près du centre commercial où il avait trouvé un travail de vigile. Il arpentait le centre commercial l'esprit vide, les pouces passés dans sa ceinture comme un homme deux fois plus vieux qu'il n'était, évitait le cordon de la monobrosse et les groupes de gamins en sweats à capuche : il ne gagnait pas assez. Il prit un autre job la nuit ; il était à Docklands, assis au bureau d'accueil d'une tour de verre noire et brillante où la lumière n'était jamais éteinte pour les banquiers qui finissaient par sortir à deux heures du matin et quelques autres pas très frais qui arrivaient à quatre heures, avec l'espoir de poser la tête sur leur bureau quelques heures. Docklands était loin mais il réussissait en général à dormir un moment et un peu plus chez lui.

Il avait foutu en l'air le peu d'argent qu'il avait mis de côté, et tout le reste d'ailleurs. Il lui fallait à présent recommencer à économiser d'une manière ou d'une autre. Quand il sentait une brûlure dans les mollets, quand l'acidité remontait dans sa gorge après absorption du contenu de la barquette en plastique noir qui se déformait quand il la flanquait dans le micro-ondes, quand tombant d'épuisement il devait encore tourner trois heures en rond dans le centre commercial au sol parfaitement poli, il s'obligeait à se souvenir pourquoi : paie ce que tu dois, avale la pilule, Davey.

Son jour de congé, il le passait dans sa chambre, au dernier étage d'une maison pleine de punaises, et regardait un banc où les poivrots du coin s'asseyaient, gueulaient, picolaient et arnaquaient. Un soir ils mirent le feu aux longs cheveux gris et gras d'une femme. Dave dévala l'escalier, mais quand il arriva en bas elle était couchée sur le dos et riait, toujours cramponnée à sa canette de cidre, et les deux autres poivrots riaient avec elle. Chaque fois qu'il avait envie d'une bonne bière bien fraîche, un seul regard vers eux suffisait à l'en dissuader.

Il le fit donc ; il s'accommoda des punaises dans le matelas, de la moquette trempée devant la douche, de l'odeur de shit, de la techno, des divagations de Reggie (qui venait de se séparer de sa femme), de la fumée âcre de la bouffe des sept Indonésiens qui dormaient serrés comme des sardines dans le salon, et de

Maureen, femme mûre aux yeux larmoyants et masseuse sans grand succès.

« Je peux t'en faire un si tu veux, David. » Elle avait posé une main tremblante sur la sienne. « Je te fais un prix, ou non, non, gratuitement je veux dire. »

Elle éclata d'un rire bref qui s'évanouit aussitôt.

Il restait dans sa chambre. Une petite boîte qu'il arpentait, où il échafaudait des projets, faisait et refaisait ses comptes au dos des enveloppes ou sur le *Standard* du jour, regardait les clients entrer et sortir du Sainsbury de l'autre côté de la rue et jouait à son jeu : à travers la crasse de la vitre il estimait la courbe de leur dos, leur démarche, les courses qu'ils avaient faites, qui était accompagné ou, plus justement, qui ne l'était pas. Le jeu consistait à juger s'ils étaient plus heureux ou plus tristes que lui : plus heureux, plus triste, plus triste, Seigneur, encore plus triste, plus heureux, plus heureux. C'était une sorte de « Play Your Cards Right » détourné et Dave ne savait pas du tout si cela lui faisait du bien ou du mal.

13

Elle avait pensé qu'on la laisserait se débrouiller seule pour rentrer, mais le gouvernement lui donna un billet d'avion et cinq mille roubles pour «se réinstaller». Cela lui semblait ridicule et elle n'était pas prête, mais la femme lui apporta une soupe de nouilles, une tranche de pain blanc compact, un fourre-tout marron pour remplacer le sac-poubelle et un grand manteau matelassé couleur pêche à la doublure déchirée. Perdus à jamais. Le sac, le manteau et Alena étaient faits les uns pour les autres.

La femme se montrait correcte malgré tout, et Alena se sentit soudain coupable. La vie donnait des leçons, punissait ceux qui faisaient des erreurs – qui le savait mieux qu'elle? On lui permit de rester dans la salle d'interrogatoire jusqu'à l'heure de son vol et elle fut soulagée d'être à l'écart de la foule dehors, de ceux qui se retrouvaient et de ceux qui se séparaient, des bavardages incessants et de l'habitude de manger sans arrêt qu'elle avait oubliés.

Elle n'était pas prête. La femme avait ôté son blazer, quitté ses chaussures à lacets et lisait le journal. Alena essaya de racler le moins fort possible le fond du bol avec sa cuillère en mangeant les nouilles et les pois gris et plissés. Une bouchée de ce pain grossier et elle savait qu'elle était de retour.

« Je ne suis pas prête. »

Ses mots avaient frappé la table et atteint l'ampoule nue, mais elle crut un instant que la femme ne répondrait pas. Le journal entre elles ne bougea pas, puis la femme le baissa lentement, à contrecœur. Sa bouche dessinait une ligne corail sévère. Elle haussa les épaules, se redressa péniblement, fouilla dans sa poche, en sortit un petit chocolat dans du papier d'aluminium, déformé par la chaleur et le poids de son corps, et le tendit à Alena. Le journal remonta et Alena lut un article sur un incendie criminel dans une résidence universitaire, un autre sur l'assassinat d'un criminel de guerre sur un terrain de jeux à Moscou en plein jour, un troisième sur le scandale d'un contrat concernant des trottoirs. Ses yeux avaient perdu l'habitude des caractères, son esprit avait perdu l'habitude de son pays.

Elle s'y rendit directement. Elle prit le train à l'aéroport, puis le bus. Tout lui paraissait vieux : la peinture bleu moucheté du bus, ses rideaux roses et poussiéreux, les fanions de football accrochés aux vitres et les cinq bouteilles de gaz sur le toit. Les autres passagers étaient tellement ternes : affreuses chaussures en plastique, cernes sous leurs yeux sombres, maquillage agressif, visages durs. Un homme buvait de la bière à même une bouteille en plastique sans étiquette, sous son manteau une croix dorée pendait sur son maillot de corps autrefois blanc, taché, il grattait de temps en temps son cou rougi et desséché par le froid avec les ongles de ses doigts boudinés.

Une femme au fond cria qu'elle voulait descendre et son billet passa de main en main dans le couloir ; les passagers ne se regardaient pas, mais l'argent parvint à l'avant. La main du conducteur apparut, une main de femme, à la surprise d'Alena, avec de beaux ongles rouges et une bague ornée d'une énorme perle en plastique. La monnaie de la passagère suivit le chemin inverse, puis Alena descendit par les marches à l'arrière, serra contre elle son manteau de fourrure noir et blanc, marqua un temps d'arrêt dans la rue comme si l'air froid l'avait transformée en glaçon, et elle se mit en mouvement, lentement, lentement dans ses bottes à hauts talons, sur la surface miroitante de la rue.

On aurait dit le décor d'un film sur sa vie tourné par quelqu'un d'autre, tout était reproduit mais avec de légères incohérences. Où était le chien errant pareil à un loup qui aurait dû être couché devant le café et aboyer férocement jusqu'à ce qu'on lui donne une bricole ? Pourquoi les chauffeurs de taxi n'attendaient-ils pas face au kiosque de la crêperie ? Une supérette avait remplacé la pharmacie. Une porte rouge avait été repeinte en bleu, mais la fleur peinte à la bombe était toujours là dans le froid de l'hiver sibérien, ainsi que la banque et le magasin de meubles où sa mère aimait bien entrer pour regarder et caresser le bois lisse de ses mains rêches.

Son pouls s'accéléra et elle sentit un froid glacial s'infiltrer dans ses os. Elle s'était dit que se trouver face au bon visage honnête de sa mère serait le pire, que sa mère ne la laisserait pas franchir le seuil. À présent elle espérait cette cruauté, elle voulait être délivrée de cette douleur.

Elle passa par-derrière avec l'impression d'être un imposteur, une étrangère qui aurait pris un raccourci par erreur. Les poutres en bois de l'immeuble s'écaillaient ; deux étés chauds et un hiver glacial – qu'y avait-il d'étonnant ? La porte d'en bas était ouverte, la serrure cassée comme souvent, et elle pénétra dans le hall. Toujours la même odeur : ail, urine et eau de Javel, graffiti sur les murs, FUCKDEPOLICE. Les imbéciles, ils ne savaient même pas ce qu'ils écrivaient en anglais. L'ascenseur était en panne, naturellement, et elle dut grimper les neuf étages ; à chaque palier elle faisait une prière muette pour ne pas tomber nez à nez avec un voisin, engoncé dans ses vêtements d'hiver et sa suffisance, plein de curiosité, la langue bien pendue.

La couleur de la porte avait changé et sa poitrine se gonfla de larmes en pensant à sa mère qui peignait, tenait le bas de son dos douloureux chaque fois qu'elle plongeait le pinceau dans le pot. Alena avait toujours aimé ce vert ; sa mère l'avait peut-être choisi pour se rasséréner ou pour l'accueillir à son retour. Peut-être en souvenir.

Alena frappa deux fois d'un poing léger à la porte métallique. Elle entendait la télévision, puis la porte s'ouvrit et une lumière crue éclaira l'entrée. Il portait des lunettes, une moustache et sur la hanche un petit garçon potelé avec un bonnet de laine et un pyjama Spiderman. Il fronça les sourcils, recula et posa une main sur la tête du petit. Alena ne savait pas de quoi elle avait l'air, mais elle devinait qu'elle n'avait pas l'allure d'une bonne nouvelle.

«Oui ?»

Alena secoua la tête et commença à reculer. Une fois en haut des marches, elle s'enfuit.

Elle s'éloigna dans le vent qui sifflait à travers son vieux manteau. Ils ne se connaissaient pas, ce manteau et elle, elle n'avait aucun moyen de savoir comment le serrer contre elle, quelle partie enrouler autour de son corps pour se protéger de l'air glacial. Elle s'était de nouveau accoutumée au froid mordant, aux bourrasques de neige, telles des aiguilles lui piquant la peau. Elle craignait le pire, bien sûr. Ils avaient pu le faire. Andriy avait l'argent pour ça et la police l'oublierait comme si la vie de sa mère n'était qu'une erreur de planification, un règlement qu'on pouvait contourner en y mettant la somme suffisante en roubles. Après s'être échappée de la maison d'Andriy, elle s'était convaincue que faire du mal à sa mère ou même partir à sa recherche ne leur apporterait aucun bénéfice.

Si c'était le cas, alors où était sa mère? Et pourquoi avait-elle été prise de panique en tentant de se rappeler quel bus l'emmènerait au seul endroit auquel elle pensait?

Dans la rue principale, elle s'attendait à se faire arrêter par des gens. Alena! Mon Dieu, c'est toi? Mais elle se regarda, dans ses vêtements bizarres, se rappela à quel point son visage, ses cheveux avaient changé, et elle en fut soulagée. Elle aurait pourtant bien voulu qu'Agnetha soit en ville ce jour-là, qu'elle voie Alena, se mette à courir à sa manière enfantine et pose une main froide sur sa joue. Alena s'arrêta un instant, ne sachant pas trop quelle direction prendre, puis elle pensa au père très strict de son amie, qui jouait si facilement des poings et protégeait sa petite princesse, elle se vit sur le seuil de leur belle maison triste avec ses vêtements informes et sa honte, et préféra continuer dans la direction qu'elle avait prise. Elle avait appris à se fier à son intuition quand elle ne pouvait se reposer sur rien d'autre.

Dans la ruelle, elle vit des graffitis, plus nombreux que dans son souvenir, des emballages d'esquimaux, des mégots et des canettes de bière écrasées, à moitié enfouis dans la neige. Certaines choses ne changent jamais. Elle frappa à la porte écaillée du café. Des bruits étouffés lui parvinrent et un homme du Moyen-Orient ouvrit la porte en essuyant ses longues mains fines sur son tablier sale. Alena crut qu'elle allait de nouveau devoir s'enfuir, mais il lui fit un sourire timide, accompagné d'un hochement de tête, et elle retrouva sa langue.

«J'espérais... je voulais savoir...» Elle eut un petit rire car, à cause de sa nervosité, elle avait soudain du mal à parler sa langue maternelle, les mots lui venaient dans cet anglais chaotique avec lequel elle s'était débattue si longtemps. Le sourire de l'homme s'élargit et elle força les mots à sortir de sa bouche. «Est-ce que Henka est là? Elle et son fils Mikhail vivaient ici, je me demandais...

– Oui, oui, oui. »

Elle entra dans la cuisine qui sentait la graisse chaude, l'oi-gnon brûlé et la sueur masculine. Elle voulut monter, mais il posa la main sur son bras ; elle laissa tomber son sac et attendit pendant qu'il préparait un plateau avec deux petits pains frits fourrés à la viande hachée, des *pirojki*, et deux tasses de thé. Il prit le sac d'Alena sur son épaule, lui tendit le plateau et ils mon-tèrent ensemble l'escalier crasseux. Ainsi donc, lorsque Henka, la mère de Mikhail, ouvrit la porte dans un halo de laque et de fumée de cigarette, Alena était debout avec ses offrandes et elles durent s'étreindre par-dessus le plateau, les énormes seins de Henka posés sur les petits pains à la viande, enveloppés dans la vapeur des mugs de thé.

Henka s'en alla dans un débordement d'excuses et d'excla-mations, un claquement de talons, tout en étalant le gloss sur sa bouche aux lèvres soulignées d'un trait de crayon et dit à Alena d'ouvrir le réfrigérateur et, pour l'amour du ciel, de choi-sir d'autres vêtements.

Après le départ de Henka, Alena n'eut pas envie de fouiller dans la garde-robe et de toute façon elle n'était pas sûre d'y trou-ver des vêtements dans lesquels elle se sentirait à l'aise. Elle alla prendre une douche, enfila un jean rouge et un pull gris qu'elle sortit de son sac et s'allongea sur le canapé. C'était sur ce canapé, dont un bras grinçait à présent et s'écartait du siège, qu'elle avait échangé son premier baiser avec Mikhail, là où Henka lui avait montré comment appliquer le mascara, là où ils s'étaient assis tous les trois pour regarder la télé, manger des graines de tour-nesol et former une montagne de cosses sur la table en verre devant eux.

Après leur étreinte maladroite sur le seuil, Henka l'avait vite fait entrer et avait posé le plateau. Ses cheveux avaient changé – longs, blond platine, coiffés en queue-de-cheval –, mais le visage faussement bronzé était le même, ainsi que les faux cils, les faux ongles, les faux nichons. Il ne restait pas grand-chose de Henka telle que Dieu l'avait créée, sauf son bon cœur et le rouleau de graisse autour de sa taille, conséquence de son trop grand amour des *pirojki*. Elle était comme toujours survoltée, on aurait dit qu'elle partait empêcher la fusion d'un réacteur nucléaire et non ouvrir un petit stand de vêtements au marché couvert. Elle avait mordu dans un petit pain, fouillé dans son sac, serré les bras d'Alena, fouillé, mastiqué, regardé Alena, le tout en un tourbillon de mouvements.

« Je n'y crois pas ! Mais, ma fleur, il faut que j'aille ouvrir la boutique. Ça ira ? Tu peux venir aussi ? Non, tu es fatiguée, bien sûr. On a un nouveau chef et je ne veux pas avoir une amende pour avoir ouvert en retard. Il est nouveau, il vient de Moscou, le cousin de je ne sais qui et, bon… Mais ça ne t'intéresse pas. Reste ici, hein, mon chou, reste ici et mange et… » Elle s'était tue un instant et avait regardé les vêtements d'Alena… « Vraiment, pour l'amour du ciel, fouille dans mon placard. »

Alena était restée immobile, souriant faiblement pendant que Henka tournait autour d'elle en jacassant, renversait son sac et le remplissait de nouveau, farfouillait dans un tiroir puis un autre, mordait dans second petit pain, tandis que le premier restait en équilibre instable sur son sac à main. Elle s'était approchée d'Alena et lui avait donné quelques baisers collants de gloss. « Petite Alena, tu as l'air fatiguée mais tu es rentrée. »

Alena avait finalement trouvé le courage de poser la question, au moment où Henka tournait la clé pour ouvrir la porte.

« Ma mère ? Je suis allée, mais… »

Henka s'était immobilisée trois secondes en dévisageant Alena. Puis elle lui avait encore une fois serré le bras. « Bien sûr ! Pauvre petite. Je suis désolée, bien sûr. Mais ta mère est vivante et on s'occupe bien d'elle. Elle est juste… Démence. Tu comprends ? Ça s'est passé si vite que personne ne s'en est rendu compte et, enfin, elle n'était plus en sécurité toute seule. »

Alena avait du mal à avaler la nouvelle, elle aurait voulu que Henka recommence à tourbillonner pour détourner son attention.

« Mais… comment ? Elle avait juste la soixantaine.

– Elle est dans une maison, là-bas, du côté d'Irkoutsk. »

Alena n'avait pas bougé et Henka l'avait regardée, puis elles s'étaient embrassées. Henka avait jeté un coup d'œil à sa montre, levé les mains vers sa tête et déposé encore un baiser ferme sur la joue d'Alena.

« Plus tard, on parlera plus tard. Maintenant dors, mange ce que tu trouves et s'il te plaît, s'il te plaît, sers-toi dans mes vêtements. »

Puis elle était partie, claquement désordonné de talons dans l'escalier, éclair de queue-de-cheval blond platine et signe de la main au cuisinier du café. Alena s'était retrouvée debout dans un lieu de son enfance, le silence assourdissant de l'appartement noyé par la pression encore plus assourdissante de sa conscience.

Alena dormait encore quand le bruit des talons la réveilla. Henka alluma une cigarette, lança le paquet à Alena et se mit à déballer ses courses.

« Je n'ai pas eu d'amende, mais cet homme, franchement, Alena ! Il vient fourrer son nez partout et il faut lui offrir du thé. Il tripote la marchandise, traîne du côté de la lingerie, je connais le genre. Il vient de Moscou, je te l'ai dit ? Allons, ne sois pas timide avec moi, prends une cigarette.

– En fait, j'ai arrêté de fumer, depuis un an à peu près. »

Henka s'immobilisa et lui adressa un regard désapprobateur, puis retourna à ses sacs. « En tout cas, s'il croit qu'il va obtenir de moi autre chose que ce qui lui est dû, et par là je pense au loyer, alors il est encore plus bête qu'il n'en a l'air. Franchement, Alena : "Vous avez beaucoup d'allure, on ne croirait jamais que vous avez un grand fils."»

Alena sauta sur l'occasion. «Qu'est-ce qu'il devient, Mikhail ?

– Tu le connais, il est né coiffé, il travaille à Saint-Pétersbourg.

– C'est formidable, je suis tellement contente pour…» Et sans prévenir, Alena se décomposa, le visage trempé de larmes en quelques secondes. Henka s'approcha, toujours dans un claquement de talons, avec des petits bruits de mère poule.

«Ma chérie, ma chérie, je te demande pardon, je suis vraiment idiote. Bien sûr, tu veux avoir des nouvelles de tout le monde, tu veux savoir ce que sont devenus Mikhail et ta maman, et moi je veux savoir où tu es allée, bien sûr.» Ses ongles s'accrochaient au pull d'Alena en lui frottant le dos. «Franchement, je ne sais pas pourquoi je continue à bavarder, c'est le choc, tout le monde croyait… Enfin, je veux dire pas tout le monde, mais on savait que ta maman n'avait pas de tes nouvelles et que sa prétendue amie, celle qui t'a emmenée là-bas, cette sale bêcheuse avec son sac Chanel, elle avait disparu de la surface de la terre. Ta maman, elle a tout essayé pour retrouver votre trace à toutes les deux, elle a passé des jours au téléphone, mais à ce moment-là, elle commençait déjà à…» Henka reprit haleine et lissa son chemisier. «Je vais préparer le dîner. Je crois que nous avons beaucoup de choses à nous raconter. Mais avant tout, il faut que je te dise, comme j'aurais dû le faire à l'instant où je t'ai vue, bienvenue, Alena, tu nous as manqué.»

Trois mois. Trois mois à faire deux boulots, à vivre dans la pièce de Tooting avec la fenêtre qui gelait à l'intérieur, les rats qui chiaient sur le plan de travail de la cuisine et ses colocataires paumés. Trois mois avec les junkies dehors, trois mois à contempler le pas lourd des innombrables clients chargés de sacs en plastique.

Il était plus mince et plus fort à présent. Il marchait la tête un peu plus haute quand il faisait ses rondes, mais au fond de lui, il se dérobait encore à l'idée de ce qu'il avait fait, de ce qu'il avait gâché en quelques jours de fureur. Il économisait, économisait chaque penny de son deuxième salaire, gardait les billets roulés dans un pot de confiture dans un sac au fond de sa penderie. Il savait qu'il était stupide de les sortir de la banque et de les garder à la maison, surtout dans une maison comme celle-ci, mais cela faisait partie de son rituel. Chaque soir, il étalait les billets légers sur le lit et les comptait. L'odeur de sel et de moisi lui montait à la tête quand il les mettait en piles de cent. Plus il couvrait la couette, plus il se rapprochait. Tout en comptant il se demandait si elle travaillait, il imaginait qu'elle avait peut-être elle aussi une pile de billets froissés, qu'elle roulait comme lui sur le ventre la nuit, enfouissait son visage dans le matelas et essayait de se souvenir de sa chaleur contre elle.

Mais il se bernait lui-même. Il n'avait aucune nouvelle d'elle, bien qu'il ait demandé à Tahir, son ancien propriétaire, de vérifier le courrier ; il avait même payé un changement d'adresse à la poste. Pas un mot et il ne le lui reprochait pas le moins du monde.

Des chocolats à la liqueur en forme de petites bouteilles de vin, un cadeau ridicule, mais Alena se souvenait d'un matin de Noël où sa mère avait mordu le goulot des bouteilles en feignant de siffler leur contenu et de leurs rires à toutes les deux. Le bus bondé et l'impression que des inconnus partageaient quelque chose de trop personnel en étant dans le même bus qu'elle lui rappelèrent le trajet vers le cimetière de Roehampton. Elle se rendait là où reposait sa mère, idée qui lui trottait dans la tête, en même temps que l'absence de Dave demeurait une douleur lancinante.

Elle s'attendait à pire : une école reconvertie à la jolie façade vert pâle se détachant sur le morne ciel d'hiver, un beau parquet foncé et des flots de lumière. En y mettant du sien, elle pouvait imaginer du bruit et de l'énergie, de jeunes enfants dans les couloirs. Sauf qu'il faisait très chaud, une chaleur puante et poisseuse qui évoquait la viande avariée. Au point qu'en entrant, après le vent glacial, elle sentit des picotements dans les mains et les joues, sa gorge se serra dans l'atmosphère alourdie par l'odeur stagnante d'eau de Javel et de chou. Il y avait pourtant un peu de réconfort dans cette odeur parce qu'elle lui rappelait ce qu'elle attendait.

Sa mère était dans une salle de réunion meublée de canapés bizarres et neufs genre Ikea et de quelques vieux pupitres d'écoliers aux bords entaillés par les anciens élèves. Sur une énorme télé fixée au mur, Poutine était à la chasse, les yeux noirs et torse nu, riant avec les journalistes. Sa mère était assise à l'une des tables où trônait un saladier rempli de fruits, le regard fixé sur la télévision. Elle semblait tellement vieille. Elle était belle aussi, presque sereine dans le froid lavis de la lumière hivernale qui pénétrait par la fenêtre.

«Elle n'a pas été très bien ces jours-ci, j'en ai peur. Comme presque tout le monde ici, elle a ses bons et ses mauvais jours, elle est quelquefois parfaitement normale, mais elle a souvent des épisodes comme en ce moment. Je suis vraiment désolée. Ce n'est pas vous, ce serait pareil avec n'importe qui, ce n'est pas un jour pour les visites.» L'infirmière n'avait pas plus de dix-sept ans et, si elle sentait un peu la bière qu'elle avait bue la veille au soir, elle semblait sincèrement peinée. «Vous pourriez peut-être venir un autre jour? Si vous téléphonez avant, nous vous dirons comment elle va, si c'est un bon jour?»

Alena aurait voulu répliquer: «Je ne suis pas n'importe qui», ou: «Qu'est-ce que vous avez fait à ma maman?», ou encore: «Savez-vous le long voyage que j'ai dû faire pour arriver dans cette salle puante, et je ne parle pas du trajet de quatre heures en bus?», mais à cet instant sa mère leva la tête, une lumière vive dans ses yeux marron, apparemment plus perçants que jamais, et Alena traversa rapidement la salle, sa vitesse attirant l'attention dans un lieu accoutumé à la lenteur douloureuse de la vie.

« Maman! Maman, je… »

Elle était devant sa mère mais ne pouvait pas la regarder en face; elle se concentrait sur l'odeur douceâtre des fruits mûrs dans le saladier qui lui serrait la gorge. Elle posa la petite boîte de chocolats à la liqueur.

« Maman, je… » Sa mère leva brusquement la tête, dévisagea Alena, puis se détourna, chercha des yeux l'infirmière comme si Alena était une folle à qui elle ne devait pas prêter attention de peur d'être elle-même attirée dans sa folie. « Je suis là. Je suis rentrée.

– Infirmière? Pouvez-vous amener cette fille à celui ou celle qu'elle est venue voir?

– Maman?

– C'est très courant. Beaucoup font ça. Ça n'a rien à voir avec vous, ne vous inquiétez pas. Ce n'est qu'un symptôme. » Alena n'avait pas remarqué l'infirmière au menton constellé de boutons bien mûrs à côté d'elle. Sa mère parla directement à celle-ci, de la voix stricte qu'Alena lui connaissait depuis l'adolescence.

« Vraiment, si vous pouviez l'emmener là où elle doit aller. En fait, je regardais les informations et c'est très désagréable. Je suis certaine que quelqu'un l'attend, je vous en prie, emmenez-la. »

L'infirmière rit, secoua la tête avec une bienveillance désinvolte, si éloignée du choc éprouvé par Alena en entendant sa mère parler d'elle comme d'une inconnue. Elle eut envie de l'écarter, de lui dire de foutre le camp loin de sa mère.

« Ne vous en faites pas, Vera, vous pourrez regarder les informations plus tard. Bon, voici… ? »

Elle se tourna vers Alena qui était au bord des larmes.

« Alena. Je suis sa fille.

– Bon, Alena est venue de loin pour bavarder avec quelqu'un ici. Vous voulez bien qu'elle s'assoie avec vous un moment, n'est-ce pas ? Vous pourriez peut-être regarder les informations ensemble ? »

Sa mère haussa les épaules, reporta de nouveau son attention sur la télévision. Alena respira un grand coup, réprima l'envie de quitter la pièce.

« Je suis très fatiguée… Est-ce que je peux rester assise là un petit moment ? On n'a pas besoin de parler. »

Sans quitter l'écran des yeux, sa mère posa la main sur la chaise à côté d'elle et Alena s'assit.

« Merci. »

L'infirmière donna une petite tape sur l'épaule d'Alena et se dirigea vers une autre table. Alena aurait voulu tourner sa mère vers elle, mourait d'envie qu'elle voie un reflet de son propre visage dans celui de la jeune femme en face d'elle, ne serait-ce qu'une trace de reconnaissance, mais elle gardait les yeux fixés sur l'écran.

« Est-ce qu'on est gentil avec toi ici ? Tu as l'air bien.

– S'il vous plaît. Je veux bien que vous restiez assise un peu ici, mais vous seriez gentille de vous taire pendant que je regarde.

– D'accord, maman. »

Alors sa mère la regarda un bref instant, un petit sourire passa sur son visage, une bonté dont elle se souvenait. Elle posa la main sur celle d'Alena.

« Je crois que vous ne savez plus où vous en êtes. Vous devez vraiment être fatiguée.

– D'accord, d'accord. Tu as raison, je ne dois plus savoir où j'en suis, mais je suis ici maintenant. »

Alena leva la main pour signifier à l'infirmière de ne pas s'approcher, se pencha sur son sac et y prit un petit tube de crème pour les mains. Elle en fit sortir une noix blanche qu'elle frotta sur ses mains comme elle l'avait vu faire à sa mère quand elle était petite, d'abord entre les doigts, puis en la lissant sur le dos de ses mains et en massant en cercle jusqu'aux poignets.

«Tu en veux?»

Sa mère ne la regarda pas, mais, avec l'air résigné de celle qui a l'habitude qu'on s'occupe d'elle, laissa Alena remonter doucement les manches de son cardigan, étaler la crème sur la peau de ses mains et de ses bras. Elle ne réagit pas aux larmes tombant des yeux d'Alena qui se demanda si elle sentait leur chaleur sur sa peau.

«De belles mains.» Elle prononça ces mots d'un ton distrait et Alena ne savait pas desquelles elle voulait parler.

«Oui, oui, tu as toujours eu de belles mains. Tu disais que c'était une des choses qu'aimait papa.»

Sa mère retira brusquement ses bras, puis saisit le poignet d'Alena.

«Vous. Vous avez de belles mains.

– Oui, elles sont pareilles. Tu vois?»

Sa mère fronça les sourcils et s'affaissa comme si tout l'air avait quitté ses poumons.

«Tu… Tu es…»

Les larmes coulèrent sur le poignet d'Alena. Des larmes de mère, chaudes sur sa peau.

14

S'il avait eu des amis, ils l'en auraient dissuadé. Ils lui auraient dit qu'il y avait des cartes postales, des timbres, internet en Russie. Et Dave n'avait que le nom d'un village avec trop de sons en *isk* qu'il n'arrivait même pas à prononcer correctement, pas plus qu'il ne savait si elle était retournée là-bas.

Il le trouva sur Google Maps, un point dans l'étendue immense de la Russie. Il se connectait au café internet somalien pendant son jour de congé, dans la même posture voûtée que s'il regardait un porno, et contemplait le point où Alena se trouvait peut-être en cet instant. Les gens, tout le monde en fait, auraient essayé de lui dire qu'il était cinglé, pire que cinglé. Si Deano et lui se parlaient encore, il aurait essayé de le décourager avec rudesse. «Allez, mec, je sais qu'elle te plaisait, mais il y a plein de filles comme elle partout. Qu'est-ce que tu penses de ça? On prend EasyJet, on va à Prague et on drague. Des filles comme elle, type minijupe et reine de glace, toujours partantes après quelques verres, il y en a à la pelle. Allez, qu'est-ce que tu as à perdre?»

Dave l'aurait frappé, un bon coup de poing jouissif en plein sur son nez graisseux, comme il aurait dû le faire depuis des années, et il aurait répondu que justement il n'avait rien à perdre.

Il aurait peut-être ajouté qu'Alena était unique et, putain, non, il n'y en avait pas à la pelle des comme elle.

Dave trébucha sur le câble de la monobrosse et Sue, la reine de l'engin, le tira d'un coup sec. «Attention, mon cœur, tu rêvasses, c'est ça ton problème.» Peu importait ce que pensaient les gens, il allait partir. Il la trouverait, arrangerait les choses. Il achèterait les billets ce soir et dans six semaines il ne tournerait plus en rond, il traverserait le pays d'Alena, vers elle, ou au moins vers l'assurance qu'il ne la trouverait pas, que c'était ainsi et, enfin, cette soif incessante cesserait.

Il y avait une technique. Prendre à la main la quantité voulue de jambon visqueux, de fromage râpé jaune pâle et desséché, de champignons émincés, les jeter sur la pâte ronde et blafarde et rouler la crêpe à l'instant exact où elle devient dorée dessous; une grosse cuillère de crème aigre, une cuillère à glace de salade russe et, si le client lui plaisait, un brin d'aneth.

Au début, bien sûr, elle avait fait des trucs immangeables, pas assez cuits, trop remplis, qui éclataient, des crêpes pâteuses qui ressemblaient à des grosses babouchkas. Au bout de quelques mois, elle se disait volontiers que ses crêpes étaient semblables à des femmes accueillantes, soignées, et que l'aneth donnait la touche de rouge à lèvres appliquée avant de sortir de la maison. Elle avait beaucoup de temps pour réfléchir pendant la journée.

Ce n'était pas le froid qui l'avait dérangée les premiers mois après son retour, un froid brutal, typique de l'hiver sibérien. Elle se couvrait comme un oignon, malgré les conseils de Henka. «Tu ressembles à un sac de patates. On va se tromper, te mettre dans la machine à couper les patates, te plonger dans la friteuse et te servir avec un shawarma. Prends au moins ma belle paire de bottes fourrées, celles à talons. Avec des jambes comme les tiennes, Alena, il faut des talons, crois-moi.»

Ce n'était pas non plus le travail; elle ne le trouvait pas si dur. Elle était contente de l'avoir et avait chaudement remercié Henka qui avait dû accepter de dîner avec le directeur moscovite du marché et de se faire peloter sous la table au Tex Wild West pour faire entrer Alena par la porte de derrière quand d'autres filles, de moins triste réputation, faisaient la queue patiemment pour obtenir le job. Non, ce qui faisait mal, même après tout le reste, c'était le regard insistant de celles qu'elle avait connues, des amies du lycée principalement, si elle pouvait les qualifier d'amies, à présent mariées et mères de famille, qui s'arrêtaient et lui retournaient le couteau dans la plaie.

«Alors, Londres, ce n'était pas pour toi? Tu es allée voir ta pauvre mère dans cette maison?»

Alena haussait les épaules, fière des crêpes soignées qu'elle leur servait, tandis qu'elles scrutaient son visage, son corps emmitouflé dans ses pulls, cherchant des indices; au moins, elles ne verraient jamais à quel point tout en elle était réduit en cendres. Elle rendait visite à sa mère environ une fois par mois, et elle avait beau se dire que ce serait moins pénible avec le temps, ce n'était pas le cas. La douleur était en fait plus vive les jours où sa mère la reconnaissait. Le printemps allait arriver, elles marcheraient toutes les deux dans le parc et sa mère verrait les pousses vertes annonciatrices des beaux jours. Entre les visites, elles se parlaient au téléphone, Alena debout au bord de la rue principale bruyante, tassée dans le coin de la cabine sentant la pisse pour s'éloigner le plus possible du bruit de la circulation, occupée à gratter les autocollants proposant des tchats en direct avec des collégiennes.

«Maman? C'est Alena.

– Qui?

– Alena, maman. Je suis rentrée. Je suis rentrée, tu te souviens? Je vais venir te voir lundi prochain.

« – À qui voulez-vous parler ? C'est sans doute une erreur, on vient tout le temps me chercher pour le téléphone sans aucune raison. »

Ses amis proches étaient partis, bien sûr, sa meilleure amie, Agnetha, son ancien petit copain, Mikhail, vers les grandes villes, pour travailler. Elle pleura dans les bras de Henka en apprenant qu'Agnetha travaillait dans une banque à Londres durant tout ce temps. Seules celles qui étaient restées sur la touche fréquentaient sa petite cabane en contreplaqué, placée juste à côté des enfants de paysans assis dans le froid pour vendre les produits de la ferme, ces « amies » qui voulaient voir Alena, autrefois altière, faire des crêpes et éviter leur regard.

Elles avaient toutes des enfants dont les petits doigts s'accrochaient au comptoir pendant que leurs mères dévisageaient Alena avec une sorte d'avidité que les crêpes ne pouvaient combler. Une ou deux fois elles l'invitèrent à boire un café, mais elle déclina en souriant, « *niet* », expliquant qu'elle vivait chez une amie et avait promis de préparer le dîner.

Quand elle avait fini son travail, elle fermait le guichet, mettait le cadenas et marchait le plus vite possible dans la rue principale vers la rivière au point d'être en sueur, sueur qui deviendrait glaciale sur sa peau quand elle contemplerait l'eau gelée, immobile, ridée et grêlée comme la cicatrice d'une entaille. Elle resserrait le manteau de fourrure de Henka autour d'elle, tentait de tirer un peu plus de chaleur de ses pulls et là, debout et seule, elle trouvait presque la sérénité. Elle contemplait la rivière en claquant des dents et se forçait à se souvenir que tous les hivers finissent par passer.

Il calcula que, entre ses dîners de plats préparés et ses jobs crevants, il avait mis de côté trois mille livres, et il sauta, c'était ainsi qu'il voyait les choses, dans le bus vers Oxford Street, tapant contre son genou un journal roulé. Il sauta en se fichant de ce qui arriverait ensuite.

Il était allé sur les sites destinés aux gamins qui, avant d'entrer à la fac, partaient se confire le foie dans la vodka et draguer dans les pubs irlandais internationaux qui vendaient de la Guinness, des tourtes et de la purée – le genre d'endroits où il voulait aller lui aussi quand il préparait sa grande aventure.

L'aventure d'aujourd'hui était différente. Ces sites-là n'étaient pas destinés à celui qui poursuivait sa dernière chance, mais il y avait déniché ce truc, au-dessus d'un New Look, un ancien C&A d'après lui. Le site datait, avec un air de bricolage maison, et le bureau ne valait guère mieux, juste une pièce merdique avec au mur une carte de la Russie assez minable, peut-être trouvée dans un journal, et un unique bureau qui semblait avoir été pêché dans une benne. Le type qui le fit entrer n'était pas un gamin coiffé d'un bonnet avec trop de tampons sur son passeport et pas un sou en poche, mais un petit cockney trapu et un peu chauve «né dans l'East End, dans le Kent maintenant», avec des tatouages délavés vert glauque sur les bras, un polo et une chaîne en or du genre que Dave n'avait pas revu depuis son enfance dans la cité. L'homme lui tendit une main ornée d'une bague faite d'un souverain en or. «Asseyez-vous, asseyez-vous.»

Dave, qui tenait toujours *Metro* roulé à la main, promena son regard et finit par trouver un tabouret pliant sur lequel il s'assit avec précaution, persuadé que les pieds grêles allaient se tordre. Le bureau donnait l'impression d'être remballé dans une valise tous les soirs et trimballé en train à la maison. Il était là, pourtant, et le type et son affaire étaient apparemment là eux aussi depuis assez longtemps, alors il attendit qu'il prenne l'initiative.

«Je m'appelle Tony.

– Dave.

– Alors, où donc ? Je veux dire, la Russie évidemment, mais *où*, combien de temps et pourquoi, c'est la question que je pose toujours, pourquoi la Russie ? »

Il parlait vite, avec un accent cockney prononcé. Dave se gratta la nuque et se frotta les mains sur son jean. « La Sibérie, je veux dire pas loin d'Irkoutsk. » Il écorcha le nom, Tony gloussa et hocha la tête. « Je ne sais pas trop combien de temps, un mois ? Peut-être trois. Je veux dire, est-ce que c'est possible ? Est-ce qu'on a le droit de rester aussi longtemps ?

– C'est la Russie, alors tout est possible. » Tony fit signe à Dave de continuer.

« Hum, ma copine, je veux dire mon ex-copine, elle vit là-bas. Je veux dire, je crois que c'est là… »

Il hésita, mais Tony fit un petit signe de tête. Dave vit ce qui pouvait être l'Union Jack juste sous son coude et se souvint que le type était un type comme lui, venant simplement d'une autre cité.

« Elle avait… » Les mots lui manquèrent de nouveau, mais dans cette petite pièce, avec le bruit sourd et constant de la circulation d'Oxford Street, il redressa les épaules. « Elle avait des problèmes de visa et elle a dû partir. Elle est de là-bas, de Sibérie, je veux dire, je crois, parce que tout était tellement… »

Et aussi vite qu'il avait déballé son histoire, il se tut, de crainte de se mettre à pleurer ou de raconter à ce Tony, à ce type qu'il ne connaissait pas, à qui il n'achèterait pas une voiture d'occasion, toute l'horrible histoire. Mais Tony continuait à hocher la tête et à croiser les doigts.

« Tu veux savoir comment j'ai monté cette affaire ? »

David n'en avait strictement rien à foutre et ne voyait pas le rapport avec lui, avec Alena ou avec les huit cents livres qui lui brûlaient la poche, mais il acquiesça.

« J'ai rencontré une femme fantastique, Dina, sur internet, un de ces sites que tout le monde trouve nuls à chier, mais où est le

problème quand deux personnes qui viennent d'horizons diffé-
rents font connaissance ? Quand deux personnes qui cherchent
la même chose trouvent la façon d'y arriver ? Des ignorants, c'est
ce que je me dis toujours, pas plus compliqué. En tout cas, pas
moyen de la faire venir. On a passé quelques congés ensemble
et puis elle n'a pas pu obtenir d'autre visa. On a essayé pendant
des mois et je sais que tu vas me prendre pour un pigeon, mais
je n'arrêtais pas de lui envoyer du fric. J'étais patron d'un pub
à l'époque. Elle me disait tout le temps, il faut que je donne
de l'argent à untel et untel. Bref, un mois a passé sans aucune
nouvelle… » Il leva la main pour l'effet, exploita à fond sa pause
théâtrale. «… Et j'étais complètement démoli. Tout le monde
me disait que je m'étais fait avoir comme un bleu. On appelle ça
une "arnaque". Un jour je reçois un coup de fil et voilà qu'elle
est à Heathrow et qu'elle attend le bus pour Victoria. On est
mariés et on a trois gosses. On est cinq dans trois pièces en
HLM dans le Kent parce qu'on continue à donner les grands
apparts de Londres aux demandeurs d'asile, aux réfugiés, mais
l'important c'est que… » À la grande surprise de Dave, Tony
tendit le bras sur le bureau et sa main atterrit sur la sienne. «…
Je crois à l'amour. »

Dave ne réagit pas ; il n'avait pas besoin d'en savoir autant et
il avait honte parce qu'il avait envie de dire : «Mon histoire n'a
rien à voir. Je ne l'ai pas connue sur internet, elle ne m'a jamais
rien demandé, elle distribuait des journaux, bon sang», mais
il s'éclaircit la voix, fit un sourire charmeur, du style de ceux
d'avant Shelley et tout le reste, dans la cité.

« Je me réjouis pour vous. Alors tu peux m'aider ? »

Tony posa bruyamment les mains sur le bureau qui menaçait
de se replier.

«T'aider ? Moi et ma meuf, on fait ça depuis des années. Je
peux sans doute faire en sorte que vous soyez mariés avant que
tu prennes l'avion. Qu'est-ce que tu veux ? »

Dave sortit la liste qu'il avait faite au dos d'une enveloppe avec le gros stylo d'un bureau de paris.

«Un visa, le plus long possible. Un endroit où loger, à Moscou au moins, et un billet d'avion, ou je me disais peut-être de train jusqu'en Sibérie. Ce qui est le moins cher, je me fiche du manque de confort, je veux juste…» Même après la longue histoire de Tony, il avait du mal à prononcer cette dernière phrase, tant sa mère lui avait seriné que, même si on n'avait que deux pence en poche et une seule boîte de soupe dans le placard, on devait continuer à faire comme si on avait les poches pleines de billets de vingt. «Bon, j'ai mis un peu d'argent de côté, mais je ne suis pas sûr d'avoir assez, surtout si je dois rester un certain temps.»

Tony se cala dans son siège et sourit discrètement. Dave espérait que c'était la discrétion de celui qui a connu la même galère et non celle du vendeur qui vous fourgue tranquillement une bagnole d'occasion bricolée et vous fait signe de la main quand vous partez au volant.

«Je peux tout arranger, Dave et, comme ça me tient à cœur, il n'y aura pas de frais de dossier.»

Dave lui serra la main et, en rentrant, il se dit le long du trajet que ce devait être du baratin, qu'il s'était fait entuber dès le départ, mais quand il alla chercher les documents, y compris son passeport et un visa pour trois mois, il s'aperçut que cela lui coûtait un tiers de moins que sur tous les autres sites et il comprit alors pourquoi Tony travaillait dans ce bureau minable et vivait en HLM dans le Kent.

Il n'avait pas besoin d'emporter grand-chose. Il pensait qu'il lui faudrait des pulls, une polaire, peut-être des chaussures de marche à semelle épaisse, mais il lut qu'il faisait parfois si chaud à Moscou que la ville était envahie par la fumée noire des feux de forêt et il prit plutôt une paire de baskets de rechange, des shorts, des T-shirts, une belle chemise et un beau pantalon, se disant qu'il y aurait peut-être une occasion de faire la fête. Peut-être.

Alena lui avait acheté cette chemise, elle disait qu'elle faisait ressortir le gris de ses yeux, semblable à de l'eau de pluie. Bizarre qu'il ait trouvé que ses yeux à elle ressemblaient à l'eau du robinet, et qu'elle ait comparé les siens à l'eau de pluie, c'était plutôt le contraire, en fait. Ou un truc plus romantique, une mer démontée, mais cela aurait été faux ; dès le premier jour, ce qu'il avait vu dans ses yeux était honnête, clair, de la beauté du quotidien, comme l'eau du robinet.

Il ne remplit finalement qu'à moitié son sac à dos, celui qu'il trimballait depuis dix ans, mais jamais où il avait espéré aller : en voyage de noces à Southend, chez Shelley, à Hackney puis à Tooting et maintenant, pour faire enfin son « grand voyage », en Russie, vers Alena, espérait-il, en tout cas vers une certaine paix, vers la fin de ce cauchemar. À cette idée, il cessa de rouler ses chaussettes en boule et ses T-shirts en gros boudins, d'aligner sa brosse à dents et son dentifrice. Il s'assit sans bouger dans sa petite chambre minable et regarda Tooting par la fenêtre : voitures qui klaxonnaient, troupeau de filles qui retiraient des billets de dix au distributeur pour aller boire un verre au Wetherspoons, vieille femme voûtée avec un sac en plastique pour ses petites courses, un peu de pain ou un demi-litre de lait, juste de quoi la faire sortir de chez elle, femme plus jeune au magnifique sari orange claquant dans l'air sale de la ville, qui balançait son fils entre elle et son mari, les pieds du petit garçon balayant joyeusement le passage pour piétons.

Dave finit d'emballer ses affaires et fit une prière au pouls de la ville, sa ville. Il demanda sa bénédiction, demanda à partir et à revenir. Et, après des mois de séparation, à revenir avec Alena.

15

Bien sûr, il était déjà allé dans des aéroports, à Heathrow, une fois à Gatwick en sortie scolaire, et on leur avait permis de poser leurs cartables à un bout du tapis à bagages et de courir les rattraper à l'autre bout. C'était probablement à cette occasion que l'idée de voyager s'était ancrée en lui. Une autre fois il était allé à Luton pour un truc au Club Med 18-30, avec tous ses potes, pour les vingt et un ans de Deano, mais ils s'étaient cuités dans le bus qui les emmenait et avaient passé le reste du temps au pub de l'aéroport à s'enfiler des Jäger Bombs et tout était donc un peu flou. Il se souvenait surtout du goût sur la langue d'un petit déjeuner frit mal cuit et de Ricky qui dégueulait dans une poubelle du hall de départ trop éclairé, des cloques de l'épouvantable coup de soleil après le premier jour au bord de la piscine.

À présent il n'y avait plus que lui et son sac, et City Airport ne ressemblait pas vraiment à un aéroport, mais plutôt à la gigantesque salle d'attente d'un cabinet médical, remplie d'hommes et de femmes d'affaires, tous assis avec leur attaché-case, certains le visage en sueur penché sur l'écran de leur ordinateur sans doute couvert de chiffres, l'expression figée comme s'ils attendaient un examen particulièrement désagréable. Un groupe d'hommes engloutissait des baguettes au Prêt À Manger, tous portaient des

T-shirts avec de drôles de noms : Monsieur Fruité, Monsieur Pendu, Monsieur Ne Veut Pas Vous Faire Perdre Votre Temps, et quelques vacanciers en vêtements légers et colorés cherchaient la boutique duty-free qu'ils ne trouveraient pas.

Dave alla tout droit aux départs, croisant les doigts pour que le visa de Tony, qui ne payait pas de mine, collé sur une des pages de son passeport et qui ressemblait à un billet de Monopoly, soit réglo. La queue avançait vite car le personnel de l'aéroport devait faire en sorte que tous ces cadres très importants arrivent en temps voulu à leurs réunions à Zurich, Bruxelles, Amsterdam ou Paris.

Malheureusement, le couple avant lui ne comprenait pas l'importance de ces réunions, et on voyait bien que ce n'était pas leur faute. Le mari, la soixantaine, grand et mince, chauve et le crâne brillant, semblait n'avoir jamais souri de sa vie. La femme, plus petite et ronde, était allée chez le coiffeur exprès pour l'occasion et ils portaient tous les deux leurs plus beaux vêtements : elle un tailleur-pantalon pastel et lui une chemise bleu pâle et un beau pantalon. Dave pensa à sa mère qui était du genre à se mettre sur son trente et un pour voyager, même si elle n'avait jamais rien pris d'autre que le car. On voyait bien qu'ils n'étaient pas riches, ils avaient peur qu'on se moque d'eux.

Les cartes d'embarquement comportaient un ticket avec un code-barres qu'il fallait scanner pour passer le tourniquet, mais la femme ne comprenait pas. L'agent de sécurité ne cessait de répéter : « Madame, présentez-le devant le lecteur, présentez-le devant le lecteur. »

Son mari essayait de guider sa main en la tenant par le poignet, mais elle était pétrifiée. Lui avait une voix forte, trop forte comme s'il était sourd, ou peut-être elle, et il criait, plutôt gentiment, seule manière apparemment pour qu'elle comprenne : « Présente-le, comme je l'ai fait, présente-le devant le lecteur. »

L'agent de sécurité se mit alors à hausser le ton : « Monsieur, passez maintenant s'il vous plaît. Madame. Tenez. Le. Contre. »

Dave sentit derrière lui un raz de marée de mépris, des grommellements désapprobateurs, des montres consultées avec nervosité en enfonçant les coudes dans l'espace des autres passagers. Toute la queue s'impatientait. La femme le sentait aussi.

Bien sûr, quand ils arrivèrent aux détecteurs de métaux, ils avaient des pièces de monnaie, des coupe-ongles, des boucles de ceinture et des porte-clés à gogo. Une femme agent de sécurité passa son détecteur de métal manuel sur la femme pendant qu'elle regardait, horrifiée, son mari.

« Madame, s'il vous plaît, levez les bras. »

La femme s'exécuta, puis les baissa avant que le détecteur de métal ne scanne ses dessous. Cela se répéta à cinq reprises, jusqu'à ce que l'agent lui dise gentiment, en riant : « Madame, laissez-les en l'air, d'accord ? Laissez-les en l'air jusqu'à ce que je vous dise de les baisser. »

Son mari, inquiet pour elle, semblait se demander s'il allait la ramener en bus à leur point de départ et il cria : « En l'air, Maureen. Il faut les laisser en l'air. »

Dave avait envie de s'approcher, de lui tenir délicatement les poignets et de lui parler doucement, de détourner son attention de tous les regards impatients, des moues fébriles et des chaussures de luxe qui claquaient avec autorité en allant vers d'autres files. Il était certain qu'il aurait pu lui faire comprendre. Après l'inspection des semelles, qui prit encore dix minutes, son mari posa doucement la main sur son épaule, pencha la tête vers elle et lui dit quelque chose que Dave n'entendit pas.

Elle s'éloigna pieds nus, ses chaussures se balançant à sa main, l'air d'avoir été agressée. Quand Dave passa, rapide comme un coup de sifflet, il se consola en pensant au séjour tout compris pour lequel ils embarquaient, à la façon dont cette femme allongerait les jambes, prendrait le soleil et boirait un verre de sangria de trop. Elle reviendrait toute bronzée, avec des souvenirs pour ses petits-enfants et la taille un peu plus épaisse à cause des buffets à volonté.

Quand Dave préparait son grand voyage, il s'était toujours imaginé qu'il prendrait l'avion et, bizarrement, il associait dans sa tête le décollage à un compte à rebours, au départ d'une fusée. Il ne se souvenait que d'une chose de son vol précédent : il s'était endormi presque immédiatement et l'un de ses potes lui avait écrit au stylo ZOB sur le front. À présent, coincé dans son siège, il n'y voyait qu'une petite bulle d'activités possibles, nettes et impersonnelles. On s'asseyait là où on vous le disait, on mangeait ce qu'on vous donnait dans des barquettes, des cubes de melon surgelé et une omelette spongieuse. Il y avait même une petite lumière qui signalait quand on pouvait aller pisser ou pas. Juste le ciel bleu à l'extérieur, des nuages qui paraissaient solides et aucun moyen d'intervenir sur quoi que ce soit, même si on le voulait.

Un seul autre passager n'était pas en voyage d'affaires, une fille aux cheveux frisés avec des lunettes et des bracelets d'amitié en fils de couleur. Son journal était ouvert devant elle et Dave, de l'autre côté du couloir, voyait que chaque paragraphe commençait par « *Je suis*[1] », mais il ne connaissait rien de plus en français. Non, en fait il aurait pu lui dire son nom et lui raconter qu'il vivait à Putney, lui demander comment elle allait, si elle avait un chien, mais il resta muet et la regarda mâchouiller un bout de bracelet détrempé.

Calé dans son siège, Dave contemplait le ciel, son repas pesant sur son estomac, il aurait presque pu se persuader qu'il volait vers un heureux dénouement. Qu'il la trouverait, qu'elle lui pardonnerait et qu'il n'y aurait plus de secrets. Puis, comme

---

1. En français dans le texte.

un mauvais présage, il commença à y avoir des turbulences, le stylo de la fille fit une vilaine balafre sur la page, la main du steward glissa et une giclée de café fumant se répandit sur la moquette. Dave, en tendant la main pour ramasser la cafetière, renversa son plateau et les petits pots, les barquettes et les plats carrés s'éparpillèrent.

Le steward baissa les yeux sur Dave qui faisait de son mieux pour tout ramasser ; il était trop bronzé, mais cela faisait ressortir ses belles dents blanches ; il était jeune, sans doute plus jeune que Dave. « Vraiment, monsieur, ce n'est pas la peine. Le signe "attachez vos ceintures" est allumé. »

Il fila lui-même attacher sa ceinture. Les turbulences durèrent jusqu'à la fin du voyage, les passagers basculaient d'un côté puis de l'autre, et les stewards couraient ici et là, un sourire paniqué aux lèvres. Quand l'avion atterrit, tout le monde applaudit et Dave se dit que les mauvais présages n'existaient pas et qu'il devrait être content de ne pas avoir ZOB marqué sur le front cette fois-ci.

Son guide disait qu'il aurait à remplir un formulaire, mais quand il s'approcha de l'îlot où se trouvaient les formulaires et les stylos qui ne marchaient pas, il en était sûr, un jeune type en uniforme, col serré autour de sa pomme d'Adam proéminente, lui ordonna de retourner dans la queue. C'était juste un chapelet de mots crachés en russe, mais Dave savait reconnaître un ordre, même s'il venait d'un gars avec des points noirs et un acte de naissance de dix ans plus récent que le sien.

Au guichet, un type plus vieux, mais affichant la même expression, apposa un tampon rapide sur le visa de Dave et, l'air de s'ennuyer ferme, lui dit de passer. Tony avait bien bossé. Trois mois. D'une façon ou d'une autre, trois mois suffisaient.

La première chose qu'il vit fut une boutique d'alcool. Quelque chose d'envoûtant dans l'alignement des bouteilles de vodka, un nombre incroyable de versions, donna envie à Dave d'entrer ; des bouteilles aux formes et aux étiquettes juste un peu différentes, toutes transparentes comme du cristal, l'air presque bonnes pour la santé. La vodka occupait les deux tiers du magasin, destination rêvée pour Shelley, même si elle parlait tout le temps des Canaries.

Le hall des arrivées était empli d'une foule serrée de parents avec petits bouquets de fleurs aux couleurs vives, et de chauffeurs de taxi à la bouche grasse et aux yeux perçants. Les parents restaient silencieux, souriant à peine, toutes les petites filles avaient des tresses compliquées et des queues-de-cheval ornées de hauts-de-forme miniatures ou de fleurs, et des visages mornes. La scène lui évoqua une exposition canine. Les yeux des chauffeurs de taxi passaient sur lui d'une façon qui lui fit glisser la main vers son portefeuille et décider de prendre le train pour rejoindre la ville. Dave, même s'il n'en avait pas du tout envie, sourit, comme s'il s'agissait de son comité d'accueil personnel, et s'éloigna dans la grisaille écrasante de l'aéroport de Moscou.

Il essaya comme un abruti de tirer deux cent mille roubles au distributeur, quatre mille livres, et son cœur se mit à cogner dans sa poitrine quand sa carte fut refusée. Puis il fit ses comptes et se sentit stupide, doutant d'être capable de sortir de l'aéroport, sans parler de traverser la Russie. Il retira sept mille roubles sans trop savoir combien de temps il tiendrait avec cette somme. Tony avait dit que Moscou était chérot.

« Je ne vais pas te mentir, Dave, les prix à Moscou, tu vas en être sur le cul. Mais tu n'y restes qu'un jour et ensuite tu t'en vas. Tu auras envie d'un vrai lit et d'une douche chaude avant de monter dans l'avion le lendemain.

– Je ne pourrais pas prendre le train ? Je veux dire, il paraît que c'est génial, non ? Et… – il avait regardé ses mains – je me disais que ça me donnerait l'occasion de faire le point, de m'habituer au pays et tout. Tu comprends, avant de la retrouver. De mettre de l'ordre dans mes idées. »

Tony avait hoché la tête, saisi et reposé son mug.

« Dave, c'est comme tu veux. Je veux dire, bon, je ne sais pas où tu en es resté avec cette fille et je vais être franc avec toi. Ça coûte à peu près le même prix que l'avion. Mais tu as raison, en avion, tu arrives direct dans le vif du sujet et je te préviens, Dave, la Russie ? Choc culturel – il avait chantonné ces deux derniers mots –, mais en train, c'est vrai, tu as quelques jours pour voir où tu en es, pour t'y faire. En plus, c'est une expérience. Alors, à toi de décider, qu'est-ce que tu en penses ? »

Et même si Dave savait qu'il n'avait pas besoin de voir où il en était, il avait préparé exactement ce qu'il voulait dire, il choisit le train, peut-être parce qu'une petite partie de lui-même était encore ce gosse qui voulait voir le monde et peut-être parce qu'il savait aussi comment elle répondrait ; il apprécierait ces quelques jours et regarderait défiler la Russie, quand il aurait encore de l'espoir.

16

Le trajet jusqu'à la ville lui évoqua des photos découpées en morceaux puis scotchées ensemble : bouleaux et terres cultivées, tours d'habitation qui pelaient comme de gigantesques coups de soleil, usines vomissant leurs fumées par de grosses cheminées. Puis ce fut Moscou avec ses grands immeubles gris, rendus plus gris encore par le crépuscule étouffant, et leurs petites fenêtres éclairées qui avaient l'aspect du verre pilé. L'air conditionné du train fonctionnait et il sentit le froid monter le long de ses bras, tout en ayant le sentiment que la ville ne semblait pas accueillante. Il surprit son image fantomatique dans la vitre, flottant au-dessus de rangées de générateurs électriques, de bobines et de tuyaux. Il avait l'air de crever de trouille. Il était beau, le grand aventurier ! Il n'aurait jamais atteint les antipodes.

Le métro lui parut incroyable. Ce n'était que bois, marbre, sculptures, mosaïques de verre étincelantes qui représentaient des enfants aux joues roses agitant des drapeaux rouges, des travailleurs aux yeux bleus et au menton volontaire. Essayer d'acheter un ticket à la femme derrière le guichet lui posa un premier problème : elle avait soixante-cinq ans bien tassés, des cheveux jaunes crépus et des lèvres rose vif qui faisaient ressortir ses joues flasques. Son air grincheux s'accentua quand elle se rendit compte que Dave ne parlait pas un mot de russe.

Elle ne cessait de lui répéter quelque chose et la queue s'allongeait derrière lui ; il la sentait réagir comme un seul homme. Imbécile de touriste, semblait-elle dire en poussant, idiot d'Anglais. Finalement quelqu'un s'avança, prit le portefeuille de la main de Dave, glissa un autre billet de cent roubles dans le guichet en métal sous la vitre et lui rendit son portefeuille. L'homme ne regarda pas Dave, retourna à sa place, et la femme, le visage impassible comme si rien d'intéressant ne s'était passé, lui glissa son ticket de métro par la vitre sans un coup d'œil. Dave dit merci en russe d'une voix hésitante et avança vers les portillons. Le policier de la station, au chapeau trop grand, ne le quittait pas des yeux.

Il n'y avait rien en anglais, rien. Même les lettres qu'il aurait dû reconnaître se ressemblaient toutes. On aurait dit un code qu'il n'avait pas appris, eût-il passé des heures dans sa petite chambre à épeler les lettres, à les assembler, à gazouiller comme un bébé et à entortiller sa langue autour de sons qui le faisait postillonner. La chaleur, la fatigue, la pensée qu'il était encore au City Airport quelques heures plus tôt donnaient à tout cela un peu l'aspect d'un mauvais rêve, et son sac à dos le faisait chanceler sur l'escalator. En bas, il y avait une petite cabine de verre occupée par une autre grand-mère en uniforme, cette fois avec les lèvres rouges et une coquette petite casquette grise. On ne dit pas dans les guides que le métro de Moscou fonctionne grâce à des femmes de l'âge qu'aurait eu sa grand-mère. Il s'écarta du flot des passagers et frappa à la cabine de verre, essayant de prononcer le mot qu'il avait appris.

« *Pajaltsa ?* »

Elle se retourna et, apercevant son sourire – il n'avait pas l'habitude de sourire autant –, elle lui sourit de toutes ses dents, sauf une qui manquait en bas, les yeux cachés derrière ses cils agglutinés par une tonne de mascara. Dave tint le bout de papier, tout ramolli d'avoir été serré dans sa main, devant la vitre de la cabine. Elle sortit ses lunettes de lecture et regarda le papier où Dave avait tracé le 3 et le N à l'envers, les drôles de courbes, de la main d'un gosse de trois ans. Elle hocha la tête, fit avec deux doigts le signe de descendre, de tourner à gauche, montra trois doigts puis deux, et Dave, comme elle faisait manifestement de son mieux, répondit « *Da, da, da* », hocha la tête en guise de remerciement et partit d'un pas lourd sans savoir le moins du monde où aller.

Il lui fallut une heure et demie et deux demi-tours, mais finalement les lignes du métro couleur bonbon l'emmenèrent à sa station. Il monta les marches, passa devant un violoniste et arriva dans une rue qui sentait les crêpes, où les coupoles des églises brillaient dans la nuit, où des gamins assis se passaient des bouteilles de bière de deux litres.

Sa dernière pensée ce soir-là en s'installant sur le lit qui grinçait dans sa chambre minuscule fut que, étonnamment, le McDonald's avait exactement le même goût. Puis il se dit qu'il ne raconterait pas à Alena que son premier repas en Russie avait été un Big Mac.

Il se sentait complètement idiot. Obligé de faire toute sorte de grimaces, de montrer ses doigts pour les chiffres, de demander de l'eau par signes, de faire le geste de traire une vache à une femme au visage dur dont les lèvres frémirent en une sorte de sourire quand elle finit par comprendre.

Il acheta des pommes et des oranges près de la station de métro à une marchande ambulante. Un foulard marron lui couvrait les cheveux, sa peau olivâtre faisait ressortir ses cinq dents du haut en or. Il l'avait vue le soir précédent, quand il marchait comme en rêve, affamé, vers le McDonald's situé à côté d'une église. Elle était assise derrière son étal avec une amie, leur gros derrière à l'étroit dans des chaises rouges destinées à des petits gamins. Elles ne parlaient pas, contemplaient la lune derrière la coupole étincelante. La marchande de fruits, un plateau de baies posé sur les genoux, engloutissait un cône glacé et son amie sifflait une canette de bière.

Elle lui adressa un sourire doré, ne lui fit presque rien payer, lui fourra dans les mains une petite coupe en polystyrène remplie de minuscules fraises des bois et lui fit signe de les manger. Il se sentit gêné et essaya de lui glisser un billet dans la main, mais elle le regarda d'un air sévère, se détourna et secoua la tête. Elle ne se retourna pas et se mit à ôter la poussière d'un tas de betteraves avec un pinceau. Dave écorcha un merci et s'éloigna avec l'impression de s'être mal conduit. Il avait envie de revenir en arrière et de s'expliquer, de plaisanter comme il l'aurait fait au marché de Dalston. Sans savoir comment, il avait réussi à faire dérailler un geste de gentillesse et les fraises sucrées avaient dans sa bouche le goût de petites pilules amères.

La gare principale était de la couleur d'une glace à la menthe avec des pépites de chocolat. Il passa les détecteurs de métaux, évita le regard du berger allemand de la police dont les babines découvraient à demi les dents, et se faufila entre les familles entourées de tonnes de bagages. Les gens trimballaient des sacs à linge d'une taille gigantesque, assez grands pour faire une cabane à un enfant. Même à Hackney, où les sacs à linge étaient une mascotte non officielle, il n'avait jamais rien vu de tel. Certains voyageurs transportaient des boîtes en carton remplies de lapins et de chatons, attachées par des câbles à des valises à roulettes.

Comme les stations de métro, le bâtiment était taillé dans le marbre et le bois, et un éclairage archaïque recouvrait tout d'une lumière crémeuse. Cela rappelait à Dave un hôtel de Mayfair où il avait travaillé avant qu'on prenne conscience qu'il n'avait pas assez la classe. Sauf qu'ici il semblait qu'on avait décidé d'installer une cité HLM dans un hôtel de luxe. Des tas de boîtes et de sacs, des vêtements propres et soignés mais usés et trop de bijoux en or. Les femmes portaient des chaussures en plastique et des faux ongles en plastique aussi, trop de maquillage sur leur visage sale et fatigué par le voyage, les hommes sifflaient leur bière et les enfants se prenaient des tapes sur les fesses quand ils s'empiffraient de gâteaux au chocolat et de chips piochés dans les paquets géants que leurs parents ne cessaient de leur donner.

En fait, ça ne ressemblait pas du tout à cet hôtel ; la gare rappelait à Dave les films où des réfugiés se mettent à l'abri d'une catastrophe dans de grands bâtiments. Et Dave était parfaitement à sa place, réfugié de sa catastrophe personnelle.

Il se fraya un passage vers les kiosques, acheta des œufs durs, des tranches de pain et de salami suintantes enveloppées dans du film transparent, des tomates et des drôles de concombres cabossés. Comme tout le monde, il jouait des coudes pour passer les portes étroites de kiosques tous semblables et achetait un truc différent dans chacun, comme si cela faisait partie du voyage, une sorte de tour ou de rituel. Il acheta des sachets de chips et encore des oranges poussiéreuses. Deux fois les vendeuses firent un signe vers le frigo rempli de bière et de vodka et Dave secoua la tête.

Tout en regardant les gamins qui couraient partout, il acheta des petits paquets de bonbons à la gélatine et un gros paquet de M&M's. Il s'assit finalement sur son sac à dos et mangea un Magnum russe en croquant d'abord le chocolat par petits bouts pour arriver à la glace, absorbé par l'horloge digitale géante qui égrenait les secondes. Tic, tic, tic. Il bougeait enfin, se rapprochait de ce qu'il trouverait de l'autre côté de la Russie. Il eut un moment d'étourdissement, comme s'il était monté au sommet d'un échafaudage sans s'apercevoir de la hauteur. Il remarqua que son cœur battait fort au rythme des secondes qui passaient. Il avait eu raison, il avait besoin de ce voyage pour faire le point.

Il mâchouillait le bâton de sa glace et les éclats de bois frottaient contre ses gencives. Il vit alors un enfant qui pleurait. Dans une foule comme celle-ci, on ne s'arrête pas pour regarder un enfant qui pleure, sauf que celui-ci tournait en rond, battait des paupières, le regard paniqué. Plus il tournait, moins il avait de chance de voir ce qu'il cherchait. Il devait avoir trois ou quatre ans, des cheveux noirs et des yeux marron, un corps maigre vêtu d'un pantalon de treillis et d'un T-shirt autrefois blanc qui faisait ressortir son ventre rond. Il pleurait de plus en plus et il leva la main pour frotter son crâne rasé tout en continuant à bouger, non plus en cercles, mais d'avant en arrière, en une petite trajectoire irrégulière au milieu de la foule. Que pouvait faire Dave? Il était incapable de lui parler.

Des policiers se trouvaient à quelques mètres, et une femme âgée et élégante avec une valise à roulettes, pas de sac à linge, arrêta le petit garçon pour lui poser une question. Il eut du mal à répondre et jeta un œil derrière lui. Elle devait elle-même être grand-mère, mais elle ne souriait pas et gardait la main sur la poignée de sa valise. Elle montra les policiers; le garçon les observa et ses yeux revinrent sur elle. Sa poitrine se soulevait, puis, en se frottant les yeux, il alla se planter devant eux. Ils étaient deux, l'un nettement plus vieux et coiffé d'un de ces chapeaux à large bord qui semblaient sortis d'un dessin animé.

Le garçon se tenait à cinquante centimètres d'eux, Dave voyait que les larmes roulaient sur ses joues et qu'il avait du mal à parler. Le plus vieux lui adressa un sourire distant, lui posa une question, doucement, et l'enfant secoua la tête. Les policiers échangèrent quelques mots et alors que Dave s'apercevait qu'il avait la bouche pleine de fragments de bâton de glace, ils s'éloignèrent d'un pas tranquille. Le garçon, arraché un instant à ses larmes, les regarda partir sans bouger. La vieille dame, debout à côté de ses bagages, haussa les épaules et se détourna. Le petit plissa les yeux et se remit à pleurer en se grattant le crâne, de nouveau au désespoir.

Dave se leva et ramassa son sac à dos. Il cherchait comment dire par signes «Où est ta maman?» et se demandait à quel point ça tournerait mal pour lui s'il donnait un coup de poing dans le chapeau ridicule du gros connard de flic, quand une grande femme, dans le jean le plus moulant qu'il ait jamais vu, saisit la main du petit garçon. Il fit un beau sourire qui dura une demi-seconde puis, bras en avant, jambes suivant comme elles pouvaient et yeux toujours fixés d'un air perplexe sur le dos du policier, il fut entraîné dans une avalanche de mots que Dave supposa être l'équivalent russe de «Attends un peu qu'on soit rentrés, j'étais morte d'inquiétude, qu'est-ce qui te prend de te sauver comme ça dès que j'ai le dos tourné?»

La dernière minute passa et le quai de Dave s'afficha sur le tableau. La foule se précipita comme si personne n'avait de billet, comme si c'était le dernier train qui quittait la ville. Quelque part au milieu de la bousculade, une femme tenait un nouveau-né contre sa poitrine et traînait un sac à linge derrière elle. Dave la laissa passer, puis hissa le sac à linge sur son épaule, lui sourit et s'inclina légèrement comme il avait appris à le faire.

Il était au bord des larmes. C'était trop pour lui. Ça lui prenait la tête, s'accumulait au point qu'il se sentait noyé, le petit garçon perdu et ensuite cette femme et son bébé, avec ses sandales jaunes bon marché, la trace marron de sang séché sur son pied à l'endroit où elles la blessaient et son sourire timide, bien trop reconnaissant, alors qu'il avait seulement porté son sac sur quelques mètres. Et maintenant la contrôleuse, la *provodnista* – il avait lu qu'on l'appelait ainsi –, il n'avait jamais rien vu de tel. Bronzage acajou, perruque blond platine, lèvres tartinées de gloss qui dépassait d'un demi-centimètre, seins comprimés dans un soutien-gorge d'adolescente, jambes informes prisonnières d'un collant brillant marron, ventre serré à l'excès par son uniforme.

Elle se tenait devant ce qu'il pensait être son wagon. Il lui adressa son sourire habituel, celui qu'il utilisait depuis son adolescence pour faire fondre les cœurs de pierre des femmes fatiguées, celui qui avait fait sa réputation à la Coop, puis avec Yvonne au magasin. Et même s'il lui fallait reconnaître qu'il n'avait plus comme avant cent pour cent de succès, il ne s'était jamais heurté à un mur comme celui-ci. Elle lui arracha son billet et demanda son passeport. Tandis qu'il essayait de l'attraper, les bras encombrés par les nombreux sacs en plastique de sa débauche d'achats à la gare, son sac à dos pesant un âne mort, elle leva les yeux au ciel et dit quelque chose à deux jeunes types en uniforme de l'armée. Ces uniformes mal coupés leur allaient comme un déguisement. Ils se mirent à rire fort et avec enthousiasme, soufflant par-dessus son épaule leur haleine empestant la bière et le kebab pendant qu'il cherchait son passeport. Elle l'examina très, très attentivement, puis le lui rendit. Il essaya de demander où il devait aller, mais elle se contenta de lui faire signe de circuler. Dave sentit ses ongles pointus effleurer son bras nu.

C'était un vieux train étrange, mais d'une certaine manière c'était aussi un peu comme s'il l'avait déjà vu. Il avait la couchette 11, tout en haut, dans le compartiment 13. Son chez-lui pour les quatre jours à venir. Quatre couchettes étroites, superposées deux par deux, et une petite table sous la fenêtre au milieu. Sur chacune était posé un matelas soigneusement roulé, une couverture épaisse et un oreiller grisâtre d'où les plumes s'échappaient. Des valises roses étaient empilées dans l'espace étroit entre les lits. Une grand-mère était assise sur la banquette sous le sien, soixante-dix ans largement dépassés, se dit-il, un foulard sur la tête, une peau dont il était impossible d'imaginer qu'elle avait un jour été lisse, à côté d'une fillette d'environ sept ans avec d'énormes rubans dans les cheveux, si longs qu'elle était assise dessus, un petit visage sérieux, une bouche boudeuse.

Elles le regardèrent puis revinrent au livre de coloriage posé sur les genoux de la grand-mère.

Dave se tenait à la porte du compartiment et se demandait s'il devait proposer de monter leurs bagages – la pauvre, elle ne pouvait sans doute pas le faire elle-même – dans l'espace prévu au-dessus de la porte. Il montra les valises, sourcils levés, et en saisit une, sur le point de la hisser, quand la grand-mère leva la tête, serra sa petite-fille contre elle et se mit à répéter en agitant les mains : « *Niet, niet, niet, niet.* »

Elle semblait tellement affolée que Dave leva les mains en un geste signifiant « je me rends ». La petite fille le dévisagea d'un regard particulièrement long et gênant de ses yeux pâles, la grand-mère secoua la tête d'un air mécontent et elles retournèrent à leur coloriage. Après quelques minutes debout, bousculé par les gens qui accrochaient son sac à dos en passant dans le couloir, il trouva le loquet qui libérait la petite échelle à trois barreaux et parvint à se caser, lui et son sac, sur le lit étroit. Ses genoux écrasèrent les sandwichs au fromage et au salami quand il glissa sur les sacs en plastique étalés sur la couchette.

Les gens des autres compartiments se promenaient dans le couloir recouvert d'un tapis qui ressemblait à un rouleau d'essuie-mains géant. Dave transpirait, plié en deux, sa tête cognait contre le plafond. Il réussit enfin à fourrer son sac dans l'espace situé au-dessus de la porte. Il accrocha ses courses tièdes et écrasées à un crochet, déroula le matelas fin et taché et la couverture qui grattait. Quand il enleva ses chaussures, la forte odeur de ses pieds empesta le compartiment et, même s'il ne les voyait pas, il imaginait la petite fille et sa grand-mère se regardant dans l'ombre de leur couchette avec la résignation de gens obligés de passer quatre jours avec un imbécile d'étranger et ses pieds puants.

Dave enfila une paire de chaussettes propres pour étouffer l'odeur autant que possible, mais il sentait à ses paupières lourdes et à sa gorge nouée qu'il était au bord des larmes. Il se tourna contre la cloison en bois, loin des regards curieux des gens dans le couloir, des bribes de conversation entre ceux-ci et la grand-mère. Il remonta les genoux au maximum et se cala contre la barrière de sécurité. Enfin le train, cet animal géant et arthritique, se réveilla, s'étira, manœuvra et s'arracha du quai.

C'était une façon pitoyable de quitter Moscou, mais il garda les yeux fermés et s'imagina à Hackney, dans leur lit, avec son creux au milieu et les draps toujours parsemés de miettes. Alena était derrière lui, mais elle avait décrété qu'il faisait trop chaud pour un câlin, même s'il sentait son poids contre lui et entendait les petits claquements de langue qu'elle faisait parfois en dormant. Il essaya de se rappeler son odeur, mais il ne trouvait que celle du bacon brûlé et, bizarrement, cela le réconforta. Il s'imaginait qu'il se réveillerait dans ce lit tous les matins de sa vie avec Alena, qu'ils se disputeraient toujours, qu'il ne connaîtrait jamais tous ses secrets, qu'elle ne deviendrait jamais bonne cuisinière, mais il ne resterait aucun souvenir du soir empli de cris et de verre brisé, où elle le suppliait de l'aider et où il la rejetait, ni de l'affreuse sensation de gueule de bois au fond de son ventre quand il s'était rendu compte de ce qu'il avait fait.

Durant quelques secondes il y était, la peau nue du dos d'Alena réchauffait la sienne à quelques centimètres de lui, il avait l'impression de pouvoir se retourner et de sentir qu'il s'appuyait contre son petit corps.

« *Billyet.* »

Il sentit un petit coup d'ongle sec sur la jambe de son jean et un sac en plastique lourd et carré atterrit sur lui. Il se redressa. Il commençait à en avoir marre – elle aurait dû voir qu'il se reposait. Qu'elle comprenne ou non, il allait lui expliquer que le client était roi ou tout au moins pas totalement une andouille. Mais quand il s'assit comme il put et écarta les draps enveloppés dans le plastique, il vit que la perruque de la *provodnista* était de travers et qu'il y avait un truc bouffi, malsain sous le fond de teint sombre et luisant. Elle n'était pas en bonne santé. Dave connaissait trop bien cela.

Il respira à fond, lui tendit son billet et elle lui fit signe de descendre de sa couchette. Il se contorsionna, descendit et la regarda faire son lit avec des gestes rapides et experts, tout en bavardant avec la petite fille et la grand-mère. Elle joignit les deux mains sous son oreille, ce qui poussa sa perruque un peu plus sur la droite. « Dormir, dormir. »

Dave lui sourit, dit merci, et il vit qu'elle lui répondait par un tout petit sourire ; un signe de tête gêné, une fissure de la taille d'un cheveu dans sa dureté. Elle ressemblait à une adolescente qui cherche à faire plaisir, mais qui ne veut surtout pas qu'on s'en aperçoive. Un petit peu plus sûr de lui, il essaya de nouveau de sourire à la grand-mère, mais elle gardait les yeux fixés sur les arbres qui défilaient tandis que sa petite-fille le dévisageait carrément d'un air impassible, l'extrémité d'une de ses nattes dans la bouche.

Il alla se promener, fit huit pas jusqu'au bout du wagon. Il y avait des toilettes en inox à chaque extrémité, semblant dater des années 1950, impeccables – avec même un désodorisant parfumé au *cappuccino* – à l'exception d'un chiffon crasseux par terre. La chasse d'eau était actionnée par une pédale qui ouvrait un volet métallique sur les rails et Dave s'excusa auprès des habitants de la banlieue de Moscou en voyant sa crotte de bonne taille ricocher sur la voie ferrée. Il n'y avait pas de robinets, juste un bec en métal qu'il fallait pousser pour avoir de l'eau, mais Dave ne le comprit qu'au bout de deux jours de voyage. Trop gêné pour demander, il passa les mains dans les gouttelettes qui restaient dans le lavabo métallique en espérant ne pas attraper une dysenterie avant d'avoir retrouvé Alena.

Devant le petit bureau de la *provodnista* – une pièce avec une chaise, une table, un bouquet de coquelicots en plastique de guingois et des piles de paquets de nouilles et de chips –, il y avait le samovar. Il en avait lu des descriptions, mais celui-ci n'était pas aussi extraordinaire qu'il s'y attendait. Il était juste compliqué, avec plein de becs et de tubes, un thermostat, une manette à tourner pour l'eau chaude. Il lui faisait penser à une machine d'autrefois, ou à *Charlie et la chocolaterie* que sa mère lui lisait, la machine qui débitait des bonbons magiques dans des jets de vapeur. En remplissant sa tasse de voyage et en ajoutant un sachet de préparation tout-en-un qui sentait vaguement le vomi de bébé, il se demanda ce que sa mère aurait pensé de tout cela : la *provodnista*, les enfants sérieux, son Davey parti si loin à la poursuite d'une fille étrangère qu'il connaissait à peine.

« Des poseurs, tous ces gens, on croyait qu'ils vivaient au paradis alors que c'est pratiquement le tiers-monde. Pas étonnant qu'on ait appelé ça la foutue guerre froide, je suis complètement gelée rien qu'à les regarder, reines des glaces et tout et tout. Et celle-là, qui s'occupe du train, qui met des chiffons au lieu de tapis de bain et qui prend des airs et fait du charme en Wonderbra avec assez de maquillage pour couler un cuirassé. Si elle croit qu'elle va tourner la tête de mon Dave avec quelques lits au carré, elle se fourre le doigt dans l'œil. Et vous en faites pas, je sais que c'est juste une passade, hein ? Il s'est entiché de cette fille, Alena, mais c'est pas son type, en fait, hein ? Pas comme Shelley, une fille bien de la cité ; de quoi je pourrais bien parler avec cette étrangère ? Et tous ces vêtements achetés dans les boutiques de bienfaisance et son mauvais caractère et ses larmes. Pas pour mon Davey. Non, il va revenir bien vite chez nous. Qu'est-ce qu'il va chercher un pays comme celui-là, une fille comme ça, quand il pourrait revenir ici ? »

Dave se détourna de son reflet flou dans le gros ventre du samovar et de ces pensées tentatrices. Sa mère n'était pas là, il n'y avait que lui et l'ombre d'Alena qu'il poursuivait, qu'il poursuivait depuis le tout premier jour. Tout en marchant le long de l'essuie-mains géant, enjambant des gosses accroupis devant des jeux de cartes et contournant des gens allant aux toilettes avec des cuvettes de concombres terreux à laver et des pots d'enfants à vider, il s'aperçut que l'endroit à vif et douloureux occupé par l'absence de sa mère appartenait à présent à cette fille habillée dans les boutiques de bienfaisance, avec son mauvais caractère autant que sa gentillesse.

Il imagina que cette impression d'absence était une machine en lui, peut-être une version plus petite de ce samovar, sauf que celui-ci n'arrêtait pas de pomper et de fumer et l'aiguille du thermostat de passer d'un côté à l'autre. Il se dit que s'il ne la trouvait pas, ou pire, s'il la trouvait et qu'elle le repoussait, la machine exploserait dans sa poitrine, lui briserait les os et lui transpercerait les poumons, il serait rempli d'éclats et l'air sifflerait dans ses poumons troués par le chagrin à chaque respiration jusqu'à la fin lamentable de ses jours.

Il s'apprêtait à remonter dans sa couchette et à fixer tristement le mur. Il lui fallait se laisser aller à pleurer un peu en silence et s'apitoyer sur son sort. De retour dans le compartiment, il vit que la table ployait sous une miche de pain, un morceau de fromage blanc, des saucisses, des tomates, des œufs durs, des gaufrettes roses et des chocolats enveloppés dans du plastique doré. La vieille dame et la petite fille étaient assises l'une à côté de l'autre devant la table et regardaient dehors. Quand Dave entra, la grand-mère poussa la petite en avant qui demanda, dans un anglais hésitant : «Ton nom, c'est?

– David.»

Elle lui fit un grand sourire, se tourna vers sa grand-mère et débita une phrase où il saisit Dav-yeed prononcé avec un fort accent. La vieille dame hocha la tête, lui adressa un sourire édenté qui fit s'affaisser sur elle-même sa peau flasque et lui indiqua la banquette vide de l'autre côté de la table. Dave remarqua que sa robe comportait un panneau supplémentaire cousu à la main à grands points et que la semelle de ses chaussons était scotchée au bout.

« Dav-yeed, Dav-yeed. »

Elle présenta la table, paume vers le haut, puis approcha le bout des doigts de sa bouche.

Dave s'assit en face d'elle et la remercia. Quand il devint évident qu'il ne se servirait pas lui-même, la vieille dame coupa de petits morceaux de chaque aliment. Elle en tendit à Dave, puis à la petite fille qui se blottit contre lui. Tous trois contemplèrent le crépuscule derrière les bouleaux, le silence troublé seulement par le bruit de leur mastication et du couteau émoussé contre le gros pain. Puis la grand-mère fit claquer sa langue et dit, paume tournée cette fois vers la vitre : « Russie. »

Il hocha la tête, elle aussi, et le bras de la petite fille passa sous celui de Dave pour attraper sur la table un chocolat dans sa papillote brillante.

17

Ils avaient cessé de feuilleter les dernières pages de son guide pour essayer de se parler. Il était imprimé en tout petits caractères sur un papier fin comme celui d'une Bible. Il pesait le poids d'une brique et était à peu près aussi utile, bien que se prétendant le meilleur guide du voyageur futé. Dave n'était peut-être pas futé, malgré le nombre de guides qu'il avait lus. Il se demanda une fois de plus comment il se serait débrouillé s'il avait fait son grand voyage.

La vieille dame et sa petite-fille étaient descendues à Omsk, un mot facile que Dave avait fait rouler plusieurs fois sur sa langue. Elles avaient finalement laissé Dave toucher leurs valises et il les avait toutes empilées au-dessus de la porte sous l'œil approbateur de la *provodnista*. Il avait bien besoin de son approbation, car elle l'avait surpris qui balançait quelques centimètres de Cup-a-Soup dans le tuyau d'écoulement du samovar; les gens avaient sorti la tête de leur compartiment pour voir qui se faisait engueuler et s'étaient regardés en secouant la tête, tandis que Dave, debout, tête basse, essayait d'essuyer les grumeaux avec la manche de son pull.

Avant de descendre, la grand-mère avait emballé le reste des biscuits, des bonbons, quelques sachets de thé, et avait donné le tout à Dave en lui serrant les deux mains. Quand il offrit à la petite fille une barre de chocolat qu'il avait achetée pour elle dans une gare, la grand-mère passa plusieurs fois le doigt en travers de sa gorge. Ça recommence, s'était dit Dave en pensant à son affolement quand il avait voulu monter les valises, mais il avait fini par comprendre, quand elle avait fait remonter doucement sa main raidie sur sa poitrine : elle voulait dire que la petite ne pouvait plus rien avaler.

C'était une femme bien, fière et trop polie pour accepter quoi que ce soit en échange de ce qu'elle lui avait donné. Il s'était attaché à elle, avec ses fins cheveux blancs et la petite brosse qu'elle avait sortie avant d'emprisonner quelques cheveux dans des barrettes brillantes de gamine. Elle adorait la fillette et on voyait bien à ses vêtements cousus à la main, à ses épaules affaissées, à sa peau, qu'elle ne soignait pas plus qu'un sac en plastique sale, que personne ne l'avait jamais adorée.

La petite avait continué à le dévisager, mais Dave s'était dit que c'était par simple curiosité. Quand la porte du train s'était ouverte sur le quai, le père de la fillette les attendait, un homme trapu au ventre de buveur de bière, en débardeur, avec chaîne et tatouages, crâne rasé roux et grand sourire qui le distinguait des autres visages maussades. Quand Dave les eut aidées à descendre leurs valises, le père s'était approché et, au lieu de serrer la main de Dave comme il s'y attendait, il l'avait enlacé en lui donnant des claques dans le dos qui auraient pu sauver quelqu'un en train de s'étouffer. La vieille dame avait insisté pour attendre le départ du train et agité la main comme pour dire au revoir à un fils qu'elle ne reverrait pas de sitôt ; la petite fille avait continué à le dévisager, sans sourire, les bras le long du corps, et il les avait perdues de vue, sauf la tache rose vif de leur pile de bagages sur le quai gris.

Il se trouvait maintenant en face de sa nouvelle compagne de voyage. Il était content que ce soit une femme. Il était allé au wagon-restaurant. Sa mère aurait adoré les serviettes en papier pliées en forme de cygnes, les fleurs artificielles dans les vases, les grands menus plastifiés, les verres à vin sur les tables et rien d'autre que de la bière, de la vodka, des cacahuètes et des chips sur le menu. Il s'était aperçu pendant cette visite qu'il n'avait pas envie de communiquer avec les hommes. Il les avait observés, les jeunes comme les vieux, ils se bourraient la gueule lentement, silencieusement et consciencieusement, en grignotant des cacahuètes. Il avait vu leur soulagement quand ils ouvraient la canette.

À partir d'Omsk, il se retrouva seul avec cette femme dans le compartiment. Il ne savait pas trop, mais elle devait avoir la cinquantaine, à peu près l'âge de sa mère, en fait. Elle était grosse, pas juste quelques kilos de trop, mais obèse, au-delà de ce que pouvaient faire Weight Watchers et un DVD de Davina McCall, au point qu'il était difficile de déchiffrer son corps sous les amas de chair. Elle portait des imprimés, un chemisier à fleurs ample et un pantalon stretch à rayures. Elle était très maquillée et même Dave, qui ne s'intéressait pas à ce genre de choses, se dit que Shelley perdait son temps à vendre ses produits Avon à Roehampton. Elle aurait fait un malheur ici.

Il finit par apprendre qu'elle s'appelait Nina, après s'être frappé la poitrine un bon nombre de fois en disant Dave, Dave, Dave. Elle lui fit un grand sourire, voulant faire plaisir, avec beaucoup de dents en or, hocha vigoureusement la tête, mais prit un moment pour répondre et dire son nom. S'il essayait quelques mots en russe piochés dans son guide, elle hochait de nouveau la tête, souriait, et quand ils s'aperçurent qu'ils ne se comprenaient pas, elle tourna la tête vers la vitre, gênée, mains sur le ventre.

Ils finirent par se détendre. Dave dormait pendant qu'elle faisait des mots croisés et lisait des magazines. Quand il sortait dans le couloir, à son retour il sentait flotter une légère odeur de fromage et la voyait brosser ses longs cheveux noirs pour refaire son chignon. Elle ne voulait pas partager ce qu'elle mangeait, ce qui était pour lui un soulagement après avoir été gavé les deux jours précédents, mais elle mit un certain temps avant de comprendre qu'il s'en fichait. Pendant les arrêts, il descendait marcher un peu sur le quai et acheter une glace à l'une des vieilles femmes qui les transportaient dans un sac à linge, ou admirer le ciel pastel qui glissait derrière une gare elle-même de la couleur d'une tranche napolitaine. Quand il revenait, elle rangeait en hâte ce qu'elle mangeait et brossait les miettes sur ses genoux avec un sourire coupable.

Dave acheta finalement un gros truc plat et pâteux, le mangea sans lui en proposer et ils réussirent à s'installer dans un *modus vivendi* confortable. Ils s'asseyaient à présent en étalant l'un et l'autre leurs provisions sur la table et se servaient. Dave mima des battements rapides, la main sur la poitrine.

«Amour.» Il fit marcher ses doigts en l'air. «Je traverse la Russie pour trouver l'amour. Non, non, je veux dire pour trouver *mon* amour, ma girlfriend.»

À ces mots, le chignon de la femme trembla et elle hocha la tête, aperçu de dents en or et de quelques mentons supplémentaires.

«Girlfriend.»

Tout le monde connaissait ces mots, girlfriend, boyfriend. Il se pencha en avant.

«Du moins, c'était ma girlfriend. Elle avait des secrets, mais on a tous les deux fait des erreurs et maintenant on va les réparer. Ensemble. Je veux dire, on ne peut pas faire comme si ça n'existait pas, hein? L'amour. Ou le fait que je traverse la Russie, le monde même, pour elle? Et je resterai ici, je veux dire si c'est ce qu'elle veut et que j'y arrive, j'apprendrai la langue et tout, mais elle a toujours dit qu'elle aimait Londres, je veux dire plus que la Russie. Sans vouloir vous offenser. Alors je veux dire, j'espère juste…»

Il s'interrompit. Même si Nina souriait d'un air encourageant, il savait qu'il parlait pour lui-même. Elle s'enfonça dans son siège. Sa tasse, dans un support en verre et métal fourni par la *provodnista*, se noya dans son ventre, son chignon fut poussé en avant par le coussin derrière sa tête. Elle semblait vraiment apprécier ce qu'il racontait. Dave but une gorgée de Coca, tiède et plus du tout gazeux après son séjour devant la vitre.

«Alors le plan c'est… enfin, il n'y a pas vraiment de plan, sauf la trouver. Je sais où elle habite. Je veux dire, je sais où elle habitait.» Il détourna les yeux et regarda par la fenêtre les arbres, un petit coin de ciel bleu par-ci, par-là, les lilas en fleur, apparemment les seules plantes qui poussaient près des rails. «Et je me rends compte, bien sûr je me rends compte, que ça va être vraiment difficile, mais j'ai juste besoin d'un peu de chance. Et je la mérite. Non, j'ai l'air ingrat. Je ne veux pas dire que ça m'est dû, la connaître a été la plus grande chance de ma vie, mais quand même, j'en veux un peu plus. Je ne suis pas du genre chanceux pourtant, pas vraiment.»

Le Coca et sans doute les chips aromatisées au poisson, la pâtisserie, la glace, le chocolat et les crêpes enveloppées dans du film transparent achetés sur les quais lui avaient fait gonfler le ventre, l'acidité remontait dans sa poitrine. Il s'affala un peu plus sur son siège, fixa le paysage immuable, tout en sentant le regard de la femme sur lui. Énoncer tout cela à haute voix, même à quelqu'un qui ne comprenait pas, lui montra qu'il agissait comme un idiot. Qu'il ferait mieux de descendre au prochain arrêt et de rentrer chez lui. La femme fit un effort considérable – incitant Dave à regarder encore plus fixement dehors –, pour se tourner sur le côté, puis tendit la main et lui tapota le genou, toujours avec le sourire.

«Chance. Chance.»

Dave lui sourit aussi; il était incapable de regarder en face les fausses dents en or, le fard à paupières violet et les traces de rouge sur les joues en forme d'empreintes, mais il secoua la tête. « Non, pas vraiment. Juste un été, quelques mois. Là, j'ai eu de la chance. »

La femme cessa de sourire et regarda Dave, puis se pencha sur son sac en plastique. En se redressant, elle avait le visage rouge et Dave eut l'impression que l'odeur de fromage était plus forte. Elle tenait une banane marron avec juste quelques taches jaunes sur le fruit flasque.

« Mange. »

Que pouvait faire Dave sinon se remplir la bouche de la pulpe douce, sucrée et piquante, et remercier tandis qu'elle observait chaque bouchée avec un mélange de frustration et de fierté ? Il avait encore la chance de savoir reconnaître un vrai geste de gentillesse quand il se présentait.

La musique des Who remplissait la Lada et le chauffeur de taxi, qui sentait l'alcool et une nuit passée dans sa vieille veste en cuir, tapait en rythme sur le volant et regardait Dave, assis à côté de lui, pour savoir si ça lui plaisait aussi. Il était six heures trente du matin et Dave venait d'arriver dans la ville natale d'Alena.

« Vous voyez ? J'écoute ça quand jeune. »

Il ne connaissait pas le morceau, mais il hocha la tête et l'homme regarda de nouveau la route, l'air heureux. Il semblait sur le point de se mettre à chanter. Dave observait les rues ; à l'évidence, ce n'était pas Moscou. Il voyait des vieilles maisons en bois à moitié démolies, comme sorties de *La Petite Maison dans la prairie*, ou d'énormes tours. Les tours ressemblaient un peu à celles qu'il connaissait, mais beaucoup plus vieilles, construites en béton et en bois d'une autre époque ; des vêtements pendaient aux fenêtres et sur quelques rebords survivaient des plantes rabougries. Il supposait qu'elles étaient là pour décorer, mais elles avaient l'air mal en point.

Il savait qu'il était fou d'espérer voir Alena tout de suite, il n'y avait dans les rues qu'une ou deux personnes, le visage dissimulé sous un parapluie pour se protéger de la petite bruine matinale. Dave repéra une paire de jambes, mais les mollets n'étaient pas assez ronds, elles n'auraient jamais pu distribuer les gratuits à la moitié de Hackney. Un autre morceau passait et il voyait que le chauffeur le regardait. Dave sentait presque les mécanismes rouillés grincer tandis qu'il essayait de dire quelque chose.

«Vous voyez, il…» Il hocha la tête plusieurs fois vers la vitre, puis lâcha le volant et agita les doigts comme partout dans le monde pour mimer la pluie. Dave détacha les yeux de la rue.

«Pleut, oui.

– Oui, oui, oui, oui.»

Le chauffeur acquiesça très vite, comme si Dave avait interrompu le flot de ses pensées, comme s'il avait eu le mot sur le bout de la langue, puis ses yeux se mirent à briller et il sourit encore plus, content de lui.

«Comme Londres, toujours.»

Dave eut un petit rire, rien de plus qu'un léger bruit de toux, qui fut tout ce qu'il réussit à sortir. À cause de sa nervosité ou peut-être de cette ville, de son air délabré; était-elle vraiment revenue dans un tel endroit?»

«Oui, la plupart du temps, mon pote.» Puis, se rendant compte. «Vous parlez bien anglais.»

Le chauffeur profita de ce moment pour continuer et baissa le volume du solo de guitare.

«Chez moi j'apprends.» Il rougit. Dave avait peur que l'effort d'aller déterrer les mots anglais fasse sortir la voiture de la route, ça ou les deux canettes de bière qui roulaient à ses pieds. Sans qu'il porte de jugement, bien sûr. «Mais c'est dur parce que je ne…

– Pratique pas?

– *Da.* Oui, oui. Pratique pas. Ici… » Dieu du ciel, il avait de nouveau lâché le volant pour montrer les alentours et s'assurer que Dave approuvait. « Ici…

– Dans cette ville ?

– Oui, oui, oui, oui. Cette ville était… » Il fit claquer ses mains et les garda serrées. « … fermée.

– Fermée ?

– Pas de visiteurs.

– D'accord.

– Pas partir.

– Personne ne pouvait partir. Oui, j'ai lu quelque chose là-dessus. »

Il secoua la tête une bonne minute tout en cherchant ses mots, le visage concentré. Les accords de guitare sinistres remplissaient la voiture et ils tournèrent dans une cité.

« *Da, da, da.* Dur de partir et de revenir. »

Le chauffeur rentra un peu la tête dans le col de sa veste. Il respirait fort et augmenta le volume de la radio. Dave savait que la ville avait été fermée. Comme une émission de télé où les gens sont coincés dans une ville et crèvent d'envie d'en sortir tout en ayant peur de le dire. Il pensa à la façon dont une rumeur pouvait répandre ses mensonges dans sa cité en une après-midi, puis multiplia cet effet par la taille d'une ville entière où tout le monde était bloqué et tournait en rond. Il ne voulait pas imaginer ce que cela signifiait pour Alena, pas encore. Il aurait peut-être la chance de le lui demander.

Ils se turent durant le reste du trajet, s'enfonçant de plus en plus dans la cité. Quand « The Seeker » passa, l'humeur du chauffeur parut s'améliorer ; il tourna la tête vers Dave et tapa sur sa cuisse. « Meilleur.

– Oui, certainement. Mon pote, on va à l'hôtel Spoutnik, hein ? Spout-nik ?

– *Da, da, da.* Spoutnik. *Da.* »

Avec un coup de volant qui faillit faire décoller le côté gauche de la grosse Lada verte, ils s'arrêtèrent devant une tour, avec d'un côté de l'entrée un terrain de jeux parsemé de bouteilles cassées et de l'autre une montagne de sacs-poubelle éventrés.

« Spoutnik ?

– *Da*, Spoutnik. »

Le chauffeur fit signe à David de descendre. Le ventre de Dave se noua un peu. Il avait entendu toute sorte de choses. Tony l'avait prévenu : « Les moments où il faut vraiment être prudent arrivent n'importe quand. Parce que tout le monde sait que tu as tout sur toi. Et n'essaie pas d'aller voir les flics, sauf si tu as envie de te faire tabasser et de ramasser une amende. »

Il regarda autour de lui. Le chauffeur semblait inoffensif, amical même. Dave pourrait se le faire facilement. Sauf si c'était là que ses potes se pointaient, des gros malabars comme les statues de mecs musclés qu'on voyait partout. Ils brandiraient peut-être tous une faucille et un marteau. Le chauffeur avança vers la porte de l'immeuble et Dave évalua la situation. Il n'y avait personne, il pouvait se mettre à courir, mais pas très loin à cause de son sac à dos et il y avait son passeport dedans. Devait-il piquer un sprint maintenant, pendant que le type avait l'air de traîner et d'attendre ?

« Venir. »

Dave ramassa son sac à dos et approcha. Là, à côté de la porte, où Dave s'aperçut qu'on avait bombé FUCK OFF, il y avait aussi un panneau en anglais, indiquant HÔTEL SPOUTNIK.

Le chauffeur le regardait attentivement et souriait. « Spoutnik. Spoutnik. »

Il était tellement soulagé de ne pas se faire tout faucher qu'il ne se rendit même pas compte qu'il avait parcouru des milliers de kilomètres et dépensé plus de mille livres pour atterrir dans une cité pire que Roehampton. Il fouilla dans la poche de son jean et tendit au type quelques billets, se fichant pas mal de ce qu'il prenait, mais le chauffeur empocha les deux du dessus et lui rendit le reste en secouant la tête. Dave jugea que, comme il ne s'était pas fait démolir la gueule, c'était peut-être son jour de chance. Il tripota son portefeuille. C'était la seule photo qu'il avait d'elle ; elle faisait partie d'une série de quatre prise dans un Photomaton, Alena sur ses genoux, mais faisant la moue devant l'appareil, un coup de soleil sur le nez. Dave tenta un sourire, mais sa mâchoire tremblait comme de la gelée quand il se tourna vers le chauffeur. « Girlfriend. Vit ici ? Vous la connaissez ? Vous l'avez vue ? » Mais la portière s'était déjà refermée, la voiture partit en marche arrière et Dave se retrouva seul, entouré des immeubles tristes, la photo à la main et sans la moindre idée sur la manière de commencer à chercher une personne qui n'était sans doute pas ici de toute façon.

Couchette du haut de nouveau, cette fois des lits superposés Ikea. Il partageait la chambre avec deux étudiants russes, l'un costaud, l'autre petit et maigre, tous les deux à peine plus de vingt ans et ne parlant pas anglais, et un Canadien barbu. Les Russes étudiaient nuit et jour, penchés torse nu sur leur ordinateur portable, s'enfilaient du thé noir et plus tard de la bière dans des bouteilles en plastique cabossées à force d'avoir servi. Costaud portait une petite croix en or qui se perdait dans les poils noirs de sa poitrine. Le Canadien parlait peu et lisait un pavé aux pages fines et légères et à la couverture déchirée ayant pour titre *La Vie et l'Époque de Staline*. De temps en temps, il changeait de main et se dégourdissait le poignet.

Il aurait voulu partir à sa recherche immédiatement, mais il s'allongea quelques minutes et se réveilla des heures plus tard, en sueur, le cœur battant à tout rompre comme si son corps soupçonnait qu'il venait de rater Alena. Il regarda de nouveau la photo, envisagea de la montrer à ses compagnons, et la rangea dans son portefeuille. Dégoûté de sa lâcheté, il avait l'impression d'être en rade dans cette ville étrangère et de déjà tout gâcher. En fin de compte il se lava le visage, se regarda dans la glace et se dit que ce serait vraiment dommage si Alena ne le revoyait plus jamais. Puis il sortit dans l'air immobile et chaud de la soirée.

Il marcha longtemps, scruta les cafés et les restaurants. Il arpenta le campus de l'université, mais un gardien se mit à le suivre sept pas derrière lui. Il essaya un marché couvert où l'on vendait de tout, des soutiens-gorge comme du fromage en tresses dorées. Ses chevilles le suppliaient de s'arrêter et sa tête lui conseillait de demander aux gens, de montrer la photo, mais chaque fois qu'il essayait, sa main tremblait si fort qu'il n'arrivait pas à la sortir de son portefeuille, et il laissa tomber.

Il crut apercevoir, par la vitrine d'une librairie sombre comme un tunnel, une petite main blanche qui dégageait de sa nuque ses cheveux roux. Il en eut le souffle coupé, se figea sur place. La fille se retourna ; elle avait de grosses lèvres, un nez trop long et étroit. Il eut honte de s'apercevoir qu'il pleurait en silence au milieu des gens qui le croisaient sur le trottoir.

Ensuite, épuisé, affolé, tenté de reprendre tout de suite le train pour rentrer, il traversa la ville et arriva au supermarché près de la cité. Bien que sachant combien les Russes aimaient manger, il s'attendait à trouver un magasin poussiéreux qui ne vendait que l'indispensable. Il fut surpris de le voir rempli de tout ce qu'on peut acheter dans un supermarché occidental, mais en plus beau : allées plus larges, plus de choix de produits qu'on ne peut en rêver, huit sortes de fromage blanc, toutes les marques de barres chocolatées. À part la musique Europop et la bande de chiens faméliques blottis les uns contre les autres qui se léchaient les pattes, on ne se serait jamais cru en Sibérie.

Il acheta des chips, une pomme, du fromage blanc à la confiture d'abricot, un pack de six canettes de Coca-Cola et deux plaquettes de chocolat avec la photo d'une ballerine sur l'emballage. Il aurait presque pu se croire chez lui s'il se brouillait la vue devant les caractères cyrilliques et s'il se bouchait les oreilles pour ne pas entendre autour de lui des mots qui n'avaient pas de sens. Mais il ne devait pas le faire car chaque femme qui poussait un Caddie, qui tirait un enfant par la main ou qui remplissait un rayon de Ketchup Heinz russe aurait pu être son Alena. Il se rendit compte que, s'il était terrifié à l'idée de ne pas la trouver, il craignait presque autant d'y parvenir. Il tripotait la photo dans sa poche, enfonçait le coin sous son ongle. Demain il ferait mieux. Il montrerait la photo. Il demanderait aux gens et supporterait les regards durs et méfiants, l'impression que son cœur se dilatait au point d'éclater puis se dégonflait à chaque fausse alerte.

Il alla s'asseoir sur le carré d'herbe brûlée et piquante avec ce qu'il avait acheté à manger. Les chiens ne bougèrent pas, se contentèrent de remuer la queue et de dilater leurs narines noires et sèches quand il ouvrit le paquet de chips. Ils restèrent assis, lui et les chiens, n'ayant nulle part où aller.

18

L'odeur d'ammoniaque faisait monter les larmes aux yeux d'Alena. Elle se débarrassa de ses sandales et mit la bouche sous le robinet ; l'eau la plus pure de Sibérie, en direct du lac Baïkal. La tête lui tournait. L'eau froide lui agaça les dents et la stabilisa un peu.

« Il y a un shawarma, Alena. Dans le four. Je n'ai pas pu le manger, la chaleur. À l'heure du déjeuner je suis allée à la fontaine, j'ai plongé les pieds dedans et j'ai mangé une glace, comme une gosse. »

Henka tendit le cou, la tête couverte de film transparent, pour parler à Alena. Elle était en sous-vêtements, la dentelle couleur pêche de son soutien-gorge creusant sa chair un peu molle de femme mûre, les pieds sur la table avec un bout de coton entre les orteils. Alena ne répondit pas, elle essayait d'agir normalement, aussi normalement du moins que ces jours-ci. Elle prit une cuillère sur l'égouttoir, ouvrit le frigo, sortit un pot de choucroute et alla s'asseoir à côté de Henka sur le canapé. Henka posa les jambes sur celles d'Alena et l'odeur de beurre de cacao se mêla à celle de l'ammoniaque.

« Ta journée s'est bien passée ? Tu es sûre que tu vas bien ? Avec cette chaleur dans la cabane ? Tu sais que si tu dois t'arrêter on se débrouillera, tu as perdu bien assez de temps à faire des crêpes, une fille intelligente comme toi. Il y a toujours moyen. »

Alena engloutit une bouchée de choucroute froide, mais sa gorge lui paraissait enflée, elle entendait son souffle frémir comme s'il entrait et sortait à toute vitesse dans sa trachée. Elle déglutit encore, se mordit la lèvre, essaya de faire abstraction de la sensation de vertige.

« Ça va. Aujourd'hui, j'ai donné tes gâteaux aux gamins de l'étal de fleurs. Ils étaient si contents qu'ils ont sauté comme des kangourous toute la journée. Mais je crois que tu ne devrais pas recommencer – leur grand-mère a fait la gueule en les voyant. »

Sa voix avait l'air tellement normal.

« Non, Alena, elle a toujours cette tête-là. » Elle ôta les jambes des genoux d'Alena et regarda la pendule. « Change de chaîne si tu veux, allonge-toi, enlève ta robe, il faut que je la lave. »

Alena fit ce qu'elle lui demandait et zappa : poursuite de voitures, série mélo, infos, mais elle entendait encore Henka qui criait pour couvrir le bruit de l'eau.

« Tu ne veux pas venir ce soir ? Ça pourrait te faire du bien ? Lily a dit qu'elle pouvait te faire entrer gratuitement et il paraît que la salsa est vraiment super… Tu ne rencontreras jamais de type bien si tu gardes les lèvres serrées sur une cuillère de choucroute et… »

Elle ne comprit pas tout de suite que le bruit venait d'elle. Une plainte pitoyable, suivie de gémissements qui montaient du fond de son ventre. Elle n'avait pas conscience de s'être roulée en boule ni que la salive coulait de sa bouche ouverte sur ses genoux. Puis Henka fut à côté d'elle, seulement à demi couverte d'une serviette, les cheveux ruisselant sur le visage d'Alena. Elle se mit à genoux près d'elle et berça sa tête sous son bras.

« Qu'est-ce qu'il y a ? Qu'est-ce qu'il y a ? Pauvre petite. Qu'est-ce qui t'arrive ? Raconte-moi. Raconte-moi.

– Il est là. »

– Quoi ? Qui est là ? Alena, voyons, qu'est-ce que tu racontes ?

– Je l'ai vu aujourd'hui. Dans un bus. Juste de profil, mais je sais. J'en suis sûre. Je pense qu'il est venu pour moi.

– Qui, Alena ? Alena ? Enfin, ça pouvait être n'importe qui. Pauvre petite. Tu es épuisée, c'est tout, pas étonnant. Mais ne t'en fais pas, tu ne risques rien ici, tu m'entends ? Tu es chez toi, on te protégera et tu ne risques rien. Personne ne peut te faire de mal. »

Alena leva la tête, le visage brillant de morve, de sueur et de larmes prêtes à se répandre sans qu'elle ait senti leur présence.

« Il ne me fera pas de mal. Il m'aime. »

Elle était assise, jambes croisées, et regardait les enfants frapper des talons les flancs des poneys. Des fleurs en plastique fluo étaient entortillées dans leur crinière épaisse et sale, des pompons en satin ornaient leurs paturons. Ils ne semblaient même pas remarquer les coups des enfants, pas plus que la petite fille au visage pincé, neuf ans peut-être, d'une couleur de peau entre bronzage et crasse, qui les faisait tourner en tenant un harnais rose. La musique du manège était si forte qu'elle faisait vibrer son sternum, *boom, boom, boom, let me hear you say wayoo, wayoo*, mais elle allait bientôt passer à une ballade des années quatre-vingt-dix et Alena pourrait rester assise tranquillement. Attendre.

À côté d'elle, une fille était assise sur les genoux de son petit ami, une rose à la main. Il était très élégant et Alena sentait son aftershave. Il passait les mains sur les jambes du jean blanc satiné de sa copine, murmurait à son oreille et elle gloussait, le punissait d'un léger coup de rose sur le nez. Alena but une gorgée de sa boisson glacée vert vif à la menthe, la seule chose assez froide pour la rafraîchir par cette chaleur. Elle croqua la glace qui lui agaça les dents, respira l'odeur de la viande qui cuisait, du crottin de cheval et de l'aftershave du garçon.

Elle avait dans l'idée que si elle restait assise assez longtemps, ici, en plein milieu du parc, rendez-vous traditionnel des amoureux, à côté des écuries, des attractions et des poneys enrubannés, des stands où l'on vendait des glaces et des shawarma, il allait venir. Dave viendrait à l'endroit où elle était venue avec ses amies pour papoter et se moquer des garçons, et plus tard, où Mikhail l'avait emmenée et lui avait offert un tour de poney, même si elle était bien trop vieille pour cela. Où elle avait parfois emmené sa mère boire une petite bière en allongeant les jambes devant elles.

Un souvenir traversa son esprit, comme une odeur fugace ; elle revit sa mère, juste après la mort de son père, assise sous un arbre, le visage tourné vers le soleil mais marbré d'ombres à cause des feuilles au-dessus d'elles, et en regardant bien on voyait ses joues briller de chagrin. Alena rassembla ses jambes contre elle. Sa mère avait peut-être déjà commencé à décliner à l'époque et, si Alena l'avait remarqué, elle aurait peut-être pu trouver de l'aide plus tôt, ralentir le processus. Peut-être ou peut-être pas, mais il est difficile de vivre en sachant certaines choses, surtout si l'on se répète qu'on aurait pu agir pour les changer, pour aider quelqu'un qu'on aime.

Elle se demanda de nouveau si elle devait le chercher, mais d'une certaine manière ne rien faire lui semblait préférable. Il était venu jusqu'ici, il la trouverait. Le couple s'embrassait, pas des baisers passionnés, bouche ouverte, mais de petites bises qui claquaient et laissaient un fil de bave entre leurs bouches, comme elle le vit en les observant un instant. Il caressait le tissu doux du jean de la fille de façon plus rythmée et plus pressante. Alena ne bougerait pas. Sa paille gargouilla, ils tournèrent la tête, elle haussa les sourcils, puis se souvint de ce que c'était d'être amoureuse, d'embrasser quelqu'un sans se soucier de la salive, de qui était assis à côté, de la quantité d'aftershave sur sa peau, et elle leur sourit.

« Désolée. »

Elle attendrait jusqu'à la tombée de la nuit qui rafraîchirait la sueur sur sa peau, jusqu'à avoir mal au dos à force d'être assise sur ce banc, jusqu'à ce qu'il ne reste plus personne dans le parc sauf un enfant, pas encore couché, qui ferait un dernier tour de poney. Puis les autres enfants robustes mais mal nourris grimperaient sur leurs montures enrubannées, partiraient du parc en file indienne et parcourraient la rue principale jusqu'à leur cité. Elle ne bougeait pas et attendait que Dave arrive comme par magie de Hackney, dans ses vêtements anglais, avec son accent que les gens ne reconnaîtraient pas comme typiquement londonien. Elle attendrait qu'il traverse le parc, lentement et silencieusement selon son habitude, comme s'il hésitait au milieu d'une foule invisible. Le dernier enfant tomberait de son poney et pleurnicherait, le père se fâcherait contre le gamin qui tenait les rênes, lui aussi trop fatigué, celui-ci hausserait les épaules, le visage inexpressif, en le regardant droit dans les yeux. Elle ne ferait rien d'autre qu'attendre. Elle pouvait attendre. Ensuite, elle le renverrait chez lui. Elle pouvait le faire, elle le ferait, elle le renverrait chez lui.

19

Il y eut une explosion de rires au bout de la table et Dave releva vivement la tête. Il vit ses jeunes compagnons se donner des claques sur les épaules et sur le ventre, de sorte que le tissu léger de leurs chemises soigneusement repassées dans la chambre se colla contre leur peau en sueur.

Maigrichon se leva, fouilla dans sa poche en oscillant comme un lampadaire un jour de grand vent, et son grand sourire mou fit apparaître une dent en or au fond de sa bouche. Il sortit une poignée de billets, quelques pièces tombèrent sur le sol en béton et il les contempla un instant, l'air surpris, tandis que Costaud se retournait pour rire avec Dave.

Dave sortit de sa poche une poignée de roubles, s'égratigna contre le bord rugueux de la table, même si elle ne méritait pas vraiment ce nom, n'étant rien de plus qu'un carré de contreplaqué en équilibre sur deux bidons d'huile de cuisine, et tendit les pièces.

Maigrichon les prit, s'approcha en vacillant du karaoké placé à côté de la vitrine réfrigérante remplie de bières, de viandes et de fromage enveloppés dans du film transparent. Dave avait déjà bu trois Coca, il avait des brûlures d'estomac et la gorge gonflée comme un ballon. Heureusement, roter était considéré ici non seulement comme normal, mais indispensable.

Maigrichon essaya à plusieurs reprises d'introduire la pièce dans la fente du karaoké jusqu'au moment où la propriétaire, une femme âgée, abandonna son paquet de chips et le fit à sa place avec un sourire indulgent et las.

Dave se demandait s'ils venaient toujours ici, dans cette cabane au milieu du parking de la gare, un mur fait d'une bâche de plastique, les trois autres en tôle ondulée, une seule vraie table, les autres bricolées avec ce qu'on avait trouvé comme surface plane, des images et des statuettes de la Vierge Marie coincées entre les paquets de soupe, de chips, de chocolat et les bouteilles de vodka en plastique.

Dave était toutefois content d'avoir été invité. Assis dans la chambre, il les avait vus se soûler consciencieusement après avoir repassé leurs chemises. Avec le même zèle et la même concentration que pour leurs études pendant la semaine, ils se passaient la bouteille, assis côte à côte sans sourire sur un lit du haut. Après avoir bu la moitié de la bouteille, leurs traits s'étaient un peu ramollis et ils avaient demandé à la fille de la réception qui parlait anglais de l'inviter à sortir avec eux. Putain, pourquoi pas ? Il était crevé. Il avait cherché dans tous les magasins, dans tous les endroits possibles. Une semaine entière en bus et à pied, une journée affreusement décevante après l'autre. Il avait même trouvé le courage de montrer la photo à tous les gens qui avaient l'air un peu sympathique, c'est-à-dire presque personne.

Il était crevé et n'avait pas la moindre idée de ce qu'il allait faire ensuite. Et voilà qu'il était dans cette cabane en tôle et écoutait le gamin martyriser une version russe de ce qui ressemblait à Roxette en se demandant s'il pouvait les laisser là ou s'il devait essayer de les faire monter dans un taxi avec lui.

Il vit sa silhouette avant qu'elle n'entre. Une forme massive, éclairée par-derrière, se dessinant à côté de lui, puis la bâche de plastique s'ouvrit et une fille blonde avec un sac à dos se montra. Les quelques personnes aux autres tables lui jetèrent un coup d'œil dénué d'expression, puis reportèrent leur attention sur ce qu'ils faisaient ou sur Maigrichon qui plissait les paupières pour mieux chanter un refrain si aigu qu'on serrait les fesses.

Dave continua à la regarder. Ses cheveux étaient tirés en arrière et il reconnut sur son visage l'expression des plus jeunes au magasin de chaussures, tentant de dissimuler sa trouille. Dave essaya de deviner d'où elle venait mais c'était difficile. Elle se débarrassa de son sac à dos en basculant tout le corps et le fit atterrir par terre avec un bruit sourd. Elle avança vers le bar, tête haute, et commanda un Coca light avec un accent anglais chic. La propriétaire la regarda et secoua la tête sans sourire.

« *Niet.*

– Oh, hum, bon, heu… *Kafye see moloko?*

La propriétaire haussa les épaules mais tendit le bras, toujours assise, pour mettre en route la bouilloire, déchira le sachet avec ses dents et le versa dans une tasse en plastique. Quand elle s'assit et sortit son *Lonely Planet*, Dave se tourna vers elle.

« Vous allez le regretter. »

Elle leva les yeux, secoua la tête et ses traits se durcirent.

« J'ai dit que vous alliez le regretter. »

Elle posa son livre à l'envers sur la table. « Mon Dieu, désolée, je croyais que vous étiez avec eux. »

Elle fit un signe de tête vers Maigrichon et Costaud qui tanguaient maintenant dans les bras l'un de l'autre en donnant au bar leur version de Céline Dion.

« C'est vrai.

– Non, je veux dire, je croyais que tu étais russe.

– Non, en fait, ce sont mes compagnons de chambre. Je viens de Londres. Et toi ?

– Farnham, dans le Surrey. Je voyage seule. Tu es venu en Trans-Sib aussi ? C'est incroyable que leurs trains de nuit partent à deux heures du matin. J'ai vraiment cru qu'on allait me retrouver dans un coffre de voiture, découpée à la machette. J'ai dû arrêter n'importe quelle voiture en proposant de payer la course pour venir ici. Ma mère aurait une putain d'attaque si elle savait!» Elle rit, but une gorgée de café, fit une grimace et le posa. «Alors tu vas vers l'est ou l'ouest?

– Ni l'un ni l'autre. Je suis coincé ici pour le moment. Mais je viens de Moscou.

– Pourquoi es-tu coincé ici?»

Dave fit un signe de tête vers ses compagnons en sueur qui beuglaient. «Je crois que c'est leur repaire.

– Non, je veux dire dans cette ville de merde. J'ai vraiment hâte d'être en Mongolie, et encore plus au Japon où je trouverai de la bouffe saine et où les gens en fait, tu vois, échangent des sourires.»

Dave regarda ses deux compagnons qui s'adressaient des grimaces mais ne dit rien sur le fait que ce n'était pas sur l'échange que les Russes avaient un problème.

«Pas ce que tu espérais?

– Non, je veux dire c'est, genre, fascinant.» Elle baissa la voix. «Pas de démocratie, tout le monde complètement obsédé par la consommation, les journaux qui écrivent tout ce que ce con de Poutine veut qu'ils racontent. C'est dur de croire que ce pays a été un jour révolutionnaire. Je suis contente d'être venue, mais j'ai vraiment hâte de partir.»

Dave but une gorgée de Coca. Pensa à son ancien magasin et à sa ménagerie, les faux ongles qui cliquetaient sur l'écran de la caisse, les femmes qui achetaient des chaussures valant des centaines de livres avec lesquelles elles ne pouvaient même pas marcher.

«Ce n'est pas si différent de chez nous.»

La fille regarda ses mains, puis détourna rapidement les yeux vers les deux gars devant le bar qui partageaient maintenant un paquet familial de chips Lay qu'ils enfournaient par poignées. Dave eut peur de l'avoir gênée.

« Je suis là pour ma copine. »

Elle s'arracha au carnage des chips. « Quoi ? Pardon ?

– Je suis là pour voir ma copine.

– Cool… Elle est étudiante ici ou quoi ?

– Non, elle est d'ici, c'est là qu'elle a grandi. »

Elle hocha la tête, fit une grimace qu'il ne réussit pas vraiment à interpréter, honteuse peut-être de la façon dont elle avait dénigré la ville natale de sa copine.

« D'accord… elle travaille ce soir, elle est sortie avec des copines ou quoi ?

– Non, elle ne sait pas encore que je suis ici. »

Elle lui adressa un regard glacial qu'il sentit tomber sur lui comme une lumière bleue. Une légère tension dans ses épaules, ses yeux qui tentaient de pénétrer un peu plus profond pour voir s'il était obsédé ou cinglé. Il ne se déroba pas devant ce regard, il commençait de toute façon à se le demander lui-même, mais il ne voulait pas la faire flipper ; elle était dans une cabane à côté de la gare à une heure du matin.

« Je veux dire, c'est une surprise. Elle n'est pas en ville ce week-end, alors je me suis dit que j'allais attendre son retour. »

Les épaules se détendirent, le sourire revint, elle pencha la tête et fit un grand sourire.

« C'est tellement romantique. Alors c'est un truc à distance, non ? »

Maigrichon et Costaud avaient entrepris de revenir à la table, miettes de chips sur le menton, chemises déboutonnées, Costaud exposant la toison impressionnante sur sa poitrine. Dave leur donnait un quart d'heure de plus à se murger avant d'être incapables de rentrer, en taxi ou autrement.

« Ouais, c'est une façon de le dire.

– Elle doit être très belle. Les filles le sont ici, tu ne trouves pas ? Tellement minces et ces pommettes hautes. »

Maigrichon s'assit à côté de la fille, se pencha en avant, tête branlante, yeux mi-clos, et entama une conversation animée avec elle en russe sans savoir si elle comprenait ou non. Dave sortit son portefeuille et tendit à la fille la photo d'Alena.

« Mais ce n'est pas la fille qui fait des crêpes ? » Il comprit à son expression qu'il avait raté le test de l'obsédé et du cinglé. « Tu crois qu'elle n'est pas en ville ? »

À ce moment-là, Maigrichon arracha la photo des mains de la fille et l'approcha de son visage, tout en passant le bras autour d'elle qui, voyant la façon dont la nuit allait tourner, essayait déjà de hisser son sac à dos sur ses épaules.

« Quoi ?

– Rien, juste… je ne sais pas ce qui se passe, mais j'espère que ça s'arrangera.

– Quoi ? Qu'est-ce que tu veux dire par je ne sais pas ce qui se passe ? »

Dave reprit la photo tandis qu'elle se débarrassait de Maigrichon.

« Rien. Écoute. Laisse tomber. Il faut que j'aille chercher des trucs pour le voyage. »

Elle avait l'expression de celle qui a atterri dans une histoire domestique trop intime qu'elle aurait fuie si elle n'avait pas été encombrée par son gros sac à dos.

« Hé ! Attends une minute. Juste… »

Mais Maigrichon le tirait vers le karaoké dans le coin qui passait Billy Joel. Elle sortit par la bâche plastique et Dave ne la vit nulle part quand il réussit à se dégager. Debout dans l'obscurité du parking, il n'avait pas encore fini de chercher Alena.

Il était effrayé par la facilité avec laquelle il aurait pu la rater, rentrer chez lui persuadé qu'elle n'était pas revenue ici, ou même qu'elle avait menti sur la ville où elle avait grandi. Naturellement, il était déjà passé devant le marché, mais il ne s'était pas aventuré au-delà de la première rangée d'étals délabrés où gueulait la musique pop ; c'était si peu accueillant : cabanes bricolées, familles entières de fermiers en vêtements sales et bon marché vendant des légumes et des fruits encore couverts de terre. Grands-mères proposant des radis et des concombres dans des petites poches en plastique qu'elles sortaient de leur sac à main, ou du miel dans n'importe quel récipient, aussi bien dans des pots de café que des bouteilles de shampoing. Il supposait que ces gens venaient de l'équivalent sibérien de la cité de Roehampton, mais quelque chose dans leur façon de se parler à voix basse et de le détailler rapidement de haut en bas lui faisait penser qu'il était peut-être plus difficile d'être à la limite de la marginalisation ici, même si on possédait un bout de terre.

Il n'avait donc jamais dépassé ces premiers étals et, si seulement il l'avait fait, il l'aurait trouvée, tout simplement. Des jours entiers à errer. Après s'être fait envoyer promener trop souvent, ayant trop peur de montrer la photo, il se contentait d'examiner les visages à la recherche du sien, alors qu'il aurait pu la trouver dès la première semaine, dès le premier jour même.

Le café en haut de la galerie marchande la plus chic donnait directement sur le marché. Il y était venu le deuxième soir, mais il s'était assis à l'autre bout, avait contemplé la ville du mauvais côté tout en crevant de froid dans l'air conditionné et en engloutissant des pâtes à la carbonara gluantes et le contenu d'une théière à cinq balles. Il n'était pas revenu parce que le café s'était rempli de jeunes bruyants qui lui rappelaient les gamins maigrichons en jeans de Hackney, et parce qu'il avait été un peu rebuté par les fresques sur des murs entiers représentant des jumelles blondes en soutien-gorge de latex et en pantalon sans fond.

Il était à présent assis dans un box tapissé de simili-cuir vert collant et sirotait un Coca. C'était de là qu'il avait repéré le stand, à côté d'un fleuriste, avec sa grande enseigne peinte à la main montrant une crêpe orange roulée.

Il avait été placé là par une jolie serveuse en tablier qui souriait et s'essayait à son anglais maladroit, mais il n'écoutait pas. Il avait déjà commencé à l'observer. Il avait l'impression que ses cheveux étaient plus clairs, peut-être à cause du soleil ou bien parce qu'elle ne les décolorait pas ici. Elle souriait parfois et, à ses gestes rapides et efficaces à mesure que diminuait la file d'attente du déjeuner, il percevait que son travail lui plaisait. Il ne distinguait pas ses vêtements, seulement le contraste du jaune avec ses cheveux brun doré. Il resta donc assis à l'observer et siroter son Coca, craignant que, s'il la quittait des yeux, elle s'en aille ou se fasse virer, qu'elle disparaisse dans le dédale du marché et qu'il ne la retrouve jamais.

«Vous pouvez aimer autre chose?»

La serveuse tenait la main devant sa bouche en parlant, comme si la couvrir pouvait cacher ses erreurs.

«En fait, oui.» Dave se tourna vers la fenêtre. «Cet étal, celui des crêpes? À quelle heure il ferme?

– Crêpes?

– Oui.»

Elle se pencha sur le menu et parcourut la liste du doigt. «Ici.

– Non, là-bas, l'étal. Il ferme le soir?»

Elle sourit timidement, haussa les épaules et fit signe à une autre serveuse de s'approcher.

«Je peux vous aider?

– Oui, merci. Je veux juste savoir, le stand de crêpes, là-bas, à quelle heure il ferme?

– Le marché ferme à… euh… sept heures.

– Et les étals?

– Oui, tout le marché.»

Dave prit sa respiration tandis qu'elles se tenaient toutes les deux devant lui, mains croisées sur leur tablier. Elles étaient sans doute juste un peu plus jeunes qu'Alena.

«Vous connaissez la fille qui y travaille? Alena?»

La plus âgée parla à toute allure à la plus jeune qui répondit encore plus vite, prononça le nom d'Alena et agita les mains vers lui. Elles le regardaient différemment à présent, en partie fascinées, en partie comme si elles ne pensaient qu'à s'éloigner au plus vite. L'aînée ne souriait plus. «*Niet.*

– Vraiment? Parce que vous avez beaucoup parlé.

– *Niet.*» D'un ton plus dur cette fois.

Dave regarda sa montre. Six heures vingt. «Bon, alors l'addition, merci.»

Elles se détournèrent et continuèrent leur conversation à voix basse en lui lançant des coups d'œil, mais Dave n'y prêtait pas attention. Il regardait les mouvements de tête d'Alena, les gestes rapides et décidés de ses bras.

Elle rabattit brusquement le couvercle de tous les Tupperware du plat de la main, puis elle les fourra au frigo. Cinq jours avaient passé depuis que, assise avec Henka qui dégoulinait dans sa serviette, elle lui avait parlé de Dave, un peu de Fedir qu'elle avait qualifié de petit ami, un petit ami méchant et cruel, mais certainement pas d'Andriy. Henka avait bien sûr entendu les rumeurs, ces mêmes rumeurs qu'Alena voyait inscrites sur le visage des gens qui venaient lui acheter leur déjeuner, et Henka avait peut-être deviné en partie qui était Fedir. En tout cas, elle n'avait pas cherché à savoir, elle avait fait du thé et sorti une grosse barre chocolatée, comme si un ventre plein pouvait aider Alena à tout lui dire. Elle avait peut-être raison.

Pendant que Henka s'habillait, Alena avait continué à lui raconter son histoire, pour la première fois depuis son retour. Elle n'avait pas pleuré aux pires moments, mais elle avait pleuré en décrivant le petit chien en chocolat que Dave lui avait apporté, en parlant de la fois où il avait trouvé un café russe à Primrose Hill et claqué une fortune quand elle lui avait dit que le bortch lui manquait, du fait qu'il l'accompagnait le week-end quand il pouvait et qu'ils distribuaient les journaux ensemble en parlant tout le temps, en montant à toute allure dans les tours, en s'arrêtant pour manger des glaces et s'embrasser.

«Ils ont des tours là-bas?

– Ils ont tout comme nous, en bon et en mauvais.»

Quand elle eut terminé, Henka avait mis sa robe rouge et appliquait encore une couche de mascara, prête pour son cours de salsa.

«Et il est venu te retrouver. Comme c'est romantique, on dirait un film! Tu veux que je demande aux gens d'ouvrir l'œil? Tu sais que Lily connaît tout le monde. C'est une vraie corne de brume, si quelqu'un peut…

– Il me trouvera tout seul. Et ensuite je le renverrai.»

Henka s'était retournée, la brosse du mascara suspendue contre ses cils. «Quoi?

– Je le renverrai, Henka. Tu vois bien pourquoi.»

En claquant la porte de la vitrine réfrigérée et en baissant la protection en contreplaqué devant le guichet de l'étal, elle se demandait maintenant si elle ne s'était pas bêtement trompée, si elle n'avait pas été tout bonnement trop fatiguée le jour où elle avait cru l'apercevoir. Elle en avait marre de l'attendre, de sentir des picotements comme si on l'observait, de Henka qui se précipitait vers elle tous les soirs pour lui demander s'il était venu, lui dire qu'elle avait cru voir au supermarché quelqu'un à la peau blafarde comme les Anglais, qui n'avait acheté qu'un paquet de biscuits.

Alena retourna dans la cabane, ôta son T-shirt trop grand et son tablier et attrapa la robe que Henka lui avait donnée, une robe d'été jaune. Henka l'avait appelé un caftan et l'avait sortie d'une valise poussiéreuse qui n'avait pas été ouverte depuis les années soixante-dix, «mais c'est joli et léger par cette chaleur».

Elle prit son sac. Ce soir elle irait au parc et attendrait comme une dingue, puis elle rentrerait, prendrait une douche et pleurerait un bon coup, mangerait les pommes de terre sautées dont elle avait rêvé toute la journée. Elle descendrait peut-être au café et jouerait aux échecs avec Amir, et elle cesserait d'attendre parce que cinq jours lui suffisaient pour la trouver s'il cherchait bien. Même s'il ne s'y prenait pas bien, cinq jours suffisaient. Elle mit son sac sur son épaule.

«Tu rentres tout de suite chez toi?»

La vieille femme de l'étal de fleuriste lui fit un clin d'œil nonchalant et haussa une épaule.

«Oui, bon, bonsoir, à demain.»

Mais la vieille se leva de son tabouret puis se pencha sur un seau près d'elle et en sortit un petit bouquet de lavande aux tiges attachées par une ficelle rouge. Elle le tendit à Alena qui hésita. La vieille dame approcha le bouquet de son nez puis le tendit de nouveau à Alena d'un geste brusque.

Alena prit les fleurs et chercha quelques pièces dans son sac, mais la vieille femme s'était rassise sur son tabouret, tête tournée vers le ciel, yeux clos.

Alena passa devant les étals déjà fermés et ceux l'où on remballait, le bouquet de lavande contre son nez, et salua les gens qu'elle croisait. Elle l'aurait laissé partir. Elle l'aurait renvoyé. Elle aurait juste voulu le revoir une fois, réparer d'une certaine manière la laideur qui s'était installée entre eux. Voir son visage et lui souhaiter une vie heureuse, lui dire qu'il était un homme bien même s'il ne s'en rendait pas compte.

L'odeur de la lavande, sa déception, les larmes dans ses yeux lui donnaient le vertige et elle s'arrêta un instant pour se calmer. Quand elle leva la tête, il était là, comme si elle l'avait fait apparaître. Mais c'était bien lui, tête basse, épaules voûtées, pâle comme une feuille de papier, qui l'attendait patiemment.

Il s'était bien sûr imaginé la scène. Dans sa tête, elle se déroulait en général de deux manières possibles : elle se jetait dans ses bras et il la faisait tournoyer en lui promettant qu'ils ne se sépareraient jamais, comme dans les films que sa mère et Shelley adoraient ; dans l'autre version, elle le voyait et partait en lui tournant le dos, il la rattrapait, la suppliait, elle se retournait et le giflait avant de lui dire qu'il n'existait plus pour elle, comme dans les séries mélo que sa mère et Shelley adoraient.

Toutes les fois qu'il avait pensé à l'instant où ils se retrouveraient, quand il faisait ses rondes dans le centre commercial de Wandsworth, quand il s'endormait en gardant les bureaux la nuit, quand il refusait un énième casse-croûte à sa compagne de voyage dans le train russe étouffant, il n'avait jamais envisagé qu'elle avancerait vers lui avec un sourire calme et triste et que les premiers mots qu'il prononcerait seraient : « C'est un caftan ? »

Alena eut l'air abasourdi, puis se mit à rire ; elle était là, à un pas de distance. Ses cheveux étaient plus longs, elle ne les décolorait plus, mais ils étaient encore roux aux pointes, elle se maquillait moins, ce qui expliquait peut-être pourquoi son visage semblait un peu plus rond, à moins que ce ne soit les crêpes ; elle avait toujours aimé manger. Elle ne répondit pas à sa question.

« David. »

Il retrouva alors ses esprits et se dit qu'il devait faire le dernier pas vers elle, il avait envie de toucher son poignet, ou ses cheveux, même s'il savait que rien ne l'y autorisait, mais quelque chose dans la position qu'elle avait prise, à un pas de lui, et dans son attitude l'arrêta. Il lui dit la vérité.

« Tu m'as manqué.

– Tu me manques aussi. » Elle regarda le marché derrière elle. « C'est drôle de te voir ici.

– Je n'arrive pas à croire que tu es là, devant moi. Tu... n'as pas l'air très surpris.

– C'est petite ville. J'ai cru te voir et puis je me suis dit que je devenais folle.

– Bon. Alors tu attendais juste que je me pointe.

– Je savais pas. »

Ils restèrent ainsi un moment. Dave sourit, puis regarda par terre. Il ne savait ni quoi dire ni quoi faire à présent. Elle semblait si calme, tellement hors de portée.

« Tu veux aller quelque part ? Je veux dire, on pourrait parler, j'ai fait tout ce voyage et... »

Il s'interrompit et la regarda. Elle était différente, et cela n'avait rien à voir avec ses cheveux ou l'immense robe des années quatre-vingt qu'elle portait.

« Bien sûr. Allons-y. »

Et, comme chaque fois, elle passa devant lui, se faufila à travers la foule, tourna de temps en temps la tête pour s'assurer qu'il la suivait bien.

20

Elle le mena lentement, vers le parc semblait-il, mais elle s'arrêta tout près, au fast-food Orange rempli d'ados qui mangeaient des frites et regardaient MTV. Il la rejoignit et elle baissa les yeux. La compagnie de Dave lui semblait tellement familière, il lui aurait été tellement facile d'approcher la main de son visage ou de se pencher pour embrasser sa joue pâle et moite, c'était cela qui semblait le plus difficile à Alena. Il paraissait si épuisé qu'elle avait envie de le réconforter, mais n'osait pas le toucher.

« Tu veux entrer ici, Alena ? »

Il parcourait du regard les groupes de gamins bruyants devant les tables et les photos de jumelles rousses sur les murs. Alena trouvait aussi les photos bizarres et laides : peau pâle, taches de rousseur et dents de travers. Personne ne comprenait ce qu'elles faisaient là.

« Juste pour un verre ? Je travaille toute la journée.

— Oui, oui, bien sûr, je veux dire, ça m'est égal, c'est juste que… il y a des photos bizarres dans vos cafés. »

Elle poussa la porte et l'odeur de graillon les frappa de plein fouet. Dave posa la main au creux de son dos et avant même de s'en rendre compte elle se blottit dans la chaleur de sa paume. Elle fit alors deux petits pas rapides pour se dégager.

« Je cherche à boire, va t'asseoir. »

Elle vit qu'il était peiné par sa brusquerie.

Elle revint avec les boissons : Coca light pour elle, Coca pour lui. Elle les posa avec précaution et se glissa dans le box en desserrant sa robe. Il la contemplait avec un demi-sourire, encore pâle d'inquiétude. Il y avait trop, vraiment trop à dire, trop de choses entre eux pour les raconter autour d'un verre de Coca en polystyrène posé sur une table en plastique. Il voulut lui prendre la main, mais perdit courage et ne saisit que le bout de ses doigts, caressant du pouce la courbe de ses ongles. Elle retira sa main sous prétexte de prendre son verre.

« C'est drôle de te voir. Depuis quand tu es ici ?

– En Russie ? Une semaine et demie maintenant. J'ai atterri à Moscou et j'ai pris le train. Tu sais qu'il faut quatre jours de train pour venir ici ?

– La *provodnista* t'a embêté ?

– Oui, au début, en fait.

– Je sais, je fais voyage d'ici à Moscou avant d'aller à Londres. La *provodnista* est très méchante, elle passe l'aspirateur quand tout le monde dort. »

Ils se sourirent, mais les mots dans la bouche d'Alena étaient comme de la glaise. Elle aurait pu dire tant de choses et elle bavardait comme si elle le rencontrait pour la première fois sur un quai de gare.

« Tu aimes ici ?

– Pas Moscou, mais ici, oui, un peu plus. Je loge dans une auberge au milieu d'une cité. Je suis réveillé le matin par les enfants dans le petit parc en bas. Mais ce n'est pas vraiment le problème, je veux dire que j'aime ou pas, parce que la seule raison qui m'a fait venir… »

Elle ne supportait pas de le regarder, sa façon de se pencher, son air déconcerté parce que cela ne se passait pas comme il l'avait prévu, même si elle ne savait pas à quoi il s'attendait.

«Lena? Lena, je suis venu ici pour toi.» Il avait un peu élevé la voix, un groupe de gamins les regarda et se mit à rire. «Ne fais pas attention. Des mômes. Écoute, j'aurais voulu venir plus tôt, j'ai mis du fric de côté pendant des mois et je suis venu ici te trouver parce que...»

Une pensée se présenta à l'esprit d'Alena. «Comment? Comment tu pouvais me trouver? Comment tu savais que je viendrais ici?

– Parce que tu me l'as dit. Tu te souviens? Tu m'as raconté que ta mère avait acheté une petite cage à poule et une poule qu'elle avait mises sur le balcon, mais que ça ne plaisait pas au type qui habitait en dessous, un cousin par alliance d'un fonctionnaire de la ville, et une semaine plus tard la cage et la poule avaient disparu. Je t'ai dit que je trouvais ça très dur et tu as répondu que ta ville n'était pas pire que n'importe quelle autre en Russie, alors je t'ai demandé son nom et tu me l'as donné.

– Je ne me rappelle pas.

– Moi si. Je me rappelle tout ce que tu m'as raconté. J'ai gardé en mémoire tout ce que tu m'as révélé sur toi. Et je ne savais pas si tu étais revenue ici. Comment j'aurais pu? Mais j'ai pensé...» Il regarda ses mains croisées sur la table. «J'ai pensé que je devais essayer parce que, si je ne le faisais pas, je ne me le pardonnerais jamais.»

Alena regarda l'écran derrière elle, un vieux clip où des collégiennes s'embrassaient sous la pluie. À la table voisine, les ados se lançaient des frites. «Merci d'avoir fait tout ce voyage. Tu me manques.»

Cette fois, il lui prit vraiment la main et la tint fermement. «Mais je suis là maintenant.»

Alena le regarda. Elle allait le laisser. Elle allait le renvoyer. «Viens avec moi.»

Elle se leva et sortit dans la chaleur du soir sans regarder derrière elle s'il la suivait.

Cette fois Alena ne marchait pas devant; ils avançaient côte à côte. Il essayait de trouver où se situait la différence, elle avait peut-être toujours eu cette attitude dans sa ville natale, environnée par les sons de sa langue maternelle; une assurance qu'il ne reconnaissait pas et une détermination solide dans sa façon de regarder devant elle, de les faire dévier parfois du trajet d'un autre passant. Il était nerveux, si nerveux qu'il avait l'impression que le sang qui circulait dans ses bras était fait d'étincelles électriques. Ça ne s'était pas mal passé au café, mais quand elle s'était levée il avait de nouveau été déconcerté, il ne savait pas ce qu'elle ressentait, et tout ce qu'elle disait et faisait n'avait aucun sens, mis bout à bout.

Elle disait qu'il lui manquait, mais elle ne voulait pas qu'il la touche, elle ne le renvoyait pas mais elle n'avait pas non plus l'air de vouloir qu'il soit là. Elle le traitait comme un cousin agaçant à qui elle faisait visiter la ville de mauvaise grâce. Et comme il n'arrivait pas à se faire une idée de ce qui se passait, il ne savait pas quoi dire, il avait atteint un degré de nervosité tel qu'il se contentait de marcher avec elle d'un pas rapide en tournant la tête comme s'il s'intéressait aux bâtiments, tout en essayant d'emmagasiner de son mieux le souvenir de cette Alena nouvelle et différente.

Ils prirent la longue rue principale de la ville qu'il avait déjà empruntée à de nombreuses reprises parce qu'il était certain de savoir rentrer à l'auberge quand il s'y trouvait. Il fallait une heure et demie pour la parcourir d'un bout à l'autre, mais ils avaient démarré aux deux tiers. Il n'avait aucune idée de l'endroit où ils allaient.

«Alors, où on va?» Il détestait le son de sa voix qui donnait l'impression qu'ils venaient de se rencontrer.

«C'est secret.»

Un instant il se retrouva avec elle dans une rue d'immeubles HLM à Hackney et elle l'emmenait dans un petit jardin municipal qu'elle avait découvert. Une fois dans le jardin, elle avait sorti de sa poche un friand qu'elle lui avait donné et ils s'étaient promenés. Elle caressait les feuilles et les pétales des plantes pendant qu'il lisait leur nom et la faisait rire en s'essayant aux termes latins d'une langue incapable de prononcer autre chose que l'anglais. Mais en la regardant plus attentivement il ne vit qu'un faible sourire. À l'époque elle lui souriait de toutes ses dents.

Il n'était pas certain de pouvoir le supporter ; c'était pire que l'attente et l'incertitude. Être là avec elle, assez près pour la prendre dans ses bras et lui dire qu'il était désolé mais qu'il pouvait être meilleur, qu'être ici en était bien la preuve, et bizarrement les mots ne venaient pas. Il voulait lui dire qu'elle était venue à lui et que maintenant il venait à elle. Cela ne signifiait-il pas qu'ils avaient une nouvelle chance, qu'il était possible de repartir de zéro ? Il ouvrit la bouche. « Tu veux une glace ? »

Elle haussa les épaules, ce qu'il prit pour un oui, et ils s'arrêtèrent à un kiosque devant lequel on avait mis des pingouins géants en plastique. Elle choisit une sorte de bâton long et mince au chocolat enveloppé dans un papier doré orné de la faucille et du marteau, et Dave, parce qu'il l'avait proposé, certain pourtant que son estomac ne le supporterait pas, choisit un Magnum. Les Russes adoraient les Magnum.

D'une certaine manière, manger cette glace rendait les choses un peu plus normales, ils marchaient côte à côte sans se toucher, sans vraiment parler. Finalement, Alena montra un grand bâtiment.

« L'université, très bonne. »

Dave, sans faire attention ou peut-être parce qu'il pensait qu'en Russie les règles étaient différentes entre eux, demanda : « Tu y es allée ? » Elle lui jeta un regard qu'il ne réussit pas à déchiffrer, en partie parce qu'elle avait une tache de chocolat fondu sur le menton qui lui rappelait vraiment la trace de pickles la première fois qu'ils s'étaient rencontrés.

«Alors, raconte-moi comment tu es arrivé ici.

– Je te l'ai dit. Tu as donné le nom de la ville et je me suis dit que ça valait le coup d'essayer, parce que je n'avais rien quand tu es partie et…» Il fit une pause mais se remit en marche quand le Caddie d'une babouchka lui heurta les chevilles. «… Et je voulais au moins te dire que je suis désolé. Vraiment désolé de ne pas t'avoir écoutée et, simplement, d'avoir tout foutu en l'air.»

Là il s'arrêta parce qu'il avait peur de se mettre à pleurer ou peut-être à crier, quelque chose montait en lui, puis il sentit sa petite main qui serrait fort la sienne et, quand elle parla d'une voix ferme et calme, son anglais était si heurté qu'il se demanda si elle était aussi troublée que lui.

«Ça va pour ça. Tu as pas besoin de parler. Pas pour ça … Attends plus longtemps et on parle. Je pensais argent pour venir ici et comment tu viens au marché pour me trouver.»

Elle continuait à lui tenir fermement la main et ils montaient la pente douce de la rue principale pendant que Dave lui racontait qu'il avait quitté Hackney pour aller à Tooting.

«Tu as quitté Hackney?»

Pour la première fois il vit la détresse sur son visage.

«Oui, je devais trouver un appart moins cher et tout me rappelait ta présence. Je n'arrêtais pas de me dire que tu allais rentrer après ta tournée et te serrer contre moi sur le canapé pour regarder la télé.»

Elle serra sa main mais ne répondit pas. Il continua à lui parler de la petite chambre de Tooting, de ses colocataires cinglés et de ses boulots. Il lui dit qu'il pensait à elle tout le temps, à chaque minute ; qu'une fois dans sa ville il avait failli abandonner les recherches, que les gens étaient tellement froids, que personne ne voulait regarder sa photo et encore moins l'aider. Que, au moment où il était prêt à admettre qu'elle n'était pas ici, il avait rencontré une Anglaise qui avait eu un comportement un peu bizarre et il s'était dit qu'il devait peut-être continuer à la chercher.

«Queue-de-cheval? Souriant tout le temps? Elle venait au marché tous les jours. On parle de Londres.

– Oui, c'est elle.»

Encore une fois elle se tut. Ils étaient arrivés au bout de la rue principale qui débouchait sur un parc. Dave n'était pas allé si loin, c'était un endroit désert, mais il avait assez étudié la carte pour savoir que la rivière Om faisait un méandre qui expliquait l'arrêt brusque de la rue principale. Il avait un peu l'impression que la fin de cette rue était aussi la fin de sa chance. Il s'arrêta et se tourna vers elle. Elle fit un pas en arrière, mais il garda sa main dans la sienne comme un ancrage entre eux.

«Je suis venu pour toi. Je me fiche de ce qu'on fera après, mais je t'aime et je te veux. Et je sais que je t'ai laissée tomber et que je n'ai pas grand-chose à t'offrir, mais je te le jure, je te le jure, Lena, donne-moi une chance et je ne te laisserai plus jamais tomber.»

La main d'Alena lui échappa, elle se détourna et il tendit le bras vers son épaule.

«Lena, je ne te demande rien sur ce type. Je n'ai pas besoin de savoir. Je veux juste te connaître et je ne te demanderai rien d'autre, je le jure.

– Mais tu as besoin de savoir. J'ai besoin que tu demandes.»

Des gens devant un stand de bière se turent et observèrent l'étranger qui harcelait une fille de chez eux. Alena leur fit un sourire contraint, du style «allez vous faire foutre» et «occupez-vous de vos oignons», et montra le parc d'un signe de tête. Elle regardait ses pieds en marchant. «On va ici. C'est mon endroit préféré. À part Hackney.»

Dave aurait bien voulu rire, mais il ne voyait rien, les yeux pleins de larmes, les voitures qui passaient, toutes les langues qui saturaient ses oreilles et le soleil, implacable, qui cognait dans son dos. Il se contenta de la suivre comme il l'avait toujours fait.

Au moment où ils traversaient la rue, la musique démarra quelque part au milieu des arbres. Un chœur chantant un air triste capable de jeter un froid sur le soir d'été le plus étouffant. On avait placé des haut-parleurs dans le petit bois de bouleaux droits et maigres qui s'étendait de chaque côté du monument, de sorte que la musique lugubre remplissait les oreilles des promeneurs qui n'avaient d'autre choix que de se concentrer sur la sculpture géante au centre.

« Qu'est-ce que c'est ? »

Alena n'avait pas pensé que la musique paraîtrait si étrange, si fantomatique, comme venant de nulle part.

« Ça fait partie de monument pour rappeler soldats. Viens voir. »

La sculpture faisait cinquante mètres de haut. Elle trouvait toujours que c'était l'une des plus belles choses qu'elle avait jamais vues : une femme, la tête couverte d'un foulard, disait adieu à un soldat, peut-être son fils ou son amoureux. Elle penchait la tête vers la sienne avec douleur tout en posant une fleur sur sa poitrine. Des murs, portant les noms des hommes tombés au combat gravés dans le bronze usé par les intempéries, bordaient l'allée menant au monument. Alena ne comptait plus le nombre de fois où elle les avait caressés, imaginant que par ce geste elle apportait du réconfort à l'un d'eux. Un jeu, mais un jeu qu'elle répéta tandis que Dave marchait lentement à côté d'elle.

« Pourquoi des œillets ?

– Quoi ? »

Il fit un signe vers les fleurs décolorées et desséchées par le soleil, en haut des murs où étaient inscrits les noms.

« Je ne sais pas. C'est comme ça. »

Il s'éloigna et se plaça au pied de la sculpture, dans son ombre, contemplant les adieux douloureux et éternels. Alena comprit alors pourquoi elle l'avait conduit ici, elle n'en avait pas eu conscience jusqu'alors. Elle avait cru qu'elle voulait simplement trouver un endroit calme, qu'elle se reprochait de l'avoir emmené au café Orange, bruyant et laid. Elle comprenait à présent qu'elle voulait lui donner quelque chose, même si cela signifiait qu'elle ne pourrait plus jamais revenir ici sans que le petit oiseau du chagrin qui nichait dans sa poitrine n'agite ses ailes à l'évocation de ce souvenir.

«Viens, on descend.»

Ils passèrent derrière la sculpture et Alena se retourna pour voir sa réaction. En contrebas coulait l'Om, un gros ruban brun et noir serpentant dans les plaines grillées par le soleil devant eux. C'était un des rares endroits en ville où l'on pouvait regarder l'horizon et ne voir que lui, aucune construction. Près de la rivière, un 4×4 de la taille d'une boîte d'allumettes, vu de là où ils se trouvaient, fit hurler son moteur en tentant de quitter la rive et de remonter sur la route. Sur la pente douce qui descendait vers la rivière, des filles en bikini étaient allongées sur des couvertures dans l'herbe haute et sèche. Une mauvaise radio passait une chanson pop avec les cigales en bruit de fond. Alena sentait l'odeur de la crème solaire.

«Je ne suis jamais allé aussi loin.»

Elle hocha la tête et les conduisit vers un banc. «Les touristes n'y vont jamais mais c'est dans les guides. Je suis venue ici en hiver, tu sais. Quand tu me manques tellement, je veux me soûler à mort ou alors arrêter.

– Arrêter?

– Juste arrêter. Je regarde la rivière – elle gèle en hiver; il n'y avait personne et je viens m'asseoir sur ce banc. Il y avait deux raisons pourquoi j'ai tenu. La première c'est que je pense tout le temps que quelque chose va arriver quand la rivière recommence à couler.

– Et la deuxième raison ? »

Elle secoua la tête. Il tendit le bras vers son visage et prit son menton dans le creux de sa main.

« Je ne t'ai jamais entendu parler comme ça, Lena. Tu es, je ne sais pas, tu es… »

Elle détourna la tête. « Tu ne me connais pas, David. Je veux que tu saches que tu es très bon et que tu me rends, non… tu me rendais heureuse.

– Lena, je…

– Non, maintenant je vais te dire tout ce que tu ne me demandes jamais et tu te tairas. Ensuite tu rentreras chez toi.

– Pas question, je ne rentre pas, et je n'ai besoin de rien savoir sur… »

Mais Alena était déjà engagée. Elle fixait des yeux les ombres des mulots paniqués qui détalaient sous les herbes, filant dans tous les sens, apparemment sans but.

« Je commence par dire que mon père est mort parce qu'il boit beaucoup. Et parce qu'il boit beaucoup il embête gens dans cette ville, gens importants, et parce qu'il les embête il ne trouve pas de travail et on est très pauvres. Même il y a dix ans cette ville était très différente. Elle est encore pauvre, peut-être tu vois, mais avant si tu embêtes des gens il n'y avait pas travail. Tu comprends ?

– Oui, bien sûr que je comprends. Tu sais où j'ai grandi et qu'il n'y avait aussi que ma mère et moi. »

Il voulut lui prendre la main, mais elle la déplaça, lentement mais prudemment. Elle ne voulait pas le regarder.

« Pas pareil. Il n'y a pas allocations du gouvernement et pratiquement pas de paiement pour les gens sans travail. Parfois, ma mère et moi, on travaille, pas souvent. Je pense que, si j'apprends l'anglais, je trouverai bon travail. J'étudie tout le temps et j'ai bonnes notes. Il y a des filles, elles vont à Londres et travaillent seulement comme serveuses et envoient de l'argent à la maison. Je pense que ça sera comme ça quand je pars. »

Elle avait un peu mal au cœur et détourna les yeux vers le flot paresseux de la rivière où un bateau de la taille d'un doigt avançait péniblement.

« Mais la femme qui m'emmène à Londres n'était pas une femme bien. Et peut-être j'étais bête. Et ma mère aussi, ou peut-être ma mère n'était pas bête du tout, je ne sais pas. Elle est malade maintenant, démence. Elle est dans une maison et je ne saurai jamais. Je vais la voir et ça me brise le cœur. David… » Elle risqua un regard vers lui, puis se détourna. Il fronçait les sourcils, le visage pâle et en sueur. « … Tu sais qu'il y a des filles qui viennent à Londres et personne ne les revoit jamais? Elles deviennent prostituées, parce que des gens leur font faire? »

– Alena. » Il tendit la main vers elle et cette fois elle ne l'en empêcha pas parce qu'elle avait peur de glisser du banc sans cette main ferme sur la sienne et l'autre lui tenant le bras.

« Non, ce n'est pas ce qui m'arrive, parce que j'ai de la chance. C'est ce qu'ils disent, Alena a de la chance. Le vieil homme, il me fait sa petite amie. Il… me fait des choses. Je vis dans maison avec lui, une vieille sorcière qui cuisine, son fils. Il me fait trouver filles comme moi pour faire prostituées, dans aéroports et gares, et je les aide, fils et père, à les capturer parce que filles ont confiance en moi. »

Alena sentit le sel sur ses lèvres avant de s'apercevoir qu'elle pleurait. Sa voix restait basse, calme, égale.

« Je me déteste, mais je ne peux pas partir à cause de ma mère, j'ai peur pour elle. Et je n'ai nulle part où aller. Bientôt le fils vient me voir la nuit quand le père ne me veut pas. Je pense toujours qu'il va me laisser partir. »

David lâcha son bras, se prit la tête dans les mains.

« Cette nuit? C'était lui? Je l'aurais tué. »

Elle n'écoutait pas, n'avait conscience que de l'absence de sa main et se souvint qu'elle devait s'y faire.

«Mais je… je me déteste et un jour j'arrête. Alors le fils, il s'appelle Fedir, il le fait, il me laisse partir. Alors tu vois, il croit que je suis à lui. »

Elle respirait par à-coups, maudissait la note plaintive de sa voix, cessa de respirer.

«Je vis dans les rues. Je dors dans toilettes pour handicapés jusqu'à ce que tu me trouves. Jusqu'à ce que tu m'attrapes ce jour-là. Je volais pour une autre femme. Une prostituée aussi. Je pense peut-être elle est morte maintenant. »

Dave se détourna et secoua la tête. Alena essuya ses joues trempées de la paume de sa main.

«Je veux que tu saches, au début j'ai besoin de toi et d'un endroit sûr et après je t'aime vraiment. Puis Fedir m'a trouvée. Je pense tout le temps qu'il va partir ou qu'on pourra s'en aller mais il vient toujours. » Elle se tourna vers lui et essaya de lui faire lever la tête, mais il la repoussa. «Je veux te protéger et j'essaie de nous faire partir à Manchester. J'aurais dû te quitter mais je ne pouvais pas. Et alors Fedir, il… me prend quand il veut. Tu comprends? »

Plus bas sur la colline quelqu'un secoua un drap blanc, balafre claire sur la rivière sombre. Derrière eux la musique glaçante reprit dans les arbres. Dave se redressa, un masque sombre sur le visage. Il lui saisit les bras sans rien dire et elle le regarda droit dans les yeux : rage, douleur, dureté, une dureté nouvelle, terrible. Puis il se mit à parler. Ce n'était qu'un murmure tendu qui montait du fond de sa gorge.

«Comment tu te réveilles tous les matins en ayant vécu comme ça? »

Une onde glacée passa dans le corps d'Alena, un froid d'acier sous la peau qu'elle avait oublié depuis longtemps.

«Moi? Comment je peux vivre comme ça? Et toi? Avec tes secrets enterrés tout au fond. Tu crois que je suis idiote et que je ne vois pas les blessures noires sous ta peau?

– On ne parle pas de moi. On parle de toi. Ou de nous. Rien de tout ça ne compte. C'est ça maintenant, toi et moi, on est là tous les deux. Il y a une raison si on s'est trouvés.»

Bien que sachant que cela ne changerait rien, elle prononça les mots qui sortirent comme des éclats de glace de ses lèvres.

«On parle de toi. Raconte-moi.»

Bien que complètement bourré, il comprit. Ses bras et ses jambes étalés, comme un insecte écrasé, et le rire peiné, lent et bas qui s'étrangla en sanglots quand elle comprit elle aussi. Le sourire déglingué remplacé par un bruit sauvage, animal, se répercutant sur les murs froids, à l'odeur terreuse, de l'immeuble qui fit sortir précipitamment de l'appartement du dessous cette vieille harpie de Doreen et son fils Shaun, junkie boutonneux, pour picorer comme des pigeons quelques miettes de drame et d'émotion.

Ils respiraient fort par la bouche et regardaient la langue noirâtre s'étendre, sortir du corps de Shelley comme une fuite d'huile. Puis elle cria à David : «Fais quelque chose, putain, salaud, regarde ce que tu as fait», et il restait là debout en haut de l'escalier, encore chancelant à cause de la tise, mains dans les poches et un drôle de gloussement gargouillant au fond de sa gorge.

Plus tard, quand Shelley fut nettoyée, dedans et dehors, qu'on eut décollé les membranes comme ils disent, nécessaire après sept mois, ils revinrent à l'appartement. Ils restèrent debout sans parler pendant qu'elle se préparait un verre et s'entaillait l'articulation de l'annulaire en coupant le citron. Elle regarda le sang couler puis le lécha avec un sourire sarcastique, une trace rouge sur la lèvre et les dents du haut, les yeux affolés. Dave, toujours muet, enveloppa ses doigts dans un torchon graisseux.

« Allons, ce n'est rien, juste une petite coupure. »

Elle le frappa au visage, lui griffa la poitrine, déchira l'encolure de son T-shirt.

« Ordure, putain de connard, c'est toi qui m'as fait ça. C'est ce que tu voulais. Ordure. Putain, tu as tué notre bébé et tu m'as tuée aussi. Ordure. »

Il avait attendu. Attendu que les larmes se tarissent, qu'elle s'endorme et qu'elle se remette à couper du citron en grimaçant quand le jus toucha la blessure ouverte, à vif, puis il était parti. Ordure qu'il était.

C'était à cause des mains dans les poches, du gloussement, de son départ. Shaun et Doreen racontèrent à tous ceux qui voulaient l'entendre qu'il était « debout comme ça, avec un air bizarre, vous voyez ce que je veux dire, non ? » C'est ce qui donna aux gens le droit d'aller répandre qu'il battait sa femme, buvait, qu'il avait tué son bébé. Des gens qu'il avait toujours connus, qui étaient venus assécher le bar le jour de leur mariage et qui l'encourageaient quand il courait dans la cité.

La rumeur se répandit comme quand la voiture de l'inspecteur des fraudes aux allocations chômage se garait devant l'immeuble Nightingale ou que des coffrets de DVD de *Friends* tombaient du camion. Elle passa de main en main et de bouche en bouche dans la queue à la boulangerie Greggs, à l'arrêt du 214, à la caisse de prévoyance. Et bien sûr, quand la dame d'Avon aux yeux caves faisait du porte-à-porte pour vendre son histoire en même temps que ses masques de beauté et son gloss au collagène, sans rien sur elle pour dissimuler ses yeux las, son teint gris, sa peau flasque et vide au niveau du nombril.

« Je ne veux même pas en parler. Vraiment pas. Mais les gens doivent savoir avec qui on vit. De quoi il est capable. Je ne sais pas, je crois que c'est sa mère qui l'a rendu bizarre. Je lui ai dit, pas chez moi, plus jamais dans cette cité, tu n'es pas le bienvenu. Pauvre Pat, elle doit se retourner dans sa tombe. Je suis complètement démolie, je suis brisée, mais qu'est-ce que je peux faire ? Continuer à vivre, voilà tout. »

Il resta à la Coop jusqu'à ce qu'il se rende compte que l'odeur d'alcool éventé sur sa peau, le tremblement de ses mains alimentaient la rumeur. Le gérant le prit à part, lui dit qu'ils « réduisaient » sur la sécurité, qu'il devrait se tenir à carreau un moment. Dave resta dans la cité plus longtemps qu'on aurait pu le penser, cerné de chuchotements, de regards dégoûtés qui le pénétraient comme le froid et l'humidité d'un matin sans espoir. Des types l'insultaient, le bousculaient, le frappaient à la poitrine. Il ne s'était pas rendu compte à quel point Shelley était populaire. Il essuya quelques raclées, un œil au beurre noir, une côte cassée, assez de coups de pied pour avoir mal quand il allait pisser.

La mémé de Deano, une femme minuscule qui clopinait avec l'aide de deux cannes, l'avait hébergé. Il voyait l'ancien appartement de sa mère et dormait dans la chambre d'enfant de Deano couverte d'affiches de footballeurs, pendant que celui-ci était à Ibiza.

« Davey, je te connais depuis que tu n'avais pas ton pot et que tu chiais devant ma porte. Je sais reconnaître les mensonges quand je les entends. Mais il faut que tu te rendes compte, la pauvre. Tu ne sauras jamais ce que c'est, la douleur de perdre un enfant. Il n'y a rien de pire. »

Il mangeait un biscuit Rich Tea devant « Des chiffres et des lettres » et ne dit pas qu'il avait perdu un parent et un enfant et qu'il le savait très bien.

Shelley allait de porte en porte, de tasse de thé en tasse de thé, absorbant l'attention et étanchant sa tristesse comme si elle laissait sa tache sombre sur toutes les moquettes. Il ne pouvait pas lui pardonner, même si elle avait beaucoup souffert. Il ne pouvait pas lui pardonner d'avoir été incapable d'arrêter de boire, d'être complètement à côté de ses pompes alors qu'elle avait eu tout ce qu'elle voulait aux dépens de tout ce qu'il voulait, lui, de n'avoir pas protégé leur bébé et elle-même. D'avoir fait de lui le pigeon.

Il avait passé la soirée avec elle, avait bu autant qu'elle et n'avait pas prononcé un mot. Il avait même apporté lui-même la bouteille et n'avait pas essayé de lui rappeler qu'elle devait « être sérieuse ». Parce que lui-même étouffait et avait besoin d'un verre, conscient que le verre se transformerait en une demi-bouteille. Il ne le lui reprochait pas, mais il ne pouvait pas non plus lui pardonner. Il la laissa donc faire de lui un monstre, subit en silence, en ivrogne, hébété, perdit tout ce qu'il avait, parce que lui-même ne se le pardonnerait jamais.

« Tu bois aussi ? Avec elle ? Tu aurais pu veiller sur elle. Tu aurais dû. C'est pour ça que tu n'avais personne quand tu m'as rencontrée.

– Tu n'avais personne non plus. »

Elle ne répondit pas et il se leva, s'approcha du bord. Une des filles qui se faisaient bronzer tendit le cou pour bien le regarder.

« Je n'en suis pas fier, Alena, mais je n'aurais rien pu faire de toute façon, même si je n'avais pas bu avec elle. Elle ne pouvait pas s'en empêcher. C'était elle qui était enceinte, pas moi. »

Tout en parlant, il avançait à petits pas vers le bord, s'écartant d'elle et de ce qu'elle disait à son dos. Dissimulant son visage parce qu'il savait que ce n'était pas vrai. « J'ai payé le prix. J'ai tout perdu. »

Elle pensait qu'il pleurait à présent, épaules affaissées, tête basse, une main sur le visage. Elle se leva en silence et s'éloigna en observant son dos, craignant que, s'il se retournait, elle soit obligée de le réconforter et alors elle serait de nouveau perdue. Il ne bougeait pas ; elle le regarda une dernière fois, puis lui tourna le dos.

Il la retrouva de l'autre côté de la sculpture, vit sa robe claire gonflée par la brise et, avec le soleil derrière elle, la rondeur discrète mais indéniable de sa grossesse avancée, évidente à présent. Un instant, le temps que le soleil se cache derrière un nuage et réapparaisse, il faillit partir. La musique avait cessé, on n'entendait que le cri d'un enfant au loin. Il s'approcha d'elle, posa doucement la main sur sa nuque. Elle se retourna, le visage rouge et barbouillé de larmes.

« Oui.

– Oui ?

– Je suis responsable. Mais ton histoire, Alena, enfin, ce n'était pas ta faute. Ma pauvre. Je ne sais pas comment tu peux vivre avec un truc pareil. Mais on trouvera un moyen, toi et moi. Si on abandonnait, alors… alors ce serait piétiner ce qui nous a été donné. Je veux dire, c'est… il y a des trucs qu'on ne peut pas défaire. C'est comme ça. Dieu sait que j'aurais bien voulu. Mais tu ne vois pas qu'il n'y aurait rien de pire qu'abandonner alors que tu as ça et pas ces autres filles ? Et moi, je ne sais pas combien de chances me sont données, mais j'essaie d'être bien sur ce coup. Je pourrais être bien pour toi si tu me laisses une chance. »

Elle n'avait plus de mots, ne voulait plus se battre. Elle lui prit la main et la posa sur son ventre. Elle s'était entraînée à prononcer la phrase. « Ce n'est pas ton bébé. »

Il retira sa main, regarda derrière lui. Il recula, hocha lentement la tête et elle vit toute sa détermination, toutes ses belles paroles l'abandonner, comme si elles seules l'avaient soutenu. Alena s'écarta. C'était fini.

Il posa alors la main sur son bras et l'attira contre lui. Pas trop brusquement mais comme s'il ne supportait ni de le faire ni de ne pas le faire. Ils se tenaient dans l'ombre de l'adieu éploré de la sculpture, tête contre tête, leur respiration hachée. Dave mit de nouveau la main sur son ventre, aussi doucement que s'il touchait un œuf très fragile. La musique reprit.

« D'accord. »

Alena posa la main sur la sienne et se mit à pleurer, des sanglots qui secouaient tout son corps tandis qu'il la soutenait et qu'elle se délestait d'un poids qu'elle n'avait pas eu tout à fait conscience de porter.

« D'accord ? »

Et il la serra contre lui, aussi fort qu'il osait, le bébé d'un autre homme martelant ses côtes de ses pieds pas plus grands que le pouce.

« D'accord. »

Remerciements

Tant de gens m'ont aidée à faire de *La couleur de l'eau* ce qu'il est. D'abord et avant tout, je remercie mon super agent Juliet Pickering et mon éditrice bien trop intelligente Beckie Hardie. Ce ne sont pas que des mots – sans leur soutien, leur intuition et leur travail inlassables, ce livre n'aurait pas vu le jour. Toutes deux m'ont aidée à donner vraiment vie à Dave et Alena. Je ne saurais dire à quel point je leur en suis reconnaissante.

Immenses mercis également à : Carol, Melis, Louise et tous ceux de Blake Friedmann Literary Agency et à Clara, Susannah, Parisa et tous ceux de Chatto et Vintage ; je ne m'étais jamais sentie entre des mains aussi sûres et compétentes. À mes chères amies et premières lectrices, Susanna et Levia, merci d'avoir entamé cette route avec moi et de vous y être tenues. Merci à Jen et Kerry qui m'ont accueillie pour écrire dans leur maison joyeuse, Meg, la Green Carnation Crew (Uli, Simon, Chris, Clayton, Chris et Sarah) et comme toujours les Ostrove-Pound et Bennett pour m'avoir acceptée au sein de leur famille.

La couleur de l'eau a été possible avec le soutien de la National Lottery, grâce à une bourse de l'Arts Council England qui m'a permis de voyager en Russie sur les traces de Dave, et j'ai aussi reçu un soutien inestimable de Spread the World.

Enfin, merci à mes adorables filleuls Xander et Zarla pour les aventures passées et à venir.

Cet ouvrage a été achevé d'imprimer
en octobre 2015 dans les ateliers de
Normandie Roto s.a.s. - 61250 Lonrai

N° d'imprimeur : 1504937
Dépôt légal : août 2015
ISBN 978-2-84876-470-2
Imprimé en France